L'homme idéal… ou presque

# KRISTAN HIGGINS

# L'homme idéal…
# ou presque

Roman

*Titre original :* CATCH OF THE DAY

*Traduction de l'américain par* KARINE XARAGAI

© 2007, Kristan Higgins
© 2016, Harlequin SA

Ce livre est publié avec l'autorisation de HARLEQUIN BOOKS S.A.
Tous droits réservés, y compris le droit de reproduction de tout ou partie de l'ouvrage, sous quelque forme que ce soit.
Cette œuvre est une œuvre de fiction. Les noms propres, les personnages, les lieux, les intrigues, sont soit le fruit de l'imagination de l'auteur, soit utilisés dans le cadre d'une œuvre de fiction. Toute ressemblance avec des personnes réelles, vivantes ou décédées, des entreprises, des événements ou des lieux, serait une pure coïncidence.

MOSAÏC® est une marque déposée

*Le visuel de couverture est reproduit avec l'autorisation de :*
*Poissons :* © DAVID & MYRTILLE/DPCOM
*Réalisation graphique couverture :* DPCOM

MOSAÏC, une maison d'édition de la société HARLEQUIN
83-85, boulevard Vincent-Auriol, 75646 PARIS CEDEX 13
Tél. : 01 42 16 63 63
www.editions-mosaic.fr
ISBN 978-2-2803-5268-0 — ISSN 2430-5464

*Je dédie ce livre à mes sœurs, Hilary Murray et Jacqueline Decker. Vous êtes mes amies les plus chères, et je vous aime plus que je ne saurais le dire.*

# Prologue

M'être amourachée d'un prêtre catholique ne figure certainement pas au palmarès de mes idées les plus brillantes.

Je connais pourtant parfaitement l'aspect « vœu de chasteté/marié à l'Eglise » de ce sacerdoce ainsi que tout ce qui va avec. Alors j'ai bien conscience — moi qui n'aspire qu'à rencontrer mon futur mari — que soupirer après un prêtre ne fait guère avancer mes affaires. Et à supposer que ces éléments mineurs m'aient échappé, une ville entière ne demande qu'à me les rappeler...

L'ennui, c'est que même lorsque quelqu'un n'est vraiment pas fait pour vous, il peut vous sembler en dépit de tout... comment dire... *idéal*. Et si l'on excepte ce monumental point de détail, il se trouve que le père Tim O'Halloran réunit à lui seul toutes les qualités dont je pare l'homme de mes rêves : gentil, drôle, charmant, intelligent, travailleur. Sans compter qu'il apprécie les mêmes films que moi. Qu'il raffole de ma cuisine. Et qu'il m'adresse souvent des compliments et rit de mes plaisanteries... Il se soucie aussi des habitants de ma petite ville natale, prête une oreille attentive à leurs problèmes et, sur leur requête, leur prodigue des conseils pétris de bienveillance. Enfin, cerise sur le gâteau, il est irlandais ! Oui... depuis qu'à seize ans j'ai assisté à un concert de U2 je nourris un certain faible pour les Irlandais. Alors, bien que le père Tim n'ait jamais eu envers moi un geste ou une parole ne serait-ce que vaguement déplacés, je ne peux m'empêcher de rêver au merveilleux époux qu'il ferait. Je n'en suis pas vraiment fière, mais voilà, c'est comme ça…

Cela dit, mes déboires sentimentaux sont bien antérieurs à l'arrivée du père Tim, même s'il incarne le chapitre le plus haut en couleur du recueil d'histoires drôles auquel se résume ma vie amoureuse. Mais avant de poursuivre, précisons qu'il n'est pas facile pour une femme célibataire de trouver l'âme sœur à Gideon's Cove, Maine, mille quatre cent sept habitants. A première vue, les hommes y sont égaux en nombre aux femmes, mais les statistiques peuvent se révéler trompeuses. Notre bourgade est sise dans le comté de Washington, comté le plus au nord sur la côte de notre glorieux Etat. Nous sommes trop loin de Bar Harbor pour attirer une foule de touristes, même si nous avons la chance de vivre dans l'une des plus belles régions d'Amérique. Des maisons au bardage gris enserrent notre petit port, et l'air qu'on y respire est empreint d'une vivifiante senteur de pin et de sel marin. La majorité des habitants tire ses revenus de la pêche en mer, du homard ou de l'industrie de la myrtille sauvage, ce qui peut paraître assez anachronique… Bref, Gideon's Cove est un endroit charmant *mais* loin de tout, à presque cinq cents kilomètres au nord de Boston et à huit cents de New York. On comprend, dans ces conditions, que rencontrer de nouvelles têtes n'y est pas chose aisée.

Je m'y efforce cependant. Depuis toujours. Des petits amis, j'en ai eu quelques-uns, bien entendu. J'accepte volontiers les rendez-vous arrangés et les *blind dates* quand on m'en propose. Par ailleurs, en ma qualité de gérante et propriétaire du Joe's Diner, l'unique restaurant de la ville, je ne manque pas d'occasions de rencontrer du monde. Enfin et surtout, je pratique le bénévolat — le bénévolat tous azimuts, pour tout dire. Je livre des repas à domicile aux infirmes. Le mardi soir, je cuisine pour la soupe populaire et, presque tous les jours, je leur apporte les restes du *dîner*. Je fournis les plats cuisinés à chaque réunion mensuelle de la caserne des pompiers. J'organise des collectes de vêtements, des collectes de fonds, et je propose mes services de traiteur à l'occasion de tous les événements de la ville ou presque, le tout pour un bénéfice minimum, du moment que c'est pour la bonne cause. En résumé, on peut dire que je suis un pilier de ma communauté et, franchement, je n'aimerais pas qu'il en soit autrement.

Mais derrière tout ça se cache une motivation égoïste... Je ne peux m'empêcher d'espérer que ma générosité et mes bonnes œuvres finiront par éveiller l'intérêt de quelqu'un... L'un des riches et séduisants petits-fils du vieux monsieur à qui j'ai livré son repas, peut-être... Ou un nouvel arrivant, pompier bénévole à ses heures et qui se trouverait justement être, oh, je ne sais pas, moi... membre du conseil d'administration d'Oxfam et neurochirurgien en prime.

Hélas, le charitable neurochirurgien s'étant révélé insaisissable, l'année dernière encore, j'étais une célibataire de trente et un ans sans la moindre perspective à l'horizon. C'est à ce moment-là que j'ai fait la connaissance du père Tim.

J'étais allée faire un tour à bicyclette dans le parc national Quoddy. Nous avions alors la chance de bénéficier d'une vague de chaleur — pour un mois de mars, s'entend. Le thermomètre avait atteint quatre degrés et demi, la neige s'était ramollie, le vent était calme. Je venais de passer le plus clair de la journée claquemurée chez moi et j'avais décidé qu'une petite balade à vélo me ferait le plus grand bien. Revêtue de plusieurs couches de laine polaire et de microfibre, j'ai pédalé plus loin que d'habitude dans l'air vif et la lumière déclinante de l'après-midi. C'est alors qu'avec l'imprévisibilité qui caractérise le climat de la Nouvelle-Angleterre, des trombes d'eau glacée venues de l'ouest se sont abattues sur moi.

Je me trouvais à plus de quinze kilomètres de Gideon's

Cove quand ma roue a dérapé sur une plaque de verglas. J'ai fait un soleil par-dessus le guidon et atterri au bas d'un talus, en plein dans une plaque de neige humide qui masquait vingt centimètres de bouillasse glacée. Non contente d'être sale, trempée et gelée, j'avais également réussi à déchirer mon pantalon et à m'entailler le genou.

M'apitoyant alors amèrement sur mon sort, j'ai hissé péniblement ma bicyclette jusqu'en haut du talus et je revenais sur la route lorsque j'ai vu passer une voiture.

— A l'aide ! Stop ! ai-je crié.

Mais le conducteur, quel qu'il soit, ne m'a pas entendue. A moins qu'il ne m'ait très bien entendue au contraire, mais qu'il ait pris peur en me voyant — je devais ressembler à une folle échappée de l'asile. J'ai regardé les feux arrière de la Honda bleue disparaître dans le lointain, remarquant au passage que le ciel s'était soudain nettement obscurci.

Je n'avais pas trente-six solutions. Je me suis remise en chemin malgré ma blessure à la jambe. Je poussais mon vélo clopin-clopant, quand un pick-up s'est rangé sur le bas-côté. Avant que j'aie eu le temps de voir à qui j'avais affaire, le conducteur a empoigné ma bicyclette et l'a déposée sans effort dans la benne de son véhicule.

Clignant les yeux à cause de la pluie, j'ai alors vu qu'il s'agissait de Malone, un pêcheur de homards taciturne et un peu inquiétant dont le bateau mouille à côté de celui de mon frère. Il se peut qu'il m'ait adressé la parole — peut-être : « Allez, monte ! » Ce que j'ai fait ; j'ai grimpé avec précaution dans la cabine de son pick-up, tandis que dans mon esprit résonnait la voix d'un narrateur imaginaire...
« La dernière fois que Maggie Beaumont a été vue en vie, elle faisait du vélo par un sombre après-midi d'orage. On n'a jamais retrouvé son corps. »

Pour atténuer ma nervosité, j'ai jacassé de manière hystérique durant tout le trajet jusqu'au Joe's Diner, rappelant à Malone que j'étais la sœur de Jonah, lui expliquant que j'étais sortie faire une balade à vélo (et ce malgré le caractère assez évident de la chose), que j'aurais dû écouter les prévisions météo avant de partir, que j'étais tombée (là encore, précision inutile), que j'étais désolée de salir son pick-up, etc., etc.

— Merci beaucoup, c'était vraiment très gentil de ta part, ai-je ajouté, lorsqu'il a sorti ma bicyclette de la benne. Il faut que tu passes prendre une part de tarte au *diner*, un de ces quatre... Elle est bonne, tu sais... Et puis une tasse de café pour l'accompagner... Le tout offert par la maison, bien entendu... J'ai une dette envers toi. Encore merci... C'était super sympa... Merci, hein... Bon, eh bien... au revoir.

Il n'a pas daigné prononcer une seule parole. Il s'est contenté de me faire un signe de la main avant de repartir au volant de son pick-up.

Suivant du regard ses feux arrière qui s'estompaient sous la pluie, j'ai adressé mentalement une petite prière au ciel.

*Mon Dieu, il n'est pas dans mon intention de me plaindre mais, sur ce coup-là, je me suis trouvée plutôt patiente. Tout ce que je Vous demande, c'est un homme bien pour être mon compagnon de vie et un bon père pour nos enfants. Qu'est-ce que Vous en pensez?*

Si je me souviens de tout ça, c'est que le lendemain — *le lendemain!* —, je sortais de la cuisine du Joe's Diner quand je l'ai vu là, assis dans le box le plus éloigné de moi : l'homme le plus séduisant que la Terre ait jamais porté! Taille moyenne, cheveux châtain clair, yeux verts, larges épaules, belles mains. Il était vêtu d'un jean et d'un magnifique pull irlandais. Il m'a souri, et mes genoux se sont liquéfiés devant l'éclat de ses dents blanches, parfaitement alignées. Un exaltant frisson d'espoir m'a secouée tout entière.

— Bonjour, je m'appelle Maggie, ai-je dit, tout en passant mentalement mon allure en revue.

Mon jean était neuf — bien. Mon pull, bleu — pas mal. Mes cheveux, propres...

— Tim O'Halloran. Enchanté de faire votre connaissance, a-t-il répliqué et là, j'ai failli m'évanouir de bonheur.

Parce qu'il avait l'accent irlandais ! Ça faisait trop Liam Neeson ! Trop Colin Farrell ! Trop *Bono* !

— Je vous sers un café ? lui ai-je demandé, soulagée de constater que mes cordes vocales fonctionnaient encore.

— Une petite tasse, oui, rien ne saurait me combler davantage.

Il m'a souri de nouveau en me regardant droit dans les yeux. Rougissant de plaisir, j'ai regardé en direction du parking où stationnait une Honda bleue. Bonté divine, c'était l'homme qui m'avait dépassée la veille !

— Vous savez, je crois bien vous avoir vu, hier, en fin d'après-midi... Vous ne rouliez pas sur la route 1A, en direction de la ville, vers les 17 heures ? J'étais tombée de vélo et je vous ai hélé pour vous arrêter.

Son front s'est plissé d'inquiétude.

— Je suis passé par là, en effet. Comment ai-je pu ne pas vous voir ? Miséricorde... Je vous présente toutes mes excuses !

*Excuses acceptées.*

— Bah, ne vous tracassez pas pour ça !

Il avait des yeux magnifiques, d'un vert pailleté d'or évoquant un lit de mousse sous le soleil. Le désir m'a enveloppée tel un brouillard épais.

— Je vous assure, c'est... Ne vous... Pas de souci ! Donc... Qu'est-ce que, hum... qu'est-ce que vous prendrez comme petit déjeuner ?

— Ma foi, que me recommandez-vous, Maggie ?

Son accent, associé à ce qui me semblait être un sourire malicieux et un regard charmeur, lui conférait une aura super-sexy...

— Eh bien, je vous recommande de venir petit-déjeuner ici souvent. Je fais les muffins moi-même, et ils sortent tout juste du four. Quant à nos pancakes, ce sont les meilleurs de tout Gideon's Cove.

Les *seuls*, en fait, entre parenthèses, mais bon…

— Dans ce cas, je prendrai des pancakes, merci.

Il m'a de nouveau souri, visiblement peu pressé de me voir m'éloigner.

— Alors comme ça, vous travaillez ici ?

— En fait, le restaurant m'appartient, dis-je, ravie de lui délivrer ce scoop flatteur pour moi.

Pas une simple serveuse, non, la patronne. La propriétaire.

— Ça, par exemple ! Voilà qui est merveilleux ! Un *diner* dans la plus pure tradition américaine, n'est-ce pas ?

*Tu l'as dit !*

— En effet, oui… En fait, il s'agit d'une affaire de famille. C'est mon grand-père, le fameux « Joe » du Joe's Diner, qui a fondé l'établissement en 1933.

— Ah, magnifique, magnifique !

— Et vous, Tim, qu'est-ce qui vous amène à Gideon's Cove ?

Mais brusquement j'ai pris conscience qu'il devait avoir faim.

— Oh ! Toutes mes excuses ! Laissez-moi d'abord aller porter votre commande en cuisine. Toutes mes excuses, vraiment ! Je reviens tout de suite !

J'ai foncé dans la cuisine et transmis la commande à Octavio, mon cuisinier chargé de la préparation des plats rapides, avant de traverser de nouveau la salle comme sur un coussin d'air jusqu'à la table de Tim, ignorant royalement les trois clients accoudés au comptoir qui attendaient, à divers degrés d'impatience, qu'on s'occupe d'eux.

— Désolée… Vous devez certainement avoir envie de vous restaurer.

— Ma foi, il existe certaines occupations plus agréables, et parler avec vous en est une.

*Mon Dieu, Vous êtes le meilleur ! Merci d'avoir entendu ma prière !*

— Oui… Excusez-moi. Je vous demandais si vous étiez là pour le travail.

— On peut dire ça, Maggie. Je suis...

C'est à ce moment-là que Georgie Culpepper, mon employé à la plonge, a fait irruption.

— Salut, Maggie ! a-t-il crié. Salut ! Comment ça va, Maggie ? Belle journée, hein, Maggie ? J'ai vu des perce-neige, ce matin. Tu veux que je fasse la plonge maintenant, Maggie ?

Sur ce, il m'a enveloppée dans ses bras.

Les embrassades de Georgie sont très agréables, d'ordinaire. Il m'en fait profiter depuis l'école maternelle. Georgie est trisomique, terriblement affectueux et d'une gaieté inaltérable : c'est l'une des personnes les plus gentilles et les plus heureuses que je connaisse. Mais à cet instant précis, je n'avais vraiment aucune envie d'avoir sa tête de hérisson soudée à ma poitrine. Alors que je tentais de me libérer et que de son côté Georgie continuait de me faire le récit des merveilles du printemps, Tim a répondu à la question que je lui avais posée. Mais je n'ai pas entendu sa réponse.

Finalement, je suis parvenue à m'extraire des bras de Georgie et je lui ai tapoté l'épaule.

— Bonjour, Georgie. Tim, je vous présente Georgie Culpepper, qui travaille ici. C'est notre plongeur...

Georgie a opiné avec fierté.

— Georgie, je te présente Tim.

Georgie l'a alors gratifié d'une de ses fameuses embrassades, et Tim la lui a rendue chaleureusement. Quel veinard, ce Georgie !

— Salut, Tim ! Enchanté de faire ta connaissance, Tim ! Comment ça va, Tim ?

— Je me porte à merveille, merci bien, mon ami.

Mon sourire s'est encore élargi. Existe-t-il meilleure référence en matière de caractère que quelqu'un qui sait exactement comment s'y prendre avec Georgie Culpepper ? J'ai immédiatement ajouté cette qualité à la liste déjà impressionnante que j'avais commencé à établir mentalement au sujet de Tim O'Halloran : beau, charmant, irlandais, titulaire d'un emploi *et* à l'aise avec les personnes handicapées.

— Je parie qu'Octavio va te préparer des œufs brouillés, ai-je dit à Georgie.

— Des œufs brouillés ! Super !

Georgie a beau manger des œufs brouillés tous les jours que Dieu fait, son enthousiasme pour ce plat ne s'est toujours pas émoussé. Il a filé comme une flèche en direction de la cuisine, tandis que je restais là à contempler Tim.

— Oui, eh bien... ça m'a l'air tout à fait intéressant, ai-je déclaré dans l'espoir qu'il me redonnerait l'intitulé exact de son gagne-pain.

Il n'en a rien fait. A cet instant, la sonnette de la cuisine a retenti, je me suis excusée auprès de lui et suis allée lui chercher ses pancakes.

— Puis-je faire autre chose pour vous ?

Je commençais à prendre conscience des regards noirs que me lançaient mes habitués.

— Non, non. Merci infiniment, Maggie. J'ai eu grand plaisir à faire votre connaissance.

Craignant qu'il ne revienne pas, j'ai lâché :

— Peut-être aurai-je l'occasion de vous revoir, un de ces jours ?

*Pitié, je vous en prie, ne me dites pas que vous êtes marié !*

— Eh bien, dans l'immédiat, il me faut retourner à Bangor, mais à partir de samedi je serai ici pour de bon. Se pourrait-il que vous apparteniez à la paroisse de St. Mary ? s'est-il enquis en plantant sa fourchette dans une énorme épaisseur de pancakes dorés.

— Oui ! ai-je lancé.

N'importe quel lien, si ténu soit-il...

— Alors, je vous verrai dimanche.

Il m'a souri, a pris une bouchée de pancake et a fermé les yeux de plaisir.

— Délicieux !

Le cœur cognant dans ma poitrine, je suis retournée au comptoir pour présenter mes excuses à deux de mes habitués, Ben et Rolly.

D'accord, ça faisait un tantinet... pieux... de m'indiquer l'église qu'il fréquentait, mais ce détail en soi n'avait aucune importance, car les Irlandais, me suis-je dit, sont peut-être plus pratiquants que nous. Il n'en demeurait pas moins que j'étais catholique — d'un point de vue technique du moins — et que St. Mary était bel et bien ma paroisse, même si ma dernière visite à l'église remontait à deux ans, à l'occasion du mariage de ma sœur, Christy. Cela dit, si Tim O'Halloran allait à la messe, j'irais moi aussi !

Dès qu'il est sorti du restaurant, je me suis ruée sur le téléphone pour appeler ma sœur.

— Je crois que j'ai rencontré quelqu'un, ai-je murmuré en faisant pénétrer le beurre de cacao dont je m'étais enduit les mains.

Le tympan vrillé par les glapissements d'excitation de Christy, je lui ai livré un compte rendu exhaustif de ma rencontre avec Tim O'Halloran, m'extasiant sur son extrême gentillesse, sur la merveilleuse relation qui s'était d'emblée établie entre nous et sur l'aisance inouïe avec laquelle nous avions bavardé. Je lui ai détaillé par le menu l'ensemble de ses caractéristiques physiques, depuis ses yeux pétillants jusqu'à ses mains bien dessinées, et je me suis fait l'écho de la moindre de ses paroles.

— Il existe de telles affinités entre nous !...

— Oh ! Maggie ! Comme c'est excitant ! s'est exclamée ma sœur à son tour. Je suis folle de joie pour toi !

— Ecoute, pour le moment, n'en parle à personne, d'accord ? Sauf à Will.

— Bien sûr que non ! Non, non... Oh ! Maggie, c'est vraiment merveilleux !

Mais ce n'est pas ma sœur qui s'en est allée caqueter de par la ville. Non, non, je m'en suis chargée moi-même !

Au départ, ça n'était pas mon intention, bien entendu... mais avec le monde que je vois... Et je ne parle pas seulement des habitués du *diner*, pas seulement des gens avec qui je travaille...

Mme Kandinsky, par exemple, ma frêle locataire toute ratatinée, à qui je coupe les ongles des pieds une fois par semaine, m'a demandé s'il y avait du nouveau dans ma vie.

— Ma foi, pas vraiment... Mais je crois bien que j'ai rencontré quelqu'un, lui ai-je répondu malgré moi.

— Oh ! Mais c'est *merveilleux*, ma chère petite !

— Il est vraiment très séduisant, madame K. ! C'est un brun aux yeux verts et... il est irlandais. Il a *l'accent*.

Elle a acquiescé :

— J'ai toujours *adoré* les hommes qui ont l'accent irlandais.

Ensuite, j'en ai parlé avec Carol, la meilleure amie de ma mère, venue déguster une part de tarte au Joe's.

— Crois-tu que tu vas rencontrer quelqu'un un jour, m'a-t-elle demandé à sa manière franche et sans détour.

— C'est peut-être fait, ai-je répliqué avec un sourire énigmatique.

Elle a cligné les yeux, dans l'attente d'une révélation... Alors, sans me faire prier, je me suis répandue en confidences.

Et ainsi de suite.

Le samedi soir, je me suis rendue au Dewey's Pub, le seul autre restaurant de la ville, si toutefois on peut appeler cet établissement un « restaurant ». Paul est un copain à qui j'apporte de temps en temps des plats préparés qu'il propose sous l'étiquette « plat du jour » et dont nous nous partageons les bénéfices. Le Dewey's fait des affaires en or de par son statut d'unique débit de boissons alcoolisées de la ville, si l'on excepte la caserne de pompiers.

Ce soir-là, j'y retrouvais mon amie Chantal... enfin, amie... Disons une personne avec qui il m'arrive de sortir... Chantal, proche de la quarantaine, est célibataire, elle aussi. Mais, contrairement à moi, cette sirène rousse toute en courbes voluptueuses et lèvres boudeuses se satisfait pleinement de son sort et savoure avec délectation son statut de sex-symbol de Gideon's Cove. Tous les mâles de moins de quatre-vingt-dix-sept ans la trouvent fichtrement irrésistible, tandis que moi, tout le monde me cantonne au rôle de fille de substitution. Bien que Chantal ne soit jamais à court de compagnie masculine, nous nous retrouvons de temps en temps en tête à tête, histoire de nous lamenter sur la pénurie d'hommes réellement valables à Gideon's Cove.

Et là, ayant fait la connaissance d'un spécimen masculin aussi parfait que Tim O'Halloran, je brûlais d'envie de lui raconter notre rencontre et surtout, je l'avoue, de marquer mon territoire. En aucun cas je n'aurais supporté que Chantal fasse du gringue à mon futur époux !

— J'ai rencontré quelqu'un, lui ai-je annoncé d'un ton ferme, tandis que nous sirotions nos bières dans le box d'angle. Il s'appelle Tim O'Halloran et il est incroyablement... complètement... craquant ! Ça a tout de suite collé entre nous.

Tout en parlant, je balayais la salle du regard. Tim avait parlé d'un retour « samedi » : or nous étions samedi soir, et il était 20 heures. Le bar était modérément plein. Jonah, mon frère, se tenait au comptoir en compagnie de trois de ses copains, Stevie, Pete et Sam, tous à peu près du même âge que lui, soit vingt-cinq ans — c'est-à-dire beaucoup trop jeunes pour moi. Il y avait là également Mickey Tatum, le capitaine des pompiers, connu pour terrifier les écoliers avec ses histoires d'auto-immolation par le feu — photos à l'appui — et Pete Duchamps, le boucher, un alcoolique que l'on soupçonne d'entretenir une liaison extraconjugale avec la nouvelle bibliothécaire à temps partiel.

Malone se trouvait également au bar, l'air aussi gai qu'un fossoyeur. Il m'avait fusillée du regard en entrant, comme pour me mettre au défi de dire qu'il m'avait prise en stop, le jour de mon accident de vélo. Je n'ai pas relevé le défi. Je me suis contentée de lui adresser un faible signe de la main, mais il m'avait déjà tourné le dos. Pas étonnant qu'on le surnomme Malone le Solitaire !

Voilà, c'était à peu près tout ce que Gideon's Cove avait à offrir à une femme seule en matière de mâles disponibles ! On pouvait donc comprendre que je sois sur des charbons ardents à l'idée de revoir Tim.

Mon frère, qui ne manque jamais une occasion de flirter avec Chantal, a dérivé peu à peu vers nous.

— Salut, les filles ! a-t-il lancé aux seins de mon amie, décrochant au passage un sourire de leur propriétaire. Qu'est-ce que vous complotez ?

— Ta sœur était en train de me parler du mec super-canon qu'elle vient de rencontrer, a répondu Chantal, qui avait trempé un doigt dans sa bière et s'appliquait consciencieusement à le sucer.

Jonah la regardait faire, hypnotisé. J'ai soupiré d'agacement.

— Quel mec ? a-t-il marmonné avec difficulté.

Alors, j'ai tout raconté à mon frère aussi, toute mon irritation balayée par l'occasion qui m'était donnée de parler du nouvel homme de ma vie.

Nous sommes restés jusqu'à la fermeture du pub, mais Tim n'est pas venu. Cependant, je restais optimiste. Il m'avait dit que nous nous verrions à la messe, et j'entendais bien qu'il m'y voie.

Le lendemain matin, j'ai passé une heure et demie à me préparer. Comme j'avais parlé à mes parents, à ma sœur et à mon frère du mec-que-j'avais-rencontré, tous avaient tenu à m'accompagner à l'office, activité que notre famille réserve d'habitude à la messe de minuit (à condition qu'on ne soit pas trop crevés) et, à l'occasion, au week-end de Pâques.

Nous faisons donc notre entrée dans l'église, papa,

maman, Jonah, Will, Christy, enceinte, et moi… L'église était pratiquement pleine ; il y avait bien plus de monde qu'en temps normal. Célébrait-on une fête religieuse particulière ? J'aurais été bien incapable de le dire, mon esprit n'ayant jamais réussi à les mémoriser de manière définitive.

Ah, mais oui… J'avais en effet entendu certains bruits à ce sujet au *diner*… Le père Morris avait pris sa retraite, et un nouveau venu le remplaçait.

L'air de rien, j'ai tenté d'apercevoir Tim dans la foule, regardant par-dessus mon épaule, faisant mine d'ajuster la bandoulière de mon sac, sortant un mouchoir en papier, arrangeant le col de ma mère. Bref, saisissant tous les prétextes pour jeter un coup d'œil derrière moi. Puis le vieil orgue flatulent s'est mis à jouer et j'ai commencé à fouiller partout en quête d'un livret de chants. J'étais si occupée à scruter les bancs que j'ai ignoré le prêtre qui s'avançait vers l'autel. Je me suis tournée vers ma sœur.

— Tu le vois ?
— Oui, m'a-t-elle murmuré, le visage figé en un masque horrifié.

A cet instant, la musique a cessé, le silence s'est fait dans l'église, et je me suis retournée.

— Avant de commencer notre célébration du jour, a déclaré une voix déjà gravée dans mon esprit, j'aimerais me présenter. Je suis le père Tim O'Halloran et je me réjouis d'avoir été nommé dans votre charmante paroisse.

Pas moins de soixante-quinze visages environ se sont alors tournés dans ma direction. J'ai continué à regarder droit devant moi, le cœur cognant si fort que j'avais l'impression de sentir mon sang refluer dans mes veines. Mes joues me brûlaient tant qu'on aurait pu y faire cuire un œuf. Je n'ai regardé personne ; j'ai continué à fixer la poitrine du père Tim O'Halloran, feignant d'être fascinée et pas le moins du monde surprise. Une combinaison délicate…

— Je viens d'Irlande, comme vous l'avez peut-être

deviné, et je suis le dernier d'une fratrie de sept enfants. Il me tarde de faire votre connaissance à tous, aussi j'espère vous rencontrer pour le café après la messe. Et maintenant, nous allons commencer notre célébration de ce jour ainsi que nous commençons toute chose, au nom du Père, du Fils…

— Dieu du ciel ! ai-je marmonné.

Je n'ai pas entendu une seule parole de toute l'heure qui a suivi. Je sais juste que Christy a glissé sa main dans la mienne et que ma mère n'a cessé d'enjoindre mon père au silence. Quant à Jonah, qui était le plus éloigné de moi, il riait, de cet horrible fou rire qui vous prend à la messe, fait de sifflements étouffés, interrompus de temps à autre par un glapissement, et s'il avait été plus près peut-être aurais-je été gagnée par son hilarité. Ou bien je l'aurais étripé avec mes clés de voiture. Mais j'ai fait semblant d'écouter, j'ai articulé les paroles dénuées de sens de chants que je n'arrivais pas à lire et je me suis levée chaque fois que tout le monde se levait. Pendant la communion, en revanche, je suis restée à ma place.

A la fin de la messe, nous sommes sortis de l'église en file indienne à la suite de tout le monde, et Christy, ma sœur, ma meilleure amie, la personne que j'aime le plus au monde, m'a murmuré à l'oreille :

— On va faire semblant de parler de quelque chose de passionnant, d'accord ? Comme ça, personne ne viendra t'aborder. Alors souris, fais comme si tu discutais avec moi, et on fiche le camp d'ici vite fait. Ça te va comme plan ?

— Christy, je suis tellement…

Ma voix s'est brisée.

— Mais non, mais non, tout va bien… Continue d'avancer. Quel dommage qu'ils refassent les briques de l'entrée latérale ! Mince, c'est vraiment pas de bol, on arrive à sa hauteur… Tu peux sourire ?

J'ai faiblement découvert mes dents.

— Maggie ! s'est alors exclamé le père Tim. Quel plaisir de vous revoir ! J'espérais bien vous trouver ici.

Il m'a serré la main avec chaleur ; sa poigne était ferme et accueillante.

— Mais je vois que vous avez une sœur jumelle ! N'est-ce pas merveilleux ! Bonjour, je suis le père Tim, enchanté de faire votre connaissance...

« Le père Tim »... Entendre ce titre me faisait l'effet de l'acide sur une plaie à vif.

— Bonjour, mon père, je m'appelle Christy, a dit ma sœur. Je vous demande pardon, mais je ne me sens pas très bien. Maggie, tu veux bien me ramener à la maison ?

Nous avions pratiquement réussi à nous esquiver quand mon idiot de frère, pour lequel j'avais jusque-là beaucoup d'affection, a demandé :

— Comment tu as fait pour ne pas t'apercevoir qu'il était prêtre ?

Ma mère l'a saisi par le bras.

— Jonah, mon chéri...

— Que se passe-t-il ? a demandé le père Tim, les sourcils haussés d'étonnement.

— Pourquoi n'avez-vous pas dit à Maggie que vous étiez prêtre ?

Le père Tim m'a lancé un regard empli de confusion.

— Mais je n'ai certainement pas manqué de le lui signaler. Nous avons eu une petite conversation très agréable l'autre jour, au *dîner*.

— Bien sûr que nous avons bavardé ensemble ! ai-je lâché. Evidemment que je le savais ! Bien sûr ! Absolument ! Je savais que vous étiez prêtre ! Tout à fait ! Mais oui !

— Mais tu nous as dit que tu avais rencontré un Irlandais supersexy qui...

— Il s'agit de quelqu'un d'autre, ai-je presque crié, prête à frapper mon frère. Pas du père Tim ! Enfin, bon sang ! C'est un prêtre, Jonah ! Il n'est pas... Je ne pensais pas à... Il est...

Mais le mal était fait. Le père Tim s'est rembruni.

Christy est de nouveau intervenue :

— Maggie ? Il faut vraiment que je rentre.

Me prenant par le bras, elle m'a entraînée vers notre voiture, en lieu sûr.

Mais c'était trop tard. Le père Tim savait. Tout le monde savait.

Le père Tim est passé au *diner* le lendemain. Il m'a présenté ses excuses, je lui ai présenté les miennes, et nous avons bien ri de ce petit quiproquo. J'ai compris qu'il ne servait à rien de jouer la comédie. Il me fallait simplement reconnaître que j'avais commis une méprise. *Ha, ha, c'est plutôt drôle, non ? Je n'arrive pas à croire que j'ai pu louper cette petite info ! Ho, ho !*

Puis il m'a demandé si j'accepterais de faire partie d'un de ses groupes paroissiaux, et je me suis trouvée dans l'incapacité de refuser. Depuis, ma honte d'être devenue la risée de la ville s'est peu à peu estompée et, en vérité, le père Tim est devenu un grand ami. Bien que je ne puisse me résoudre à aller à la messe pour le voir en action, j'ai rejoint à peu près tous les groupes paroissiaux que compte St. Mary : décoration de l'autel, kermesse de Noël, aide sociale à la communauté, entretien des bâtiments, fraternité, projets divers...

Je sais, c'est mal de nourrir un béguin pour un prêtre. Je sais, je ne devrais pas prendre part à toutes ces activités paroissiales dans le seul but de côtoyer un curé qui ressemble au petit frère d'Aidan Quinn. Je sais, mon cœur ne devrait pas se serrer chaque fois que je le vois, je ne devrais pas ressentir une décharge d'adrénaline chaque fois que je décroche le téléphone et que j'entends sa voix douce dans le combiné. Il faut que je me trouve quelqu'un d'autre, c'est tout, et ce ridicule désir qui m'étreint le ventre s'estompera peu à peu. Un homme vraiment bien, quelqu'un d'aussi gentil que Tim O'Halloran, et tout finira comme dans les contes de fées.

Certains jours, j'arrive même à y croire.

# 1

— Bonjour, Maggie ! me lance le père Tim en se glissant dans son box habituel. Belle journée, n'est-ce pas ?

Il me sourit aimablement, et mon ventre se contracte.

— Bonjour, mon père. Qu'est-ce que je vous sers aujourd'hui ?

— Je crois que je vais me laisser tenter par votre pain perdu… Une idée de génie, ce glaçage à l'amande !

Oh ! cet accent irlandais ! Ce n'est vraiment pas juste !

— Merci. Très bien, je vous apporte ça tout de suite…
*J'ai entretenu des pensées coupables à votre sujet, mon père. Une fois de plus.*

Je me creuse les méninges pour trouver autre chose à dire.

— Comment s'est passée la messe, ce matin ?

Il hoche la tête.

— La célébration de l'eucharistie est toujours une nourriture pour l'esprit, murmure-t-il. Si vous voulez vous en rendre compte par vous-même, vous êtes la bienvenue, Maggie. J'aimerais beaucoup avoir votre avis sur mon homélie, c'est quand vous voudrez.

Il me presse toujours de me rendre à l'église. Pourtant, quelque chose m'en empêche. La mauvaise conscience, sans doute. J'ai beau être catholique non pratiquante, le fait de nourrir des pensées libidineuses à l'égard du prêtre pendant la messe constitue pour moi une barrière infranchissable.

— Eh bien, pourquoi pas, oui… Un de ces jours… Pas de problème.

— La messe peut offrir un moment propice à l'introspection. Nous avons parfois tendance à négliger les points importants de l'existence, Maggie. On peut facilement perdre de vue l'essentiel, si vous voyez ce que je veux dire.

Ça oui ! Je vois très bien, même ! Perdre de vue l'essentiel, c'est un art dans lequel j'excelle. Et en voici l'illustration parfaite : je continue à être éprise de lui. L'habit noir souligne absurdement sa beauté même si, je vous l'accorde, le col ecclésiastique lui ôte un peu de son sex-appeal. Mes pensées ont pris un tour si grotesque que j'en lève les yeux au ciel, puis je repars servir quelques tasses de café et me glisse dans la cuisine où Octavio retourne des pancakes avec adresse.

— Du pain perdu pour le père Tim, lui dis-je, m'emparant au passage d'une commande d'œufs à la poêle sur toasts non beurrés.

De retour au comptoir, je fais glisser l'assiette devant Stuart, l'un de mes habitués.

— Et deux poussins sur un radeau, échoués dans ton assiette !

Stuart m'adresse un hochement de tête approbateur : c'est un inconditionnel du jargon du *diner*. Je me tourne alors vers la dame de soixante-dix ans installée dans le premier box.

— Il vous faut autre chose, madame Jensen ?

Comme elle fronce les sourcils en secouant la tête, je lui laisse l'addition sur la table. Mme Jensen sort de la messe. Elle se confesse chaque semaine. Elle fait partie du groupe d'étude de la Bible et du groupe de décoration de l'autel. De toute évidence, je ne suis pas la seule à m'être entichée du père Tim…

Mon regard se pose malgré moi sur mon idéal impossible. Il lit le journal. A la vue de son beau profil découpé contre la fenêtre, je sens une onde de chaleur m'envahir.

*Si seulement tu étais un homme comme les autres…*

— Il va s'apercevoir que tu le regardes, me chuchote Rolly, un autre de mes habitués du comptoir.

— Ça ne fait rien, ce n'est un secret pour personne. N'oublie surtout pas de remplir un bulletin de vote, d'accord ? lui dis-je, détournant le regard de l'objet de mon désir. Et toi non plus, Stuart. J'ai besoin de réunir le plus de votes possible.

— Ouais ! Meilleur café de tout l'Etat !

— Meilleur *petit déjeuner*, Rolly…

Je souris et lui tapote l'épaule.

Ces deux dernières années, le Joe's Diner s'est classé à la quatrième place du concours organisé par le magazine *Maine Living* dans la catégorie « Meilleur Petit Déjeuner » et, cette année, je suis bien décidée à remporter le titre du comté. *Maine Living* exerce une grande influence sur les touristes, or un petit supplément de nuisances estivales ne ferait pas de mal à nos affaires. L'an passé, nous nous sommes fait battre à plates coutures par le Blackstone Bed & Breakfast de Calais, alors que leurs pancakes sont confectionnés à partir d'une préparation du commerce.

— On va gagner, patronne ! me lance Octavio depuis la fenêtre qui relie le comptoir à la cuisine. C'est nous qui servons le meilleur petit déjeuner.

Je lui rends son sourire.

— C'est bien vrai, mais en faire le secret le mieux gardé de toute la côte du Maine ne nous apporte pas grand-chose sur le plan financier…

— On s'en sortira, vous verrez.

Facile à dire ! Octavio gagne plus que moi, et ce n'est pas lui qui doit se taper les comptes à la fin de chaque mois !

— Hé, Maggie ! Tant que tu es debout, tu peux m'apporter une autre tasse ?

C'est Judy, ma serveuse. Après m'être exécutée, je vais servir son petit déjeuner au père Tim et j'en profite pour jeter un coup d'œil en douce à ses mains lisses et élégantes, avant de filer débarrasser une autre table.

Voilà huit ans que je tiens le Joe's Diner. J'ai repris le flambeau après qu'une crise cardiaque a terrassé mon grand-père, Jonah Gray. Avec un total de quatre salariés, c'est l'un des plus gros employeurs de Gideon's Cove. De nous tous, c'est Octavio le plus irremplaçable ; il officie en cuisine avec une inlassable efficacité. Judy, elle, travaillait déjà ici du temps de mon grand-père. Affichant entre soixante et cent vingt ans au compteur, elle est particulièrement douée pour ne rien faire mais, lorsqu'on la bouscule, elle est capable de gérer une salle pleine, non que ça nous arrive très souvent… L'été, histoire de soulager un peu Georgie, nous embauchons un jeune du lycée afin de faire face au modeste afflux de touristes parvenus aux confins de nos contrées septentrionales.

Et puis il y a moi, bien entendu. Je prépare le plat du jour, je confectionne toutes les pâtisseries, je fais le service, je dresse les bilans comptables, je gère le stock et je nettoie les locaux. Notre dernier employé, bien qu'il ne le soit qu'à titre officieux, c'est Colonel, mon chien. Mon pote. Mon bébé chéri. Je lui demande :

— Qui c'est ta maman ? Hein, Colonel McBisou ? Qui c'est qui t'aime, mon beau ?

M'entendant bêtifier, il se met alors à frapper le sol de sa queue. Toutefois, il sait qu'il ne doit pas abandonner son poste derrière la caisse. Un golden retriever, ça prend de la place, pourtant la plupart des gens ne remarquent même pas la présence de Colonel au *diner*, lui dont les manières raffinées n'ont rien à envier à celles de la reine d'Angleterre. Agé de treize ans, c'est un chien facile à vivre, mais il a toujours été incroyablement bien élevé.

Je lui donne un morceau de bacon et retourne à mon travail.

Le père Tim se lève pour régler sa note.

— Gwen, mon petit cœur, comment allez-vous ce matin ? Ce jaune est splendide, il vous va à ravir...

A ces mots, Mme Jensen se met à minauder de plaisir. Puis il me sourit et je me sens flageoler.

— Je vous vois toutes les deux ce soir, n'est-ce pas ?
— Bien sûr.

J'ai beau ne pouvoir me résoudre à aller à la messe, le père Tim m'a eue à l'usure pour le groupe d'étude de la Bible. L'étude de la Bible, voilà où j'en suis ! Ce sont là tous mes projets de sortie pour le week-end...

Enfin, ce n'est pas non plus comme si je devais éconduire une douzaine de prétendants pour ça... Hélas pour moi, le père Tim est le seul homme de mon entourage à se rapprocher le plus d'un petit ami.

— C'est Nancy Rigley qui se charge de la collation de ce soir ? demande-t-il.

Je souris.

— Non, c'est moi. Sa fille est patraque... Elle m'a téléphoné pour que je la remplace.

Le visage du père Tim s'illumine.

— Ah, formidable ! Pour la collation, veux-je dire. Pas pour son adorable petite fille. Eh bien, à tout à l'heure, Maggie !

Il me tapote l'épaule avec une affection avunculaire, déclenchant en moi un afflux de désir et d'exaltation, puis se tourne vers la porte. J'articule alors silencieusement : « je t'aime », c'est plus fort que moi.

Il se retourne, un sourire aux lèvres, pour m'adresser un dernier regard doublé d'un clin d'œil, avant de sortir dans le froid. Se pourrait-il qu'il m'ait entendue ? Mortifiée, je sens mon visage s'embraser, tandis qu'il me fait signe de la main en traversant la rue. Il est toujours très gentil avec moi. Mme Jensen, qui est loin d'avoir sa tolérance, me considère d'un œil noir. Je lui lance un regard étréci en retour. Je ne suis pas dupe : nous souffrons, elle et moi, de la même maladie — simplement, chez moi, ça se voit davantage.

C'est une journée de mars glaciale ; le vent s'élève de la mer en mugissant, transperce la laine des bonnets les plus épais ainsi que les gants en microfibre. Seuls quelques braves osent s'aventurer au-dehors, et la journée se traîne. A midi, nous ne faisons qu'une poignée de couverts. J'attends que Judy ait fini ses mots croisés pour la renvoyer chez elle, vu que de toute manière elle n'est là que pour faire de la figuration.

Tandis que je m'affaire à récurer le gril, Octavio enlève son tablier.

— Tavy, emporte donc le reste de tarte pour tes gosses...
Octavio a cinq enfants.

Il me gratifie de son grand sourire, que ses dents du bonheur rendent plus chaleureux encore.

— A condition qu'ils puissent y goûter! J'en ai déjà mangé deux parts.

Je lui rends son sourire.

— Judy est allée chercher d'autres bulletins de vote ?
— Je crois qu'elle en a distribué quelques-uns, oui.
— Génial !

Je ne cesse de demander à mes clients de remplir ces bulletins. L'an dernier, le titre nous a échappé à deux cents voix près, c'est pourquoi il est nécessaire que chaque personne qui franchit le seuil du *diner* participe au vote.

— Bon après-midi, Octavio.
— A toi, aussi, patronne !
— Et puis tiens, prends aussi ces cookies...

Il me remercie d'un grand sourire avant de sortir par la porte de service.

Colonel sait l'heure qu'il est. Il se lève de sa place et vient vers moi en quête de petites tapes affectueuses, poussant sa grosse tête contre mes cuisses. Je caresse ses joues blanches.

— Tu es vraiment un bon chien, tu sais...

Il acquiesce en remuant la queue, puis regagne tranquillement sa place, sachant que j'ai encore à faire.

Je retourne la pancarte « Ouvert » sur la porte, pour afficher « Fermé », puis j'essuie la dernière table… 15 heures… C'est l'un de mes moments préférés de la journée. Je suis fière de pouvoir affirmer que le Joe's est célèbre dans toute la région pour ses desserts, en particulier pour ses tartes et ses macarons à la noix de coco.

Il arbore une déco à la Jerry Mahoney. Porcelaine rouge et crème avec rebord en Inox, banquettes recouvertes de vinyle rouge, murs crème et carrelage noir et blanc. Dix tabourets de bar pivotants sont rivés au sol devant le comptoir au bout duquel se dresse la traditionnelle vitrine à pâtisseries dont le contenu allèche ma clientèle. La salle compte sept box équipés de belles banquettes à l'assise et au dossier larges et confortables, souples juste comme il faut. Mon grand-père s'était doté de petits juke-box et quand nous étions petits, mon frère et moi, nous adorions parcourir les titres pour découvrir les nouvelles sélections. On accède à la cuisine par une porte battante percée d'un hublot et il y a une petite réserve, ainsi que des toilettes unisexes. Dans la fenêtre d'angle, le néon « Venez manger chez Joe » lance une invitation intemporelle.

Au cours de la demi-heure qui suit, j'additionne les tickets de caisse, je vérifie le stock de marchandises, j'imprime d'autres bulletins de vote et je passe la serpillière par terre. Je travaille au son du juke-box, joignant ma voix à celle d'Aretha ou du Boss. Pour finir, je retourne dans la cuisine pour commencer à faire cuire les desserts du lendemain. Sans oublier la collation de ce soir…

Le visage du père Tim s'étant illuminé lorsque ce dernier a appris que c'était moi qui m'en chargeais, je décide de préparer des pavés à l'abricot, l'une de ses gourmandises préférées. Après les avoir enfournés, j'étale quelques fonds de tarte et confectionne deux tartes aux myrtilles.

La queue de mon chien se met alors à frapper le sol,

puis je l'entends se lever péniblement du carrelage. Je baisse la température du four et déplace mes tartes sur la grille du haut afin que leurs fonds ne brûlent pas. Je n'ai pas besoin de consulter l'heure pour savoir que ma sœur arrive.

Et, en effet, la voilà qui engage sa poussette dans la porte du restaurant. Nous ne nous sommes pas vues depuis trois jours, laps de temps assez long pour nous.

— Salut, Christy !
Je souris en lui tenant la porte.
— Salut, Mags !
Elle me jette un regard, puis deux.
— C'est pas vrai !
Elle fait passer la poussette en force, sans pour autant déranger Violet, qui dort à poings fermés, et enlève son bonnet.
— Regarde, moi aussi…

J'en reste bouche bée. Puis nous partons d'un même éclat de rire, tendant les mains l'une vers l'autre au même moment.

Christy et moi sommes de vraies jumelles. Et nous continuons à être identiques, même si elle a désormais un bébé de huit mois. Nous faisons le même poids, la même profondeur de bonnet de soutien-gorge, la même pointure de chaussures, la même taille de pantalon. Nous avons le même grain de beauté sur la joue gauche. Le même petit doigt un peu tordu à la main droite. Bien que Christy s'habille un peu mieux que moi, la plupart des gens sont incapables de nous distinguer l'une de l'autre. En fait, seul Will, son mari, ne nous a jamais confondues. Même nos parents se trompent de temps en temps et Jonah, notre cadet de huit ans, ne fait guère d'efforts pour nous reconnaître.

Quand l'une appelle, la ligne sonne souvent occupée car l'autre, qui a eu la même idée au même moment, est justement en train de lui téléphoner. Parfois, nous nous offrons la même carte d'anniversaire ou nous choisissons le même pull dans le catalogue L.L. Bean. Si j'achète un bouquet de tulipes pour orner ma table de cuisine, vous pouvez parier que de son côté Christy a fait de même.

Mais il arrive que, de temps en temps, l'une de nous deux soit prise de l'envie frénétique d'essayer une nouveauté, histoire d'introduire dans son apparence une certaine forme d'individualité. C'est pourquoi lundi, jour de fermeture du restaurant, je suis allée à Jonesport me faire faire une coupe légèrement dégradée, ainsi que quelques reflets. Mais, manifestement, Christy a eu la même idée. Une fois de plus, nous sommes identiques.

— Quand est-ce que tu es allée chez le coiffeur ?
— Hier, répond-elle. Et toi ?

Elle sourit en tendant la main vers ma toute nouvelle coiffure.

— Lundi. C'est donc ma coupe de cheveux à moi !

Je souris en disant ça. Ça m'est complètement égal. En fait, j'ai toujours bien aimé qu'on me prenne pour Christy.

— De toute façon, la plupart du temps je me fais une queue-de-cheval... Et puis tu as toujours de plus beaux vêtements que moi.

— Des vêtements sans taches, du moins, réplique-t-elle avec un sourire en s'asseyant au comptoir.

Elle ôte son manteau et le pose sur le tabouret voisin. Je m'avance vers la poussette, un de ces engins suédois hyper-compliqués avec toutes les options possibles et imaginables, depuis le coupe-vent jusqu'à la machine à cappuccino, et je me tords le cou pour passer la tête à l'intérieur. En avançant les lèvres, je peux presque embrasser ma nièce endormie.

— Bonjour, petit ange, dis-je dans un murmure, en adoration devant son teint sans défaut et ses cils légers comme des plumes. Bon sang, Christy, elle devient de plus en plus belle !

— Je sais, répond ma sœur d'un air suffisant. Alors, et toi, quoi de neuf ?

— Oh ! Pas grand-chose. Le père Tim est passé, ce matin. Je crains qu'il ne m'ait entendue lui dire que je l'aimais.

— Maggie !

Christy se met à pouffer avec compassion. Elle, au moins, a le bon sens de ne pas me débiter toutes les platitudes d'usage… « Mais pourquoi perds-tu ton temps à soupirer après un prêtre ? Tu ne peux pas te trouver quelqu'un d'autre ? Franchement, Maggie, tu devrais rencontrer quelqu'un. Tu as essayé internet/le bénévolat/l'église/ les agences matrimoniales/le speed-dating/les clubs de célibataires/les soirées pour célibataires/les croisières pour célibataires/la prostitution ? » Cette dernière option m'a été suggérée par Stevie, l'ami de mon frère, qui me drague depuis qu'il a douze ans.

Le bénévolat, j'ai déjà donné et je continue. Quant à l'église, il est clair qu'elle constitue l'axe de mon problème. Quant aux soirées pour célibataires et au speed-dating… Eh bien, pour commencer, nous n'avons guère de choses de ce genre dans notre Maine rural. La grande ville la plus proche, c'est Bar Harbor, et il faut bien une heure et demie pour s'y rendre — et encore, par temps clair ! Pour ce qui est d'internet, pour moi, ces sites de rencontres sentent la supercherie à plein nez. Car au fond, on peut y raconter n'importe quoi. Quel meilleur moyen pour tromper les gens sur son compte ? Combien d'histoires ai-je entendues à propos de personnes douloureusement déçues en rencontrant dans la vie réelle celui ou celle qui apparaissait comme le ou la partenaire idéal(e) sur internet ?

Christy, elle, sait. Elle a souffert avec moi autant qu'une personne heureuse en ménage est en mesure de souffrir. Pour sa part, elle n'a eu aucun mal à rencontrer Will, son adorable et séduisant médecin — eh oui ! — de mari. Ils habitent une maison rénovée de style victorien, construite dans le temps par un capitaine au long cours. Ils jouissent d'une magnifique vue sur la mer. Une fois par semaine, ils vont au restaurant à Machias, pendant que je leur garde Violet, à titre gracieux, bien entendu. Et même si je n'éprouve pas spécialement de jalousie envers ma sœur pour tous les aspects positifs de sa vie, la situation m'apparaît un tantinet injuste. Elle a décroché le gros lot, et moi je suis amoureuse d'un prêtre.

— Tu veux venir manger à la maison, ce soir ? Histoire de voir si on arrive à berner Will ? me propose-t-elle en jouant avec les pointes de sa nouvelle coupe.

— Volontiers. Les tartes seront bientôt prêtes. Tu veux que j'en apporte une ?

— Non, ça ira. C'est nous qui te ferons la cuisine, tu n'auras qu'à mettre les pieds sous la table. Tiens, au fait ! J'ai déniché ça pour toi, à Machias…

Elle pêche un petit flacon au fond de son sac.

— Je l'ai trouvé dans une boutique qui vend toutes sortes de trucs sympas, des boucles d'oreilles, des écharpes et des petits savons. C'est une crème à la cire d'abeille.

Vivre sur la côte septentrionale du Maine et posséder un restaurant — donc, avoir en permanence les mains dans l'eau ou à proximité d'huile bouillante — font que j'ai les mains horriblement gercées. Si on y ajoute leurs ongles coupés court, leurs cuticules abîmées et leurs plaques d'eczéma, elles sont le point noir de mon physique. En quête permanente d'une crème susceptible d'améliorer réellement leur aspect et leur toucher, je teste tous les produits existants sur le marché avec à peu près le même résultat : aucun.

— Merci, Christy.

Je m'en passe un peu.

— Mmm… elle sent délicieusement bon. Elle est parfumée à la lavande ?

Mais je sais déjà que cette crème n'est pas assez nourrissante pour ma peau malmenée.

— Hm-hm… J'espère qu'elle te fera du bien…

∗∗∗

Une heure plus tard, nous sommes chez ma sœur. Pendant que le rôti cuit dans le four, je distrais Violet en agitant des cuillères-mesure devant elle. Elle leur donne des tapes en gazouillant et en bavant. Je lui embrasse les cheveux.

— Tu sais dire *cuillère*, Violet ? *Cuillère ?*
— Boui, me répond-elle.
— Très bien ! nous exclamons-nous en chœur.

Ma nièce sourit, découvrant ses deux quenottes de devant, et un torrent de bave coule de sa bouche en bouton de rose jusque sur mes genoux.

Nous entendons la voiture de Will stopper dans le garage.

— Ah, le voilà ! Vite, Maggie, donne-moi la petite ! Je vais dans le salon. Toi, place-toi devant la cuisinière. Tiens, mets mon tablier !

Elle me lance le tablier en pouffant, s'empare de sa fille et s'éclipse.

Plantée devant les fourneaux, j'imagine l'espace d'un court instant que c'est ma maison, mon mari, ma petite fille, mon rôti. Qu'un homme qui m'aime se hâte de rentrer pour m'embrasser, que ce magnifique petit bébé va m'appeler maman. Que c'est moi qui ai décoré cette ravissante cuisine, l'endroit où toute ma petite famille aime à se retrouver, l'endroit de la maison où l'on rit le plus.

Will ouvre la porte qui relie le garage à la cuisine. Je lui tourne le dos.

— Salut, Maggie ! Ta nouvelle coupe te va très bien.
Il m'embrasse sur la joue en riant.
— Vous essayez encore de me tromper ?
Ma sœur apparaît, les joues toutes rouges.
— Il fallait bien qu'on essaie ! Coucou, chéri.
Ils s'embrassent, et Violet tend une menotte potelée

pour caresser le visage de son père. Je remue la sauce en souriant. Je suis à la fois capable d'envier le bonheur de ma sœur et de me réjouir pour elle. L'un n'exclut pas l'autre.

— Alors, docteur, comment s'est passée ta journée ?

Will est l'un des deux généralistes de la ville ; il soigne à peu près tous les habitants de Gideon's Cove. Il a engagé ma mère comme secrétaire à temps partiel, confirmant ainsi définitivement dans l'esprit de tout le monde qu'il est un saint.

— Très bien, dit-il en prenant sa fille des bras de Christy. Papa a juste sauvé des vies, guéri des corps blessés, apaisé des esprits tourmentés... La routine, quoi.

— Tu veux dire que personne ne t'a vomi dessus, aujourd'hui ? s'enquiert malicieusement ma sœur.

— Et toi, Maggie ? me demande Will. Quoi de neuf ?

Décidément, j'ai horreur qu'on me pose cette question ! A part « Tu vois quelqu'un en ce moment ? », c'est *la* question que je déteste.

— Pas grand-chose. Rien qui me vienne à l'idée, en tout cas. Mais tout va bien. Très bien même, je te remercie, Will.

— Dis-moi, chéri, intervient ma sœur, ce type, à l'hôpital, dont tu m'as parlé... Tu m'avais dit que tu essaierais de le brancher avec Maggie ?

Will ouvre le réfrigérateur et en sort trois bières.

— Ah... oui ! C'est vrai. Roger Martin. Un mec très bien, Mags. Il est infirmier. Qu'en dis-tu ? Tu veux qu'on te branche avec lui ?

— Pourquoi pas ?

Je prends une longue gorgée de bière pour dissimuler mon embarras. Ça m'ennuie toujours de devoir compter sur la gentillesse des autres pour rencontrer quelqu'un. Mais bon, j'ai déjà trente-deux ans...

— Mais seulement si ça l'intéresse lui aussi, d'accord ? Et s'il est sympa. Il est sympa ?

— Bien sûr qu'il est sympa ! se récrie Christy sans l'avoir rencontré... Tu as même dit qu'il était assez mignon, hein, Will ?

— Oui, je crois... Enfin, je ne suis pas le mieux placé pour juger de ce genre de choses, madame Jones...

Il se lance alors dans la chanson sur laquelle ils ont dansé à leur mariage, il y a deux ans.

— *Mrs... Mrs... Mrs... Mrs Jo-ones. We've got a thing going on...*

— Will, arrête, s'il te plaît, tu fais peur à la petite, lâche Christy, les joues roses de plaisir.

J'aime ma sœur de tout mon cœur. Violet est le soleil de ma vie, et Will est l'une des personnes les plus formidables que je connaisse, en tout cas l'une des rares à mériter ma jumelle. Mais ce soir, j'ai du mal à me sentir à l'aise avec eux. Will et Christy ont beau m'accueillir à bras ouverts dans leur maison, je demeure néanmoins une visiteuse et je veux tout ce qu'ils ont : les plaisanteries qu'ils sont seuls à comprendre, leur affection inconsciente, les petits noms qu'ils se donnent...

Ma sœur ressent ma gêne. Une fois la vaisselle faite, elle me raccompagne jusqu'à la porte.

— Tu veux qu'on te ramène, Mags ?

— Non, non. C'est... J'aime bien être dehors. C'est une belle nuit pour se balader.

« Belle » est peut-être un peu exagéré pour qualifier une soirée de mars sur la côte septentrionale du Maine, mais une petite marche me fera le plus grand bien. J'enroule mon écharpe autour de mon cou, j'enfonce mon bonnet sur mes oreilles et j'appelle Colonel, qui se régale de l'os que Will lui a filé en douce.

— Tu vas finir par trouver quelqu'un, me murmure ma sœur à l'oreille. C'est certain.

— Je le sais. Ce n'est qu'une question de temps. A moins qu'on puisse cloner Will...

Je souris et lui rends son étreinte.

— Merci pour ce dîner, Christy. Je t'adore !

Je descends les marches en retenant Colonel par le collier afin qu'il ne trébuche pas. Il souffre d'un peu d'arthrite aux hanches, et les escaliers se révèlent parfois délicats pour lui.

— Moi aussi, je t'adore ! me lance ma sœur.

J'ai juste le temps de rentrer chez moi, d'aider Colonel à gravir mon propre escalier, de l'installer pour la nuit, de retourner au *dîner*, de récupérer les pavés à l'abricot et de me rendre à pied à la cure.

Cinq autres personnes sont déjà là-bas quand j'arrive, toutes des femmes, toutes un peu amoureuses du père Tim, même si c'est à un degré moindre que moi et même si, contrairement à moi, elles ne souffrent pas du regard des autres.

— Maggie ! s'exclame le père Tim.

Il vient vers moi et l'odeur de son savon me parvient, troublante. Son sourire éblouissant me brûle les joues.

— Vous voilà ! Et qu'avons-nous là ? Saperlipopette, Maggie, vous tenteriez un saint !

A ces mots, Mme Plutarski, sa secrétaire paroissiale, véritable gorgone de St. Mary, fronce les sourcils. Mais je ne m'y trompe pas : le père Tim fait allusion à mes talents de pâtissière, bien évidemment, pas à mes charmes féminins ! Fredonnant doucement au-dessus des gâteaux, il dépose le plateau sur un buffet, et une fois encore je me fais la réflexion que son cul est une véritable œuvre d'art. Puis je me sermonne vertement : *Ces pensées coupables ne te mèneront nulle part, Maggie !* N'empêche que je maintiens : c'est une œuvre d'art.

— Bien, mesdames... Nous nous apprêtions, je crois, à discuter de ce charmant passage du livre de la Sagesse... Mabel, que diriez-vous de commencer à nous lire les versets cinq à onze ?

Je passe l'heure qui suit abîmée dans la contemplation du père Tim, me repaissant de son regard expressif, de son sourire unique, tout empreint de compassion, de son accent chantant. Mes sentiments oscillent entre désir pour lui et contrariété envers moi-même.

*Si seulement je pouvais rencontrer quelqu'un d'autre... Si seulement je pouvais me guérir de lui... Mieux encore : si seulement il était épiscopalien ! Nous pourrions alors nous marier et vivre ici, dans ce foyer douillet, entourés de nos magnifiques enfants aux yeux verts. Liam, peut-être, et puis Colleen. Un troisième serait en route. Nous songerions à Connor pour un garçon et à Fiona pour une fille.*

— Et vous, Maggie, qu'en pensez-vous ? Vous êtes d'accord avec Louise ? me demande subitement le père Tim d'un air d'expectative.

— Oui ! Oui, absolument ! Bien vu, Louise...

Je n'ai pas la moindre idée de ce qu'elle vient de dire. Je me souviens vaguement d'un truc sur la lumière... mais non, décidément, ça m'échappe... Mme Plutarski fait alors entendre un reniflement méprisant.

Le père Tim m'adresse un clin d'œil. Il sait. Je sens mes joues s'enflammer. Pour changer.

Une fois terminée l'étude de ce passage de la Bible — sans que cette séance m'ait en rien instruite, édifiée ou fait évoluer d'un point de vue spirituel —, j'éprouve le besoin inhabituel de rentrer chez moi.

Les autres se sont déjà massés autour du buffet : ils se servent du café et se jettent sur mes jolis petits pavés aux abricots.

Je les salue de la main.

— Désolée, les amis, mais je dois y aller. Régalez-vous bien.

— Merci, Maggie, répond le père Tim, la bouche pleine. Je passerai vous rendre le plateau au *dîner*, d'accord ?

— C'est sympa, merci !

Il me fait au revoir de la main droite tout en tendant la gauche vers un autre pavé, et je souris avec tendresse, ravie de lui avoir fait plaisir. Puis je rentre chez moi, heureuse de savoir que Colonel, lui au moins, m'attend avec impatience.

# 2

Vendredi après-midi… Je quitte le *diner*. Toutes mes pâtisseries sont prêtes pour être enfournées demain matin, et je rentre chez moi. J'ai des ressorts sous les pieds. Will, le meilleur beau-frère du monde, a réussi son coup. Ce soir, je sors !

Cela faisait longtemps. Un sacré bail ! Je me creuse les méninges pour me souvenir de quand date mon dernier rendez-vous galant. En vain. C'était avant l'arrivée du père Tim, en tout cas.

Je flatte la tête de Colonel, histoire de me donner du courage, et resserre les pans de mon manteau autour de moi. Ce soir, j'ai rendez-vous et je vais en profiter. Un bon petit repas, de la compagnie et le frisson de perspectives possibles… Je tourne dans ma rue et chemine jusqu'à la petite maison que je me suis achetée, il y a quelques années. Mme Kandinsky, ma locataire, habite au rez-de-chaussée. Elle a quatre-vingt-onze ans. C'est un adorable petit moineau qui me tricote des pulls et des bonnets à une vitesse ahurissante, vu ses doigts recroquevillés par l'arthrite.

Je frappe à sa porte et patiente. Il lui faut parfois un peu de temps pour se lever de son siège. Finalement, la porte s'entrebâille, deux yeux soupçonneux me scrutent, me reconnaissent, s'adoucissent. Puis la porte s'ouvre en grand.

— Bonjour, ma chère petite !

— Bonjour, madame K. !

Je me courbe d'environ trente centimètres pour embrasser sa joue soyeuse et toute ridée.

— Je vous ai apporté du pain de viande. Avec toutes les garnitures.

— Oh ! Maggie, comme c'est *gentil* ! Moi qui ne savais pas *quoi* me faire à manger ce soir ! Voilà qui m'ôte *l'obligation* de cuisiner ! Vous êtes un *ange*, voilà ce que vous êtes. *Entrez*, entrez donc !

Sa façon d'appuyer sur certains mots me donne toujours un peu l'impression qu'elle est en train de chanter et, au bout de quelques minutes en sa compagnie, je me surprends à imiter inconsciemment son phrasé.

Bien qu'il me reste encore deux heures avant de partir pour le restaurant, j'ai envie de monter chez moi pour me délecter du rare sentiment d'exaltation que l'on éprouve juste avant un rendez-vous. Mais Mme K. est une adorable vieille dame et, bien souvent, je suis la seule personne qu'elle voit de la journée. Ses enfants, qui commencent à se faire vieux, eux aussi, vivent en dehors de l'Etat, et la plupart de ses amis ont disparu depuis longtemps. J'ai pris l'habitude de lui apporter des restes du *dîner* pour des raisons à la fois égoïstes et désintéressées : d'une part, je ne tiens pas à ce qu'elle mette le feu à la maison en essayant de faire la cuisine, d'autre part, elle profite ainsi de scones aux myrtilles, de muffins, d'une belle portion de rôti en cocotte ou de gratin de macaronis au cheddar, ou de tout autre plat que j'ai servi ce jour-là.

Nous passons dans son salon, encombré de sièges rembourrés, de magazines et d'un petit poste de télévision raccordé à mon antenne satellite. Elle était en train de regarder un match de football opposant la Russie à l'Italie. L'odeur de vieille personne, de renfermé et de médicaments, étrangement réconfortante, me picote la gorge.

— Je ne peux pas rester, madame K. Figurez-vous que je sors, ce soir.

Et me voilà repartie à semer la grande nouvelle aux quatre vents ! Cette fois, au moins, je suis sûre que le type en question n'est pas prêtre.

— Comme c'est *charmant*, ma chère petite ! Je me *souviens* du temps où M. Kandinsky me faisait sa cour. Mon père *n'approuvait pas*, vous savez…

Ça, pour savoir, je le sais ! J'ai déjà entendu cette histoire des dizaines de fois. Pour le lui faire comprendre, j'enchaîne :

— C'est vrai. Il lui montrait sa collection *d'armes à feu*, n'est-ce pas ?

— Oui. Mon *père* lui montrait sa collection *d'armes à feu* pendant qu'il *m'attendait* ! Vous vous rendez *compte* ?

Son visage tout ratatiné se plisse encore plus de rides sous l'effet de son rire, charmant et argentin.

Je souris.

— Ma foi, M. K. devait vous aimer énormément pour supporter un tel traitement !

— Oh oui, il *m'aimait* ! Voulez-vous que je vous fasse *réchauffer* une portion de pain de viande pour *vous* aussi, ma chère petite Maggie ?

Je me penche de nouveau sur elle pour l'embrasser.

— Non, je vous remercie. N'oubliez pas que je sors, ce soir ! Mais moi, je vais vous le faire réchauffer.

Je glisse le plat dans le four à micro-ondes et appuie sur quelques touches. Mme K. oublie fréquemment la façon dont on s'en sert, bien qu'il m'arrive parfois de sentir une odeur de pop-corn, le soir. J'imagine qu'elle doit se débrouiller quand il s'agit de préparer des choses véritablement importantes… Sur le plan de travail se trouve un gros flacon de crème réparatrice pour les mains Therapy Plus spécial peaux sèches d'Eucerin.

— Madame K., ça vous ennuie si j'essaie votre crème pour les mains ?

— Mais pas du *tout* ! Ma mère *disait* toujours : une vraie *dame* se reconnaît à ses *mains*.

— J'espère bien que non, dis-je entre mes dents en m'attaquant à une crevasse près de mon pouce.

Dix minutes plus tard, je monte à mon appartement. Colonel me semble plus raide que d'habitude, et je dois l'encourager pour qu'il grimpe les dernières marches.

— Tiens, mon gros…

Tandis que je lui prépare son repas, j'écrase un comprimé de glucosamine et des anti-inflammatoires pour chiens dans une cuillerée de beurre de cacahuètes et je me tourne vers lui.

— Boule de beurre !

Il remue joyeusement la queue en léchant la cuillère et son contenu.

— C'est bien. Et voilà votre dîner, M. Beau-Gosse !

Vu l'état de ses hanches, je ne le fais pas asseoir au préalable.

Après m'être acquittée de mes devoirs, je prends une minute pour m'affaler dans mon fauteuil et me détendre. Mon appartement est tout petit : une cuisine riquiqui, un séjour, une chambre minuscule et une salle de bains pour lutins dans laquelle je peux à peine me tenir debout. Mais je l'adore. Un coffre de marin fait office de table basse dans le salon. Des photos de Violet décorent le réfrigérateur, et un saintpaulia — ou violette du Cap — fleurit sur le rebord de la fenêtre, en l'honneur de ma nièce. De petites collections de boîtes d'allumettes et de salières en forme d'animaux s'alignent sur une étagère installée par mon père et moi, il y a quelques années. D'anciens moules à tarte en étain sont accrochés au mur et, en guise de patères, je me sers de boutons de porte en porcelaine ou en verre pour suspendre mes manteaux. Six ou sept nichoirs à oiseaux ornent le mur : ils m'ont été offerts par mon père, qui les fabrique avec la même rapidité que Mme K. confectionne des châles au crochet.

Bien… Il est temps, à présent, de me préparer pour mon rendez-vous ! J'ai déjà réfléchi à ce que j'allais mettre : un pantalon noir, un pull rouge et une jolie paire de chaussures en daim que j'enfilerai une fois arrivée au restaurant. La glace, la boue et le sel entre la maison et ma voiture abîmeraient dès le premier pas n'importe quelles chaussures, à part mes fidèles bottes commandées chez L.L. Bean.

Je me douche, me sèche les cheveux et prends soin de mon visage. Je jette un coup d'œil au miroir, satisfaite. Je ne porte pas souvent mes cheveux libres, mais ils paraissent beaux et soyeux grâce à ma nouvelle coupe et au balayage. Maquillés, mes yeux gris semblent plus grands, et le blush que je m'applique sur les joues fait des miracles sur mon teint pâle. Après avoir mis un collier, je donne à mon chien un os à mâcher en peau de buffle et sors de l'appartement.

Roger Martin, l'infirmier avec qui je dîne ce soir, m'a appelée trois jours plus tôt, à l'instigation de Will. Au téléphone, il m'a paru sympathique, bien que nous n'ayons échangé que quelques mots. Nous sommes convenus de nous retrouver au Loon, un agréable restaurant de Machias que fréquentent souvent Will et Christy. Pourquoi cet homme-là a-t-il besoin qu'on le branche avec une fille, mystère… Cela dit, moi aussi j'ai besoin qu'on me branche avec quelqu'un, sans pourtant que j'aie de tare cachée, aussi réservé-je mon jugement…

Depuis Gideon's Cove, il faut un certain temps pour arriver au restaurant : les routes sont étroites et sinueuses pour sortir de notre petite péninsule. Mais ça m'est égal. J'ai sélectionné une station de radio et je fredonne tout le long du trajet. A dire vrai, il m'arrive rarement de sortir de Gideon's Cove ; d'habitude, je me contente de marcher en ville ou de me balader à bicyclette. Ma voiture, un break Subaru, ne me sert qu'à charger mes courses au Wal-Mart de Calais quand j'ai besoin de renouveler le stock du *diner* : du nettoyant pour les vitres, de l'eau de Javel par bouteilles de cinq litres, des sacs-poubelle, de la farine. Pour les trajets quotidiens, je préfère les transports à énergie humaine.

Je passe devant le campus de l'université du Maine et continue ma traversée de la ville. Le restaurant est un endroit chaleureux à colombages et buissons semés de guirlandes de « lucioles ». L'intérieur est tout aussi charmant : parquet à larges lames, bougies scintillantes, nappes blanches et, dans un coin de la salle, un piano. Je demande au maître d'hôtel si Roger est arrivé ; il me conduit alors jusqu'à une table. Eh oui, il est là, en train d'étudier la carte...

Une vague de trac et d'excitation monte en moi à l'idée que je vais rencontrer un inconnu, chose qui ne m'est pas familière.

— Bonsoir, Maggie. Je suis Roger, dit-il en se levant pour me serrer la main.

Il a un physique ordinaire : ni beau ni dénué de charme, taille moyenne, des traits un tantinet poupins. Il a les yeux bleus, les cheveux bruns et un front qui commence à se dégarnir.

— Bonsoir... Comment vas-tu ? C'est sympa, comme endroit, n'est-ce pas ? Vraiment très mignon ! D'après ma sœur, on y mange très bien.

Je frémis intérieurement, rougissant. Il faut vraiment que je consulte pour cette tendance que j'ai à parler à tort et à travers...

Roger me sourit.

— Assieds-toi, je t'en prie.

Je m'installe, pose mon sac à mes pieds et commence à tripoter les couverts.

— Oui..., dis-je. C'est sympa... Merci d'être venu, surtout. Enfin, je veux dire, merci de, comment dire...

Je me mets à rire nerveusement.

— Excuse-moi, je n'ai pas l'habitude de sortir...

*Arrête de parler, tais-toi ! Tais-toi...*

— Dans le cadre de *blind dates*, je veux dire. Du coup,

je suis un peu nerveuse. Mais tu as l'air très sympa. Et puis tu as un bon job, rien de trop effrayant... infirmier, tout simplement. Alors, bon... tu vois, quoi... Jusqu'ici, ça va.

*Seigneur! On dirait un chimpanzé sous amphétamines.*

Roger continue à me regarder fixement, puis il me demande :

— Tu veux boire quelque chose ?

L'alcool accentuant ma tendance à jacasser, le plus sage pour moi serait de refuser tout net. Pourtant, je réponds au serveur :

— Je prendrai un verre de chardonnay.

Serrant les lèvres pour endiguer le flot de mon babillage, je me force à attendre que Roger prenne la parole.

— Will est le mari de ta sœur, c'est ça ?

— Oui.

*Bien joué, Maggie !*

— Et... ai-je raison de penser que vous êtes jumelles, toutes les deux ?

— Oui.

— De vraies jumelles ?

— Oui.

Il hausse légèrement les sourcils. Finalement, le moment est peut-être mal choisi pour me taire.

— Oui, c'est bien ça. Nous sommes jumelles. De vraies jumelles, tu as tout à fait raison. Christy est mon aînée de deux minutes, mais j'aime à dire que je suis la préférée de ma mère, parce que je pesais moins que ma sœur à la naissance.

— Je vois...

Son sourire s'est envolé.

Je baisse mon visage en feu sur la carte.

*Détends-toi... Ce n'est pas un jeu télévisé. Tu n'as rien à perdre. Soit tu lui plais, soit tu ne lui plais pas. Soit il te plaît, soit il ne te plaît pas. Calme-toi...*

Le serveur revient, et nous commandons notre repas. Je

veille à choisir un plat qui ne soit ni le moins cher ni le plus coûteux de la carte. Puis je bois une autre gorgée de vin.

— Alors, Roger, ça te plaît d'être infirmier ?

*Booon ! C'est déjà mieux !*

— Oui, absolument.

Il me parle un peu de son travail et très vite la conclusion s'impose : Roger n'est pas fait pour moi. Il est un peu rasoir... Au lieu de me parler des patients, des médecins qu'il côtoie et de son intérêt pour tout ce qui a trait à l'humain, il se lance dans une ennuyeuse digression sur les heures supplémentaires, les avantages et son épargne-retraite par capitalisation. J'entends alors la voix de ma sœur : « Laisse-lui une chance ». Je m'y efforce donc.

Notre dîner arrive. Contrairement à moi, Roger n'a eu aucun scrupule à commander le plat le plus cher de la carte. Le serveur dépose devant lui un énorme homard, rouge et fumant, et entreprend de lui nouer un bavoir autour du cou, ce qui lui donne l'air d'un bébé géant. Le homard doit peser entre un kilo et demi et deux kilos, un sumo parmi ses congénères. Roger lui arrache une pince avec la virilité conquérante d'un gladiateur, puis l'achève à l'aide du casse-noix fourni.

— Alors comme ça, tu es chef cuisinier, Maggie ?

Il insère sa fourchette à l'intérieur de la pince et se met à trifouiller dedans. Il en retire de haute lutte un gros morceau de chair, le trempe dans le beurre fondu et l'enfourne. Le beurre fondu et le jus de homard lui dégoulinent sur le menton, mais il prend le temps de s'essuyer la bouche.

Les probabilités pour que j'aime cet homme jusqu'à la fin de mes jours décroissent à une vitesse fulgurante.

— Non, pas chef. Je suis propriétaire du Joe's Diner à Gideon's Cove. Je cuisine, mais je ne suis pas chef. Il y a une grande différence entre les deux.

Je n'arrive pas à détacher mon regard de sa bouche luisante de graisse.

— Laquelle ? me demande-t-il.

Crac. Il retire un morceau de chair. Autre crac. C'est comme regarder Vlad l'Empaleur conduire une autopsie.

— Euh... eh bien, un chef, c'est... il a davantage de... euh, il a une formation plus solide, je suppose.

Arrachage. Basculement vers l'avant. Mastication. Dégoulinade.

— Euh... tu as un peu de beurre sur le menton, là...

Je souris faiblement en lui désignant l'endroit à l'aide de ma serviette.

— Oh! Il y en aura bien plus d'ici à la fin du repas!

Il me sourit, et je vois la chair crémeuse et rosâtre du homard lui gonfler la joue. Mon cabillaud rôti est en train de refroidir dans mon assiette. Incapable de détourner les yeux de mon vis-à-vis, je le regarde arracher une petite patte et la mastiquer après l'avoir horriblement mordillée, récupérant la chair du bout des dents en suçotant et aspirant bruyamment. Une soudaine vision du sexe avec lui donne le coup de grâce à mon appétit.

— Tu n'aimes pas ton plat? me demande-t-il en engouffrant un gros morceau de homard. Hep, garçon, est-ce que je peux avoir un peu plus de beurre, s'il vous plaît?

— Si, si, c'est bon... C'est très bon... Délicieux. Ça me plaît beaucoup.

Je pique un bout de poisson et le mastique sans énergie. Et si je devenais végétarienne?

Je suis à court de mots — chose qui ne m'arrive pourtant pas souvent, je vous assure! —, mais Roger, grisé par l'engloutissement hédoniste de ce malheureux crustacé, ne remarque rien. Et il n'y a pas que le homard qui fait les frais de ce goinfre dont la voracité n'a rien à envier à celle de nuées de sauterelles! Il bâfre sa purée avec force grognements et clappements de langue, s'empiffre de haricots verts démesurément longs, avant de s'intéresser au contenu de mon assiette.

— Tu le manges pas, ça?

Il désigne mon riz pilaf au méli-mélo de légumes. Je

fais non de la tête, partagée entre horreur et fascination, tandis qu'il se jette dessus. Pour finir, il harponne d'un coup de fourchette mon cabillaud auquel j'ai à peine touché, le trempe dans ce qu'il lui reste de beurre fondu et l'engloutit joyeusement, telle une orque achevant un bébé phoque sans défense.

Enfin, il repousse la carapace du homard éparpillée dans son assiette, s'essuie la bouche, puis se nettoie les mains à l'aide de la petite lingette rince-doigts fournie par le restaurant.

— Eh bien, quel festin ! déclare-t-il en se laissant aller contre le dossier de son siège.

Son tour de taille s'est nettement accru.

— Tu veux un dessert ? me demande-t-il. Personnellement, je prendrais bien un cheese-cake.

— Hein ? Tu plaisantes ?

Il fronce les sourcils. Craignant de l'avoir froissé, je balbutie :

— Euh, non, je ne voulais pas... excuse-moi. Simplement, c'est... Ouf ! Ce homard était énorme ! Dis donc ! Tu as un sacré coup de fourchette !

*O.K., c'est bon, Maggie... ça suffit...*

— Alors, Roger, quels sont tes hobbies ?

A ce stade de la soirée, j'apprécierais assez de pouvoir penser à autre chose qu'à la nourriture, et puis c'est une excellente question à poser lors d'un premier rendez-vous. Non qu'il y ait la moindre chance que Roger et moi soyons au seuil d'une grande histoire d'amour. A la seule idée d'embrasser cette bouche prédatrice... J'en frissonne de dégoût.

— Tu as froid, Maggie ?

— Non, non. Parle-moi plutôt de tes loisirs.

— Ma foi, je suis content que tu abordes le sujet. J'adore mon métier d'infirmier, bien sûr, mais ce que je trouve vraiment fascinant, ce qui me paraît être ma véritable vocation, c'est la communication animale.

Il me dévisage, dans l'attente d'une réaction de ma part.
— Tiens... Ça m'a l'air supersympa, dis-moi...

Je ne vois pas trop de quoi il s'agit, mais tout vaut mieux que le spectacle de sa voracité.

— C'est un peu comme, hum, comme l'éducation canine ?

Voyant que notre serveur regarde vers notre table, je tente de lui faire discrètement signe de s'éloigner. Encore un plat et le ceinturon de Roger va le scier en deux.

— Non, ça n'a rien à voir avec l'éducation. J'aurais cru qu'une fille intelligente comme toi saurait ça !

Colonel me manque soudain terriblement. Et c'est moi qui me plaignais d'être célibataire ? Quelle idiote !

— Non, reprend Roger, un communicant animalier lit dans les pensées des animaux.

— Ah...

Je laisse passer quelques secondes.

— Ils parlent anglais ?
— Qui ça ?
— Les animaux... Pour que tu puisses lire dans leurs pensées... J'imaginais qu'ils parlaient en langage chat, chien, chèvre ou je ne sais quoi...

Il fronce les sourcils, visiblement contrarié par mon manque de culture générale.

— Non, Maggie, les animaux ne parlent pas anglais. Et il ne s'agit pas non plus d'une blague. Tu ne regardes donc jamais l'émission *Médium pour animaux familiers* sur Animal Planet ?

— Ah, non... J'ai dû la louper, celle-là. Mais hum... C'est... c'est très intéressant ce que tu me dis là... Et donc toi, tu... quoi exactement ? Tu essaies de lire dans leurs pensées ? Tu peux dire s'ils ont mal quelque part, s'ils ont été victimes de mauvais traitements ou des trucs comme ça ?

Roger me sourit avec condescendance et mon envie

de rentrer chez moi, pour jeûner devant la télé, augmente d'un cran.

— Certaines personnes le font, oui. Mais il se trouve que moi, je possède une compétence plus spécialisée. Je *communique* avec les animaux *défunts*.

— Ouah ! C'est carrément, euh… la vache !

L'incrédulité doit se refléter sur mon visage, car Roger se redresse brusquement sur son siège, braquant sur moi un regard intense.

— Maggie, tu avais un animal quand tu étais petite ?

— Oui, bien sûr. Nous avions un beau…

— Non, ne me dis rien !

Surprise par sa véhémence, je fais un bond sur ma chaise.

— Excuse-moi… Je voudrais que tu penses très fort à cet animal. Représente-toi-le… ou *la*… Souviens-toi de lui… ou d'*elle*… et de tous les bons moments que tu as vécus avec lui.

— Ou *elle*…

— Si tu veux. Représente-toi cet animal en esprit.

Une insidieuse envie de rire vient me chatouiller au creux de l'estomac. Je me le représente… ou me *la* représente en esprit… En fait, il s'agit d'un mâle, Dicky, le chien de notre enfance, un adorable labrador chocolat aussi large et costaud qu'un tonnelet. Avec Christy, nous faisions tenir Jonah à cheval sur son dos, et Dicky, flanqué d'une jumelle de chaque côté, le promenait fièrement au pas dans la maison. L'album de photos familial contient de nombreux clichés témoignant de ce joyeux passe-temps.

— O.K., ça vient, ça vient, dit Roger. Je perçois quelque chose… Cet animal était-il… un mammifère ?

*Stupéfiant.*

— Gagné !

— D'accord… Mais, s'il te plaît, Maggie, ne réponds que par oui ou par non.

Il ferme les yeux, et j'en profite pour vider mon verre de vin.

— Dis-moi, cet animal était-il... un chat ?
— Non.

Roger fronce légèrement les sourcils, mais garde les yeux clos.

— Tu es sûre ?
— Oui.
— Ce n'est pas un chat, tu en es bien sûre ?

Ma voix est crispée par les efforts que je fais pour ne pas éclater de rire.

— Un chien ?
— Oui.
— Génial !

Roger rouvre les yeux et me regarde en fronçant les sourcils.

— Tu es sûre que tu te représentes mentalement cet animal ?

*Dicky, Dicky... Viens à moi, Dicky...*

Je presse ma serviette sur ma bouche pour réprimer un éclat de rire et parviens à articuler :

— Oui, oui... je me le représente très bien.
— Tu n'étais pas censée me dire qu'il s'agissait d'un mâle ! Enfin, Maggie, tu veux que j'entre en communication avec lui ou non ?
— Je ne...

Roger ferme de nouveau les yeux de toutes ses forces.

— C'est bon, c'est bon, il revient... O.K., je le vois... c'est un chien noir et blanc. Un dalmatien. Oui...
— Non.

Un petit reniflement s'échappe de mon nez, mais rien ne peut perturber la transe de Roger.

— O.K., d'accord, d'accord... Ce chien est-il... noir ?
— Ah non...
— C'est un setter irlandais ?
— Non..., dis-je d'une voix aiguë.
— Tu es bien sûre qu'il ne s'agit pas d'un chat ?

Je ne peux plus contenir mon envie de rire.

— Ecoute, Roger, je te remercie, mais là il faut vraiment que je rentre. J'ai été ravie de te rencontrer, mais je ne pense pas que nous soyons faits l'un pour l'autre…

— Non, sans blague ! Moi, je l'ai su à la seconde où tu es entrée !

Il dégaine son portefeuille, jette quelques billets sur la table et s'éloigne à grands pas. Je ne peux pas dire que son départ m'attriste vraiment. L'hôpital où il travaille est-il au courant de ses dons très particuliers ?

— Tout s'est bien passé, mademoiselle ? s'enquiert le serveur.

— Oh ! Oui, oui… très bien. C'était parfait. Merci. Pourrais-je avoir l'addition, s'il vous plaît ?

Sans surprise, je découvre que Roger a laissé juste le nombre de billets suffisants pour couvrir le prix de son homard. Il n'a même pas laissé assez d'argent pour payer le vin qu'il a bu. Bah, ce n'est pas grave… Je compense la différence et octroie un énorme pourboire au serveur.

De retour chez moi, je trouve un message sur mon répondeur : c'est le père Tim, qui a des questions à propos de la soirée spaghettis de la semaine prochaine. Parfait : il est trop tard pour téléphoner à ma sœur et lui faire le compte rendu de ma soirée au restaurant, mais le père Tim m'a donné un excellent prétexte pour le rappeler. Il a l'habitude de veiller tard, détail qu'il a mentionné une fois et que j'ai archivé dans mon encyclopédie « père Tim », entreposée dans une circonvolution de mon cerveau. D'ailleurs, en passant devant la cure, je n'ai pu m'empêcher de remarquer qu'il y avait encore de la lumière.

Le père Tim me répond avec chaleur :

— Maggie, comment allez-vous ?

— Oh ! Je viens de vivre une soirée des plus singulières…

Quand j'ai fini mon topo sur Roger Martin, grand prédateur de homards et communicant animalier, son hilarité est telle que seuls des sifflements asthmatiques parviennent à s'échapper de son gosier.

— Oh ! Maggie, vous êtes décidément impayable ! dit-il lorsqu'il retrouve la maîtrise de lui-même. Moi qui avais bien besoin de rire un peu, je l'avoue, voilà que vous êtes venue exaucer mes prières !

Je souris et gratouille le bidon de Colonel.

— Ravie de vous avoir été utile, père Tim. Cependant, je dois admettre que je suis assez… comment dire… déçue. Je ne rencontre pas souvent de nouvelles têtes, vous savez…

— Je le sais bien, Maggie, je le sais bien… Mais, un jour prochain, vous allez rencontrer l'homme de votre vie, retenez bien mes paroles. Car vous êtes une perle rare !

Mais comment je vais le rencontrer, cet homme de ma vie, ça, le père Tim ne me le dit pas !

— Eh bien… merci, mon père. C'est très gentil à vous de me dire ça.

Je laisse passer quelques secondes de silence.

Il embraie alors avec le changement de date concernant la soirée spaghettis. Pour moi, ça ne change rien : comme d'habitude, je suis libre tous les soirs.

— Formidable ! s'exclame-t-il. Je ne sais pas ce que ferait St. Mary sans vous. Un beau jour, vous nous rejoindrez, et pas seulement en tant que bénévole, notez bien, et ce jour-là sera à marquer d'une pierre blanche ! Que Dieu vous bénisse, Maggie.

Je ne sais jamais quoi répondre à ça. Amen ? Merci ?

— Que Dieu vous bénisse aussi…

Je tique en l'entendant pouffer.

— Enfin, je veux dire… bonne nuit, mon père.

— Bonne nuit, Maggie.

Je raccroche le téléphone très doucement, puis me laisse aller en arrière contre mes oreillers pour m'accorder un rapide fantasme. C'était avec le père Tim que je dînais, ce soir, sauf qu'il n'était pas prêtre. Nous étions simplement deux personnes amoureuses l'une de l'autre, au restaurant, impatientes de parler, de rire et de se raconter les menus détails de la journée. Il jouait avec mes mains, qui sont, dans mon fantasme, douces et fines, et quand il riait ses yeux se plissaient de pattes-d'oie. Il avait insisté pour que je prenne un dessert, parce qu'il sait à quel point j'aime les desserts.

Colonel pousse un gémissement.

— Je sais, je sais… Je perds mon temps.

C'est mal de rêver qu'on sort avec un prêtre. Injuste vis-à-vis de ce bon père, etc. J'en ai par-dessus la tête de me rappeler que c'est inutile et stupide… Et pourtant… pourtant, c'est si facile à imaginer… Tim et Maggie. Maggie et Tim. Je jette un regard à l'exemplaire des *Oiseaux se cachent pour mourir* que m'a offert mon frère le lendemain du jour où j'ai découvert la profession qu'exerçait le mec supersexy que j'avais rencontré.

Les yeux de Colonel sont empreints de reproche.

— Pardon, mon gros toutou. Tu as raison. J'arrête…

Je lui tapote la tête, serre mon oreiller contre moi et tâche de m'endormir.

# 3

Je n'ai pas toujours vécu dans un tel état de solitude. Il fut un temps où j'ai même pensé que j'allais me marier. Un temps où j'ai été préfiancée — non que ce soit un titre officiel, mais j'ai en ma possession une petite bague bon marché surmontée d'une perle pour le prouver. Un temps où j'avais un petit ami dont j'étais amoureuse et qui, croyais-je, me rendait mon amour.

Skip (improbable diminutif de Henry) Parkinson... C'était le dieu du lycée : beau, raisonnablement intelligent, issu d'une famille aisée et, point le plus important, doué pour le sport. Pour le base-ball, plus précisément. Et quand je dis doué, je veux dire phénoménal. Grâce à lui, notre lycée jouait chaque année au niveau national, et nous avons remporté trois championnats nationaux en quatre ans. Grâce à lui toujours, les journalistes et les dénicheurs de talents des universités affluaient à Gideon's Cove, furetaient partout, prenaient leur repas au *diner* et assistaient aux matchs.

Skip jouait *shortstop*, le poste le plus sexy de tous. En première année de fac, sa moyenne à la batte était de 0,345, en deuxième année de 0,395, en licence de 0,420 pour atteindre la fabuleuse moyenne de 0,463 durant sa quatrième année. Stanford l'avait contacté et, lui, avait répondu présent, espérant intégrer les rangs des anciens élèves de la prestigieuse université comme David McCarthy des Red Sox Nation ou, moins impressionnant, Mike Mussina des New York Yankees.

Nous avons commencé à sortir ensemble en deuxième année de fac. J'étais l'élue de Skip et un assez bon parti pour lui ; j'étais également intelligente, plus que lui pour être franche. Si nous sommes tombés amoureux, c'est parce qu'il lui fallait réussir son examen de trigonométrie. J'étais sa tutrice et, un jour, alors que je tentais de lui expliquer les joies de la conversion d'angles, il m'a dit tout à coup : « Maggie, je n'arrive pas à réfléchir. Tu sens trop bon. » Nous nous sommes embrassés. C'était magique !

Skip a été mon premier véritable petit ami, même si j'avais déjà tenu la main de Ricky Conway dans le bus en CM1, dansé deux fois avec Christopher Beggins en quatrième et embrassé Mark Robideaux après un match de football, en première année de fac. Mais avec Skip, il fallait chaque soir que ma mère arrache le téléphone de mes mains moites et m'ordonne d'aller me coucher ; Skip m'emmenait au cinéma, et nous nous embrassions pendant les bandes-annonces ; ensuite nous regardions le film en nous tortillant, dans un merveilleux inconfort. Je l'aimais avec une passion que seule une adolescente peut éprouver, à tel point que Christy en était devenue jalouse.

Skip et moi avons perdu notre virginité sur la couchette du voilier de ses parents, pendant le week-end du 4 Juillet, événement grave qui n'a pas été illuminé de rires ou d'humour. J'envisageais de poursuivre mes études en Californie, pour rester près de lui, mais à la place j'ai atterri à Colby, incapable de m'aventurer plus loin de la maison et de Christy. Durant toutes nos études, notre histoire a continué. Nous nous téléphonions, nous nous écrivions, nous nous envoyions des e-mails, nous nous retrouvions pour les vacances, moments de bonheur où nous nous précipitions dans les bras l'un de l'autre, étreinte dont nous ne sortions qu'au dernier appel pour l'embarquement de son vol. Ses parents, avocats tous les deux, n'approuvaient pas vraiment son idylle avec une petite provinciale, alors que tous ces jeunes fruits de Stanford n'attendaient que d'être cueillis, mais nous nous aimions.

Quand Stanford s'est qualifiée pour la finale, lors de notre quatrième année, Skip était en pourparlers avec des entraîneurs, des dénicheurs de talents, des journalistes. Les Minnesota Twins l'ont retenu dans leur sélection, et il est parti pour New Britain, dans le Connecticut, où se trouve leur centre de formation. Cet été-là, j'ai effectué quatre fois les dix heures de route aller-retour pour le supporter, hurlant comme une hystérique chaque fois qu'il s'avançait vers le marbre. Mais c'était dur. Il était d'ailleurs de plus en plus rare que nous arrivions à passer une nuit ensemble. Skip était très pris. Il voyageait énormément. Ce que je comprenais très bien...

Quand les Minnesota l'ont recruté, c'est devenu la folie chez nous. Un joueur de la Major League de Baseball... originaire de Gideon's Cove ! C'était un miracle... Les gens ne parlaient que de ça. Mes parents se sont abonnés au *Minneapolis Star Tribune*, comme la moitié de la ville, et nous en parcourions attentivement les pages chaque matin. Quand le nom de Skip y figurait, l'article était agrandi sur la photocopieuse de la mairie et affiché au *diner* : « *Skip Parkinson, le* shortstop *débutant* », surligné en jaune fluo afin que personne ne puisse le rater. Skip allait devenir un grand nom du base-ball, nous l'affirmions tous. Notre Skip ! Le petit Skip d'Overlook Street ! Il était tellement beau, tellement doué, tellement exceptionnel !

Sauf que dans le monde du base-ball il n'était rien de tout ça, car il est beaucoup plus facile de viser un étudiant de vingt ans qu'un vétéran de quarante, capable de lancer toutes les sortes de *strikes* possibles et imaginables à cent cinquante kilomètres/heure. Les statistiques de Skip se sont mises à dégringoler, chutant d'un passable 0,294 à New Britain à un triste 0,198 dans le Minnesota. Sur le terrain, les balles étaient frappées plus fort, prenaient des rebonds plus vicieux. Les coureurs se jetaient sur la base avec une redoutable précision, sachant exactement ce qu'il fallait faire pour intimider un joueur débutant, afin qu'il loupe son lancer ou que la balle lui échappe.

Je lui écrivais des lettres enjouées ; je l'appelais après chaque match pour tenter de le soutenir moralement. Je lui parlais des mécanismes de jeu du lanceur, de ce plongeon qui avait *failli* donner un double jeu, de l'intervention injuste de l'arbitre de seconde base. J'ai passé des heures, cette année-là, à lui remonter le moral, à grand renfort de compliments et de cajoleries.

A la fin de sa première saison — je donnais à ce moment-là un coup de main au *diner* pendant que grand-père se faisait remplacer les valves cardiaques —, Skip a annoncé qu'il rentrait dans le Maine. Il souhaitait « reconsidérer » sa carrière de joueur, voir quelques autres « options » qui s'offraient à lui ici. Les instances municipales ont alors décidé de montrer au héros local tout leur soutien et le nôtre par une grande parade pour fêter son retour au pays. Pourquoi pas ? La courte période touristique venait de s'achever, laissant la place au long hiver qui s'annonçait, et de l'avis de tous un peu d'animation serait la bienvenue.

Alors, après être allés chercher leur fils à l'aéroport, les parents de Skip l'ont conduit en ville où l'attendait l'orchestre du lycée, des pom-pom girls frissonnantes en jupettes ultracourtes et des dizaines d'enfants en T-shirt et casquettes au logo de la Little League, serrant dans leur poing la carte de joueur débutant de Skip ou une balle de base-ball qu'ils espéraient se faire dédicacer. La quasi-totalité des habitants s'était rassemblée pour accueillir à son retour chez lui le citoyen le plus célèbre de Gideon's Cove.

Et moi aussi, bien sûr, je l'attendais, au premier rang de la foule. Skip avait été très pris durant les semaines qui avaient précédé ce retour, et nous ne nous étions parlé qu'une ou deux fois. J'avais laissé un message à ses parents pour leur proposer de les accompagner à l'aéroport, mais ils ne m'avaient pas rappelée.

Mon cœur a bondi dans ma poitrine quand la voiture des Parkinson s'est garée devant l'espace vert municipal et, tous, nous nous sommes mis à l'acclamer. Je mourais d'envie de le voir, de me jeter dans ses bras et de l'embrasser, m'imaginant déjà toute rougissante sous les sifflets et les exclamations de la foule célébrant Skip et sa petite amie. Mes études étaient terminées ; je n'avais pas encore de vrai boulot, me contentant de faire quelques heures au *diner*, et Skip était de retour. Etions-nous trop jeunes pour nous fiancer ? Tel n'était pas mon avis.

Il est rare que les amours de jeunesse se concrétisent par un mariage, et je ne l'ignorais pas... Tout comme je n'ignorais pas que, malgré tout, ça arrivait. Certains des couples les plus unis de Gideon's Cove s'étaient rencontrés sur les bancs de l'école. Tandis que je récurais le gril, lavais le sol à l'eau de Javel, souffrais des nuisances estivales et soignais mes mains brûlées par les projections d'huile, je rêvais à la belle maison que nous aurions un jour, Skip et moi. A Winter Harbor, peut-être. Voire à Bar Harbor. Si, effectivement, on le réengageait pour la saison suivante, je l'accompagnerais dans ses déplacements, je serais les bras aimants qui l'accueilleraient chaque soir, qu'il rentre découragé ou triomphant. Je serais une merveilleuse femme de joueur de base-ball.

Skip est sorti de la Lexus de ses parents. Puis il s'est tourné pour tendre la main à quelqu'un. Il a toujours été très bien élevé, mon Skip.

C'était une fille belle et élégante — une femme, aurait-il fallu dire — en tricot rouge sang, sa chevelure blonde remontée en chignon banane. Le maire, l'entraîneur de l'équipe de base-ball du lycée et le président de la Little League, perchés sur le petit belvédère, ont patienté le temps que Skip, ses parents et la jeune fille blonde les rejoignent et prennent place à côté d'eux. Quatre sièges les attendaient, et le quatrième n'était pas pour moi.

C'était la première fois qu'on me brisait le cœur devant tout le monde.

Sans doute s'est-il élevé des murmures dans la foule, tandis que je me frayais un passage parmi les gens pour m'éloigner du belvédère. Je n'entendais rien. Je sanglotais, probablement. Je sais que je me suis couvert le visage de mes mains parce que j'ai trébuché deux ou trois fois ; mes jambes ne me portaient plus. Mes parents, témoins de la scène, m'ont suivie. Ce fut sans conteste le moment le plus humiliant de toute ma vie, même en comptant l'apparition du père Tim la première fois à la messe.

« Pauvre Maggie »..., ont dû se dire les gens. Skip a tourné la page, et elle n'était même pas... Pauvre petite ! En même temps, même si Skip m'avait fait quelque chose de vraiment moche, il n'en demeurait pas moins une star pour eux, et c'était bien compréhensible, n'est-ce pas ? Ce que je veux dire c'est : pourquoi rester fidèle à sa petite copine provinciale quand on a l'heur de plaire à la fille d'un magnat du pétrole ?

Il m'a appelée, pas tout de suite, mais au cours du week-end.

— Tu sais, avec Annabelle, tout s'est passé tellement vite... J'ai bien essayé de t'en parler, mais... De toute façon, entre nous, ce n'était plus trop ça, pas vrai ? Ce n'est pas comme si on s'était juré fidélité...

Moi, je croyais que si...

Ils sont repartis tous les deux de Gideon's Cove le week-end suivant. Cette même semaine, mon père m'a offert un golden retriever en me serrant dans ses bras sans rien dire, et Christy m'a demandé de passer la voir à l'université où elle effectuait son troisième cycle. Puis mon grand-père est décédé brutalement, et mon esprit a été accaparé par d'autres préoccupations. J'étais propriétaire d'un restaurant, désormais. J'avais un chien à éduquer.

Un petit frère qu'il fallait aider dans ses devoirs. Bref, des montagnes de choses à faire.

C'est avec une profonde satisfaction que j'ai vu Skip se faire rétrograder en AA League après un début de saison calamiteux chez les Minnesota. Cela ne l'a pas empêché d'épouser Annabelle cette même année. Ils se sont installés à Bar Harbor, dans une maison au bord de l'eau achetée sans doute avec l'argent de beau-papa.

Il est aujourd'hui commercial chez un concessionnaire de véhicules haut de gamme et, quand sa femme et lui reviennent à Gideon's Cove, ce qui leur arrive rarement, c'est toujours dans une voiture de sport très glamour qui fait l'admiration de tous les habitants ou dans un SUV mortel pour l'environnement. Dieu merci, il ne met jamais les pieds au Joe's Diner ! Je ne lui ai plus jamais reparlé depuis le jour où il m'a quittée.

On comprendra mieux, sans doute, pourquoi ma vie sentimentale est une telle source d'amusement pour la population de Gideon's Cove... D'abord Skip. Et maintenant le père Tim. J'essaie de le prendre du bon côté, car enfin je suis plutôt heureuse de la vie que je mène. J'adore mon *diner* et j'adore mon appartement. J'adore les vieilles personnes à qui j'apporte les repas et j'adore ma famille, ça va sans dire.

Mais le soir, quand je plie du linge, que je regarde la télévision ou que je réfléchis au menu du *diner* pour la semaine, je fais comme si j'étais mariée.

— Qu'est-ce que tu en penses, toi ? Tu crois que les gens d'ici accepteront de manger une bisque de butternut ?

Ou, en regardant les images de la Fan Cam durant un match des Red Sox :

— Regarde ce type. Tu crois qu'il sait mâcher la bouche fermée ?

Ou bien juste lorsque j'ai envie de tester le truc :

— Tu as passé une bonne journée, mon chéri ?

Colonel remue sa splendide queue en panache, quand il

m'entend m'adresser à mon gentil petit mari imaginaire. Certaines fois, il vient vers moi et appuie sa grosse tête blanche de toutes ses forces contre moi, jusqu'à ce qu'un sourire apparaisse sur mes lèvres. Ce chien a essuyé pas mal de mes larmes à coups de langue durant nos premières semaines de vie commune et, depuis, il est resté mon baromètre émotionnel. S'il pouvait se métamorphoser en homme, je l'épouserais sur-le-champ! Mais vu que ça ne se produira pas et que le père Tim ne va pas non plus quitter l'Eglise pour se marier avec moi, il m'arrive de me sentir un peu désemparée certains soirs, quand la solitude me tombe sur le paletot.

# 4

— Salut, mon petit bonhomme !

« Petit bonhomme », c'est mon frère...

Nous sommes au *diner*, qu'il fréquente quotidiennement.

— Comment sont les casiers, ce matin ?

— Pas trop mal. T'as fait du pain perdu, aujourd'hui, Maggot ?

Jonah est pêcheur de homards, à la grande consternation de nos parents qui savent, pour y être depuis toujours, combien la vie est difficile à Gideon's Cove. Papa est retraité de l'enseignement, et maman a récemment démissionné de l'hôpital où elle occupait le poste de secrétaire en chef du service de gynécologie/obstétrique. Pour tout dire, c'est elle qui est à l'origine de la rencontre entre Will et Christy.

Tous les deux n'avaient pas très envie que leurs enfants exercent un travail manuel. Eux-mêmes ont fait des études supérieures, fait assez rare dans le coin, où le master de mon père sort d'autant plus de l'ordinaire. Mais, en dépit de mon diplôme universitaire et de la possibilité qui a été donnée à Jonah de faire lui aussi des études, papa et maman se sont retrouvés avec une gérante de restaurant et un pêcheur de homards. Seule Christy a comblé leurs attentes : diplômée de la fac, elle a même continué pour décrocher un master en économie sociale et familiale. Après avoir exercé son métier à la Ddass avec passion, elle est devenue mère au foyer à la naissance de Violet.

L'année dernière, Jonah a acheté un bateau homardier

avec un autre pêcheur et, depuis, il arrive à joindre les deux bouts. C'est un boulot éreintant qui implique de se lever parfois dès 3 heures du matin, selon le nombre de casiers que vous possédez. La majorité des pêcheurs de homards pratiquent également d'autres types de pêche : flet, cabillaud, maquereau, flétan, bar... C'est pourquoi le bateau continue de sortir, même après la fin de la saison du homard. De temps à autre, il arrive aussi qu'un touriste ait envie de faire une balade en mer et Jonah, qui est à la fois beau garçon et d'un caractère accommodant, se fait engager à quelques rares occasions pendant le bref été que connaît le Maine. Mais les diverses réglementations, la diminution de la faune marine ainsi qu'un million d'autres choses ont rendu la pêche au homard de plus en plus difficile à pratiquer.

Jonah partage une maisonnette avec deux autres garçons. L'endroit est si crasseux, envahi de tant de chaussettes malodorantes, de tant de restes d'aliments moisis et de tant de sous-vêtements sales que les services de l'hygiène devraient le fermer par mesure de salubrité publique. Pas étonnant que mon frère passe tous les jours au *diner*. Le fait que je le nourrisse gratis n'en est qu'un attrait supplémentaire.

— Paraît que t'as passé une soirée pourrie? lâche-t-il, alors que je dépose une assiette devant lui.

Judy, absorbée dans la lecture du journal, ignore royalement la présence de mon frère... Etant donné qu'il ne laisse jamais de pourboire, elle refuse de le servir. Le coup de feu du matin est passé, et seuls quelques pêcheurs de homards arrivent aussi tard dans la matinée.

— En effet, c'était plutôt nul, dis-je en essuyant le comptoir. Un peu plus de café?

— Oui, merci, sœurette.

Après m'avoir laissée lui remplir sa tasse, il verse une grosse coulée de crème dedans et boit bruyamment une gorgée.

— En parlant de mecs, Christy m'a appelé, hier soir... Elle veut que j'ouvre l'œil pour toi.

Comme si le fait de prononcer son nom avait suffi à la faire venir, ma sœur se matérialise dans l'encadrement de la porte, les joues rosies par le vent.

— Mmm..., dit-elle en humant l'air d'un air appréciateur. Qu'est-ce que ça sent bon, ici ! Je peux avoir un peu de café, moi aussi, s'il te plaît ?

— Et un caoua, un !

J'encaisse Bob Castellano, tandis que Christy ôte son manteau et s'assied à côté de Jonah.

Je rends sa monnaie à Bob.

— Merci de ta visite. Tu as rempli un bulletin ?

— Ouais. Et t'en fais pas, ma poulette ! Tu finiras bien par rencontrer quelqu'un un jour. Allez, passe une bonne journée...

— Merci, Bob, dis-je, mortifiée.

J'enlève mon tablier, me penche pour gratouiller Colonel, puis vais m'asseoir avec mon frère et ma sœur.

— Ecoutez, on pourrait peut-être s'abstenir de parler de ma vie sentimentale devant mes clients... Qu'est-ce que vous en pensez ?

— Pourquoi ? s'étonne mon frère. Tu veux qu'ils continuent à croire que tu fais une fixette sur le père Tim ?

Je le fusille du regard.

— Mais je continue à faire une fixette sur le père Tim, c'est bien là le problème...

— C'est un peu ballot, non ?

— Si, Jonah, c'est même complètement ballot, rétorque Christy. C'est pourquoi je t'ai demandé de te tenir aux aguets.

— Christy ! Jonah a huit ans de moins que nous ! Ce sont des gamins, ses amis ! Et des idiots, de surcroît...

— Bien vu, murmure mon frère.

— Il peut toujours tomber sur quelqu'un qu'on ne connaît pas, objecte Christy en contemplant le fond de sa

tasse d'un air pensif. Un nouveau pompier à la caserne…
Un nouveau bateau à quai. Un truc dans ce style-là…

— Mm… peu probable ! Néanmoins j'apprécie ton bel optimisme.

— Bon, d'accord, je vais ouvrir l'œil pour toi, Mags, dit Jonah. On recherche donc… un copain pour ma sœur… Compétences exigées ? Tu cherches quoi, exactement, Maggie ?

— Un homme qui ne soit pas marié à notre sainte mère l'Eglise. Commençons par les fondamentaux : pas de prêtres, pas d'hommes mariés, pas d'alcooliques, de drogués ou de détenus.

Il se met à rire.

— Eh bien, Maggot, ça exclut tous les mecs que je connais !

Christy se redresse brusquement sur son siège.

— Et Malone, Joe ? Ce type qui a son bateau amarré près du tien…

— Malone ? Ah, ouais, tiens… Qu'est-ce que tu dirais de Malone, Mags ?

— Malone le Solitaire ? Arrête ! C'est un ermite qui a fait vœu de silence !

Je bois une gorgée de mon café, me remémorant la fois où il m'a ramenée à Gideon's Cove, l'année dernière — un véritable calvaire.

— Je ne veux pas d'ermite non plus.

— C'est pas un mauvais gars, tu sais.

— Ce type fait froid dans le dos, Jonah. Mais merci quand même.


Ce même soir, je retrouve Chantal au Dewey's Pub. Assise à notre table habituelle, face au bar, elle flirte avec Paul Dewey en lui montrant comment elle fait un nœud avec la queue d'une cerise au marasquin. Avec sa langue… Paul, assis en face d'elle, regarde bouche bée les lèvres pulpeuses s'activer de manière sensuelle. Puis Chantal sort la langue... Et voilà ! La queue de cerise est nouée en un cercle presque parfait.

— Zatizfait ? zézaie-t-elle. Zu me dois dix dollars.

— Nom d'un petit bonhomme ! marmonne Dewey en pêchant son portefeuille au fond de sa poche. Tiens, salut, Maggie !

— Salut, Dewey. Le ragoût, ça allait ?

— Tout est déjà parti, répond-il en s'obligeant à tourner le regard vers moi. Ça fera vingt dollars pour toi.

— Super ! Salut, Chantal. Tu es lancée dans tes numéros habituels, à ce que je vois.

Je me force à sourire.

Pour être franche, je dois dire que Chantal fait partie de ces amies que l'on a par nécessité. Elle a de belles qualités, mais honnêtement, en dehors du fait que nous sommes toutes les deux célibataires et originaires de Gideon's Cove, nous n'avons pas grand-chose en commun. Elle possède le glamour années 1940 de Rita Hayworth, les courbes de Marilyn Monroe et l'éthique de Tony Soprano... du moins en ce qui concerne les hommes. « A jeter après usage », c'est sa devise.

Elle est aussi drôle, pleine de vie, et elle sait bien écouter, par-dessus le marché. Comme moi, elle est libre, célibataire et à la recherche d'un homme bien — du moins c'est ce qu'elle prétend, même si elle donne l'impression d'être prête à coucher avec à peu près tout le monde. Estimant que Christy ne doit pas être ma seule amie, je garde Chantal dans ce rôle, tentant d'ignorer le fait qu'elle incarne à elle seule le fantasme de tout homme.

— Comment s'est passée ta soirée ? me demande-t-elle.

Elle parle de celle avec Roger, évidemment... Gideon's Cove est une toute petite ville, et le seul sujet de conversation intéressant, c'est ma grotesque vie sentimentale, je suppose.

— Ma foi, c'était... plutôt flippant.

Je vais me chercher une bière et entreprends de lui conter la destruction du homard et la tentative d'entrée en communication avec Dicky, dans l'au-delà. A l'instar du père Tim, elle pleure de rire quand j'ai fini mon récit. Je me carre dans la banquette et bois une gorgée de ma bière, satisfaite de constater que si je n'arrive pas à dégoter un homme convenable je suis au moins douée pour raconter les histoires.

— Seigneur, quel… Bon Dieu, je ne sais même pas quel nom lui donner !

Elle s'essuie les yeux, puis balaie le pub du regard.

— On devrait se tirer d'ici, réfléchit-elle à voix haute. Il y a des tas de mecs en Alaska, non ? Des tas de mecs baisables, je veux dire…

— La dernière frontière… Mais on ne partira jamais d'ici. Pas moi, en tout cas. Tu le ferais, toi ?

— Noon… Tu me connais… trop fatigant, je crois. En plus, j'ai un bon job et tout le bataclan.

— C'est vrai.

Chantal est la secrétaire de mairie ; elle fait partie des quatre employés qui y travaillent. A la place qu'elle occupe, elle sait tout sur tout le monde et n'est pas avare de ragots.

— Dis donc, je suis allée à l'église ce matin…, reprend-elle avec un sourire rusé.

Comme beaucoup d'habitantes de moins de cent quatre ans, Chantal a recommencé à pratiquer.

— Et devine quoi ? Je me suis inscrite à un groupe de soutien aux endeuillés.

Je ferme les yeux et soupire.

— Chantal…

— Pour les veufs et les veuves, tu vois ? Il y avait une annonce dans le bulletin paroissial.

Elle rajuste son corsage, de manière à dévoiler plus encore de son impressionnant décolleté. Au bar, les conversations s'interrompent brièvement, le temps que les hommes admirent le spectacle. Encore deux centimètres et ils pourront téter.

— Et depuis quand es-tu veuve ?

— Ouh là là… Depuis vingt ans, je crois. J'avais dix-huit ans quand on s'est mariés, dix-neuf quand il est mort.

Elle a mentionné une fois, à l'époque où nous avons commencé à sortir ensemble, qu'elle avait perdu son mari depuis une éternité. C'est vraiment étrange de penser qu'elle a été mariée ; elle n'a que six ans de plus que moi, mais elle a passé plus de la moitié de sa vie en état de veuvage.

— Il s'appelait comment, ton mari ?

— Chris. Un mec très mignon.

— Ça a dû être très dur pour toi.

— C'était vraiment trop nul, c'est sûr. Heureusement qu'on n'avait pas d'enfants.

— Tu en voulais ?

— Ah, ça non ! Non, Maggie, je n'ai pas la fibre maternelle.

Elle se met à rire et vide son verre d'une dernière lampée.

— Et tu t'es soudain mise à chercher une consolation dans un groupe de soutien aux endeuillés ? dis-je en haussant un sourcil.

— Ma foi, j'aime mieux me faire réconforter par le père Tim que glander toute seule chez moi ! Celui-là, il s'y entend pour te serrer dans ses bras ! Il doit soulever de la fonte ou un truc comme ça.

Je suis à la fois jalouse et irritée par ma propre hypocrisie. Chantal participe à un groupe de soutien aux endeuillés dans le seul but de côtoyer le père Tim. Et alors ? D'autres participent bien à la lecture de la Bible ! J'imagine très bien le père Tim en train de me tapoter la main, la mine compatissante, plongeant son regard dans le mien tandis que je lui explique ma terrible perte.

— Le groupe de soutien aux endeuillés… Quelle veine tu as ! dis-je sans réfléchir, avant de piquer un fard, confuse. Pardon, Chantal. Ce n'est pas ce que je voulais dire.

— Mais si, tu as raison, j'ai plutôt de la chance, fait-elle en haussant les épaules. Hé, Paul, tu peux nous remettre ça ?

Dewey manque de se faire pipi dessus dans sa hâte à s'approcher d'elle.

— Pardon, qu'est-ce que tu disais ? lui demande-t-il en louchant sur l'échancrure de son corsage.

Chantal lui sourit en cambrant les reins. Je lève les yeux au ciel. Je me sens vraiment comme une planche à pain avec mon pauvre petit 90 B, comparé à l'opulence mise en avant par Chantal. Dewey se passe la langue sur les lèvres. Moi, je serre les dents, agacée.

— Tu nous remets ça, mon chou. Peut-être sur le compte de la maison, qu'est-ce que tu en dis ? Pour tes clientes préférées, hein ?

Elle glisse un doigt dans son corsage, histoire de le faire descendre de quelques millimètres de plus.

— Sûr que oui, murmure Dewey.

— Chantal, arrête ! dis-je.

Je suis toute rouge, mais elle, elle reste de marbre. Paul repart vers le bar, en transe.

— Je prendrai un Grey Goose martini, Paul, lance-t-elle, comme s'il servait ce genre de boisson haut de gamme dans son pub.

— Du Burnett, ça t'ira ? lui demande-t-il.

— Bien sûr, chéri.

Ravie de son petit effet, elle reporte son attention sur moi.

— Pas mal, ton petit numéro, dis-je.

— Bah quoi... Au moins, on picole à l'œil... Bon, de quoi on parlait déjà ? Ah, oui... de mon mari.

Jonah fait son entrée à cet instant et marque un temps d'arrêt en apercevant Chantal. Elle lui sourit. Histoire de l'empêcher de déshabiller mon petit frère des yeux, je la relance.

— Et alors, tu l'aimais ?

— Qui ça ? Chris ? Bien sûr. Enfin, je crois bien,

oui. Tu sais, on était encore ados. On baisait comme des malades, c'était surtout ça.

— Comme c'est romantique ! Je crois que Hallmark a toute une série de cartes de ce genre. « Nos parties de baise effrénées me manquent, mon cher époux disparu. »

Chantal éclate de son grand rire en cascade.

— « Chéri, personne ne me tringlait comme toi. » Il doit sûrement y avoir un marché pour ça. Ça vaudrait le coup de l'explorer.

Elle s'excuse pour se rendre aux toilettes et j'en profite pour aller saluer mon frère au bar, bien que nous nous soyons déjà vus ce matin.

— Salut. Quoi de neuf ?
— Salut, Mags. Rien. Et de ton côté ?
— Rien non plus. Je passe le temps…
— Ça te dérange si je viens chez toi regarder la télé, demain soir ? Il y a une émission sur la pêche au crabe sur Discovery. Ça a l'air bien.
— Bien sûr que non.

Je possède l'une des rares antennes satellites de Gideon's Cove. Le service du câble est souvent coupé, chez nous, et en tant que femme seule ne nous voilons pas la face : je regarde beaucoup la télé.

Chantal revient des toilettes.

— Jonah ! Dis donc, qu'est-ce que tu as grandi, toi ! ronronne-t-elle.

Tout mon amusement devant ses tics d'allumeuse s'envole. Jonah a beau être adulte (sur le papier, du moins), je refuse qu'il soit anéanti par cette croqueuse d'hommes !

— Arrête, Chantal. Pas mon frère. Laisse-le tranquille.
— Non, non, non… au contraire ! Reste, Chantal, reste ! Ne laisse pas Jonah tranquille, rétorque mon frère dans un grand sourire. Au fait, tu connaîtrais pas quelqu'un pour ma sœur ? On lance des filets pour lui attraper un mec qui veuille bien sortir avec elle.

— Merci beaucoup, Jonah, vraiment ! dis-je en le

pinçant. Tu ne voudrais pas le crier un peu plus fort, s'il te plaît ? Je ne pense pas qu'on t'ait entendu à Jonesport.

— Non, je vois pas, répond Chantal. C'est vrai que le choix est assez limité. Exception faite des personnes présentes, bien sûr...

Elle se rapproche insensiblement de Jonah.

Je me lève et m'interpose entre eux.

— Chantal, je te préviens ! Si tu couches avec mon frère, je t'en voudrai à mort. Jonah, il faut que je te dise que Chantal est une femme malade. Morpions, chlamydiae, blennorragie, herpès, syphilis...

— Ne la crois pas, Jonah. Derrière tout ça, fait-elle en désignant sa poitrine, je cache un cœur d'or.

— C'est vrai ? Je peux voir ?

— Arrête, Joe !

Je lui donne une claque derrière la tête.

Chantal sourit.

— Revenons à ton problème, Maggie. Que dirais-tu de Malone ?

— Bonté divine, tu es la deuxième personne à me dire ça aujourd'hui !

J'en suis ébranlée dans mon irritation.

— D'abord ma sœur et maintenant toi !

— Et pourquoi pas ? Il est mignon dans son genre.

— De la part d'une fille qui trouve sexy le « côté dégarni » de Dick Cheney, ça n'est pas vraiment une référence...

Chantal hausse les épaules.

— Je n'y peux rien, si c'est vrai.

Je la dévisage.

— Je t'en prie, Chantal... A la rigueur, je ne sais pas moi, Andre Agassi ou Montel Williams. Mais pas Dick Cheney ! Dick Cheney ne sera jamais sexy, dégarni ou non.

— Eh bien, moi, je trouve que Malone a un petit côté Clive Owen, ajoute-t-elle en prenant une gorgée de son martini.

— Clive Owen après avoir été tabassé et laissé pour mort, peut-être.

— Et puis surtout, il est célibataire. Pas vrai, Jonah ?

Mon frère opine doctement du chef devant ses seins.

— Ouais.

— Malone est renfrogné, patibulaire et moche. Alors, si ça ne vous dérange pas, je vous le laisse.

— Je ne sais pas..., soupire Chantal.

Elle fixe un point au-dessus de ma tête.

— Qu'est-ce que tu en penses, toi, Malone ? Ça te dirait de sortir avec Maggie ?

Zut ! Zut, zut et re-zut ! Les yeux clos, je laisse la mortification me submerger. Grande Gueule a encore frappé, et Chantal s'est fait un malin plaisir de jouer les pousse-au-crime.

— Salut, Malone... Euh, désolée...

Hilare, Jonah fait claquer sa main sur le bar : rien ne lui procure plus de joie que l'humiliation de sa sœur.

— Tu connais Maggie, n'est-ce pas, Malone ? glousse-t-il.

Malone me considère sans sourire. Patibulaire, oui, c'est bien le mot... Mais je n'avais jamais remarqué, lors des rares occasions que j'ai eues de l'approcher de si près, qu'il avait de très beaux yeux, des yeux d'un bleu clair que font ressortir ses épais cils noirs. Des cheveux noirs, courts et bouclés, des sourcils marqués, des pommettes saillantes. De profonds sillons courent entre ses sourcils, et ce ne sont certainement pas des rides creusées par le rire ! Au fond, je ne l'ai jamais vraiment regardé. Et, effectivement, je crois voir ce que veut dire Chantal... enfin un peu. Il est indiscutablement viril et...

— Alors, Malone, reprend-elle, qu'est-ce que tu en dis ? Tu veux sortir avec Maggie ?

A présent, tout le bar tend l'oreille. Depuis le temps, je devrais m'être habituée à me couvrir de ridicule en public et pourtant j'ai les joues en feu. Le regard de Malone tombe sur ma poitrine, y demeure une minute, puis remonte vers mon visage. Et il fait non de la tête. Explosion d'hilarité dans le bar. Chantal et Jonah s'agrippent l'un à l'autre en hurlant de rire, Stevie et Dewey se tapent dans les mains devant la goujaterie de Malone, tandis que je reste assise à dodeliner du chef.

— Bien, dis-je par-dessus l'hystérie collective. O.K., je ne l'ai pas volé ! Je te prie de m'excuser, Malone. C'était nul, ce que j'ai dit…

Il me gratifie d'un léger signe de tête avant de se tourner vers la bière que lui présente Dewey.

— C'est bon, je me suis assez ridiculisée pour ce soir, dis-je alors à Chantal et Jonah. Je rentre chez moi. Bonne nuit !

— Ciao, Maggot ! En tout cas, tu nous as bien fait marrer ! lance mon frère en passant un bras autour des épaules de Chantal.

Laquelle m'envoie un baiser, puis se tourne pour dire quelques mots à Jonah.

Je récupère mon manteau sur la table et me dirige vers la porte. Arrivée à hauteur du tabouret où est assis Malone, je marque un temps d'arrêt et murmure :

— Encore pardon…

Il hoche la tête, sans me regarder.

— Je te dois toujours cette part de tarte.

Pas de réaction de son côté.

Bien que je l'entraperçoive de temps à autre chez Dewey ou sur le quai, nous ne nous sommes pas reparlé depuis la fois où il m'a reconduite au Joe's sous la pluie. Il m'a gentiment rendu service ce jour-là et moi, en guise de remerciement, ce soir, je l'ai insulté en public.

Je traverse la ville plongée dans le silence, escortée jusqu'à ma porte par un désagréable sentiment de honte.

# 5

Quelques jours plus tard, la honte n'est plus qu'un lointain picotement. Le père Tim l'a fait fondre comme neige au soleil avec son sourire à la fois rassurant et sexy.

Hier soir, mes parents ont convié toute leur progéniture à un repas de famille, chose qu'ils tiennent absolument à faire environ une fois par mois, et à mon grand ravissement le père Tim était lui aussi invité. Tandis que je montrais à Colonel son petit panier dans mon ancienne chambre, les rires du père Tim me parvenaient d'en bas ainsi que la voix grondante de mon père et les hurlements enthousiastes de Violet. Tout cela semblait tellement aller de soi…

Nous avons fait un délicieux repas, terminé par un cake au citron que j'avais confectionné pour l'occasion. Le père Tim en a repris deux fois.

— Maggie, vous êtes vraiment douée, vous savez ! s'est-il exclamé en repoussant finalement sa chaise.

J'ai souri — d'un air niais probablement —, le cœur palpitant.

La conversation s'est ensuite orientée vers le sujet incontournable de nos réunions de famille : mon incapacité à trouver un petit copain.

— Mon cher Will, tu ne peux pas présenter quelqu'un à Maggie ? a demandé ma mère.

— Apparemment non, a répliqué ma sœur d'une voix monocorde en donnant un coup de coude à son mari, qui m'a paru légitimement peiné.

Ma mère l'a rabrouée sèchement.

— Ce n'est pas drôle, Christy. Ce n'est pas derrière son comptoir que ta sœur va rencontrer quelqu'un. Réfléchis-y, Maggie ! Tu finiras vieille fille, comme Judy.

— Je l'aime bien, moi, Judy, ai-je répliqué faiblement.

Papa est alors intervenu humblement.

— Allons, Lena…

Mais je savais que ça ne servirait à rien. Quand ma mère part sur ce sujet, rien ne peut plus l'arrêter. De son point de vue, il est hors de question qu'une de ses filles reste célibataire. Jusqu'à son dernier souffle, elle fera tout pour l'empêcher.

— Je ne comprends pas pourquoi c'est si difficile, a-t-elle alors confié au père Tim, car Maggie est tout à fait charmante ! Tenez, prenez Christy, par exemple… Est-ce qu'elle a eu du mal à se trouver un gentil mari ? Non ! Alors dites-moi, pourquoi sa sœur ne peut-elle faire la même chose ? Ah, Maggie ! Si seulement tu voulais bien chercher un vrai travail, dans un endroit où tu pourrais rencontrer des hommes célibataires. Comme Christy…

Ce refrain, que j'ai secrètement intitulé « Christy est mieux », ce n'était pas la première fois que maman me le serinait.

— Tu es vraiment obligée d'être aussi parfaite ? ai-je dit en me tournant vers ma jumelle.

— Désolée, a-t-elle chantonné en essuyant de la purée de carottes sur la paupière de Violet. Je ne peux pas m'en empêcher. C'est comme ça.

De son côté, ma mère poursuivait sa litanie.

— De mon temps, les gens souhaitaient se marier ! Aujourd'hui, ça n'intéresse plus personne, les jeunes préfèrent faire n'importe quoi. Ils veulent le beurre, mais pas l'argent du beurre !

Jonah m'a lancé un regard perplexe — maman a la manie d'estropier les proverbes — avant de faire les gros yeux à Violet, qui avait marqué son approbation d'un grand coup de cuillère sur le plateau de sa chaise haute. Mon frère a de nouveau fait les gros yeux, mais dans ma direction, cette fois.

— J'ai une super-idée ! ai-je repris. Intéressons-nous plutôt à Jonah… C'est vrai, ça, Jonah… Pourquoi n'as-tu pas encore donné de petits-enfants à maman ? C'est quoi, ton problème ? Tu n'as plus de rapports non protégés ? Tu ne te soucies pas de ta propre mère ?

— Maggie ! a lancé maman. Je te rappelle que tu parles en présence d'un prêtre ! Excusez-la, mon père, je ne sais pas d'où elle tire des façons de parler aussi vulgaires.

Mais le père Tim s'esclaffait franchement, ce qui ne me surprit pas.

— Je ne doute pas un instant que Jonah se conduise en parfait gentleman, a-t-il affirmé. En outre, Jonah, mon ami, je suis certain que vous avez réfléchi à…

Mon frère l'a interrompu.

— En fait, je te remercie, Maggot. Grâce à toi, je viens de me rappeler que j'avais un rencard. Merci pour le repas, maman.

— Attends, mon chéri, je t'ai préparé des restes à emporter !

Maman lui a alors fourré un énorme plat dans les mains.

— Au revoir, espèce d'enfant-roi pourri gâté, ai-je lâché, l'autorisant à m'embrasser sur la joue.

— Au revoir, espèce de vieille sorcière toute desséchée, a-t-il rétorqué avec tendresse.

Il s'est ensuite tourné vers Christy.

— Au revoir, belle et charmante sœur… Au revoir, petit bébé crasseux…

— Vous me rappelez ma propre famille, a dit le père Tim.

Il avait l'air un peu triste et j'en ai profité pour lui tapoter la main.

— Vos parents doivent beaucoup vous manquer…

— Beaucoup, Maggie. Beaucoup.

Il m'a tapoté la main à son tour et une chaleur coupable s'est propagée de mon bras jusqu'à mon cœur.

Une fois Violet bordée dans sa nacelle, mes parents ont sorti le Trivial Pursuit.

— On fait trois équipes, a décrété mon père. Madame et moi sommes invaincus, mon père, et on ne change pas une équipe qui gagne. Will, tu peux t'associer à ta charmante épouse et toi, Maggie, tu ne verras pas d'inconvénient à enseigner les règles du jeu au père Tim, n'est-ce pas, ma chérie ?

Christy a grimacé d'un air coquin.

— Je pense que nous connaissons tous la réponse à cette question, a-t-elle murmuré de manière que je sois la seule à l'entendre.

— Tu n'as pas pris quelques kilos, toi ? Remarque, ça te va bien...

Nous avons donc passé le reste de la soirée à nous lancer des bons mots, des insultes et à rire. Comment aurais-je pu ne pas rêver au couple que j'aurais formé avec le père Tim ? Maggie O'Halloran. Voilà un nom qui sonnait si bien !

Le lendemain, ayant réussi à esquiver la Gorgone qui monte la garde auprès du père Tim tel un pit-bull protégeant son steak, je me retrouve assise dans le salon de la cure. J'admire la bouche magnifiquement ourlée du père Tim, tout en grattant distraitement une plaque d'eczéma apparue sur l'une de mes jointures. C'est la grande soirée spaghettis, ce soir, événement destiné à collecter les fonds nécessaires à la réfection de la toiture du côté ouest de l'église, qui a commencé à présenter des infiltrations depuis la tempête de l'hiver dernier.

— Au dernier comptage, nous nous rapprocherions plutôt des soixante personnes, m'annonce le père Tim.

Il se penche en avant, les mains jointes, mais de façon

décontractée. L'odeur de son savon me titille les narines et je m'efforce de ne pas m'évanouir d'émotion.

*Pour l'amour de Dieu, Maggie ! Littéralement. Pour l'amour de Dieu ! C'est un ecclésiastique et...*

— Vous serez en mesure de fournir ? Je m'en veux de vous imposer ça dans des délais aussi courts, Maggie, mais il semblerait que nous ayons eu quelques réservations de dernière minute.

— Oh ! Pas de problème, mon père.

On est si bien dans ce petit salon douillet... Le père Tim est assis juste en face de moi. Si seulement je pouvais me noyer dans ses yeux jusqu'à la fin de mes jours, je jure que...

— Est-ce que vous pourrez aussi apporter le pain, Maggie ? Je suis navré de vous demander ça au dernier moment, répète-t-il, mais ça m'était complètement sorti de l'esprit.

— Hein ? Oh ! Le pain ? Bien sûr. Pas de souci.

— Heureusement que vous êtes là, ma chère enfant ! s'exclame-t-il, alors qu'il n'a qu'un an de plus que moi. Dieu vous bénisse. Vous êtes une perle.

« Une perle, un trésor, un chou... » Je sais qu'il gratifie tout le monde de ces petits termes d'affection, mais quand même ! Nous étions si à l'aise, hier soir, quand nous jouions au Trivial Pursuit, conférant, tête contre tête, pour savoir si la bonne réponse était Eisenhower ou Nixon, David Bowie ou Iggy Pop...

Je me lève, tâchant de me secouer mentalement.

*Oublie-le...*

Il faut que j'arrête. Vraiment. Je le veux. Je vais y arriver. Ma parole, on dirait une toxicomane ! Peut-être existe-t-il un programme en douze étapes pour mon cas, aux AA — Amoureuses de prêtres Anonymes...

Dans le bureau de la cure, Mme Plutarski marque une pause dans sa conversation téléphonique pour me lancer un regard soupçonneux. Je l'ignore et sors sous la pluie glaciale.

Le poids familier de la solitude s'abat alors sur moi comme une chape de plomb. Il reste encore plusieurs heures avant la soirée spaghettis, et le *diner* est fermé. Si seulement j'avais dans ma vie ce type sympa que je m'étais imaginé, tendre, travailleur, avec le rire facile et les yeux qui pétillent. Ça aurait été une journée idéale pour les câlins... Colonel est très doué pour les câlins, mais ce n'est pas tout à fait la même chose qu'un petit mari. Non, Colonel pourrait être couché devant un beau feu crépitant, tandis que mon mari et moi, pelotonnés sur le canapé, nous lirions, nous boirions un café...

Mes pensées sont interrompues par le vrombissement du Hummer qui descend la rue, roulant dans une énorme flaque. Une nappe d'eau boueuse et glacée déferle alors sur moi et me trempe de la tête aux pieds.

— Hé là !

Le véhicule ralentit devant la bibliothèque et se gare sur un emplacement de parking proche de l'entrée principale.

— Connards ! dis-je entre mes dents.

Bien décidée à les rattraper pour leur faire entendre ma façon de penser, je marche sur la voiture au pas de charge avant de ralentir inconsciemment l'allure. Une femme en imperméable rouge vif, un chapeau de pluie assorti, descend du côté passager. Elle ouvre la portière arrière et trois têtes blondes émergent du véhicule, toutes vêtues d'imperméables bariolés et de bottes de couleurs vives. Leur mère tend les mains de part et d'autre, et deux petites filles s'y agrippent, tandis que l'aîné court vers la bibliothèque pour tenir la porte à sa mère et à ses sœurs. Même de là où je me trouve, j'entends leurs rires. Je crois que je ne vais pas les insulter, finalement. Ils ont l'air propre et sain d'une publicité vantant le mode de vie américain, exception faite de leur véhicule, hostile à l'environnement. Ils ressemblent à la famille que j'aimerais fonder un jour. La mère, le genre de mère que je voudrais être, rieuse, bien habillée, naturellement affectueuse, machinalement protectrice...

Puis la portière s'ouvre côté conducteur, et Skip Parkinson sort de sa voiture.

Le revoir me fait l'effet d'un coup de poing dans l'estomac, si inattendu que j'en suis véritablement pliée en deux. Je ne l'ai pas revu depuis le jour où il m'a larguée, ce jour affreux où il a ramené sa fiancée chez lui aux yeux de toute la ville.

Il jette un regard au bout de la rue et, bien que moi je l'aie reconnu au premier coup d'œil, il n'en est manifestement pas de même pour lui, alors qu'il vient de me tremper jusqu'aux os. Je commence d'ailleurs à claquer des dents, mais je reste immobile ; je le regarde entrer au petit trot dans la bibliothèque, avec cette même grâce, cette même aisance athlétique.

Il doit être en visite chez ses parents. Nul doute que ces adorables enfants, dans leur charmante tenue, devenaient nerveux à force de rester cloîtrés dans la maison, c'est pourquoi Skip et Mme Skip les ont emmenés à la bibliothèque pour choisir un livre ou un film qui les occupera pour le restant de la journée. Nul doute qu'ensuite Skip et Mme Skip vont s'en retourner dans la jolie maison des Parkinson, dans Overlook Street, et se pelotonner sur le canapé, jambes entremêlées, pour lire devant un bon feu crépitant.

Dire que ça aurait pu être moi dans cet imperméable rouge, conduite à la bibliothèque en cet après-midi de pluie par Skip, mon mari. Et ces joyeux enfants qui se tiennent par la main auraient pu être les miens.

Je tourne les talons et cours jusque chez moi ; la pluie glacée me cingle le visage. Je n'habite qu'à trois pâtés de maisons, mais je cours de toutes mes forces et arrive à ma porte, pantelante. Je monte bruyamment l'escalier en priant pour que Mme K. n'ait pas brusquement envie d'une pédicure ou d'un brin de causette et me précipite dans mon appartement.

A l'intérieur, seuls mon souffle haletant et le martèlement de la pluie sur le toit troublent le silence.

Colonel s'extirpe péniblement de sa couche et émet un jappement étouffé. Je m'agenouille et le serre dans mes bras, enfouissant mon visage dans son pelage.

— Oh! Mon pote, que je suis contente de te voir! Je t'aime, mon Colonel.

Quand un mammifère de trente-huit kilos efface vos larmes d'un coup de langue, puis tente de s'asseoir sur vos genoux, il est très difficile de continuer à se sentir triste. Je donne un blanc de poulet à mon chien pour le remercier de l'amour inconditionnel qu'il me porte, avant de passer dans la salle de bains où je contemple mon reflet dans le miroir. Mauvaise idée... Je suis tout ébouriffée, les cheveux collés au visage, lui-même marbré par le froid. Et ma bouche a un pli sinistre.

Je quitte précipitamment la salle de bains et me dirige vers le placard, au-dessus du réfrigérateur — le placard à apéritifs, rarement ouvert —, et j'en sors le whisky irlandais inentamé qui m'a été offert par un charmant vieux monsieur décédé depuis cinq ans environ. Je lui apportais son repas du soir chaque mercredi. M. Williams... Un type bien. Je m'en sers deux décilitres bien tassés et lève mon verre.

— A la vôtre, monsieur Williams!

Beurk! Je fais une énorme grimace et frissonne avant d'en boire une autre gorgée.

Puis, empoignant le téléphone, j'appelle la boulangerie de Machias et je leur commande huit miches de pain italien, puis j'appelle Will sur son portable. Il est à l'hôpital de Machias, aujourd'hui.

— Will, tu peux me rendre un service?
— Bien sûr, Maggie, bien sûr. Tu vas bien?

Je lui parle de ma commande à la boulangerie et lui rappelle de venir à la soirée spaghettis. Il se déclare ravi d'aller chercher le pain. Un mec génial, ce Will. Je bois également à sa santé.

— Et à la tienne aussi, Colonel Chiot d'Amour! dis-je en levant mon verre en direction de mon chien.

Il remue la queue et pose la tête sur mon pied.

15 h 9 à la pendule... Aujourd'hui, c'est Octavio qui a fait la fermeture. Il doit déjà être rentré chez lui où l'attendent sa femme et ses cinq enfants. J'espère qu'il ne va pas oublier d'apporter les deux énormes casseroles de sauce faite maison et les douze douzaines de boulettes de viande que j'ai laissées sur les fourneaux du Joe's. C'est à ça que j'ai passé ma matinée, de 4 à 7 heures. A cuisiner pour un repas organisé par la paroisse. Alors que je ne fréquente même pas l'église. On reconnaît bien là notre Maggie, n'est-ce pas? Que ne ferait-elle pas pour le père Tim! Du reste, elle n'a rien d'autre à faire, pas vrai? Ce n'est pas comme si elle avait quelqu'un qui l'attend à la maison.

Je quitte mon appartement, un peu plus gaie que quand j'y suis rentrée. Je trébuche sur le rebord du trottoir et m'enfonce jusqu'à la cheville dans une flaque d'eau glacée, mais tout va bien. Je marche d'un pas zigzagant jusqu'à l'église, allume la lumière du sous-sol qui résonne d'échos et sors mes énormes faitouts pour y faire cuire les pâtes en chantant :

— *You are the sunshine of my life...*

Heureusement que Stevie Wonder n'est pas là pour m'entendre...

— *That's why I'll always be around, oooh, oooh, yeah, yeah...*

Je me suis bien familiarisée avec cette petite cuisine, depuis un an. J'y ai fait cuire du corned-beef pour la Saint-Patrick; j'y ai fait chauffer du cidre aux épices pour les chants de Noël; j'y ai préparé des œufs durs pour la chasse aux œufs de Pâques. C'est ici aussi que je prépare d'énormes plats de lasagnes pour les rassemblements qui suivent des obsèques et que je confectionne des cakes aux myrtilles et des cookies pour les ventes de gâteaux. C'est l'heure du goûter ? Pas de problème. J'offre les scones, je prépare le thé ou le café, je remplis les pots à lait. C'est mon autre chez-moi, cette petite cuisine.

— Décidément, tu n'es qu'une ratée !

Ma voix résonne dans le sous-sol.

Je remplis les faitouts d'eau chaude, y jette une pincée de sel et allume le gaz. Puis, comme la tête me tourne un peu, je décide de m'allonger sur le sol, le temps que l'eau parvienne à ébullition. On est bien par terre... C'est lisse et frais. Mon dos me fait un peu mal, alors je m'étire, puis je ferme les yeux. Un petit somme, peut-être, avant que tout le monde arrive.

— Hé, patronne !

La voix me parvient par-dessus le comptoir. Octavio et sa femme font leur entrée, chacun portant une cuve géante de sauce, leur nombreuse progéniture sur les talons.

— Tiens, salut ! Comment ça va ? Contente de te voir, Patty ! Salut, Mookie ! Salut, Lucia ! Salut, les autres enfants ! Salut, salut !

Octavio me lance un regard inquiet.

— Ça va, patronne ?

— Mais oui ! Oui, oui, oui, ça va très bien. Tout baigne ! Je te remercie. Je devrais peut-être me relever ?

Ce que je fais, tâtonnant à la recherche d'une prise sur le comptoir et retrouvant la position verticale dans un équilibre précaire.

— Et vous ? Comment allez-vous, charmantes personnes ?
— Très bien.

Octavio et sa femme échangent un regard décontenancé, puis posent la sauce et repartent chercher les boulettes dans leur fourgon. Les enfants commencent à courir dans tous les sens, ils jouent à cache-cache.

Je mets la sauce à feu doux avant d'apercevoir les bouteilles sur le comptoir. Mais oui, c'est vrai : on a droit au vin, ce soir. Ce n'est pas une énième soirée spaghettis barbante et sans alcool : non, c'est un agréable repas accompagné de vin. Ça, c'est cool ! Vraiment cool qu'il y ait du vin.

— Vous êtes vraiment cool, comme gosses, dis-je aux enfants Santos en débouchant une bouteille.

Marie, l'aînée, âgée de sept ans, interrompt sa course.

— Merci, Maggie, me répond-elle avec un sourire timide. Toi aussi, tu es cool.

— Je sais.

Je fronce le nez et lui souris. Qu'est-ce qu'elle est cool, cette petite…


Une heure plus tard, le sous-sol est noir de monde et résonne de conversations qui se répercutent sur les murs telles des centaines de balles de ping-pong. Il ne faut pas que je pense à ça, sinon j'ai la tête qui tourne. Or j'ai déjà beaucoup de mal à dissimuler le fait que je suis un peu pompette. Chacun de mes mouvements doit être minutieusement programmé, chacune de mes phrases soigneusement pesée.

Mes parents arrivent, avec leur tête de parents cool.

— Bonsoir, Maggie. Tout ça est très joliment arrangé, tu sais, me dit maman.

Elle regarde les tables que nous avons dressées, les petits centres de table en fleurs artificielles. Afin d'éviter l'effet « cafétéria de centre pénitencier » qui caractérise bien souvent les manifestations paroissiales, nous avons choisi de n'allumer que les éclairages indirects et pas les néons.

— Merci, maman. C'est cool de me dire ça. Salut, papa. C'est vrai que c'est cool. Ça fait pas centre pénitencier. Ça fait endroit cool. Genre église…

— Maggie… tu ne serais pas… tu n'aurais pas un peu bu ? me demande papa à voix basse.

— Un peu, si.

J'ai du mal à garder les deux yeux focalisés dans la même direction ; le gauche semble vouloir s'égarer. Je le ferme en louchant pour qu'il arrête de m'embêter.

— Tu as mangé quelque chose, aujourd'hui ?

— Hmm… Oui, papa. Un muffin aux cranberries avec de la crème aigre, ce matin. Une vraie tuerie, ce truc !

— Je vois… Allons te mettre quelque chose dans l'estomac, ma chérie.

Papa, ce cher vieux papa, me conduit alors jusqu'à une table et me force à m'asseoir sur une chaise.

— Je peux pas me mettre à côté d'Octavio, plutôt ? J'adore ce mec !

— Reste ici, répond papa. Je reviens tout de suite.

C'est cool de rester ici. Je m'en réjouis… Mais la pièce se met à tourner, et je pose ma tête sur la table. C'est comme si j'étais sur un manège… J'ai la sensation du mouvement, mais comme j'ai les yeux fermés je n'ai pas besoin de voir.

Quelqu'un s'assied à côté de moi.

— Salut, dis-je sans relever la tête. Bienvenue à la soirée spaghettis !

— Tu es soûle ?

C'est ma sœur.

— Mmm-hmm. Papa est allé me chercher quelque chose à manger.

Je lève la tête. Oups ! J'ai bavé. Il y a une marque humide sur la table. Je m'empare du centre de table et pose les fleurs artificielles sur la tache, avant de me tourner vers Christy.

— Salut.

— Hou là… Qu'est-ce qui s'est passé, Maggie ?

Il ne me paraît pas prudent de mentionner le whisky que j'ai sifflé un peu plus tôt dans la soirée.

— Chais pas… Ch'crois que ch'ai bu un verre de vin à cheun. Chuste un tout p'tit verre. Ch'est tout…

Je souris, consciente de mon élocution pâteuse.

Papa revient avec de la salade, du pain, un verre d'eau et un bol de pâtes qui suffirait à nourrir une famille de quatre personnes.

— Mange, ma chérie, m'ordonne-t-il. Et toi, Christy, tu veux bien essayer de détourner l'attention de ta mère ? Elle est là-bas, en train de discuter avec Carol.

— Bien sûr.

Ma sœur se lève et me tapote l'épaule.

— Je t'adore ! dis-je en agitant la main dans sa direction. Tu es un amour, Christy !

Je mange — et c'est délicieux, je dois dire —, et la somnolence commence à me gagner. Will et Christy arrivent avec Violet et des assiettes garnies, et au bout de quelques minutes, maman. Encore un repas de famille. J'ai les paupières qui se ferment, mais papa m'a installée tout au bout de la table, loin de maman, afin qu'elle ne puisse pas voir que sa célibataire de fille est également devenue la pochtronne de la ville.

*Et si j'allais m'allonger sur la pile de manteaux...*

Ça m'a l'air tout douillet. Les gens grouillent dans tous les sens, ils vont se resservir au buffet.

— La bouffe est extra, Maggie ! me lancent plusieurs personnes.

J'agite mollement la main en réponse.

C'est alors que j'aperçois le père Tim. Il bavarde avec M. et Mme Rubricht, il rit, il donne une claque dans le dos de M. Rubricht. Mme Plutarski, son garde du corps autoproclamé, se pavane tout près de lui. Se pavane tout près de lui... Se pavane tout près de lui... Je me mets à glousser.

— Se pavane ! dis-je à voix haute.

Papa se tourne vers moi, inquiet, mais je ne peux pas détacher le regard du père Tim.

Qu'est-ce qu'il est *cool*, ce prêtre ! On s'est trop marrés l'autre soir, pas vrai ? Il est génial, ce mec. C'est pas un connard, comme Skip. Oh que non ! Même que le père Tim, c'est mon meilleur ami. Et je l'aime.

Vers la fin du repas, quand tout le monde commence à lorgner sans vergogne vers le buffet des desserts, le père Tim s'empare du micro et l'allume. Son bel accent irlandais m'emplit alors les oreilles.

— Ça me fait chaud au cœur de voir tant de gens présents ici ce soir, lance-t-il en souriant à ses ouailles. On peut dire que nous avons fait bombance ! Un grand merci à vous, Maggie et Octavio, pour avoir organisé un tel festin, comme toujours !

Les gens applaudissent et se tournent vers moi. Je me lève, chancelle un peu mais, estimant que personne ne doit s'en être aperçu, je réplique d'une voix forte :

— Y a pas de quoi !

— Et je tiens également à remercier par avance le comité d'accueil auquel incombera la tâche ingrate de tout nettoyer après la soirée, poursuit le père Tim. J'ai la joie de vous annoncer que nous avons recueilli une somme supérieure à…

Je fais signe à ce cher, à cet adorable père Tim.

— Je peux juste dire un petit mot ?

— Oh non, papa, arrête-la…, murmure Christy d'un ton pressant.

Non ! On ne m'arrêtera pas !

Je m'empresse de faire le trajet jusqu'au-devant de la salle où se tient le père Tim, avec une étonnante agilité, ne cognant que sept ou dix chaises au passage.

— Je peux prendre le micro ?

Je ne suis pas ivre au point de ne pas remarquer la moue de jalousie qui fronce les lèvres de Mme Plutarski. Eh, oui… De jalousie, parfaitement. Parce que je suis l'amie du père Tim. Elle n'est pas la seule à l'adorer.

— Euh… bien sûr, Maggie, dit le père Tim en me tendant le micro, avec un sourire qui reflète une certaine interrogation.

C'est la première fois que je parle dans un micro. C'est cool… J'ai l'impression d'être Ellen DeGeneres, un peu comme si j'avais ma propre émission de télé. Je me tortille jusqu'au bord de l'estrade où la classe de confirmation de l'année dernière a massacré *Godspell* et je souffle dans le micro. J'obtiens un bruit de rafale qui me rassure : il est bien branché.

— Merci mille fois, mon père, dis-je, fière de la clarté de mon élocution. Eh, c'est trop rigolo, je parle comme Christy !

Tout le monde se met à rire. Je fais un carton !

— Ce que je voulais dire, c'est à quel point nous sommes tous reconnaissants d'être ici ce soir, sur cette merveilleuse planète, dans cette merveilleuse petite ville. C'est trop cool, non ?

Ma mère me fixe avec une expression d'horreur et de réprobation mêlées. J'ai bien peur qu'elle soit furax. Je lui fais signe de la main.

— Coucou, maman ! Bref, je voudrais surtout remercier le père Tim. On a trop de chance de l'avoir dans notre paroisse, pas vrai ? Non parce que, vous vous souvenez du père Machinchouette, cette espèce de petit rondouillard hyper-glauque ? Celui du mariage de Christy ? Çui-là alors, c'était pas un marrant ! Ah, ça non ! Pas marrant du tout, ce mec-là. Mais maintenant nous avons le père Tim ! Il est d'une telle bonté, hein ? Moi, je dis que cet homme-là, c'est quasiment un saint, z'êtes pas d'accord ?

Le père Tim s'avance vers moi.

— Merci, Maggie. Je vais vous reprendre le micro, maintenant, vous voulez bien ?

— Non ! Non, non, non !

Je l'esquive en reculant, puis me dresse devant lui. S'il veut son micro, il faudra d'abord qu'il m'attrape. Et toc ! Je pointe le doigt sur lui tandis qu'il me contemple, figé comme une statue, et j'agite l'index.

— Voilà, comme ça, c'est bien. Il faut que vous écoutiez

ce que j'ai à vous dire, saint homme. Parce que tout le monde vous aime, ici. Sincèrement... Oui, tous les gens d'ici vous aiment, mon père. Et moi aussi, je vous aime. Je... vous êtes tellement... et tous ici, on vous... Je vous aime, père Tim.

Je continue à parler mais, à partir de là, je m'entends à peine dans le soudain brouhaha de la salle. Will se matérialise subitement à mon côté — il est futé, ce garçon ! — et me pique le micro.

Je proteste :

— Mais j'ai pas fini...

— Oh que si, ma puce ! Tu vas en rester là pour ce soir. Allez, viens. Je te ramène chez toi.

# 6

Des fragments de la soirée spaghettis tourbillonnent dans ma tête comme de la glace pilée dans un blender. Des bribes de conversation, des images et une grande angoisse, oui, une grande angoisse d'avoir vraiment dit tout ça.

Il est 3 h 20 du matin. Je ne sais pas à quelle heure Will et mon père m'ont mise au lit. J'ai l'impression que mon cerveau crisse contre mon crâne et que mon œil droit va jaillir de son orbite. Sans compter que j'ai une haleine de cheval…

Je titube jusqu'à la salle de bains où, cramponnée au lavabo, j'avale deux Motrin et deux Tylenol. Je sais qu'il ne faut pas prendre ces médicaments l'estomac vide, mais je m'en fiche. La seule idée de boire du lait provoque de répugnantes manifestations dans mon appareil digestif. Je prends une douche qui me donne l'agréable impression d'avoir avancé d'un pas sur le chemin du retour à une certaine humanité.

Mon appartement m'apparaît oppressant et confiné mais, vu que je n'ai aucune envie d'approcher quoi que ce soit qui ressemble de près ou de loin à de la nourriture, aller au *diner* est exclu.

J'enfile mon manteau, mon bonnet de laine, mes mitaines et m'empare d'une lampe torche.

— Colonel !

Le son de ma voix est effroyable. Je reprends dans un murmure :

— Viens là, mon chien.

Colonel n'a jamais eu besoin de laisse : il se contente de me suivre partout avec un dévouement désarmant. Nous sortons dans la profonde obscurité du petit matin.

La ville est silencieuse ; seul me parvient le doux bruissement des vagues sur le rivage rocailleux. A cette heure, le vent est tombé et la lune est partie depuis longtemps, faisant scintiller les étoiles dans la nuit d'encre. Je marche dans des rues sombres, dépassant des maisons endormies, jusqu'à un petit chemin qui me mènera à Douglas Point. Il ne s'agit pas à proprement parler d'une réserve naturelle, mais presque. Il n'y a qu'une seule habitation là-haut, propriété d'un riche dirigeant de Microsoft qui n'y vient qu'une ou deux fois par an. Plutôt accommodant envers les gens du cru, il nous autorise l'accès à ses terrains pour y pratiquer la pêche ou la randonnée.

L'odeur des pins mêlée à l'air marin soulage quelque peu mon estomac barbouillé, et la brise semble chasser toute pensée de mon esprit. Je n'ignore pas ce que j'ai fait hier soir, mais à cet instant j'ai la tête vide. Il n'y a que Colonel et moi.

Je longe la mer jusqu'à un vaste affleurement rocheux en surplomb. On l'appelle le Roc du Beaupré, en raison de sa ressemblance avec ce mât de navire horizontal. Derrière moi se dresse tel un spectre le mémorial en granit érigé en hommage aux pêcheurs disparus en mer. Y sont gravés les noms des dix-huit hommes de Gideon's Cove que l'océan vorace a engloutis. Enfin, dix-huit à ce jour...

A cet endroit, le vent souffle un peu plus fort et il est encore assez froid, bien que le mois d'avril approche. Sous mes fesses, le roc est comme de la glace, mais ça me fait du bien : il est solide et purifiant.

J'éteins ma lampe torche et laisse mes yeux s'accoutumer à l'obscurité. Etendu à côté de moi, Colonel mâchonne un bâton d'un air satisfait. Je passe un bras autour de son encolure et porte mon regard vers l'est. L'aube est encore loin, mais les étoiles brillent suffisamment fort pour que je puisse distinguer les crêtes blanches de quelques vagues, çà et là. L'eau vient gifler le rivage rocheux dans un murmure chuintant.

Je soupire et je m'allonge sur le dos pour observer la Voie lactée. Elle est si belle, si froide, si pure et si lointaine... Hypnotique... Colonel se blottit contre mon flanc, et je caresse distraitement son pelage épais en contemplant les cieux au-dessus de nous. Combien de temps je reste allongée ainsi, je l'ignore, car j'ai oublié ma montre, mais le bruit d'un moteur me fait me redresser.

C'est un homardier, sorti relever ses casiers. Les lumières du bateau semblent chaudes et réconfortantes comparées à la distance glacée des étoiles. Peut-être est-ce mon frère, quoiqu'il se range plutôt dans la catégorie des pêcheurs lève-tard... Je plisse les yeux pour mieux voir, mais je n'arrive pas à distinguer de qui il s'agit. Malone, peut-être. Jonah dit que d'habitude il est toujours le premier sorti et le dernier rentré.

L'année dernière, à ce qu'on raconte, Malone et son cousin Trevor, un homme aussi joyeux que lui-même est sombre, ont fait l'acquisition d'un bateau neuf. Un beau bateau, d'après la rumeur locale, qui aurait coûté quatre-vingt-cinq mille dollars, voire plus. Les deux cousins comptaient augmenter leurs activités commerciales, peut-être même investir dans des parcs à pétoncles. Mais Trevor, qui venait souvent au Joe's Diner et flirtait à égale mesure avec Judy et moi, s'est volatilisé du jour au lendemain. Il aurait vendu le bateau à l'insu de Malone et se serait envolé avec l'argent, laissant son cousin rembourser tout seul les mensualités. On ne l'a plus jamais revu. Les rumeurs sont allées bon train — mafia, trafic de drogue, homosexualité, meurtre —, mais Malone est resté à Gideon's Cove et il a continué à poser ses casiers en silence avec le bateau qu'il possède depuis dix ans.

On ne peut pas tenir le seul *diner* de la ville sans être

au courant de ce genre de choses mais, pour autant, je ne connais pas vraiment Malone. A l'école, il était en avance de cinq ou six classes sur moi. Et puis il ne m'a presque jamais adressé la parole, aussi ne suis-je pas réellement au fait de sa situation. Un phénomène rare à Gideon's Cove.

Dans ma tête, le crissement s'est réduit à la pulsation d'une méduse blessée. J'ai les fesses engourdies et les joues tendues par le froid. Je me relève en soupirant.

— Allez, mon gros, on y va !

Colonel et moi faisons demi-tour en direction du *diner*, tandis que le ciel s'éclaire de manière quasi imperceptible à l'extrême est de l'horizon.

Arrivée au Joe's, je branche le percolateur et commence à préparer quelques muffins. Cranberry/citron, aujourd'hui, et d'autres au son et aux raisins secs pour Bob Castellano, qui a besoin de sa ration quotidienne de fibres. Mme K. les aime bien, elle aussi.

Bientôt, le restaurant va se remplir de gens qui voudront tout savoir sur mon petit discours d'hier soir. Ou de gens qui en ont été témoins et qui souhaitent se le remettre en mémoire. Une fois de plus, je me suis couverte de ridicule. Au moins, personne ne peut me reprocher de ne pas être divertissante, comme fille !

A l'heure de retirer du four ma seconde fournée de muffins, j'ai déjà mis en train les pommes de terre destinées aux célèbres galettes d'Octavio, célèbres à juste titre. Comme si ça l'avait fait venir, le voilà qui entre bruyamment par la porte de service, ce qui me fait fermer les yeux de douleur.

— Bonjour, patronne ! me lance-t-il chaleureusement.
— Salut.

J'attends les questions, mais aucune ne vient.

Il s'active aux fourneaux, vérifie la cuisson des muffins.

— Un café, patronne ?

Sans attendre ma réponse, il m'en sert une tasse d'autorité, puis se met à casser des œufs dans un grand saladier. Ses énormes mains arrivent à en tenir deux à la fois et, comme si ça ne suffisait pas, il est ambidextre, du moins lorsqu'il s'agit de casser des œufs. Et crac ! Quatre œufs d'un coup. Crac ! Huit. Crac ! Une douzaine d'œufs attendent innocemment dans leur saladier, sans savoir qu'ils s'apprêtent à être battus sans pitié.

Octavio me lance un regard, le visage franc et amical. Je lui demande :

— Ça te plairait d'avoir une augmentation ?
— Je suis bien comme ça, patronne.
— Tu la mérites.
— Dans ce cas, cet été, peut-être...

Il me sourit. Il a les dents du bonheur, ce que je trouve très séduisant.

— Alors, j'ai vraiment dit au père Tim que je l'aimais ?
— Ben ouais, patronne. Désolé...

Il me gratifie d'un clin d'œil et continue à faire frire ses galettes de pommes de terre.

— Des questions ?
— Non.
— O.K., je te file une augmentation cette semaine.
— C'est toi qui vois, patronne.

Octavio est très fort pour obtenir des augmentations. L'an passé, je lui ai accordé un coup de pouce substantiel pour sa discrétion concernant « l'espèce de type que j'avais rencontré », et il est sur le point d'en obtenir une autre, en récompense de sa gentillesse.

— J'aimerais bien prendre la vie aussi calmement que toi, Octavio.
— Ne relâche pas tes efforts, répond-il d'un ton encourageant.

A 8 h 30, le père Tim fait son entrée et se glisse dans son box habituel. Je prends une profonde inspiration et ferme les yeux.

— Bonjour, Maggie, me dit-il doucement.

Ben et Rolly interrompent leur conversation pour

écouter sans vergogne, et les membres du bureau de l'école cessent leur débat sur la réduction des heures de cours d'arts plastiques. Il fallait s'y attendre : je suis la meilleure attraction de la ville.

— Mon père, je vous demande pardon. Je ne sais pas quoi dire. J'espère que je ne vous ai pas trop mis dans l'embarras, quoique pour ma part je me sois certainement ridiculisée.

Il sourit tristement.

— Pas de souci, Maggie, pas de souci.

Il m'autorise à lui servir une tasse de café.

— Maggie, voulez-vous bien vous asseoir une minute ?

J'obéis. Il sent l'herbe et la laine humide — l'odeur de l'Irlande, bien qu'il vive aux Etats-Unis depuis six ans, maintenant. Ses mains sont douces et élégantes ; je cache les miennes sur mes genoux, consciente comme toujours de leur aspect rouge et rugueux. Ce sont les mains d'une femme bien plus âgée que je ne le suis.

— J'ai beaucoup réfléchi à notre petit problème, Maggie, commence-t-il à voix basse.

Mon cœur se serre d'un amour douloureux et sans espoir devant ses yeux emplis de bonté.

— Ce... ce béguin que vous avez pour moi, ça commence à devenir un tantinet gênant, vous ne trouvez pas ?

J'opine du bonnet, sentant une rougeur se propager sur ma nuque.

— Je suis navrée, dis-je dans un souffle.

— J'y ai bien réfléchi, ma chère Maggie, et je me demandais si je pouvais vous être d'une aide quelconque.

Il prend une gorgée de son café, avant d'incliner la tête sur le côté.

— Et si je vous présentais des hommes convenables, qu'en diriez-vous ?

J'en reste pantoise.

— Euh... eh bien, je... Hum... Pardon ?

— Maggie, je pense que la présence d'un homme

sympathique dans votre vie pourrait vous aider à, hum, à tourner la page, dirons-nous...

L'humiliation déferle dans tous mes membres. Il essaie de me caser ! Oh ! misère !

— Euh... je...

— Des hommes convenables, je le répète. Car croyez-le ou non, j'en connais quelques-uns.

— D'accord, euh... mais qu'entendez-vous exactement par « convenables » ?

Le père Tim se carre dans sa banquette et prend une gorgée de café.

— Ma foi, catholiques, pour commencer, évidemment.

— Quel optimisme ! Des catholiques célibataires à Gideon's Cove... Je n'en vois qu'un, mon père : il a quatre-vingts ans et il est cul-de-jatte. De plus, il m'a déjà demandée en mariage, et j'ai refusé.

Il se met à rire.

— Ah, Maggie, femme de peu de foi...

Il s'interrompt et jette un regard vers le comptoir.

— Ça vous ennuie si je prends un de ces muffins ? Je n'ai pas encore déjeuné.

Une flèche de culpabilité me transperce le cœur. Il est là, affamé et le ventre vide, en train d'essayer de résoudre mes problèmes.

— Mais pas du tout, mon père ! Au contraire ! Tout ce que vous voulez. Préféreriez-vous des pancakes ? Ou une omelette ? Je peux demander à Octavio de vous préparer quelque chose de plus substantiel qu'un muffin, si vous voulez...

— Ce serait très gentil, merci. Enfin, à condition que ça ne vous dérange pas, bien sûr.

Après qu'il m'a précisé ce qu'il veut, je transmets la commande à Octavio.

— Judy, tu voudras bien apporter son petit déjeuner au père Tim quand il sera prêt ?

Judy pousse un énorme soupir et acquiesce d'un hochement de tête, sans pour autant interrompre la lecture de son journal.

— Je peux avoir un peu plus de café ? lui demande Rolly.

— Tu n'as qu'à aller te servir toi-même, réplique-t-elle en désignant la cafetière d'un geste vague.

D'un saut, je vais remplir la tasse de Rolly avant de revenir à la table du père Tim.

— Bon, dit-il. Il va falloir vous montrer indulgente avec moi, Maggie, étant donné qu'au rayon des rencontres vous n'avez guère eu de chance jusqu'ici, je le sais bien. Mais de votre côté n'êtes-vous pas aussi un peu trop exigeante ?

— Non, je ne trouve pas.

Trop exigeante, moi ? Certes, je ne suis pas Chantal, qui demande simplement à ses petits amis d'avoir un cœur en bon état de marche ; cela dit je ne pense pas être trop exigeante pour autant...

Le père Tim enchaîne :

— Je crois préférable que vous gardiez l'esprit ouvert à toutes possibilités. Je demanderai à ces messieurs de vous passer un coup de fil. De cette façon, vous pourrez organiser un premier rendez-vous et faire connaissance en bavardant un peu. Qu'en pensez-vous, ma chère ?

Après Roger le Médium, j'aimerais mieux servir de repas à des requins que de me prêter de nouveau au jeu des *blind dates*.

— Oui... mais non.

Le père Tim fronce légèrement les sourcils.

— Maggie, si vous me le permettez, je vais vous parler en toute franchise.

Je me raidis.

— Vous êtes charmante mais, en ce qui concerne votre vie sentimentale, vous avez grand besoin d'un petit coup de pouce.

*De la part d'un prêtre ?*

— Ecoutez, me chuchote-t-il encore avec un doux sourire. Nous ne pouvons plus vous laisser vous ridiculiser à chacune de nos rencontres… Il faut faire quelque chose, vous ne pensez pas ?

Je me tasse un peu plus sur la banquette. Mortifiée, je serre si fort les poings que j'en ai la peau des jointures qui craque. Mon genou heurte celui du père Tim, ce qui me fait me redresser d'un bond sur mon siège.

— Voyez ça comme une pénitence, conclut-il, le regard pétillant. Pour avoir abusé de la boisson hier soir…

— Et le pardon, alors ? Et l'autre joue ? Et « va et désormais ne pèche plus » ?

— Ne vous fatiguez pas, jeune fille, vous êtes face à un professionnel. Je n'accepterai pas de refus de votre part…

Je soupire. Rolly fait pivoter son tabouret vers moi.

— Moi, je trouve que tu devrais tenter le coup, ma jolie.

— Merci, Rolly.

Je ferme les yeux.

— D'accord, mon père. Mais vous devez me promettre que vous ne me choisirez que des hommes bien, d'accord ? De vrais prétendants possibles.

Je réfléchis une minute.

— Tiens, au fait, et Martin Broulier ? Il est célibataire, n'est-ce pas ?

Martin travaille en dehors de Gideon's Cove. C'est un type apparemment sympa, la quarantaine peut-être, pas mal de sa personne. Sa femme et lui ont divorcé il y a environ un an.

Le visage du père Tim s'illumine, tandis que Judy s'avance d'un pas traînant avec son assiette.

— Merci, mon petit cœur, merci. C'est parfait.

Il goûte son muffin, ferme les yeux de plaisir, puis déclare :

— Pour Martin, c'est non. Il est divorcé.

Je fronce les sourcils.

— On ne pourrait pas se la jouer Vatican II sur ce coup-là ?

— Ma foi, Maggie, si vous épousez un divorcé vous

ne pourrez pas vous marier à l'église, or ce n'est pas ce que nous voulons pour vous, n'est-ce pas ? Dans de telles conditions, il ne s'agirait pas d'un vrai mariage. Enfin, à moins que Martin puisse obtenir l'annulation de sa première union.

Compris... J'irai peut-être tâter le terrain avec Martin, mais de ma propre initiative, hors des auspices de la police papale qui sévit ici.

— Non, non, j'ai quelques bonnes idées, Maggie. J'en ai parlé avec le père Bruce, de St Pius, et nous sommes certains de parvenir à un résultat.

Génial ! Deux curés en train d'organiser ma vie sentimentale ! Hélas, il y a fort à parier qu'à ce petit jeu ils se révéleront plus doués que moi ! Au fond, je n'ai sans doute rien à perdre, moi qui ai déjà tant de fois jeté ma dignité aux orties. Après tout, laisser à vos amis le soin de vous choisir un homme, ce n'est pas la pire des façons de rencontrer quelqu'un. Le père Tim me connaît, il m'aime bien ; il va certainement me choisir quelqu'un de bien.

Gagnée par l'enthousiasme, je capitule.

— Bon... c'est d'accord. Je vous remercie, mon père. Parce que, après ce qui s'est passé hier soir, je n'arrive pas à croire que vous consentiez encore à m'adresser la parole. Ne parlons même pas de me combiner un rendez-vous ! Bonté divine, je me suis conduite comme une andouille ! Je vous demande pardon. Une fois de plus.

— C'est déjà oublié, Maggie, affirme-t-il, la bouche pleine. Tiens, voilà Georgie ! Comment vas-tu, mon grand ?

— Salut ! Salut, Maggie ! Salut, Tim ! Quelle belle journée, pas vrai, Maggie ? Qu'est-ce que ça sent bon, ici ! J'adore l'odeur qu'il y a ici, pas toi, Tim ?

Georgie se glisse à côté de moi sur la banquette et blottit sa tête contre mon sein.

— Salut, Maggie !

— Salut, Georgie. Comment va mon meilleur copain ?

Le père Tim et moi échangeons des sourires empreints

de tendresse par-dessus son assiette de petit déjeuner, et pour la première fois depuis un bon moment mon cœur se gonfle d'un authentique espoir.

Le premier rendez-vous est tout sauf plaisant pour les deux parties en présence.

J'ai accepté de rencontrer Oliver Wachterski au bowling qui se trouve à la sortie de Jonesport. De cette façon, me dis-je, nous aurons au moins quelque chose à faire, si d'aventure nous n'avions pas grand-chose à nous dire.

J'arrive devant le petit bâtiment, miteux et apparemment bondé. Une fois à l'intérieur, je m'avise que j'ai omis de demander à Oliver des détails sur son physique, tout comme j'ai négligé de lui en donner sur le mien, afin que nous puissions nous reconnaître. Nous sommes simplement tombés d'accord pour nous retrouver quelque part dans Snicker Allée.

Le plaisant fracas des quilles renversées résonne tout autour de moi. Comme je suis en avance sur l'heure convenue, je flâne un peu. Je passe devant la salle de jeux où la musique et les coups de feu forment une cacophonie plutôt intéressante. Mais je ne vois aucun homme à l'horizon. Aucun homme seul, je veux dire... Il n'y a là que des pères de famille, des membres d'équipes de bowling et des bandes de copains.

Je parcours l'allée en sens inverse, affichant un air à la fois faussement amusé et nonchalant. *Tiens, les toilettes... Fascinant!* Je m'arrête au bout, à proximité d'une charmante petite famille qui occupe la dernière piste. Les deux filles aînées regardent leur petit frère soulever la boule à deux mains, puis la lancer sur la piste. Il doit avoir quatre ou cinq ans, pas plus, et la boule roule avec une lenteur hypnotique vers les quilles. Elle heurte la protection du rail gauche qui la dévie vers le milieu de la piste.

— Ça ne devrait plus tarder, mon grand ! lance le père, encourageant. Elle se rapproche !

— Je crois que tu vas faire un strike, Jamie ! renchérit la plus jeune des sœurs.

Les parents, assis à la table des scores, se tiennent la main. La femme regarde son mari en souriant ; il lui donne un rapide baiser.

— Non ! s'écrie le petit garçon.

Sa boule s'est arrêtée au milieu de la piste.

— Non !

Il fond en larmes.

Aussitôt, l'aînée le soulève de terre.

— Pleure pas, mon bonhomme ! C'est exceptionnel de réussir un coup pareil ! Ce n'est pas tout le monde qui y arrive, pas vrai, Melody ?

— C'est vrai, elle a raison, Jamie. Tu vas avoir des points de bonus !

Les deux filles échangent un sourire de connivence par-dessus la tête du petit frère.

L'employé chargé de la piste s'avance vers eux et part récupérer la boule. Il donne au passage un autocollant au petit garçon, ce qui le met au comble de la joie.

— Regarde, maman, j'ai gagné un autocollant !

Je souris en les observant tous. Quelle merveilleuse famille ! Ils ont l'air de gens parfaitement ordinaires, ni beaux ni laids, ni gros ni maigres. Et pourtant, les parents sont manifestement amoureux l'un de l'autre et ils ont des enfants adorables et sensibles. Comment une chose aussi simple peut-elle être aussi difficile à obtenir ?

Quelqu'un me tape alors sur l'épaule.

— Maggie ?

Je me retourne.

— Ah ! Oliver ?

Il opine.

— Enchanté de te connaître.

Il est bel homme, avec des traits réguliers et de beaux yeux bruns où danse un sourire. Mon cœur se dilate d'espoir.

— Salut ! Oui, je suis Maggie Beaumont. Moi aussi, je suis ravie de te rencontrer. J'étais en train de regarder cette gentille petite famille. La boule du petit garçon n'a pas réussi à atteindre les quilles, alors ses sœurs l'ont soulevé de terre et ils étaient tous...

Je m'interromps, consciente que je m'apprête à franchir une fois de plus les portes de la périlleuse « tour de Babil ».

— Enfin, bref. Ils étaient tous très mignons...

— Tu veux aller chercher des chaussures ? me demande Oliver.

Un sourire flotte sur ses lèvres.

— Bien sûr, oui.

Nous louons l'équipement et cherchons notre piste, la treize. Je ne me rappelle plus sur le moment si le treize est un chiffre porte-bonheur ou malheur... Dans le doute, je décide qu'il attire la chance.

Oliver et moi sommes placés entre des joueurs de championnat très sérieux et une famille avec de jeunes enfants.

— Alors, comme ça, tu es propriétaire d'un *diner* ?

— Oui, le Joe's, à Gideon's Cove.

— Je ne connais pas. Mais à partir de maintenant j'aurai une bonne raison d'y aller.

Quand il sourit, son visage se creuse de fossettes... Je pique un fard, sous le charme.

— Tu commences ? propose-t-il.

Les premières parties se déroulent agréablement. Nous nous encourageons mutuellement et bavardons sans le moindre embarras.

C'est lorsque je mentionne Christy que j'entends retentir le premier coup de semonce.

— Tu as une vraie jumelle ?

— Eh oui !

Mon sourire s'estompe devant son expression spéculative

et vaguement lubrique, sourcils levés, un petit sourire en coin. La même tête que faisaient les garçons, au lycée.

Cependant, il s'abstient de tout commentaire.

Nous allons nous asseoir et, au bout d'un moment, il passe un bras autour de mes épaules.

— C'est sympa, dit-il.

Sa main effleure ma nuque, et ma peau se couvre de chair de poule. Mais pas de plaisir. Puis il se penche pour m'embrasser. Je ne l'arrête pas, mais je n'ai pas très envie de... Beuh... Très mouillé. Très baveux. Quoi, la langue, déjà ? Je m'écarte brusquement de lui.

— Oui... C'est amusant, le bowling... J'ai toujours bien aimé jouer au bowling. O.K., Oliver ! C'est ton tour, maintenant ! Et il s'agit d'un jeu décisif, alors sors les peintures de guerre ! Tu es les Red Sox, je suis les Yankees ! D'accord ? Alors, fais gaffe ! T'as intérêt à bien lancer !

Je parviens enfin à museler ma bouche. Je contemple mes mains fixement : si j'avais su... Ce n'était vraiment pas la peine de gâcher ma crème miel/lanoline/huile de rose ultra-chère en vue de la soirée !

Il me lance un regard étrange et se lève. J'en profite pour m'essuyer la bouche furtivement. Il choisit une boule sur le petit tapis roulant et se place dans la zone d'élan. Juste au moment où la boule jaillit de ses mains, il s'écroule et se tord de douleur sur le sol.

— Aïe, merde ! Aïe !

Je me précipite, et les personnes qui jouent aux pistes douze et quatorze interrompent leur partie.

— Oliver ? Ça va ? Qu'est-ce qui t'arrive ?
— C'est mon aine ! Ma hernie est sortie ! Oh ! Putain !
— Ta quoi ?

J'ai un mouvement de recul. Le visage écarlate, Oliver se tient l'entrejambe à deux mains de façon très explicite. Plusieurs personnes font cercle autour de nous.

— Je me suis fait sortir ma hernie... Appuie dessus et je devrais pouvoir me remettre debout.

Son visage a beau être rouge, il a le regard calme. Hum...

— Vous avez besoin d'aide? s'enquiert la mère de famille de la piste quatorze.

— Non, lui répond sèchement Oliver. Il faut que tu appuies dessus, Maggie!

Instinctivement, je joins les mains.

— Mais... pourquoi tu ne le fais pas toi-même?

— Parce que je ne peux pas! Il faut un point d'appui! Vas-y, Maggie, fais-le!

— Tu veux que j'appuie où, exactement?

Un picotement de méfiance se propage sur ma nuque.

— Sur mon aine. Là... Bon sang, Maggie, ça fait un mal de chien!

Vraiment? Ou est-ce qu'il simule? Irait-il jusqu'à jouer la comédie dans le but d'obtenir une excitation sexuelle vaguement perverse? Après tout, je le connais à peine, ce type. Et je n'ai pas du tout envie de lui appuyer sur l'aine! Berk!

— Allez, Maggie!

— C'est bon. D'accord, d'accord... C'est juste que je n'ai jamais... enfin... les hernies et moi, c'est... Je n'y connais rien en hernies, tu comprends? On devrait peut-être attendre un secouriste. Je vais appeler le 911.

— Non! Ça m'arrive sans arrêt. Pour l'amour du ciel, Maggie, tout ce que je te demande, c'est d'appuyer dessus!

Il serre les dents à présent, mais est-ce de douleur ou parce qu'il est frustré de voir que je refuse de lui palper l'entrejambe? Quoi qu'il en soit, il a vraiment l'air en pétard.

— Hum, bon, alors, c'est où exactement?

— Là.

Il s'empare de ma main et la plaque brutalement sur son sexe. A côté de nous, les parents pressent leurs enfants de s'éloigner.

— Vas-y, cocotte! lance l'un des joueurs de championnat. Appuie!

Je détourne le regard avec une grimace et appuie timidement.

— Plus fort, Maggie, plus fort !

Est-ce la douleur qui le met dans un tel état, ou la frénésie sexuelle ? Impossible à dire.

— Plus fort, appuie plus fort !

C'est pour de vrai ou quoi ? En tout cas, il est plutôt douillet, Oliver, et ça ne me le rend pas plus sympathique. J'appuie un peu plus fort.

— Tu vas y aller à fond, oui ou non ? me jette-t-il alors d'un ton agressif.

Des années passées à transporter de gigantesques sacs de patates et d'oignons, à lutter avec des sacs de riz et de farine « format économique », ainsi que d'interminables marches et balades à vélo m'ont rendue assez costaude. C'est l'une des choses dont je suis plutôt fière, ma force physique... Je considère Oliver d'un œil spéculatif et appuie de toutes mes forces sur son aine.

Son hurlement déchire l'air, s'élève au-dessus du choc des boules sur la piste et du fracas des quilles. Toutes les personnes présentes tournent la tête vers nous, réduisant subitement le vacarme ambiant à un silence d'église, troué par le cri perçant d'Oliver. Sa voix quitte alors le spectre auditif humain, et le bowling redevient parfaitement silencieux.

Je lui demande :

— Ça va mieux ?

Vingt minutes plus tard, il est embarqué par des ambulanciers.

— Bonne chance ! lui dis-je au passage de la civière.

— Salope ! lâche-t-il d'une voix étranglée.

Son visage, que ma considérable puissance musculaire avait fait passer au violet, a repris sa teinte écarlate. Je n'éprouve pas une once de culpabilité. Il m'a dit : « Plus fort. » J'ai appuyé plus fort.

— Ma foi, si ce gars n'avait pas de hernie, j'espère que

vous lui en avez filé une, mon chou, me dit gentiment une joueuse de championnat. Parce qu'en le voyant j'ai pas pu m'empêcher de me dire que c'était un drôle de cochon.

Je lui souris.

— Oui, c'est l'impression que j'ai eue, moi aussi.

Sur le trajet du retour, je rectifie mentalement mon erreur d'appréciation : le chiffre treize porte malheur, c'est incontestable.

# 7

Autre anecdote de taille à mettre au compte des rencontres cauchemardesques... Le bon côté de la chose, c'est que je divertis la moitié de la ville avec l'aine d'Oliver, dernier avatar en date dans la série d'histoires drôles qui composent ma vie amoureuse. Bientôt, j'en aurai suffisamment pour me constituer une éphéméride !

Le deuxième candidat du père Tim est un certain Albert Mikrete. Al et moi nous retrouvons au restau grill de la route 1. Mais bien qu'il soit bel homme, à l'aise financièrement, agréable et attentionné, que nous nous accordions à dire que Maggie Mikrete ferait un nom aux consonances admirables, et qu'Albert ait fait preuve d'un certain courage lors de sa coloscopie du mois dernier et de son opération de la cataracte en janvier, nous décidons d'un commun accord à la fin du repas que nous ne sommes peut-être pas faits l'un pour l'autre.

— Tu es une fille adorable, me dit Al en remplissant son chèque — ce qui est déjà ça de pris.

Puis il range les photos de ses petits-enfants et sourit.

— Et tu as été bien gentille de passer ta soirée à écouter les radotages sans fin d'un vieil homme comme moi.

— Je vais sans doute regretter toute ma vie de t'avoir laissé filer, dis-je, horrifiée de me rendre compte qu'effectivement Al est la meilleure rencontre que j'aie faite depuis longtemps.

— J'avoue que j'ai hâte d'annoncer à mon club de

bridge que je suis sorti avec une adorable jeunette ! Si je m'imaginais sortant avec une femme de quarante-six ans ma cadette !

Nous éclatons de rire et nous étreignons affectueusement avant de nous séparer bons amis. Al manœuvre péniblement pour sortir sa voiture du parking en marche arrière : encore un représentant du troisième âge victime de mes charmes...

Arrivée chez moi, je trouve sur mon répondeur un message du père Tim, entrecoupé de hoquets et de rires.

— Oh ! Pu... rée, Maggie !

Ce juron démodé m'arrache un sourire.

— Bon, il semble que vous êtes déjà partie... Eh bien, quand vous rentrerez chez vous ce soir, vous vous apercevrez qu'il y a eu un léger cafouillage...

Le fou rire le reprend.

— Appelez-moi dès que vous serez rentrée.

Je décroche et appuie sur la touche 3 de mon téléphone, sous laquelle j'ai mis son numéro en mémoire.

— Allô, ici la future Mme Albert Mikrete, dis-je lorsqu'il répond.

— Oh ! Maggie ! Je suis vraiment désolé. Il semblerait que le père Bruce se soit quelque peu emmêlé les pinceaux... Je vous en prie, dites-moi que ça n'a pas été trop terrible !

— Mais non, figurez-vous. Albert est un vieux monsieur charmant et il a de très beaux petits-enfants.

Ma réplique déclenche une nouvelle cascade de rires à l'autre bout du fil ; je m'allonge sur mon lit pour l'écouter, le cœur léger.

Le dimanche qui suit, tandis que je sers les clients venus en nombre prendre un brunch après la messe, j'ai la surprise de voir Al franchir le seuil du Joe's. Il me fait un vigoureux signe de la main, alors que je suis en train de servir leurs pancakes aux Tabor.

— Je me suis dit que j'allais passer te faire un petit

coucou, ma puce, déclare-t-il d'une voix forte tout en réglant le volume de son Sonotone. Je tenais à te redire à quel point j'ai apprécié notre merveilleuse soirée.

Je souris.

— Moi aussi, Al.

Cette fois au moins, je ne suis pas gênée. Ni ivre.


— Et que diriez-vous de Kevin Michalski ? me suggère le père Tim, la semaine suivante, en prenant place sur sa banquette habituelle.

— Kevin Michalski ? J'ai été sa baby-sitter, quand il était petit, dis-je en contemplant le mois d'avril par la fenêtre.

Un mois qui ne diffère en rien, hélas, de notre mois de mars boueux, même si l'air est un tantinet plus doux. Il se peut qu'un léger duvet rouge habille les chênes, dans le lointain, mais vu d'où je me tiens c'est difficile à dire.

— Ah… Et ça le met hors course, c'est ça ?

— Kevin doit avoir douze ou treize ans de moins que moi, mon père. Ce qui lui fait dans les dix-neuf ans. A tout prendre, j'aimerais autant un garçon qui ait l'âge légal requis pour acheter un pack de bières…

— Bon, très bien.

Il semble s'être piqué au jeu et consulte sa liste, la mine grave.

— J'ai un dernier candidat à vous proposer. Et, si ça ne marche pas avec celui-là, je renonce à vous trouver quelqu'un.

— Vous vous rendez bien compte de ce que vous me dites, mon père ?

— Ne vous en faites pas, Maggie, j'ai gardé le meilleur pour la fin.

— Très malin de votre part…

Il sourit de toutes ses dents.

— Quand vous l'aurez rencontré, vous me remercierez. Vous verrez.

— Eh bien, tant mieux ! Parce que c'est votre dernière chance. Si ça ne marche pas avec lui, je me mets en vente sur eBay !

La foule du petit déjeuner s'est dissipée. Octavio chante en cuisine, Georgie emballe les restes pour que je les apporte à la soupe populaire, et Judy se vernit les ongles dans le box du coin. J'ai déjà fait cuire cinq douzaines de cookies aux pépites de chocolat pour la soirée à la caserne des pompiers et, dans l'après-midi, j'effectuerai ma tournée de livraisons de repas à domicile. Ensuite, Mme K. et moi avons le projet de regarder un film ensemble... *La Crypte*, me semble-t-il. Mme K. aime bien se faire des frayeurs... Bref, une journée classique : trépidante, bien remplie, crevante. Mais pas mauvaise du tout.

Pourtant, la solitude me ronge, et me consacrer à des activités agréables ne suffit pas à atténuer ce sentiment. Regarder un film d'horreur en compagnie de Mme K. a beau avoir son charme, ce n'est pas ce que je souhaite faire *au fond*. Moi, ce que je veux, c'est regarder un film d'horreur avec mon mari pendant que nos enfants dorment à l'étage. Il me demandera si je veux de la crème glacée et j'irai vérifier que le bébé ne s'est pas découvert. Puis il me dira : « Dis, tu me fais une petite place ? » de manière à pouvoir s'asseoir à côté de moi et jouer avec mes cheveux. « Je t'aime », lui dirai-je, et il répondra : « Le ciel soit loué ! »

Mme K. s'étant assoupie devant le film, je remonte en douce à mon appartement, bien contente que Colonel soit encore capable de me prévenir d'une éventuelle présence malveillante et ce, malgré son âge relativement avancé. Certes, j'imagine que passés les premiers aboiements il se contenterait de regarder l'intrus me massacrer et que, pour finir, il se coucherait en rond et passerait le reste de la nuit à ronger l'un de mes os.

— Tu ne me mangerais pas, hein, mon chien ? dis-je en lui tendant un bâtonnet à mâcher, au cas où.

Il saisit délicatement sa friandise et se couche avec précaution. Ses hanches doivent le faire souffrir.

— Tu es un as, Colonel !

Il me lance un regard plein de tendresse que seuls les chiens peuvent lancer et acquiesce en frappant le sol de sa queue.

Je vais à mon petit bureau et jette un coup d'œil par la fenêtre, d'où je vois le port où quelques lumières clignotent doucement. J'allume mon ordinateur et lance le navigateur internet. En temps normal, je ne surfe pas sur le Web sans raison valable, mais ce soir cette foutue solitude n'attend que le moment de me tomber sur le râble.

Hier soir, j'ai gardé Violet. Je l'aime tellement, cette petite ! Je suis en extase devant la perfection de ses menottes creusées de fossettes, la douceur de son haleine, ses cheveux noirs si soyeux, sa fascinante fontanelle toute palpitante. Après le départ de Will et Christy, j'ai fait comme à mon habitude : j'ai imaginé que Violet était ma fille. Est-ce que je la convoite en secret ? Absolument. Je lui ai fait cuire des carottes mélangées à des flocons d'avoine, je lui ai mixé un peu de poulet et, en dessert, elle a eu de la banane écrasée. Ensuite, je lui ai donné son bain et je l'ai laissée jouer à transvaser de l'eau avec une tasse pendant une demi-heure, jusqu'à être quasiment ivre de son parfum pour bébés Johnson.

Puis je l'ai prise sur mes genoux et je lui ai lu sept ou huit fois *Dans une grange rouge et blanc*. Elle apprécie toujours beaucoup mes imitations de cris d'animaux et, chaque fois que je fais : « Cocorico ! Meuh ! Meuh ! », elle se tourne vers moi, une lueur espiègle dans le regard, ses quenottes blanches comme des perles brillantes de salive.

Lorsqu'elle a manifesté des signes de fatigue, je me suis installée dans le fauteuil à bascule de sa chambre, je l'ai calée contre ma poitrine et je me suis mise à fredonner jusqu'à ce qu'elle s'endorme, les bras tremblant sous l'effet de l'immobilité forcée. En la couchant dans son petit lit, je l'ai douillettement bordée de sa minuscule couette en duvet, j'ai disposé son lapin et son élan en peluche près de sa tête — mais pas trop près non plus — et je l'ai regardée dormir, rose comme un bouton de rose fraîchement éclos, ses cils ombrant ses joues d'un éventail charbonneux.

— Je t'aime tellement, ai-je murmuré.

J'espérais presque qu'elle se réveille en pleurnichant pour pouvoir la réconforter, mais elle dormait à poings fermés, parfaitement immobile, tandis que je lui caressais la joue de mon petit doigt, le moins rugueux de tous.

Bon. Récapitulons… Je ne peux pas avoir d'enfants si je n'ai pas de compagnon. Donc…

J'entre quelques termes sur Google, puis je clique sur le premier site de la liste, histoire de ne pas avoir le temps de me dégonfler. Avant de pouvoir consulter le profil des hommes candidats au mariage dans le nord du Maine, je dois d'abord répondre à quelques questions.

Etes-vous une femme à la recherche d'un homme ?

Incontestablement. Ensuite, j'entre ma date de naissance approximative et mon code postal.

Choisissez un pseudo.

Pas de problème. Un truc écœurant de niaiserie et facile à retenir : « Bisounourse ».

Désolé, ce pseudo est déjà pris. Choisissez un autre pseudo, s'il vous plaît.

« Gentillefille ».

Désolé, ce pseudo est déjà pris. Choisissez un autre pseudo, s'il vous plaît.

Je lance un regard à mon chien. « Colonel McBisou ».

Désolé, ce pseudo...

— Bonté divine !

J'entre une espèce de charabia incompréhensible et réussis enfin à passer à l'étape suivante. Des questions qui ne présentent aucune difficulté... Mon type de morphologie, la couleur de mes cheveux, la couleur de mes yeux... Je réponds avec franchise. Morphologie : moyenne. Yeux gris, cheveux... Suis-je châtain clair ou blond foncé ? Blond foncé, ça fait plus séduisant. Me voilà donc blond foncé. Puis nous arrivons aux trucs intéressants. « Art corporel »... Mon double perçage d'oreilles entre-t-il dans cette catégorie ? Apparemment, non. Parmi les réponses possibles, on trouve des propositions telles que « tatouages sur tout le corps », « crocs de vampire » ou « branding ». Marquage au fer rouge ? Marque-t-on encore des gens au fer rouge de nos jours ? Peut-être devrais-je investir dans un fer de marquage...

Je me tourne vers Colonel.

— Tu vois ? C'est pour ça que je ne veux pas faire de rencontres sur internet.

Il n'empêche, ce n'est pas sans intérêt. Je saute la section « Art corporel » et arrive à « Atouts physiques ». Hum... J'imagine que tout le monde doit répondre « mes yeux »... Je vais donc dire « mon sourire ». J'ai un joli sourire, un sourire facile. Mes dents sont régulières et bien alignées... C'est décidé : ce sera le sourire. Mais « mon sourire » ne figure pas dans la liste. Les mollets oui, les avant-bras, les mamelons et le nombril, mais pas le sourire.

Le formulaire m'encourage :

Parlez-nous de vous.

D'accord...

Je vis en province, j'aime ma famille, j'aime mon chien. Je souhaite fonder un foyer agréable avec un homme loyal qui ait le sens de l'humour et bon cœur. J'adore faire de la pâtisserie, nourrir les gens et faire du vélo. Jolie, je peux même réussir à être belle une ou deux fois par an.

A condition de passer des heures à me coiffer, à me faire un masque à l'argile réducteur de pores, à laisser tremper mes mains dans une cuvette d'eau tiède et à me maquiller, ce qui rajoute bien une demi-heure au total. Je ne le fais pas, mais je *pourrais* le faire.

Facile à vivre, je pratique volontiers l'autodérision.

Ainsi que j'en ai trop souvent fait la démonstration, d'ailleurs !

J'aime la lecture, les films d'horreur et le base-ball. Je veux me marier et avoir des enfants.

Autant y aller franco, pas vrai ?
Après avoir renseigné plusieurs autres sections, telles que « Préférences religieuses », « Particularités qui vous excitent chez l'autre » (les crocs de vampire figurent parmi les choix possibles) et ma « Conception du premier rendez-vous idéal », je suis enfin autorisée à consulter le profil des hommes célibataires dans un rayon de cent kilomètres autour de mon code postal. Il y en a deux.

Recherche déesse pour raigner avec moi pendant que nous conquérirons l'univers et tous ses mystères, explorerons les profondeurs de nos natures sensuelles et expérimenterons les lois de l'amour. Tu as une forte poitrine, le gout de l'aventure, tu es jeune, canon, sexuellement libérée et tu acceptes d'etre soumise quand ton dieu te l'ordonne. L'exploration de nos corps peut tant nous apporté... alors je dis pourquoi attendre ? Rejoins-moi et plie-toi à mes désirs, o déesse, tu ne le regretteras pas.

A vrai dire, je regrette déjà de t'avoir lu, mon gars ! Rien que tes fautes d'orthographe suffisent à me décourager, sans parler de la teneur de ton message.

Je clique sur le second profil.

> Père de deux enfants, abandonné par ma femme, je me retrouve seul pour tout assumer. Cette sale pute s'est tirée avec notre meilleure voiture, a vidé les comptes en banque et m'a laissé sans un sou, et tout ça après m'avoir saigné à blanc pendant treize ans. Je ne te parle même pas des dégâts sur les gosses. Votre mère est une garce, que je leur dis. Désolé, les mioches, mais c'est la vérité. Donc, bref, je cherche quelqu'un qui aime les enfants et que ça dérangerait pas de s'occuper des miens. De préférence une femme qui n'a pas d'enfants à elle, parce qu'autrement ça peut vite devenir galère, c'est connu. Je bosse beaucoup et je serai pas souvent là, alors il faudra aussi que tu aimes t'occuper de la maison. Je suis extrêmement beau et j'ai un grand sens de l'humour.

Tu pourrais être Jude Law que ça me serait bien égal ! Ce qu'il te faut, c'est un psy d'urgence.

Colonel partage mon incrédulité et vient poser sa tête sur mes genoux. Je lui caresse les oreilles, ce à quoi il répond par un rot discret, en remuant la queue.

La sonnerie du téléphone retentit alors.

— Maggie, je vous ai organisé une nouvelle rencontre, m'annonce le père Tim.

— Soyez béni, mon père ! Je pense que vous êtes mon dernier espoir. Notez bien que je n'ai pas pour autant oublié Oliver et son aine.

— Pour celui-ci, j'implore votre pardon, Maggie, c'était un coup bas du destin. Non, cette fois, je vous propose un homme tout à fait convenable : Doug Andrews.

— Que fait-il dans la vie ?

— Il est pêcheur, je crois.

— D'accord.

— Comme beaucoup d'hommes dans le coin.
— Autre chose ?
— Eh bien, je ne l'ai pas encore rencontré, et le père Bruce non plus. Il est d'Ellsworth, fréquente l'église de là-bas, et le père Bruce a eu la gentillesse de s'entretenir avec son pasteur. Mais d'après le portrait qu'on m'a esquissé de lui, notre M. Andrews serait un bel homme d'une trentaine d'années.
— Et pourquoi a-t-il besoin de l'entremise d'un prêtre pour rencontrer des femmes ?

Bien que je sois moi-même obligée d'avoir recours à ce genre de service, je me méfie des gens pour qui c'est également nécessaire.

— Il est veuf, m'explique le père Tim. Il a perdu sa femme il y a deux ans.
— Génial !

Je me reprends aussitôt :

— Enfin, non, pas génial du tout, au contraire ! C'est affreux. Terriblement triste.

Je lève les yeux au plafond.

— Non, ce que j'entends par là c'est que... qu'au moins il a été suffisamment normal à une époque pour rencontrer une femme. C'est mieux qu'une espèce de taré qui n'a jamais réussi à se marier.

Je marque une pause, puis j'ajoute :

— Comme moi.
— Maggie, vous n'avez rien d'une tarée. Certes, vous êtes un peu encline à trop parler et vous avez le chic pour mettre les pieds dans le plat, mais vous êtes une perle rare. Et si une fille aussi merveilleuse que vous a besoin d'un petit coup de pouce pour rencontrer quelqu'un il est logique de se dire que, quelque part, il y a peut-être un homme merveilleux dans le même cas, vous ne pensez pas ?
— Euh, si... je suppose.

De la part du père Tim, est-ce un compliment ou une vacherie ? Un peu des deux, apparemment.

— Bon, il va m'appeler, alors ?
— Oui. Demain soir. A 21 heures. J'imagine que vous serez chez vous ?
— Oui.

Je me lève d'un bond pour aller noter le jour et l'heure sur mon tableau noir.

— J'espère vraiment que ça va donner quelque chose avec ce type, mon père. Parce que, franchement, j'en ai ma claque des premiers rendez-vous ! Je ne comprends vraiment pas pourquoi c'est si difficile de rencontrer quelqu'un.

Le père Tim soupire dans mon oreille.

— Moi non plus, Maggie… Mais je vous le répète, vous êtes quelqu'un de très bien. Et vous finirez forcément par trouver chaussure à votre pied. Les voies du Seigneur sont impénétrables.

— Un curé qui s'occupe de me trouver un petit ami, ça, c'est impénétrable, mon père !

Son rire me réchauffe le cœur.

# 8

Douglas Andrews s'avère tout à fait sympathique au téléphone. Après avoir bavardé durant une heure, nous sommes convenus de nous retrouver à un petit restaurant situé à mi-chemin entre Ellsport et Gideon's Cove. Des restaurants ouverts toute l'année, il n'y en a pas énormément par ici, mais c'est le cas de la Taverne de Jason, ce qui explique sa relative popularité dans la région.

C'est un bâtiment trapu, quelconque, en bordure de la route 187, facile d'accès, clairement visible de quelque direction que l'on vienne. La moitié de la salle est occupée par une partie bar, dotée d'un téléviseur à écran géant branché en permanence sur New England Sports Channel. Pour cette raison — et parce qu'il est ouvert douze mois par an —, le bar est toujours très fréquenté. La partie restaurant est plus calme, et on y mange des plats simples et bons.

Dans l'après-midi, Christy est venue m'aider à choisir ma tenue. Elle m'a même prêté un collier de perles et une barrette, histoire de me faire un look un peu plus « clinquant ». C'était amusant, presque comme à l'époque, quand elle m'aidait à me préparer, lorsque je sortais avec Skip le samedi soir, elle qui n'avait alors pas de copain attitré.

Le résultat est plutôt intéressant, et je me trouve tout à fait ravissante. Ma coiffure est élégante tout en restant naturelle, le balayage que je me suis fait faire il y a quelques semaines étant loin d'avoir transformé mon châtain clair en blond foncé. Je porte un haut noir au décolleté joliment incurvé et un pantalon de velours noir. Je me suis même maquillée.

La prudence a beau me dicter de contenir toute excitation prématurée, c'est plus fort que moi. Avec Doug, nous avons bavardé sans la moindre contrainte. Il m'a parlé de son travail — il est patron d'une pêcherie —, de navigation et même un peu de sa femme, qui s'est tuée dans le crash d'un petit avion de tourisme. Un homme normal, quoi... Il n'y a eu aucune sonnette d'alarme, aucun silence embarrassant. Il a paru s'intéresser à moi, a voulu des détails sur le Joe's Diner, m'a gentiment posé des questions sur Christy et Colonel, ces deux êtres si chers à mon cœur.

Arrivée au restaurant avec un peu d'avance, j'entre et demande à l'hôtesse si Doug est déjà là. Deux hommes sont installés au bar, absorbés par un match de présaison des Red Sox, et bien qu'ils me tournent le dos je sais déjà que Doug ne se trouve pas parmi eux. Il m'a confié que ses cheveux étaient devenus prématurément gris, or ces deux hommes sont bruns.

L'hôtesse me conduit alors jusqu'à une table située près de la cheminée à gaz. Je m'installe face à l'entrée, dos au bar et à l'écran géant, de manière à voir arriver Doug.

— Souhaitez-vous boire quelque chose ? s'enquiert l'hôtesse.

— Ma foi, je ferais peut-être mieux d'attendre mon ami. Quoique non. Je vais prendre un, euh... je ne sais pas. Un verre de vin ? Un pinot grigio, peut-être ? Vous le proposez au verre ?

— Du Santa Margherita ?

— Voilà qui me semble parfait...

Tâcher de paraître à l'aise quand on attend quelqu'un au restaurant n'est pas chose facile. Je passe en revue les autres clients. Un couple âgé mange en silence à deux tables de moi et, dans un coin, une jeune femme et une dame beaucoup plus âgée qu'elle discutent avec animation. Une grand-mère et sa petite-fille, dirais-je. Hormis ces personnes et les deux hommes au bar, le restaurant est plutôt désert.

Je regarde en direction de l'entrée. L'hôtesse est plongée dans un livre. J'aurais dû en prendre un, moi aussi. Je déteste attendre. Je me retourne sur mon siège pour jeter un coup d'œil au match. Les Sox ont sélectionné un lanceur débutant. Si j'étais chez moi, je serais devant mon écran. C'est bien de pouvoir être ailleurs.

Une serveuse m'apporte mon verre de vin.

— Souhaitez-vous étudier la carte ? me demande-t-elle.

— Non, non, mon ami ne va plus tarder maintenant. Merci quand même.

Discrètement, je consulte ma montre. 19 h 10... Nous étions convenus de nous retrouver à 19 heures. Je bois une gorgée de vin pour atténuer ma nervosité. *Il va venir*. Il avait l'air si prometteur... et impatient de me rencontrer ! Il m'a même dit que rien qu'au téléphone il me trouvait déjà sympathique.

Tout en arrangeant le sel et le poivre, j'adresse au ciel une prière silencieuse.

*Mon Dieu, je Vous en prie, faites que ça ne soit pas un désastre, je ne pense pas pouvoir en supporter un de plus. Je m'en veux de Vous embêter, alors que je ne suis ni mourante, ni perdue en mer, ni militaire ou je ne sais quoi, mais si Vous avez une petite seconde à m'accorder, pouvez-Vous s'il Vous plaît, s'il Vous plaît, m'envoyer un type bien, cette fois ? Je ne demande pas grand-chose... seulement un homme honnête et généreux. Je Vous en prie. Et pardon de Vous enquiquiner avec ça.*

La table est parfaitement en ordre, maintenant. Il n'y a plus rien à redresser. Je bois une nouvelle gorgée de vin, puis consulte mon portable. Pas de messages en absence. Je coule encore un regard en direction de la porte. On avait bien dit qu'on se retrouverait au restaurant, n'est-ce pas ? Mais oui, j'en suis certaine. « Retrouvons-nous au restaurant, a proposé Doug, comme ça, on pourra parler. Le bar est plutôt bruyant, là-bas. » C'est vrai qu'il est bruyant. Doug y est donc déjà venu. Par conséquent, il ne s'est pas perdu en route, c'est déjà une bonne nouvelle... Il a simplement un peu de retard. Enfin, plus qu'un peu. Seize minutes.

La serveuse apporte leurs repas au couple âgé, puis vogue gracieusement jusqu'à moi.

— Souhaitez-vous commander des hors-d'œuvre ?

— Non, non. C'est parfait. Mon ami est juste un peu en retard.

— Bien sûr.

Est-ce de la pitié que je lis dans son regard ?

— Faites-moi signe si jamais vous changez d'avis.

A cet instant, la porte s'ouvre. *Il faut que ce soit Doug*, me dis-je en souhaitant de toutes mes forces que ce soit lui.

Mais ce n'est pas lui. Et ce que je vois me fait l'effet d'une gifle.

*Non, pour l'amour du ciel !*

J'ai l'impression que mes os se sont évaporés, et mon cœur se met à cogner comme un fou. Je baisse les yeux sur mes genoux...

*Faites qu'ils ne me voient pas. Mon Dieu, faites qu'ils ne me voient pas !*

— Maggie ? Ça alors ! C'est bien toi !

Je relève les yeux, un sourire mécanique plaqué aux lèvres.

— Tiens, Skip... Bonsoir.

M. et Mme Skip Parkinson sont postés devant ma table. Je me lève en tentant de me faire à l'idée qu'au bout de dix années de sursis je viens de croiser Skip deux fois en un mois.

— Incroyable ! s'exclame-t-il. Tu n'as pas du tout changé ! Je suis super-content de te revoir ! Tu te souviens d'Annabelle, n'est-ce pas ? Annie, je te présente Maggie, une fille que je connais depuis le lycée.

*Et aussi une fille avec qui tu as couché. Ta première. Celle à qui tu as brisé le cœur devant tout le monde.*

— Bonsoir, Annabelle, je ne pense pas qu'on se soit déjà rencontrées…

Quelques semaines plus tôt, je n'avais pas aperçu son visage, sous la pluie, mais je vois à présent qu'elle a des traits réguliers, délicats, un côté petite fille. Son maquillage est parfait, subtil, invisible, à l'exception de son rouge à lèvres rouge foncé qui lui donne un air à la fois audacieux et provocant. Nous nous serrons la main et je ne puis m'empêcher de frémir intérieurement en sentant ma grosse paluche de campagnarde envelopper sa main à la peau satinée et aux ongles manucurés.

Elle me salue avec un léger accent traînant.

— Bonsoir, Maggie. Je suis toujours ravie de rencontrer les amis d'enfance de Skip.

— Euh, c'est gentil…

Je ne puis me résoudre à regarder Skip dans les yeux, aussi restons-nous tous les trois gauchement plantés là, en plein milieu du restaurant.

Je finis par rompre le silence, qui commence à devenir embarrassant.

— Eh bien, euh… vous voulez vous asseoir ?

Aussitôt, je regrette mon invitation ridicule.

— Oh ! Mais… non, nous ne voudrions pas nous imposer, dit Annabelle.

— Tu as rendez-vous avec quelqu'un, Maggie ? me demande Skip en fixant la chaise vide en face de moi.

— En fait, oui. Je dîne avec un ami, mais je suis arrivée un peu avance et, euh… ma foi, je vous en prie, joignez-vous à moi en attendant…

Je me rassieds lourdement et avale ma salive. Skip et sa femme prennent place de part et d'autre de moi. Je n'y tiens plus : je regarde Skip.

Il est demeuré extrêmement séduisant. Son visage poupin s'est amélioré avec l'âge ; les pattes-d'oie et les rides lui confèrent le caractère qui, plus jeune, lui faisait défaut. Un bouc soigneusement taillé masque son menton un peu fuyant. Je me souviens qu'il détestait qu'on le photographie de profil, lorsqu'il était à la batte. Son costume d'un doux gris tourterelle semble coûteux, et il porte une cravate bleu foncé.

— Alors, Maggie, qu'est-ce que tu deviens depuis tout ce temps ? me demande-t-il, et au lieu de le sentir gêné ou honteux je perçois une trace d'arrogance dans sa voix.

— Eh bien, ça va, ça va très bien, même ! Et toi, comment ça se passe ?

— Ça ne pourrait aller mieux, répond-il. Pas vrai, Annie ?

Elle lui adresse un adorable petit sourire et lève les yeux au ciel, genre « Grand fou, va ! »

— Tu bosses toujours au *diner* ? s'enquiert Skip.

Je bois une longue gorgée de vin et lance un regard plein d'espoir en direction de la porte.

*Si tu arrivais maintenant, Doug, je t'embrasserais. Bon sang ! Je coucherais avec toi. Là, sur cette table !*

— Oui. Il, euh... il est à moi, maintenant.

Ce qui est en général pour moi un motif de fierté me semble à présent vaguement honteux. Propriétaire d'un *diner*... « Moi ? Eh bien, je n'ai pas évolué depuis que tu m'as larguée, comme tu peux le constater... Je n'ai pas bougé de Gideon's Cove. Je n'ai même pas réussi à dénicher un autre job. »

— C'est très intéressant, dit Annabelle.

Je me demande si Skip lui a parlé de moi. Si c'est le cas, ce doit être de la glace qui coule dans ses veines, car elle paraît calme et détendue. Elle me sourit aimablement.

— Vous travaillez, Annabelle ?

Je trouve plus facile de la regarder plutôt que d'affronter Skip.

— Eh bien, plus maintenant. J'ai arrêté à la naissance de Henry, notre aîné. Il m'arrive néanmoins de traiter quelques dossiers, de manière bénévole.

— Annie est avocate, déclare Skip d'une voix où perce la fierté.

— Oh ! Tu es très gentil, chéri, mais…, objecte-t-elle d'un ton affectueux. En fait, Maggie, *j'étais* avocate avant d'avoir des enfants, mais aujourd'hui entre leur éducation, la maison à tenir et tout le reste, je n'ai plus le temps.

Avocate, épouse, mère…

Je parviens à articuler :

— Et donc, tu es en visite chez tes parents, Skip ?

Je sens mon cœur battre à mes tempes et je m'efforce de garder les mains sur mes genoux, afin de cacher qu'elles tremblent.

— C'est tout à fait ça. Nous leur avons laissé les enfants, ce soir, nous avions envie de sortir manger un morceau.

— C'est notre anniversaire de mariage, m'explique Annabelle en gratifiant Skip d'un nouveau regard de biche.

— C'est génial, dis-je.

Je sens les larmes me monter aux yeux. Je m'éclaircis la voix.

— Eh bien, je m'en voudrais de retarder votre repas en amoureux. J'ai été ravie de vous revoir…

— Oh ! Mais non, pas du tout ! m'interrompt Annabelle. C'est merveilleux que vous puissiez échanger quelques nouvelles entre amis d'enfance, après tant d'années ! Nous ne sommes pas pressés à ce point-là.

La traditionnelle hospitalité du Sud sous son plus beau jour… Je garde les yeux rivés à la nappe.

— Tu n'es pas mariée, Maggie ? me demande Skip.

Sa question me fait l'effet d'un coup de poignard. Il doit bien le savoir, que je suis restée célibataire ! Ses parents vivent toujours à Gideon's Cove. Il leur arrive même de passer au *diner*, une fois tous les tremblements de terre.

— Non, dis-je.

— Des enfants ? poursuit-il, ses yeux sondant implacablement les miens.

Pourquoi est-il aussi cruel ? Je me force à sourire.

— Non ! Ni mari ni enfants.

— Et vous passez la soirée entre amis, ce soir ? me demande Annabelle.

— Avec un seul ami, en fait.

— Quelqu'un que je connais ? s'enquiert Skip.

Je me tourne vers Annabelle.

— Vous avez donc des enfants…

C'est tout ce que j'ai trouvé à dire.

— Oui. Trois.

Elle gratifie Skip d'un petit sourire énigmatique.

— Et un quatrième est en route, m'annonce-t-il alors, non sans une certaine fierté.

Genre : tu as vu quel étalon je suis ?

Je m'extasie :

— Ouah ! Quatre enfants ! C'est super sympa…

Skip a toujours voulu avoir quatre enfants. Il me l'avait confié un jour, lors d'un câlin postcoïtal.

« Il faut qu'on en ait quatre », m'avait-il dit. Ce souvenir est encore si vif à ma mémoire que je crois sentir l'odeur de sa transpiration. « Deux garçons pour moi, deux filles pour toi. »

J'avais trouvé cette idée-là merveilleuse.

— Tu veux voir une photo ?

Sans attendre ma réponse, Skip sort son portefeuille et pousse un cliché vers moi. Les voilà tous réunis : les Skip Parkinson et leur progéniture.

— Lui, c'est Henry, le quatrième du nom, m'explique Annabelle en désignant le garçonnet de son ongle ravissant. Et voilà Savannah… et ici, Jocelyn…

Les cheveux blonds des deux petites filles sont coiffés en tresses impeccables et elles portent des robes écossaises assorties. Quant au garçon, c'est le portrait craché de Skip.

Leur prochain enfant sera un garçon, cela ne fait aucun

doute. Skip a toujours obtenu ce qu'il voulait. Je hoche la tête en clignant les yeux, espérant que la lueur des bougies masquera les larmes qui y brillent.

— Salut !

Quelqu'un se laisse lourdement tomber sur le siège en face du mien. Je lève les yeux. C'est Malone. Malone le Solitaire, Malone le Bourru, le Patibulaire. J'en reste interdite.

— J'étais au bar. Je ne t'avais pas vue, poursuit-il en s'adressant à moi, et ses yeux bleus plongent dans les miens.

— Je... euh...

— Désolé de t'avoir fait attendre.

Sa voix, éraillée par le manque d'usage sans doute, tient du grognement, et il me faut bien une minute pour saisir ce qu'il est en train de faire. J'ouvre des yeux un peu étonnés, et les rides profondes de part et d'autre de sa bouche s'écartent légèrement. J'imagine qu'il s'agit d'un grand sourire, venant de lui.

— Hum, eh bien... Salut, Malone. Euh... je te présente Skip Parkinson. Vous vous connaissez ?

Skip lui tend la main, mais Malone garde les yeux fixés sur moi. Puis, comme à contrecœur, il porte son regard sur Skip, qu'il salue d'un bref hochement de tête. Il ne lui serre pas la main.

— Et voici Annabelle, son épouse.

Malone saisit brièvement sa main et lui adresse à elle aussi un imperceptible signe de la tête. Puis son regard revient sur moi. Je souris timidement.

— Eh bien, Skip, si nous les laissions dîner tranquillement ? suggère Annabelle. J'ai été ravie de faire votre connaissance, Maggie. J'espère vous revoir tous les deux.

— Bonne chance, dis-je avant de regarder Skip. Au revoir...

— A un de ces quatre, Maggie !

Tandis qu'ils s'éloignent, Skip lance un dernier regard à Malone avant de se pencher vers Annabelle pour lui murmurer quelque chose à l'oreille. J'arrive à saisir les mots « type très ordinaire ». L'enfoiré !

— J'avoue que je n'ai jamais été si heureuse de voir quelqu'un de toute ma vie ! dis-je alors à Malone en toute franchise.

Il hausse un sourcil.

— Skip est mon ancien petit ami. Il m'a larguée pour cette fille. Je suis censée avoir rendez-vous ici avec quelqu'un que je ne connais pas et qui m'a posé un lapin, de toute évidence. Là-dessus, voilà qu'ils entrent et me fourrent sous le nez des photos de leurs enfants modèles. J'étais au bord du pétage de plombs !

Malone continue de me regarder en silence, et je comprends qu'il est au courant de tout. En réalité, il est venu à mon secours.

— Merci d'avoir fait semblant d'être l'homme que j'attendais.

— Tu veux un autre verre de vin ? me demande-t-il au bout d'une minute.

— Oh ! Mon Dieu, oui !

Les rires joyeux de M. et Mme Parkinson me parviennent depuis leur table. J'essaie de ne pas les regarder.

— Comment est-ce que tu as su que j'étais... je veux dire... qu'on m'avait posé un lapin ? Et qu'est-ce que tu fais ici, d'abord ?

La serveuse s'avance vers nous.

— Ah, vous voilà enfin ! s'écrie-t-elle gaiement à l'adresse de Malone. Que puis-je vous servir ?

Malone commande une bière et un autre verre de vin pour moi, puis la serveuse s'éloigne d'un pas pressé.

Il me considère encore une minute avant de répondre à ma question.

— Ça crevait les yeux.

— Ah bon ? Comment ça ? Je veux dire...

— Tu n'arrêtais pas de regarder la porte, puis ta montre. Ce frimeur à la con est alors entré, et on aurait dit que tu voulais te planquer sous la table. Ça te va comme explication ?

Bonté divine ! Quel ours…

— Alors comme ça, tu es simplement passé boire une bière ici ?

Il ne prend pas la peine de me répondre ; il se contente de regarder en direction de Skip. Côté bar, des acclamations s'élèvent : un quelconque exploit des Red Sox, j'imagine.

Skip ne tourne pas une seule fois la tête en direction de l'écran géant. Trop de souvenirs pénibles, probablement…

La serveuse nous apporte nos consommations, et je heurte mon verre contre la chope de Malone.

— A la tienne ! Et merci. Une seconde part de tarte t'attend au Joe's Diner, avec les compliments de la maison !

Il lève les yeux au ciel et je comprends que nous n'allons pas échanger trois mots de la soirée.

— Ne te sens pas obligé de rester avec moi ou de me faire la conversation, Malone. De toute façon, je vais peut-être rentrer.

— Tu n'as pas faim ?

C'est un peu comme parler à un ours. Il s'exprime par séquences de grommellements et de grognements sourds que je dois interpréter en paroles intelligibles.

— En fait, si. J'ai l'estomac dans les talons.

— On n'a qu'à manger, alors.

Et c'est ainsi que commence l'un des repas les plus étranges que j'aie jamais connus. Dans mon cœur et dans ma tête, les émotions déferlent et se télescopent… détresse d'avoir revu Skip, reconnaissance envers Malone — qui aurait cru que ce type-là aurait un geste aussi gentil ? —, irritation envers lui, aussi, qui se montre aussi amical qu'un troll un lendemain de cuite.

Malgré tout, j'essaie de faire la conversation.

— Tu as un enfant, je crois ?

Tentative numéro un.

Il opine du bonnet en guise de réponse.

— Garçon ou fille ?

Ses yeux bleus, qui seraient beaux chez quelqu'un d'autre — quelqu'un de souriant, disons — se limitent à me rendre mon regard.

— Fille, lâche-t-il au bout d'une minute.
— Elle habite par ici ?
— Non.

Son regard semble me défier de poursuivre mon interrogatoire, mais au dernier moment je me dégonfle, me souvenant, un peu tard il est vrai, de l'histoire de sa femme partie à l'autre bout du pays en emmenant leur fille.

J'insuffle alors un peu de légèreté dans ma tentative numéro deux.

— Malone, c'est ton nom de famille, n'est-ce pas ? C'est quoi, ton prénom ?

Je récolte un regard et un silence de mort, suivi de :

— Je m'en sers pas.

Je soupire et reprends une gorgée de vin. Nous commandons notre repas — des hamburgers pour chacun —, et le silence s'étire, indéfiniment.

Skip et Annabelle, de leur côté, ne semblent pas avoir le même problème. A leur table, les rires se succèdent. Pouffements argentins pour elle, gloussements étouffés pour lui. A un moment donné, un des types du bar s'avance vers Skip et lui demande :

— Vous jouiez pas au base-ball, avant ?

Ce à quoi Skip réplique avec une légèreté feinte :

— Ouh là ! C'était il y a longtemps, dans ma jeunesse...

Comme s'il avait renoncé à sa carrière de joueur pour un métier qui ait davantage de sens... Vendeur de voitures, par exemple.

Je murmure à Malone :

— Je crois que je le hais !

Il hoche la tête.

Les Parkinson n'ont pas terminé leur repas. Apparemment

— je me suis interdit de regarder dans leur direction —, il y a distribution de cadeau, car Annabelle s'écrie :

— Oh ! Skip ! Oh ! Mon doudou, il ne fallait pas !

Malone ne tourne pas la tête. Moi non plus. Et nous nous dévisageons, unis par un lien étrange et gênant. Quoique, au point où j'en suis, j'aie suffisamment bu pour ne plus me sentir aussi gênée.

— Tu n'es pas du genre bavard, dis-moi…

Pas de réponse.

— Tu veux qu'on joue à celui qui fixera l'autre le plus longtemps sans craquer ?

Bingo ! Autour de ses yeux, les pattes-d'oie se creusent et les commissures de ses lèvres se relèvent d'un millimètre.

— Il me semble que tu viens de sourire, Malone. Quel effet ça t'a fait ? Ça va ?

Comme à son habitude, il ne répond pas, mais un léger changement s'opère en lui. Il me faut une minute pour m'en rendre compte, mais il est comme qui dirait… *attirant*. Il a de longs cils. Des cheveux épais, qui bouclent un peu autour de ses oreilles et de son cou. Et bien que son visage soit sillonné de rides profondes et que je n'aie pas encore vu un vrai sourire sur son visage, il a des lèvres pleines qui forment une légère moue… assez sexy, à vrai dire. La vie n'y a pas été de main morte avec lui, pour laisser tant de traces sur son visage, mais c'est un visage intéressant, rude et sombre. Il a des pommettes saillantes et anguleuses, comme sculptées par le vent, et c'est cette dernière pensée qui me fait comprendre que je n'aurais peut-être pas dû commander un second verre de vin.

Je toussote et détourne le regard. La serveuse nous apporte alors l'addition. Je fourrage dans mon sac à la recherche de mon portefeuille, mais à ce jeu-là Malone se révèle le plus rapide. Il sort son portefeuille le premier et en retire quelques billets.

— Non, non, je t'en prie, dis-je en ramassant ses dollars pour les lui tendre. C'est pour moi, j'insiste…

Il me fusille du regard, et son visage reprend son air effrayant. Il ne récupère pas son argent. Je repose les billets sur la table et me lève.

— Très bien. Merci pour ce délicieux repas, alors, et pour tout le reste.

Il traverse le restaurant sur mes talons.

— Au revoir ! me lance Annabelle. Ravie d'avoir fait votre connaissance.

— Idem, dis-je.

Malone s'abstient de tout commentaire, ainsi que Skip.

Une fois sur le parking, je marque une pause.

— Bon, encore merci, Malone.

— O.K.

Considérant sans doute qu'il m'a présenté ses civilités, il retourne à son pick-up.

Je monte dans ma voiture et mets le contact. Le moteur ne démarre pas. Comme c'est une chose qui m'arrive assez souvent, je soupire, actionne l'ouverture du capot et sors voir ce qui se passe.

Malone est toujours là, au volant de son pick-up. Il me regarde.

— Pas de problème ! je lui crie. Ça m'arrive tout le temps !

Mais il fait noir, et il me faut farfouiller longuement dans mon sac pour récupérer le tournevis que je garde toujours sur moi au cas où. Il faut juste que j'arrive à le retrouver... Ensuite, je soulèverai le capot, j'enfoncerai le tournevis dans le filtre à air, et la voiture repartira.

Sauf que je n'arrive pas à mettre la main sur ce fichu tournevis, vu que j'ai troqué mon sac de tous les jours contre la pochette que j'ai prise pour la soirée. Et que je n'ai pas transvasé l'outil. Je n'arrive pas non plus à dégoter un autre instrument qui pourrait le remplacer, un stylo par exemple.

Poussant un soupir, je dirige alors mes pas vers le pick-up, qui n'a toujours pas quitté le parking.

— Tu n'aurais pas un tournevis ?

Il doit certainement en avoir un. C'est un homme, pas vrai ?

— Non.

Je ferme les yeux, accablée. La porte du restaurant s'ouvre à cet instant, laissant le passage à M. et Mme Skip, qui se dirigent vers leur voiture de luxe à la carrosserie brillante.

— Bonne nuit ! nous lance Annabelle.

Skip lui tient la portière, puis fait le tour jusqu'au côté conducteur. Il me lance un regard par-dessus son épaule et marque un temps d'arrêt.

— Que dirais-tu de me raccompagner chez moi ? demandé-je alors à Malone, avant que Skip ait pu faire quoi que ce soit.

— Pas de problème.

Il se penche pour m'ouvrir la portière côté passager, geste de courtoisie inattendue de la part d'un homme qui n'a pas prononcé dix paroles de toute la soirée. Je monte dans son pick-up en songeant que, demain, il faudra que mon père ou Jonah me conduise ici pour que je puisse récupérer ma voiture, mais maintenant au moins je suis à l'abri du regard de Skip.

Malone démarre et sort du parking.

— C'est vraiment très gentil de ta part, dis-je.

Il me coule un regard oblique, mais ne répond rien.

Le trajet de retour se déroule en silence : je suis trop absorbée par mes pensées pour tenter d'attirer cet ours hors de sa tanière. Lorsque nous arrivons à Gideon's Cove, je romps le silence pour lui expliquer la route à suivre.

Une fois devant chez moi, il tire le frein à main et saute du pick-up. J'en sors avant qu'il ait pu m'ouvrir la portière.

— Je t'accompagne jusqu'à ta porte, marmonne-t-il.

— Non, ça va, ce n'est pas la peine que tu…

Mais il m'attend déjà près de la véranda. Je soupire.

— J'habite au premier. Ça, c'est l'appartement de Mme K. Le mien est au-dessus.

Malone attend que je le précède. L'escalier monte directement jusqu'à ma porte, et le palier est à peine assez large pour que nous puissions y tenir à deux. Je récupère ma clé, ouvre mon appartement et me retourne vers lui.

— Merci encore, Malone. C'était vraiment très...

C'est alors qu'il se penche et m'embrasse, m'empêchant de terminer ma phrase.

Bonté divine ! Au début, je suis trop stupéfaite pour penser quoi que ce soit.

*Malone ? En train de m'embrasser !*

Ce type-là en trai... Mais je m'aperçois que je lui rends son baiser. Sa bouche est étonnamment douce et chaude, et sa barbe naissante me râpe agréablement la peau. Ses mains me prennent le visage en coupe, le maintiennent immobile, tandis que mes mains se plaquent sur son torse. Il se dégage de lui une délicieuse impression de solidité, et je sens son cœur battre sous mes paumes. Ses lèvres se déplacent vers ma mâchoire et je respire son odeur de sel et de savon. Puis il m'embrasse de nouveau sur la bouche. Mes genoux tremblent, je m'agrippe à sa chemise, dans un soupir. Il s'écarte de moi, passe tendrement son pouce sur ma bouche, puis s'abîme dans la contemplation du plancher de ma véranda.

L'espace d'un instant, je crois qu'il va dire quelque chose, mais non. Il se contente de me saluer d'un hochement de tête grave et redescend l'escalier.

— Euh... bonne nuit ! dis-je.

Il lève la main et monte dans son pick-up dont le moteur tourne toujours, avant de repartir de la façon la plus ordinaire qui soit, me laissant étourdie, sonnée.

— Bon...

Peut-être vais-je me réveiller demain matin et m'apercevoir que toute cette soirée n'a été qu'un rêve étrange. Cependant, mes jambes en coton me disent tout autre chose.

J'entre chez moi et m'agenouille pour caresser Colonel, qui m'attend patiemment près de la porte.

— Salut, mon pote. Comment ça va, mon gros toutou ?

Il me donne un coup de langue sur le menton puis, satisfait de me savoir rentrée, retourne à son panier dans le coin de la pièce et se recouche en poussant un grognement.

— Malone m'a embrassée, ce soir...

Colonel ne comprend pas comment ça se fait, lui non plus.

# 9

Le lendemain, au *diner*, je reçois un appel sur mon portable et, l'espace d'une fraction de seconde, je me dis que c'est peut-être Malone. Mais non, ce n'est pas lui. Ça ne peut pas être lui, pour la bonne raison qu'il n'a pas mon numéro de téléphone.

— Bonjour, Maggie. C'est Doug…

— Doug ? Ah… Doug ! Oui, salut, Doug.

— Ecoute, Maggie, je suis horriblement désolé pour hier soir…

Il laisse passer quelques secondes. J'attends d'éprouver du ressentiment envers lui, mais rien ne vient.

— A la dernière minute, j'ai paniqué.

Sa voix est lourde de chagrin.

— Maggie… je crois que je ne suis pas encore prêt à refaire ma vie.

— Pas de souci, Doug, je comprends très bien.

J'éloigne le téléphone de mon oreille le temps d'encaisser Stuart.

— Comment ça va, aujourd'hui, Stuart ?

— Impec', Maggie !

Il me tend le bulletin de vote rempli par ses soins, je lui adresse un clin d'œil et reprends ma conversation téléphonique.

— Ne t'en fais pas pour ça, ce n'est pas grave…

— Si, au contraire, c'est inacceptable ! Non seulement

je me suis dégonflé, mais en plus je ne t'ai même pas appelée pour m'excuser. Je me sens complètement nul.

Je crois bien qu'il pleure.

Un petit groupe de lycéennes pousse la porte dans une nuée de gloussements.

— Asseyez-vous où vous voulez, les filles, leur dis-je. Doug, attends une seconde, s'il te plaît…

J'emporte le téléphone dans le placard à balais qui me sert de bureau et me case difficilement à l'intérieur.

— Tu es toujours là ? Excuse-moi, mais je suis au *diner*. Voilà, je peux parler, maintenant.

— J'étais prêt à te rencontrer, tu sais… En fait, j'étais même déjà dans ma voiture, mais je n'ai pas pu. Pourtant, au téléphone, tu avais l'air de la personne la plus gentille que…

Je l'interromps avec douceur.

— Ecoute, Doug. Ça n'a pas d'importance. Pour tout te dire, je suis tombée sur un vieil ami, et nous avons passé une excellente soirée.

Ça, c'est un brin exagéré de ma part, mais pour le moment je trouve la réalité un peu trop compliquée à démêler.

— C'est vrai ? me demande Doug, plein d'espoir.

— Oui, absolument.

J'entends Georgie faire son entrée exubérante ; Octavio chantonne dans la cuisine.

— Tu n'es pas encore prêt à rencontrer quelqu'un d'autre, et c'est tout à fait compréhensible. Le moment venu, tu le sauras.

Doug laisse passer une minute sans répondre, et je comprends qu'il pleure pour de bon.

— Tu crois vraiment ? me demande-t-il d'une voix brouillée qui confirme mes soupçons.

— J'en suis certaine, Doug.

Je ménage une petite pause et j'ajoute :

— D'après ce que tu m'as dit, ta femme était une personne extraordinaire. Il te faudra du temps avant d'avoir envie de refaire ta vie.

— Tu es l'une des personnes les plus gentilles que j'ai jamais rencontrées, Maggie, me dit-il dans un petit rire étranglé.

— Par contre, si jamais tu souhaites qu'on soit amis, ça me ferait très plaisir.

Aurais-je été aussi magnanime, si Malone ne m'avait pas donné du grain à moudre, hier soir ? Je me le demande...

Après son départ, je suis restée étendue sans dormir pendant presque une heure, à m'émerveiller de la bizarrerie du genre humain. D'habitude, quand une personne éprouve de l'attirance pour quelqu'un d'autre, ça se voit à certains signes. Eh bien, pas chez Malone... J'aurais même parié mon dernier dollar qu'il avait souffert le martyre tout au long de notre étrange repas, qu'il ne pouvait pas me voir en peinture, surtout après la vacherie que je lui avais décochée au pub.

Le père Tim arrive à 8 h 30, tout de suite après la messe.

— Alors, Maggie, je veux tout savoir ! me dit-il en se frottant les mains d'impatience. Au fait, je pense que je vais prendre des œufs Bénédicte, ce matin. Mais avec du bacon normal au lieu du bacon canadien, si ça ne vous dérange pas ?

— Mais pas du tout, avec plaisir. Et un menu spécial père Tim qui marche !

Je lui sers du café en souriant, puis pars en cuisine pour transmettre sa commande. Quand j'en ressors, je vois Chantal se glisser sur la banquette en face de celle du père Tim. Pour elle, la chasse est toujours ouverte, quelle que soit la profession du mâle.

— Tiens, salut, Chantal !

— Salut, Maggie. Quoi de neuf ?

Je sens mes joues s'enflammer. Cette fille est toujours au courant de tout ! Quelqu'un m'aurait-il vue en compagnie de Malone, hier soir ? Un habitant de Gideon's Cove était-il à la Taverne de Jason ? Se pourrait-il qu'on nous ait vus nous embrasser ? Je me demande si Malone va m'appeler pour me proposer de sortir avec lui. Parce qu'enfin, sinon, pourquoi m'aurait-il embrassée ? La seule évocation de ce baiser me fait frémir d'excitation…

— Oh oh ! Elle rougit, dit le père Tim à Chantal. Elle devait avoir rendez-vous avec quelqu'un, hier soir.

— Un rendez-vous ? Avec qui ?

Ouf, fausse alerte ! Chantal ne sait rien.

— Ma foi, je suis au regret de vous dire que Doug n'est pas encore prêt à s'engager dans une nouvelle relation.

Je m'active à remplir les pots à lait derrière mon comptoir, histoire de me donner une contenance.

— Il n'a pas encore totalement fait le deuil de son épouse, apparemment.

— Je peux le comprendre, murmure Chantal.

Je lève les yeux au ciel, mais le père Tim, lui, tombe dans le panneau.

— Pauvre petite…, dit-il en lui tapotant la main.

Chantal exhale alors un énorme soupir qui lui soulève les seins de façon théâtrale, les faisant presque jaillir de son décolleté plongeant. Le père Tim ne bronche pas ; il conserve son expression compatissante et ne baisse même pas le regard d'un millimètre. Cet homme est vraiment un saint !

A l'heure du déjeuner, le carillon de l'entrée retentit. Levant les yeux, je vois entrer ma sœur, Violet et mes parents.

— Bonjour ! me lance Christy.

— Yabèm ! me dit ma nièce en me tendant sa menotte potelée pour que j'y dépose un bisou.

— Ça veut dire « Je t'aime, tante Mags », traduit ma sœur en la débarrassant de sa doudoune rose.

Mes parents ôtent également leur manteau et s'alignent

tels des pingouins devant le comptoir. Pour une raison inexplicable, aucun des membres de la famille Beaumont ne s'assied jamais dans un box.

Ma mère attaque bille en tête.

— Comment s'est passé ton dîner, hier soir ? As-tu enfin rencontré quelqu'un de sérieux ?

— Oh ! C'était très sympa...

Une fois de plus, je sens une vague de chaleur m'envahir.

— Doug est très gentil, mais il n'est pas encore prêt à s'engager dans une nouvelle relation. Sa femme est morte il y a deux ans.

Voilà. Tout ce que j'ai dit est vrai. Au souvenir de l'infime sourire de Malone, une subite crampe me noue le ventre.

— Ma foi, il faudra pourtant bien qu'il s'en remette ! s'écrie alors maman, irritée qu'une de ses filles demeure demoiselle. Pierre qui roule et rien ne pousse !

— Bien dit...

Notre père sourit dans sa tasse à café.

— Ce n'est pas drôle ! reprend maman. Maggie ne va pas en rajeunissant. Bientôt, ma fille, tu auras du mal pour tomber enceinte et alors, qu'est-ce que tu deviendras ?

Je la dévisage, stupéfaite que la femme qui m'a portée dans son ventre puisse se montrer aussi cruelle envers moi.

— Enfin, maman..., s'insurge Christy.

— C'est la vérité !

— Le moment venu, tu rencontreras quelqu'un. Ne te fais pas de mauvais sang pour ça, me dit mon père dans une de ses rares démonstrations de défi envers ma mère.

Il me tapote la main. Maman fait entendre un petit reniflement de mépris. Reconnaissante à mon père de pouvoir changer de sujet, je lui dis :

— Au fait, tu sais qui j'ai vu, hier soir ? Malone... Tu vois qui c'est ? Le pêcheur de homards.

Mon père affiche une expression vide jusqu'à ce que Christy lui précise :

— Mais si, papa, tu le connais. Son bateau mouille à côté de celui de Jonah.

— Ah, oui… Le type brun ? Taciturne ?

*Pathologiquement, même.*

— Celui-là, oui. C'est un de tes anciens élèves, non ?

Papa a enseigné les sciences naturelles pendant trente ans à Gideon's Cove. De ce fait, il connaît pratiquement tous les habitants qui en ont fréquenté le lycée.

— Bien sûr. Il est arrivé en cours d'année, je crois. Pourquoi, ma chérie ?

— Oh ! Je me demandais simplement quel était son prénom. Il n'a pas voulu me le dire.

Ma sœur hausse les sourcils, et je comprends que j'ai commis une erreur. Par chance, à part elle, personne n'a rien remarqué.

— Hum… Voyons, voyons… Malone… Un gamin maigre comme un clou, grand… pas mauvais élève vers la fin, mais très en retard à son arrivée chez nous. Je crois qu'il avait des problèmes familiaux. Comment s'appelait-il déjà… Michael ? Non, non, pas Michael, ça, c'était le petit Barone. Il me semble qu'il portait un nom irlandais. Liam ? Non, pas Liam. Brendan ! Oui, Brendan. Brendan Malone. A moins que… non, c'était Brendan Riley. Hmm…

Papa réfléchit encore une minute avant de hausser les épaules.

— Non, désolé, ma puce, je ne m'en souviens pas. En fait, il me semble qu'on l'appelait simplement Malone.

— Bah, aucune importance ! Je te demandais ça par simple curiosité.

Christy affiche alors une expression spéculative, et je me détourne pour servir Ben au comptoir, puisque Judy fait ses mots croisés.

Ma mère propose de prendre Violet pour l'après-midi, affirmant qu'elle ne voit jamais son *unique* petite-fille — regard lourd de sous-entendus vers moi en appuyant sur *unique*, moi qui jusqu'ici n'ai pas réussi à me reproduire.

Elle ignore royalement le fait qu'elle voit Violet presque tous les jours.

Dès que nous nous retrouvons seules, Christy me tombe sur le paletot.

— Dis-moi un peu... D'où te vient ce soudain intérêt pour Malone ? me demande-t-elle en faisant semblant de m'aider à charger les repas dans ma voiture, pour les livraisons à domicile.

— Ne t'emballe pas... Je l'ai croisé hier soir, c'est tout, dis-je avec une nonchalance feinte.

— Et ?

Maudite soit la complicité entre jumelles ! Elle en sait déjà beaucoup trop long...

— Bon, d'accord. Je vais tout te raconter, mais surtout tu ne le dis à personne, hein ?

Sachant qu'elle saura tenir sa langue, je lui fais alors le récit complet de ma soirée de la veille — Skip, Annabelle, Malone — mais, pour une raison que je ne m'explique pas, j'omets de lui raconter la fin.

— Et puis il m'a reconduite chez moi. Ce matin, Jonah m'a ramenée là-bas pour que je récupère ma voiture et, contrairement à certaines sœurs, il n'a pas cherché à m'extorquer des confidences.

— Eh bien... C'était drôlement sympa de sa part de faire semblant d'être l'homme que tu attendais, déclare Christy. Vachement sympa, même.

— Mmm... Ecoute, il faut que j'y aille, maintenant. Tu veux venir avec moi ? Ce sera marrant. Mes petits vieux vous auront en prime, Colonel et toi.

— Plus on est de fous, plus on rit ! C'est d'accord, avec plaisir.

Et, de fait, on s'amuse comme des folles. Les quatorze personnes qui jalonnent ma tournée sont toujours ravies de me voir accompagnée de Colonel mais, confrontés à mon sosie parfait, c'est pour eux l'apothéose. Nous livrons les repas, faisons un peu de rangement chez l'un, vérifions une ordonnance chez l'autre, bavardons avec tout le monde et les laissons caresser mon chien. J'encourage Christy à leur montrer des photos de Violet et nombre de visages ridés s'illuminent d'un tendre sourire à la vue de ma ravissante nièce.

— Ça pourrait être la vôtre, me dit Mme Banack en me rendant la photo.

— Tout à fait. De toute façon, je ne l'aimerais pas davantage si c'était ma fille.

Nous terminons notre tournée et repartons en direction de la maison.

— Donc, toujours pas de copain, conclut Christy sur le trajet du retour.

Je ne fais pas de commentaire.

— Des idées ?

— Pas vraiment, dis-je en regardant dans mon rétroviseur. Je crois que je vais faire une petite pause. J'ai eu quatre rendez-vous ce mois-ci, et aucun n'a eu de résultat positif.

— Tu es sûre ? Comme dirait maman : « L'oisiveté est mère des tournevis », fait sombrement ma sœur.

Je me mets à rire, mais Malone et son tendre baiser râpeux continuent de me trotter dans la tête.

Après avoir déposé Christy chez elle, je rentre chez moi et sans perdre une seconde je me précipite sur mon répondeur, espérant voir le petit voyant clignoter. Rien. Malone ne m'a pas appelée.

Il ne m'appelle pas davantage dans la soirée.

Le lendemain, c'est dimanche, et je volette entre les tables, servant les clients, l'esprit toujours occupé par Malone. Pourquoi ne m'a-t-il pas appelée ? Dans quel but m'aurait-il embrassée, si ce n'était pas pour m'appeler ensuite ? Devrais-je l'appeler, moi ? Je frissonne à cette idée : comment saurais-je qu'il hoche la tête ou me regarde fixement à l'autre bout du fil ? Et comme c'est apparemment sa principale forme de communication, notre conversation risque de tourner court !

*Ce n'est pas qu'il me plaise vraiment.*

En fait, Malone est un parfait inconnu. Enfin presque. Certes, j'ai bien aimé l'embrasser. Carrément même, si j'en crois mon estomac, qui se noue à ce souvenir, et mes genoux, qui se mettent à picoter.

La foule d'après la messe prend son temps pour finir son petit déjeuner et, quand les gens repartent, c'est la foule de dimanche midi qui se met à affluer. Enfin, vers 14 heures, tous mes clients sont partis. J'essuie les tables avec une rapidité inhabituelle, décidant pour une fois de faire l'impasse sur le passage de la serpillière. C'est que je viens de décider d'aller flâner sur le quai, mine de rien. Histoire de voir comment va Jonah. De prendre des nouvelles de mon petit frère...

Son bateau mouille contre le quai. Il n'est pas amarré à son emplacement habituel, ce qui arrange bien mes affaires. Ce qui m'arrange moins, c'est que le bateau de Malone est sorti. Il ne me reste donc qu'à passer un petit moment en compagnie de mon frangin.

— Salut, Jonah !

C'est marée basse, aussi le niveau du bassin se trouve-t-il au moins six mètres plus bas qu'il ne le sera dans six heures. Dans cette partie du Maine, les marées sont impressionnantes, et la passerelle suit une pente prononcée. Accueillie par une odeur de poisson, de sel et de marée, je la descends précautionneusement, d'un pas vacillant, jusqu'au bateau de Jonah, baptisé la *Double Menace* en hommage à ses chères grandes sœurs jumelles.

Il n'est pas en vue, alors je braille :

— Hé, Joe !

— Tiens, Maggie, me répond-il en sortant de la cale, dont il referme la porte soigneusement derrière lui. Qu'est-ce que tu fais ici ?

— Rien de spécial... Je me promène... J'ai la permission de monter à bord, capitaine ?

— Hum, non. Je sors, en fait. Désolé...

*Zut !*

— La plupart des pêcheurs sortent le dimanche, alors ?

Je n'avais encore jamais prêté attention aux habitudes des homardiers : c'est quelque chose de si familier et de si permanent, par ici, que c'est comme un bruit de fond continu. L'été, il est interdit de remonter les casiers le dimanche, ça, je le sais, mais j'ignore tout des pratiques en basse saison.

— Mais non... La majorité des bateaux reste au port, même en cette période, je pense.

Il jette un regard par-dessus son épaule en direction de la poupe. Je l'incite à poursuivre.

— Mais certains sortent quand même ?

— Ouais.

— Et à quelle heure est-ce qu'ils rentrent ?

L'air dégagé, je regarde un petit banc de bars rayés évoluer par-dessus la rambarde.

— Chais pas.

Je soupire. Il semblerait que Malone déteigne sur lui. En temps normal, Jonah est un véritable moulin à paroles... comme moi, en fait.

Je fais une autre tentative.

— Autrement dit, ils rentrent n'importe quand ?

— Maggie, je viens de te dire que je n'en savais rien. Qu'est-ce que ça peut te faire ?

— Rien. C'est juste pour parler.

— Bon, écoute, il faut que je termine quelques bricoles et puis j'y vais. A plus !

Voyant que je ne fais pas mine de reprendre la passerelle, il fronce les sourcils.

— Tu voulais autre chose ?

— Je... Non. Désolée. Passe une bonne journée.

Il hoche la tête, fait démarrer le moteur, éloignant la

*Double Menace* du quai en direction de son mouillage, puis il disparaît de nouveau dans la cale.

Il est clair que je dois m'en aller. Malone ne doit pas me trouver là quand il rentrera au port. Non, ça serait trop évident et trop désespéré comme manœuvre.

*Salut, Malone, je traînais par là en t'attendant. Tu as passé une bonne journée ? Ça te dirait de m'embrasser comme l'autre jour ?*

Frémissant intérieurement, je décide de rentrer chez moi.

# 10

Le lundi étant mon jour de congé, j'en profite pour faire le ménage de mon appartement ainsi que celui de Mme K. Cette dernière me suit pas à pas, tandis que j'aspire ses miettes de pop-corn, me désignant du bout de sa canne les endroits que j'ai oubliés.

— *Là* aussi, ma chère Maggie. Et… Dieu du *ciel*! *Là* aussi! Quelle souillon je fais, décidément je n'en crois pas mes yeux!

Je souris — elle me dit ça chaque semaine. Ma corvée terminée, je vérifie le contenu de son réfrigérateur, histoire de m'assurer qu'il lui reste encore de la soupe d'orge que je lui ai apportée hier.

— Vous avez besoin de quelque chose, madame K.?

— J'ai *tout* ce qu'il me faut, ma chère petite. Mais dites-moi, vous avez reçu un *ami*, l'autre soir?

Je me fige momentanément.

— L'autre soir?

Je feins de fouiller ma mémoire.

— Oh… C'était juste… quelqu'un qui, euh… qui me raccompagnait…

— Il m'a semblé que c'était un *homme*.

— Oui, en effet, c'était un homme. Malone. L'ami de mon frère.

Je me sens rougir; j'espère qu'elle ne l'a pas remarqué.

— Malone? Je ne connais *personne* de ce nom. *Malone?* Est-ce quelqu'un de recommandable? Est-il sage que vous vous fassiez reconduire le *soir* par des *inconnus*, ma chère Maggie ?

— Eh bien, il ne s'agit pas à proprement parler d'un *inconnu*, madame K., puisque mon frère le connaît.

Mais si, bien sûr que si, *c'est* un inconnu… Un inconnu qui ne m'a toujours pas appelée. J'ai cherché son numéro dans l'annuaire pour m'assurer qu'il avait bien le téléphone, ce qui est le cas. Quant à savoir s'il s'en sert, ça, c'est une autre histoire… Mais encore une fois, je ne vois vraiment pas pourquoi il m'aurait embrassée pour ensuite ne pas…

— C'est certainement un homme très *viril* ? hasarde Mme K.

Bonté divine, mais elle avait ses jumelles braquées sur lui ou quoi ?

— Malone ? Oui… on peut dire ça, je pense.

Occupée à passer la serpillière sur le sol de sa minuscule kitchenette, je marque une pause.

— J'ai toujours *aimé* les hommes virils, vous savez, Maggie. M. Kandinsky n'était pas comme *ça*, mais c'était un amour. Il n'a jamais compris la *passion* que j'avais pour Charles *Bronson*, mais moi, je *savais* ce qui me plaisait chez lui ! Je crois bien avoir vu tous les *Justicier dans la ville* qu'il a faits.

— Eh bien, il faudra qu'on les loue, un jour, n'est-ce pas ? dis-je en déposant un baiser sur sa joue douce et ridée.

Là-haut, dans mon joli petit appartement, je n'ai toujours pas de message sur mon répondeur. Mon courrier ne contient que des offres de cartes de crédit et une facture de téléphone. Rien de la part de Malone indiquant un quelconque intérêt pour moi.

Quand 17 heures sonnent, je suis au bord de la crise de nerfs. J'ai récuré, pâtissé, je suis passée voir Chantal à la mairie et j'ai fait des courses. J'ai lu quelques pages, j'ai emmené Colonel se promener sur la plage et, au retour, je lui ai brossé le pelage.

*Est-ce qu'il ne serait pas temps de ressortir faire un tour ?*

Colonel trotte pesamment derrière moi, tandis que nous quittons le centre de notre petite bourgade. Gideon's Cove enserre le rivage rocheux, étant donné qu'à l'origine la ville a été bâtie en vue de la construction navale. D'où je suis, je vois la tourelle de la maison de Will et Christy, la croix dorée de St. Mary. Je m'engage dans la direction opposée.

L'air doux est chargé d'humidité et, bien que la température doive chuter en dessous de quatre degrés cette nuit, le temps reste relativement clément. Les lumières sont allumées dans les maisons, ce qui donne un air douillet au quartier, et diverses odeurs de cuisine me parviennent... Ce soir, on mangera du poulet chez les Masterton, et quelque chose de délicieusement aillé chez les Ferris... Chez les Stokowski, il y aura du chou...

Nous gravissons la colline, nous éloignant de l'eau.

Rolly et son épouse sont assis sous leur véranda.

— Bonsoir, ma petite Christy ! me lance Mme Rolly.

— Bonsoir ! Mais moi, c'est Maggie.

— Oh ! Pardon ! Mais oui, bien sûr, Christy, c'est celle de vous deux qui a un bébé. Décidément, où j'ai la tête, moi ?

— Ce n'est pas grave. Belle soirée, n'est-ce pas ?

— Pour ça, oui ! approuve Rolly. Profites-en bien avant que les mouches noires ne se mettent à éclore.

Je tourne dans Harbor Street, quartier de cottages et de bungalows qui sont en majorité des résidences d'été. D'en haut, la rue donne sur la mer ; j'aperçois les bateaux danser au gré de la marée, la peinture blanche de leurs coques semble s'embraser dans le soleil couchant.

Me faisant l'effet de *Harriet, la petite espionne*, un livre que je dois bien avoir lu une dizaine de fois dans ma jeunesse, je me faufile dans le jardin d'un des cottages. J'en connais bien les propriétaires, les Carroll, qui ont leurs habitudes au Joe's Diner, l'été, et je sais qu'ils habitent Boston. Leur maison est plongée dans le noir, les rideaux sont tirés. Je suis le petit chemin qui longe le côté de l'habitation, jusqu'au jardin de derrière. Dissimulée par le crépuscule et la haie, je jette un coup d'œil à la propriété adossée au terrain des Carroll. Si l'adresse indiquée dans l'annuaire est exacte, c'est là que vit Malone.

Son jardin, petit et agrémenté d'un chêne qui commence à bourgeonner, est tout ce qu'il y a d'ordinaire. A l'arrière de la maison, deux containers à ordures sont proprement alignés contre le mur, près d'une petite entrée. De la lumière brille à une fenêtre. Tout à coup, la porte s'ouvre et Malone apparaît, chargé d'un sac-poubelle. Il soulève le rabat du container, laisse tomber le sac à l'intérieur, referme le couvercle, puis rentre dans la maison. Le tout n'a pris que trois secondes.

Le crépuscule est maintenant bien avancé, ce qui ne m'empêche pas d'être envahie par un sentiment de honte et de culpabilité. Imaginez un peu si Malone m'avait surprise en train de l'épier, tapie dans le jardin de ses voisins... J'ai vraiment tout d'une collégienne !

Pourtant, je patiente encore quelques minutes, espérant l'apercevoir de nouveau, à la fenêtre, peut-être, ou dehors, à l'arrière. Mais rien. Personne... Un corbeau croasse dans un arbre. Le vent souffle, je frissonne. Gagné par l'ennui, Colonel s'affale sous un arbre.

— C'est bon, je viens...

Encore un dernier coup d'œil... Toujours rien. Je me retourne pour m'en aller.

Un homme se tient à trois centimètres de mon visage. Je fais un bond en arrière et pousse un hurlement. Mes mains volettent devant moi, tels deux oiseaux effrayés.

— Bonté divine, Malone ! Tu m'as fait une de ces peurs ! Je ne t'ai même pas entendu ! Tu es fou d'arriver dans le dos des gens comme ça !

Je plaque ma main sur mon cœur, qui galope comme

des chevaux lancés à fond de train. Malone me regarde, et les sillons de son visage se creusent, signe peut-être de son amusement. Ou de son irritation. C'est difficile à dire.

— Tu n'es vraiment pas bavard comme type.

— Tu veux entrer ? me demande-t-il, et je crois entendre une pointe d'humour percer dans sa voix bourrue.

— Euh…

A présent que je ne crains plus pour ma vie, je me rends compte que je suis prise en flagrant délit d'indiscrétion.

— Oui. Bon… Je faisais juste un petit tour. Avec mon chien, Colonel… Et euh… eh bien, d'accord… je t'espionnais, là…

— La prochaine fois, frappe à la porte, ce sera plus simple, lâche-t-il en passant dans son jardin.

Au bout d'un instant, je lui emboîte le pas.

Il me tient le battant, se baissant pour tapoter la tête de Colonel. Manifestement, mon chien ressent de bonnes vibrations, car il entre sans marquer d'hésitation et se met à flairer partout. Je fais une entrée un peu moins courageuse, et Malone referme la porte derrière moi.

Me voilà piégée dans sa tanière.

Enfin, tanière… Nous sommes dans une petite cuisine bordée d'un comptoir sur un côté. Le sol est recouvert de linoléum vert, le plan de travail est en Formica vert — les années 1970 dans toute leur horreur. J'essaie de tout embrasser du regard sans que ce soit trop ostensible mais, ce faisant, je loupe le coche, négligeant la main tendue de Malone une ou deux secondes de trop. Je la regarde, cette main. Veut-elle serrer la mienne ? M'emmener quelque part ?

— Ton manteau…

Il me faut une minute pour traduire son borborygme.

— Oh ! Mon manteau ! Oui ! Tiens. Merci. C'est super. O.K., d'accord…

Il hausse légèrement les sourcils, sans piper mot, se

contentant d'accrocher mon manteau à une patère, près de la porte. Puis il ôte le sien.

— Alors, dis-je pour combler ce que je considère être un silence béant. Tu vis ici ?

— Oui.

Evidemment qu'il vit ici !

— Enfin... je veux dire... seul ? Tu vis seul ?

— Oui.

— Je vois. Hmm... Et depuis combien de temps tu vis ici ?

— Un an, à peu près.

Un an.

— Donc, tu vis ici depuis...

Zut ! Je ne devrais sans doute pas aller jusqu'au bout de ma pensée — *depuis que ton cousin t'a arnaqué* —, mais j'ai beau me creuser la cervelle, je ne trouve rien de mieux à dire que :

— Depuis un an ?

Il me dévisage d'un air étrange, et je cherche Colonel du regard, désireuse de savoir qu'une présence amicale est à proximité.

Malone rompt enfin son vœu de silence, et je dois avouer que je lui en sais gré.

— Une bière ?

— Non, sans façon, merci.

Mais qu'est-ce que je raconte, moi ?

— Euh, en fait, si... Je veux bien, s'il te plaît.

J'ai les paumes moites de nervosité ; je m'en veux horriblement de ne rien trouver à dire, même de très modérément intelligent. Malone ouvre le réfrigérateur et me tend une Sam Adams.

— Merci.

Alerté par le bruit d'un frigo en action, Colonel entre dans la pièce en remuant la queue, plein d'espoir. Malone s'accroupit pour le caresser. Enfin un certificat de moralité : il aime mon chien.

— Salut, vieux, dit-il en lui grattant la tête.

Ouah ! Une phrase de deux mots... Colonel pousse un gémissement de plaisir, puis lui lèche la main et passe dans le séjour. Malone se relève et me fixe de son regard bleu inébranlable. De toute évidence, je constitue un sujet d'étude des plus fascinants. Je pointe le doigt vers le réfrigérateur.

— C'est ta fille ?

Il y a là deux photos collées sur la porte, l'une d'un bambin joufflu en train de manger une pomme, l'autre, plus récente, montre une fillette de dix ou douze ans assise dans un bateau, la main en visière devant ses yeux pour se protéger du soleil.

— Oui.

Retour aux monosyllabes... Ma frustration et ma nervosité finissent par avoir raison de moi, et je lâche :

— Malone, laisse-moi te poser une question, d'accord ?

Il opine — un bref signe de la tête.

— Pourquoi est-ce que tu m'as embrassée, l'autre soir ?

Voilà. Je l'ai dit. Et si mes joues sont en feu, la belle affaire ! Au moins, maintenant, il est obligé de me répondre.

— Pour les raisons habituelles, réplique-t-il, mais les pattes-d'oie autour de ses yeux se sont creusées.

Il boit une gorgée de bière, sans détacher son regard du mien.

— « Pour les raisons habituelles »... C'est assez bizarre, je dois dire, parce que la plupart du temps on se rend bien compte de... enfin, tu sais, quand quelqu'un t'aime bien... Ou qu'on lui plaît. Et je n'avais jamais vraiment eu cette impression-là, jusqu'ici. Avec toi, je veux dire.

Il ne répond pas. Sur le mur, une pendule égrène l'inexorable passage du temps... tic tac... tic tac... tic tac. Je suis à la limite du pétage de plombs.

— Je peux visiter ?

— Bien sûr.

Le séjour contient un vieux piano droit tout esquinté

et ce qui ressemble à un morceau sacrément difficile : *Sonate en la majeur*, est-il écrit sur la partition. Beethoven.

— Qui joue du piano ?
— Moi.

Je suis impressionnée.

— C'est vrai ? Tu sais jouer ce morceau ?

Malone s'avance et fait glisser son doigt sur les touches, trop doucement pour produire un son.

— Pas trop bien.

Il se tient près de moi, à présent. Tout près. Il dégage une odeur chaude, un peu comme la fumée d'un feu de bois. Il doit s'être rasé il y a un jour ou deux, car son visage me paraît moins râpeux que le soir où il m'a embrassée. Mon regard tombe sur sa bouche, sur sa lèvre inférieure bien pleine. Si douce... Je détourne la tête brusquement et recule d'un pas. Il n'y a pas grand-chose d'autre à voir dans la pièce. Une télévision dans l'angle, une cuisinière à bois dans l'âtre de la cheminée. Un canapé. Une table basse. Mes membres sont irrigués par un influx nerveux d'une telle intensité que je pourrais presque me mettre à faire des claquettes.

— T'as faim ? me demande-t-il.

— Non. J'ai pris un déjeuner sur le tard. Et toi, tu as faim ? J'ai interrompu ton repas, peut-être ? Je devrais sans doute m'en aller.

Mon cœur continue à cogner sourdement ; j'ai les yeux brûlants et grands ouverts.

— Non... Ne t'en va pas.

Il me prend la main. La sienne est chaude, douce et pleine de callosités à la fois. Il me passe tendrement le pouce sur la paume sans rien dire de plus. On dirait que les nerfs de ma main sont directement reliés à mon entrejambe. J'avale ma salive et regarde autour de moi. Mon chien dort devant le canapé.

Puis Malone fronce légèrement les sourcils et soulève

ma main pour mieux l'examiner. Il fait alors entendre un petit bruit désapprobateur, et mes mâchoires se crispent.

— Oui, je sais, c'est parce que j'ai les mains dans l'eau toute la journée, et puis en restant près du gril et tout ça…

— Viens par ici, dit-il en me ramenant dans la cuisine.

Là, il lâche ma serre répugnante et gercée, ouvre un placard et fouille à l'intérieur. Je m'appuie contre le comptoir, vexée. Eh bien, quoi ? Oui, j'ai les mains gercées et alors ? La belle affaire ! Un peu d'eczéma et tout le monde pousse des hauts cris !

Il sort une petite boîte en fer-blanc et l'ouvre. Puis, du bout des doigts, il prend un petit peu de son contenu et s'en enduit les mains. Je suppose que ma vilaine peau lui a rappelé l'importance de se passer une crème adoucissante régulièrement.

— J'ai tout essayé, dis-je en regardant par-dessus son épaule. La cire d'abeille, la lanoline, la vaseline, le Burt's Bees, le Bag Balm… Rien n'y fait. J'ai des mains affreuses, voilà tout… C'est ma croix.

— Tu n'as pas des mains affreuses.

C'est une des phrases les plus longues que je lui ai entendu prononcer jusqu'ici. Il prend ma main dans la sienne et entreprend de faire pénétrer la crème. Au début, c'est frais, de la consistance de la cire, puis au bout de quelques secondes ça devient agréablement chaud.

Malone n'est pas tendre à l'ouvrage. Il me frictionne les mains avec rudesse, appuyant profondément autour de mon pouce, puis sur la partie charnue de ma paume. Il masse mes doigts un par un, prêtant attention à chaque cuticule rugueuse, à chaque jointure rougie. Il s'applique, fixe sur mes mains un regard concentré, et son visage perd peu à peu de sa dureté. Ses cils charbonneux font beaucoup pour amadouer son expression.

— C'est vraiment très agréable, dis-je d'une voix rauque.

Un coin de sa bouche se relève — un sourire ? —, tandis qu'il lève les yeux vers moi. Il me rend gentiment ma main et entreprend de s'occuper de l'autre. Je ferme les yeux sous la délicieuse pression de ses doigts. Il me semble que les os de ma main ont fondu, qu'elle est toute petite dans la sienne, douce, chaude, aimée tendrement.

Quand il a fini avec la gauche, il reprend les deux et glisse ses doigts entre les miens avec une lenteur qui en fait le geste le plus intime du monde. Il me replie tendrement les bras derrière le dos, m'obligeant à me cambrer un peu vers lui. Il attend que j'ouvre les yeux. Puis il prend possession de mes lèvres, sans pour autant lâcher mes mains.

Au départ, il m'embrasse avec tendresse, mais avec une incroyable intensité, comme si c'était la chose la plus importante du monde de m'embrasser exactement comme il faut. Et c'est ce qu'il fait... Ses lèvres sont fermes, douces, chaudes, et il prend son temps. Son baiser n'en finit plus ; il se prolonge jusqu'à ce que je libère mes mains et empoigne son épaisse tignasse. Alors, sans que ses lèvres abandonnent les miennes, il me soulève, m'assied sur le comptoir. Sa langue effleure la mienne, une décharge d'électricité me traverse tout entière, amollissant tous mes membres. Ses bras m'enserrent si fort que je puis à peine respirer. J'ai l'impression d'être plaquée contre un mur de granit, inébranlable.

Lorsqu'il s'écarte un peu de moi, je suis littéralement haletante et j'ai du mal à me concentrer.

— Reste, dit-il d'une voix rauque.

— D'accord.

Il m'embrasse de nouveau, me soulève du comptoir et me porte jusqu'à sa chambre.

# 11

Je me réveille seule, environ douze heures après être arrivée chez lui. L'aube commence à peine à poindre.

J'appelle doucement :

— Malone ?

Pas de réponse, mais la tête de Colonel émerge d'un côté du lit.

— Salut, Colonel, dis-je en lui caressant le museau.

Je me lève, enfile mon pull et mon pantalon et, à pas feutrés, je vais dans la cuisine. Sur la table, il y a un mot, coincé sous la petite boîte en fer-blanc de crème pour les mains.

« Maggie, il y a du café si tu en veux. Prends ça. »

C'est tout.

Je me laisse tomber sur une chaise dans un soupir. Je suppose que « ça » désigne la crème pour les mains... Je prends une minute pour examiner les miennes. De fait, elles sont plus douces que d'habitude ; leur rougeur s'est même quelque peu atténuée. Il n'empêche que je suis un peu déçue. Après des ébats époustouflants, hallucinants, fracassants, sismiques, cataclysmiques, il m'aurait bien plu d'en revoir le coresponsable.

Je me rends compte que je souris. Que je ronronne de plaisir, même. Je ne m'attarde pas cependant : je dois rentrer chez moi pour prendre une douche et me changer avant de me rendre au *diner*. Je me lève donc et pars à la recherche de mes chaussettes.

Je passe la matinée sur un petit nuage. De temps à autre, un lambeau de la nuit passée me traverse l'esprit, et toutes les sensations me reviennent, torrides. Un petit sourire flotte sur mes lèvres tandis que je retourne les frites et les pancakes, que je casse des œufs et sers des cafés. Malone, je suppose, est parti vérifier ses casiers. Il sera bientôt de retour. Peut-être, pour la première fois, passera-t-il le seuil du Joe's. Peut-être viendra-t-il enfin se faire offrir cette part de tarte que je lui ai promise l'année dernière. Peut-être me regardera-t-il pendant que j'essaierai de prendre un air naturel. Il se peut même qu'il sourie en buvant son café.

Je ne l'ai pas vu sourire, la nuit dernière, pas vraiment. Il faisait noir. Mais bonté divine, c'était...

— Maggie, mon petit cœur, pourrais-je avoir une goutte de café ?

— Tiens, bonjour mon père !

A présent, c'est la mauvaise conscience qui m'empourpre les joues.

— Quelle bonne mine vous avez, ce matin ! Vous êtes toute rose. Je vous ai appelée hier soir, mais je suis tombé sur votre répondeur.

Le père Tim me tend sa tasse pour que je la lui remplisse, le geste d'un habitué.

Je bafouille :

— Oh ! Eh bien, je... j'avais envie de me coucher de bonne heure.

Ce n'est pas un mensonge.

— Vous savez, parfois, on se sent... et on... doit aller... au lit.

Ou *être portée* au lit, selon le cas, par un homme follement sexy qui vous soulève comme si vous pesiez moins qu'une plume et vous embrasse comme si ce devait être sa dernière action sur cette Terre… Ce qui, j'ai plaisir à le préciser, n'a pas été le cas.

Le père Tim remarque mon trouble.

— Vous êtes certaine d'être dans votre assiette, Maggie ? Vous semblez ailleurs.

J'embrasse le *diner* d'un regard circulaire. Le coup de feu du matin est passé, Judy vérifie ses numéros de loterie, et Georgie sifflote à l'arrière. Je puis bien m'accorder quelques instants… Je m'assieds donc à sa table.

— Désolée, mon père. Comment allez-vous ?

Il se laisse aller contre le dossier de la banquette.

— Ma foi, je vais très bien, Maggie.

Là-dessus, il commence à m'entretenir des derniers progrès de la chorale paroissiale. Enfin, *progrès*, façon de parler…

— Il aurait fallu une intervention divine pour qu'ils arrivent à se tirer de ce morceau de Beethoven ! Mais il semble que notre Seigneur ait été occupé ailleurs, ce jour-là…

Beethoven. Malone joue du Beethoven. Les joues me brûlent, mais je m'oblige à ramener mes pensées vers le père Tim.

Peut-être parce que je ne suis pas une paroissienne à proprement parler, peut-être parce que nous sommes à peu près du même âge, le père Tim et moi avons tissé une relation à part. Une véritable amitié. Il m'a tout raconté de sa famille, de son enfance et, de mon côté, j'ai fait de même. J'aime à penser qu'avec moi il n'est pas seulement un prêtre, mais un homme comme les autres, à condition bien sûr que les prêtres soient autorisés à être des hommes comme les autres. Bon, O.K., c'est avec ce genre de raisonnement que je me retrouve dans des situations impossibles, mais même un prêtre a besoin de se détendre de temps en temps en compagnie de quelqu'un.

Une demi-heure plus tard, le père Tim quitte le *diner*. Et, bien que je me réjouisse toujours autant de l'amitié qu'il me porte, je prends soudain conscience, un peu comme sous le coup d'une illumination, que *quelqu'un d'autre* occupe mes pensées. Et même s'il s'agit de Malone, ce taiseux pathologique… eh bien, c'est déjà ça ! Il n'aura fallu qu'une nuit pour que le père Tim ne soit plus à mes yeux le seul homme de Gideon's Cove. J'imagine Dieu en train de soupirer : « Eh bien, il était temps qu'elle fiche la paix à Mon garçon ! »

Je murmure un pardon en direction du ciel.

Quelle heure est-il ? Je jette un coup d'œil à ma montre. D'habitude, il ne faut que deux heures à Jonah pour aller relever ses casiers, mais je sais que Malone exerce son métier avec davantage de sérieux que mon frère. Et puis il a beaucoup plus de casiers, et beaucoup plus éloignés de la côte. Il n'empêche, j'espère quand même qu'il pourra passer aujourd'hui. Sinon, peut-être me donnera-t-il un coup de téléphone.

3 heures de l'après-midi… en colère contre moi-même. 5 heures… dégoûtée. 8 h 30… folle de rage. 10 heures du soir… je le déteste !

Malone n'est pas passé me voir au restaurant. Ni à mon appartement. Il ne m'a pas appelée non plus.

Je me jette sur mon sofa avec une violence punitive. De toute évidence, j'ai commis l'erreur commune à beaucoup trop de femmes : j'ai cru que la nuit dernière signifiait quelque chose pour lui. Quelque chose d'autre qu'un simple bon moment, j'entends.

Colonel s'approche de moi et m'incite à déplacer mes pieds à coups de museau, puis il grimpe péniblement sur le sofa.

— Vilain chien, lui dis-je machinalement, me redressant un peu pour lui laisser davantage de place.

Au fond, que sais-je de Malone ? Je fouille ma mémoire, passant au crible les monceaux de commérages qui me sont parvenus aux oreilles depuis dix ans que je travaille au Joe's Diner.

Il avait quelques classes d'avance sur moi, à l'école, quatre ou cinq, peut-être. Je ne me souviens pas d'avoir été en même temps que lui au lycée. Du reste, ainsi que l'a souligné mon père, Malone est arrivé à Gideon's Cove alors qu'il était déjà adolescent. Peut-être arrivait-il de Jonesport ou de Lubec, d'un endroit au nord d'ici, en tout cas… J'ai beau chercher, je ne parviens pas à me remémorer le nom de sa femme. En revanche, je me souviens très bien de la rumeur malsaine qui s'est répandue en ville comme une traînée de poudre, quand elle l'a quitté.

Je venais de reprendre la gérance du *diner*. En ce temps-là, je m'efforçais d'assimiler un cours en accéléré de gestion hôtelière traitant de concepts tels que l'inventaire, les commandes et la technique pour éviter de servir aux clients des plats brûlés. On peut comprendre que, dans ces conditions, je n'aie pas gardé de souvenirs très précis du naufrage conjugal de Malone. Je sais que l'événement a provoqué un petit scandale au sein de notre bourgade et a alimenté bien des discussions. Sa femme est paraît-il partie en son absence. Quand il est rentré chez lui, il a trouvé la maison vide : sa femme s'était envolée pour rejoindre un homme dans l'Oregon ou dans l'Etat de Washington, je ne sais plus, en emmenant leur fille. Le bruit a couru que Malone la battait et que, par conséquent, il ne pouvait obtenir la garde partagée de la petite. Puis que sa femme était lesbienne, puis qu'elle avait rejoint une secte. Bref, toutes les absurdités qui circulent ordinairement dans les petits bleds…

Hormis ces ragots, je ne sais rien du sombre et taciturne Malone. Il travaille dur, c'est un fait de notoriété publique : son bateau est toujours le premier parti et le dernier rentré au port. Sa capture annuelle de homards dépasse celle des autres marins-pêcheurs, alors qu'il n'engage qu'un barreur pour le seconder en été et qu'il effectue le reste de la saison seul. Il est, ou a été, président de l'association des pêcheurs de homards du coin. De temps en temps, la feuille de chou locale fait écho de son opposition à la surréglementation et aux directives en matière de pêche, mais je n'y ai jamais tellement prêté attention. Pour moi, Malone n'a jamais existé autrement que sous les traits du type vaguement effrayant qui m'a ramenée chez moi l'année dernière dans son pick-up.

— Il y a quand même deux choses qui sont sûres, à son propos, dis-je à Colonel. Un, il se défend vraiment bien au lit. Deux, il ne sait pas se servir d'un téléphone.

Aussi irritée contre moi-même que contre Malone, je tourne en rond dans mon appartement. J'allume la télévision, puis je l'éteins. Je pourrais peut-être me vernir les ongles des pieds ? Non, cette activité exige une certaine dose de patience, or il se trouve que je n'en ai aucune.

En fait, il est grand temps pour moi d'appeler Christy, pour déverser ma bile ou puiser auprès d'elle un peu d'apaisement, ce sera selon...

J'empoigne le téléphone et appuie sur la touche mémoire.

— Salut, c'est moi. Dis donc, j'étais en train de... de... comment dire, de lire un bouquin. Ça parle d'une femme qui couche avec un mec, et... et justement, avec ce mec, au lit, c'est vraiment l'extase totale... Alors, la fille, elle pense que ça veut dire quelque chose, mais le mec, lui, il ne la rappelle pas. T'en penses quoi, toi ?

— Euh... vous parlez de l'intrigue ou de...

*Meeerde !*

— Père Tim ! Je vous demande pardon ! Je me suis trompée de touche, j'ai cru que j'appelais ma sœur... Désolée, vraiment...

Il se met à rire.

— Il n'y a pas de mal, Maggie, il n'y a pas de mal.

Il laisse passer quelques secondes.

— Il semblerait que votre livre plaide fortement pour la cause du « mariage d'abord », vous ne trouvez pas ?

La mauvaise conscience me fait rougir.

— Euh, oui… j'imagine. Simplement, ça n'arrive plus très souvent, de nos jours. D'attendre d'être marié.

— Ce qui explique sans doute les taux vertigineux de divorce. Les gens feraient mieux de prendre exemple sur vous, Maggie. Et d'accepter d'attendre de bien connaître quelqu'un avant de se précipiter dans une relation purement physique.

Je fais la grimace, ravie que le père Tim ne puisse pas voir ma tête.

— Parfois, dis-je, tâchant d'enfoncer cette vérité dans ma tête de bourrique, on éprouve une attirance si puissante pour quelqu'un qu'on s'imagine qu'il s'agit forcément d'un signe…

Le père Tim marque une pause, puis reprend d'une voix douce :

— Ça, je… je ne saurais vraiment pas vous dire.

— Non, évidemment, évidemment ! Je vous demande pardon, mon père… Simplement, il arrive certaines fois qu'on… Ecoutez, oubliez ce que je viens de vous dire. C'est seulement parce que je pensais à quelqu'un qui… enfin, au personnage de ce livre…

Je cesse de jacasser, l'imaginant chez lui, peut-être dans sa chambre — que je n'ai jamais vue —, avec ses bons yeux rieurs et son sourire facile, et je hasarde une timide question.

— Mon père, vous arrive-t-il de vous demander si vous avez fait le bon choix ? Vous devez vous sentir bien seul, quelquefois.

Il garde de nouveau le silence pendant quelques instants.

— Eh bien, oui, bien sûr. Ça nous arrive à tous, n'est-ce pas ? Je pense parfois à la vie que j'aurais pu avoir, si je n'avais pas été appelé à la prêtrise.

Je me redresse.

— Vraiment ?

— Oui. La solitude, c'est une plainte qui revient assez fréquemment dans le sacerdoce catholique. Alors, oui, de temps à autre, je me prends à imaginer ce que serait ma vie si j'avais une femme, des enfants...

Il laisse sa phrase en suspens.

— Mmm-hmm...

Je crains qu'aller au-delà du simple murmure compréhensif ne rompe le charme de cette confidence. Je me sens à la fois excitée et horrifiée d'avoir entraperçu les coulisses du métier, pour ainsi dire. D'avoir eu la révélation du Grand Oz.

— Mais ces pensées-là ne font que me traverser l'esprit, reprend-il d'une voix plus affirmée. Pour moi, c'est comme rêver d'être président ou spationaute. J'aime passionnément mon existence de prêtre et, en fin de compte, ces rêveries se résument à... à des choses insignifiantes qui, justement, ne font que me traverser l'esprit.

Le charme est rompu, l'instant passé.

— Ma foi, je suppose qu'il est dans la nature humaine de se poser des questions. Vous savez, mon père, même si vous n'avez pas de, eh bien, de foyer... nous vous aimons tous ici, à Gideon's Cove. Vous êtes un prêtre formidable.

— Merci, Maggie, répond-il avec douceur. Vous avez le don de donner aux autres le sentiment d'être uniques. Vous le savez, j'espère.

Je souris ; une douce chaleur m'étreint la poitrine.

— Merci, mon père, dis-je, presque dans un murmure.

Après avoir raccroché, je vais dans la salle de bains et contemple mon reflet dans le miroir. J'aime bien mon visage. Il n'est pas beau à proprement parler, mais il est assez aimable. C'est un visage ouvert. Et le fait que le père Tim se soit confié à moi, qu'il m'ait dit que j'avais un don... ma foi, ça me fait aimer mon visage plus encore. Bien sûr, celui de Christy en est la copie conforme, mais c'est un détail mineur.

Un coup frappé à la porte me fait bondir.

C'est Malone, l'air aussi aimable qu'une porte de prison. C'est bien simple, on dirait l'ange de la mort !

L'irritation, la nervosité et l'attirance me tiraillent, tandis que je lui ouvre.

— Tiens, salut... Comment ça va ? Belle soirée, n'est-ce pas ? Je pensais qu'il pleuvait.

Il reste planté là, à me regarder comme s'il évaluait l'intérêt de mon babillage, puis daigne enfin ouvrir la bouche.

— Salut.

— Salut, dis-je en écho — je suis passée en mode « demeurée profonde ». Tu veux entrer ?

Il franchit le seuil, rendant aussitôt mon appartement encore plus exigu qu'il ne l'est. Colonel glisse du sofa et vient accueillir mon invité en remuant doucement la queue.

— Salut, vieux, dit Malone en se penchant pour lui flatter la tête.

Mon chien lui lèche la main et va se coucher dans son petit panier, au coin de la pièce. Mais auparavant il entame son rituel pour la nuit : cinq tours resserrés sur lui-même, suivis par une séance de reniflements intenses, eux-mêmes suivis par le coucher proprement dit. Je l'observe avec concentration pour ne pas avoir à regarder Malone qui, lui, n'a cessé de me contempler fixement.

*Ne dis rien, Maggie. Laisse-le se jeter à l'eau le premier. Boucle-la.*

— Je peux te proposer une bière, du café... Autre chose ?

Mon moi intérieur lève les yeux au ciel, exaspéré.

— Non, rien.

— O.K., bon, euh... tu veux enlever ton manteau ?

Il l'ôte et le suspend à la patère. Puis le silence s'installe, se prolonge.

— Alors, quel bon vent t'amène ? Non, parce que... il est un peu tard. Presque 23 heures.

— J'avais envie de te voir, dit-il, et le contour de sa bouche s'adoucit.

En réaction, mon estomac se contracte légèrement.

— Eh bien, vois-tu, Malone, je t'annonce que j'ai le

téléphone et que mon numéro figure dans l'annuaire. La prochaine fois, tu pourras peut-être appeler ?

Je ne suis pas dupe de mon ton collet monté : malgré mon agacement, j'espère plus ou moins qu'il va me prendre sur la table de la cuisine, là, tout de suite.

Il s'approche d'un pas, et mon rythme cardiaque s'accélère.

*Oh ! Oui ! Sur la table de la cuisine, là, tout de suite…*

— Ça sonnait occupé, murmure-t-il, et sa voix éraillée provoque des secousses sismiques dans mes articulations.

— Hein ? Ah… oui. Oui, en effet. C'est exact. J'étais à… au… au téléphone…

Il prend ma main dans la sienne et m'attire à lui, les yeux fixés sur ma bouche. Je sens la chaleur qui émane de lui, l'odeur de son savon et de la lessive qu'il utilise pour ses vêtements, ainsi qu'une vague odeur de sel. Résistant à l'envie dévorante de le lécher dans le cou, je déglutis péniblement.

— A qui tu parlais ? me demande-t-il juste au moment où je brûle qu'il m'embrasse de la même manière qu'hier soir.

Puis il hausse un sourcil, dans l'attente de ma réponse.

— Quoi ? Je veux dire, comment ?

J'ai la voix tendue.

— A qui parlais-tu au téléphone ?

— Hum… Je… Eh bien, au père Tim, je pense.

Son regard rencontre le mien.

— Oui… Je fais partie de tous ses groupes de la paroisse… Des groupes paroissiaux.

Ses yeux reviennent sur ma bouche. Ce n'est pas juste d'avoir des cils comme ça !

— Ah… c'est bien, marmonne-t-il.

— Malone, dis-je alors dans un murmure rauque, avant de m'éclaircir la voix. Est-ce que tu pourrais laisser tomber la causette et m'embrasser ?

# 12

Si je me réveille de nouveau seule le lendemain matin, je ne dois m'en prendre qu'à moi-même. Je me sens aussi décontenancée qu'hier. Peut-être devrais-je établir une liste et l'envoyer à Malone par e-mail, car de toute évidence, ce type me brouille le cerveau.

Liste de choses à demander à Malone :
1) Est-ce qu'on est ensemble ou est-ce qu'on ne fait que coucher ?
2) As-tu de l'affection pour moi ou est-ce juste une histoire physique ?

Hélas, je soupçonne cette dernière option d'être la bonne... du moins de mon côté.

3) Peux-tu me parler de toi afin que tu me fasses moins l'effet d'un parfait inconnu ?
4) Pourquoi ne mets-tu jamais les pieds au Joe's Diner ?

Bizarrement, c'est cette dernière interrogation qui me chiffonne le plus. Le *diner* fait office de joyau inattendu dans une petite ville comme Gideon's Cove. Durant mes premières années d'exercice, j'avais pris un second emploi à l'hôpital : je remplissais des dossiers médicaux de 16 à 22 heures tous les soirs, afin de pouvoir injecter un peu d'argent dans le restaurant. Il m'a fallu presque quatre ans pour le rénover entièrement. J'ai arraché l'ancien linoléum que grand-père avait posé sur les dalles de carrelage ; j'ai péniblement recarrelé les endroits qui en avaient besoin, récurant l'enduit de ragréage à l'eau de Javel jusqu'à me mettre les mains à vif. Rendre aux banquettes leur revêtement originel en vinyle rouge m'a coûté de l'argent, et j'ai dû acheter un four plus grand, afin de pouvoir y faire cuire toutes les gourmandises maison qui aujourd'hui font notre réputation. J'aimerais que Malone voie mon œuvre et qu'il goûte la fameuse tarte que je lui ai promise.

Sur le coup de midi, Chantal arrive au Joe's pour déjeuner, comme tous les jeudis. Fait extraordinaire, Judy est de bonne humeur et elle travaille de façon concrète. Je puis donc m'asseoir et prendre mon repas en compagnie de la spécialiste ès hommes de Gideon's Cove.

— Ces frites sont les meilleures de la ville ! déclare Chantal en en enfournant une, agrémentée de sauce épicée.

Je la corrige avec un sourire.

— Les *seules* de la ville…

Quand Chantal n'est pas occupée à séduire un homme, elle peut être très agréable.

— Ça te dit d'aller chez Dewey, ce soir ? me demande-t-elle. Un petit verre ne me ferait pas de mal.

— Hum… écoute, non… J'ai plein de trucs à faire.

C'est la vérité. La lessive. Les factures. Peut-être Malone. Et à propos d'homme grand, sombre et pas franchement beau, je hasarde une question.

— Au fait, Chantal, tu te souviens que tu m'as conseillé d'aller voir du côté de Malone ?

Je pique un fard et mords dans mon hamburger pour dissimuler mon trouble.

— Oh ! Grands dieux, Maggie, je ne parlais pas sérieusement ! Malone n'est pas du tout l'homme qu'il te faut. Ce n'est vraiment pas de la graine de mari, si tu vois ce que je veux dire.

— Oui… non, non. Je sais bien.

En réalité, je n'en sais rien du tout mais, pour une raison

inexplicable, je n'ai pas envie de lui avouer que Malone et moi couchons déjà ensemble.

— Non, je me demandais simplement si tu étais déjà… sortie avec lui, dis-je, redoutant sa réponse.

Chantal aspire une gorgée de son milk-shake à la paille, réussissant au passage à avoir l'air complètement pornographique, chose qui doit forcément nécessiter un entraînement de sa part.

— Ah, non… Avec Malone, jamais. Ou plutôt pas encore, devrais-je dire. Et ce n'est pas faute d'avoir essayé, note bien !

Mes épaules s'affaissent de soulagement et, je l'avoue, de satisfaction.

— Il a repoussé tes avances ?

Ce qui m'étonne vraiment, si c'est le cas, car Chantal pourrait remplir les tribunes du Fenway Park de Boston rien qu'avec les hommes auxquels elle a accordé ses faveurs.

— Ma foi, en quelque sorte, oui. Enfin, je flirte avec lui, tu vois, parce qu'il est sacrément sexy dans le genre pas beau, mais il se contente de me sourire en sifflant sa bière. Je crois qu'il est homo, en fait.

*Ça, ça m'étonnerait.*

— Il te sourit ?

— Oui, enfin… peut-être pas. Mais il s'est passé un truc entre lui et moi. Ça remonte à un bail, cela dit… C'était du temps où on était encore au lycée…

Elle s'interrompt et baisse les yeux, ses cils englués de mascara dissimulant l'expression de son visage.

Je me penche en avant.

— Quoi ?

— Oh ! Pas grand-chose. Je l'ai pris en stop. Un type lui avait cassé la figure… Je devais être en terminale, parce que je me rappelle que je conduisais la Camaro de mon père. Malone sortait de l'usine de myrtilles. Je me suis arrêtée et je l'ai ramené chez lui.

— Ah oui ?

Cette précieuse anecdote me fascine, je l'imagine adolescent…

— Il t'a dit ce qui s'était passé ? Vous vous êtes parlé ?

— Pas que je me souvienne, répond Chantal en mastiquant une frite, l'air songeur. Je lui ai juste filé des mouchoirs en papier parce qu'il saignait de la lèvre. Pendant un moment, j'ai cru qu'il en pinçait pour moi… Il y avait ce petit secret entre nous, tu vois, et puis il avait un an ou deux de moins que moi… Mais ça n'a jamais rien donné.

Elle aspire son milk-shake jusqu'à la dernière goutte.

— N'empêche, ce côté renfrogné, ça le rend carrément torride. Tu trouves pas ? Ah, c'est vrai, j'oubliais… Tu les aimes rayonnants, lumineux et débordants de bonté. Tiens, à ce propos… voilà le père Quel-Gâchis…

La voix de Chantal se réduit à un ronronnement de chatte reconnaissable entre tous, tandis que le père Tim passe devant notre table, nous saluant sans s'arrêter d'un signe de la main assorti d'un sourire.

— Bon Dieu, Maggie, ce qu'il est trognon !

— Allons, allons ! Tu sais bien qu'il n'aime pas qu'on parle de lui comme ça, dis-je d'un ton guindé.

— Mmm… Mais c'est ce qu'il est, non ? susurre-t-elle en souriant de toutes ses dents.

Je me mets à rire, incapable de résister.

— Oui. Absolument !


— J'ai couché avec Malone, dis-je à Christy dans le courant de la journée.

— Quoi ? s'écrie-t-elle d'une voix suraiguë, lâchant le biberon en plastique de sa fille. Bon sang, Maggie ! Préviens avant de balancer ce genre de bombe !

Tout de suite, ça donne un certain pouvoir, d'être celle qui détient un scoop… D'habitude, c'est Christy qui monopolise les gros titres, sauf quand il s'agit de mes grotesques incursions au sein de l'Eglise catholique…

Par conséquent, lâcher cette pépite de choix constitue, je l'avoue, un acte éminemment jubilatoire.

Il pleut dehors, une douce pluie nourrissante qui crépite dans les chéneaux et sur les vitres serties de plomb de la maison de ma sœur, augmentent les dix centimètres de gadoue qui recouvrent déjà le paysage. Violet dort, Christy range, moi, je me prélasse.

Puis ma sœur s'assied face à moi et prend une gorgée de son thé, qui a refroidi.

— Attends, je vais me le faire réchauffer...

Elle met son mug au micro-ondes et appuie sur quelques touches.

— Je veux tous les détails, Mags ! Et Violet n'a pas intérêt à se réveiller, sinon il faudra qu'elle patiente !

Je lui raconte alors toute l'histoire, en commençant par le baiser du soir où il m'a ramenée chez moi et en terminant par mon réveil solitaire de ce matin.

— Eh bien, dis donc..., soupire-t-elle. C'est... ouah ! Rappelle-toi... je te l'avais bien dit. Tu te souviens ?

— Oui, parfaitement. Bien vu !

Je la félicite en levant mon mug. Curieuse, elle se met à me questionner.

— Alors... Malone. Il est aussi... en fait, comment est-il ? De quoi parlez-vous tous les deux ?

Je rougis.

— Bonne question. Evidemment, ça ne fait que deux jours... Nous ne nous sommes pas dit grand-chose.

— Ah non ? lâche Christy. Bon, alors, O.K., il est sexy, ça nous le savons déjà. J'adore les mecs débraillés.

— Ah bon ?

Will est plutôt du genre tiré à quatre épingles et rasé de près.

— Allez, dis-m'en davantage sur lui, s'il te plaît, me dit-elle avec un clin d'œil. Quoi d'autre ?

— D'accord... Bon, côté lit, nous avons déjà tout passé

en revue. Il embrasse incroyablement bien… Il n'est pas bavard… C'est tout ce que je sais.

Je soupire.

— C'est à peine s'il ouvre la bouche, Christy.

Je fronce les sourcils et suis du doigt le bord de ma tasse.

— Pour tout te dire, je couche avec un type que je connais à peine. Ça fait un peu fille facile, non ?

— C'est le sentiment que tu as, quand tu es avec lui ? me demande-t-elle, imitant mon froncement de sourcils à l'identique.

— Non. Avec lui, je me sens… belle.

Le pli de contrariété de Christy se mue en sourire.

— Ah… tant mieux ! Belle, c'est bien.

Je souris moi aussi.

— Oui, tu as raison. Je regrette seulement que…
— Que quoi ?
— Eh bien, j'aimerais qu'il soit un peu plus… loquace. Plus dans le genre du…

Je tressaille, mais il est inutile de cacher la vérité à ma sœur.

— Plus dans le genre du père Tim, voilà…

— Eh bien, moi, pour le coup, je me réjouis qu'il ne lui ressemble pas ! Le père Tim est…

— Je sais, je sais ! Economise ta salive. Non, ce que je veux dire, c'est que j'aimerais que Malone se… se livre un peu plus avec moi.

— Il le fera, Mags, il le fera, m'assure ma sœur, comme si elle avait une quelconque autorité sur lui. Tu sais dans quelles conditions ont grandi les enfants Malone.

— En fait, non, je l'ignore.

Tout à l'heure, c'était Chantal qui avait une anecdote sur lui, et maintenant c'est ma propre sœur. Tout le monde en saurait-il plus que moi sur lui ?

— Ah non ? Eh bien, c'est…

Elle s'interrompt, songeuse.

— Ce n'étaient pas des bonnes conditions de vie.

— Comment tu sais ça, toi ?

— Sa sœur était en classe avec nous, patate ! Allie Malone. Tu ne te souviens pas d'elle ? Une fille timide, avec des cheveux noirs comme ceux de son frère... plutôt silencieuse.

Je me creuse les méninges.

— Ah, si, si... Bonté divine, c'est à peine si je me souviens d'elle !

— Il faut dire qu'à l'époque tu n'avais déjà d'yeux que pour Skip.

— Oui. C'est vrai. Bon, alors, dis-moi ce que tu sais.

Christy boit une gorgée de son thé.

— Ma foi, je ne suis jamais allée chez eux ni rien. Et depuis le temps, je ne saurais pas faire la part des choses entre ce qu'Allie me disait et ce que racontaient les autres élèves sur elle. Mais en première, nous étions binômes en sciences, et on s'entendait plutôt bien.

Elle se raidit. L'écoute-bébé nous transmet le son clairement audible d'un bruissement : Violet se retourne dans son petit lit. Mais comme aucun pleur ni roucoulement ne s'ensuit, Christy poursuit :

— Je pense que leur père les maltraitait. Pas sexuellement, Dieu merci ! Mais il se passait indiscutablement des choses pas très jolies chez eux. La police est intervenue, une fois... J'ai trouvé Allie en train de pleurer dans les toilettes, et elle m'a raconté que son frère et son père avaient passé la nuit en cellule...

— Brrr...

— Je n'en sais pas plus. Après, elle est partie pour Boston, et nous avons perdu contact.

— Est-ce que tu as déjà entendu dire que Malone battait sa femme ?

Christy fronce les sourcils.

— Non. Il n'a jamais levé la main sur elle. Pourquoi ? Il n'est pas... brutal ou quoi que ce soit avec toi, n'est-ce pas, Maggie ?

— Oh ! Non ! Non, non, non…

Mes joues s'embrasent.

— Il n'est pas brutal du tout… juste… passionné.

— Si seulement tu pouvais voir ta tête ! fait ma sœur, amusée.

— Ecoute, ne dis rien à personne, d'accord ? Au sujet de Malone et moi. Ce n'est pas comme si on sortait vraiment ensemble… on est juste… comment dire…

— Partenaires de baise ?

— Christy ! Non ! Oh ! et puis zut… Peut-être que si, finalement…

Je ne puis m'empêcher de rire, moi aussi.

— Tu imagines ce que dirait maman, si elle savait ?

— Je préfère ne pas y penser !

Notre mère n'est pas du genre à montrer de la compassion pour les pulsions hormonales. « Les jeunes d'aujourd'hui sont d'une vulgarité incroyable, se plaît-elle à dire. N'ont-ils donc aucun respect pour eux-mêmes ? » Même si Malone et moi vivions une vraie histoire d'amour, il n'est pas tout à fait le genre d'homme dont elle rêve pour moi. « Pourquoi ne te trouves-tu pas un médecin, Maggie ? Ou un avocat ? Ou peut-être ce cadre de chez Microsoft, à Douglas Point ? Si tu t'arrangeais un peu, tu serais tout à fait présentable, tu sais. Il faut que tu cesses de cacher tes atouts. Rappelle-toi ce qui est dit dans la Bible : "On n'allume pas la lampe pour la mettre sous le buisson." »

A cet instant, l'écoute-bébé nous transmet un gazouillis : fin de la sieste. Christy se lève et monte à l'étage, tandis que je m'assieds à la table, ruminant ce qu'elle vient de m'apprendre.

Je reste encore un peu pour m'amuser avec Violet, roulant par terre avec elle, l'encourageant à saisir la petite marionnette en forme d'élan que Jonah lui a offerte à sa naissance. Christy et moi félicitons chaudement cette enfant géniale qui fourre un bois d'élan dans sa bouche dégoulinante de salive et commence à le mâchonner. Christy me persuade de rester dîner, ce que je fais, me repaissant de leur vie de famille et de leur bonheur domestique.

Sur le chemin du retour, je tente d'imaginer Malone se comportant comme mon beau-frère, riant, m'attirant sur ses genoux comme Will le fait avec ma sœur, embrassant son petit bébé, sautant presque sur l'occasion de la changer. Je n'y arrive pas. Malone n'inspire aucune pensée de mari ou de père.

« Alors que fais-tu avec lui, Maggie ? me demande la voix de maman dans ma tête. Tu passes le temps en attendant le grand amour ? »

Je n'ai vraiment aucune envie de répondre à ces questions. En revanche, je dispose d'un long moment pour y réfléchir. Malone ne passe pas, ce soir. Il n'appelle pas non plus. Et de mon côté, je m'en garde bien.

# 13

— Alors, Maggie, comment se passe votre quête ? me demande le père Tim tandis que je lui sers du café.
— Ma quête de mari ?
— Pourquoi, vous en poursuivez une autre ? fait-il d'un air taquin.
— Fi, quel esprit caustique ! Et de la part d'un homme d'Eglise, qui plus est. Tss, tss, tss…

J'englobe le *diner* d'un regard circulaire : plutôt bien rempli, vu qu'il pleut à verse et que les gens adorent prendre leur petit déjeuner au restaurant quand il pleut.

— Ma quête est provisoirement suspendue, mon père. Alors, qu'est-ce que je vous sers, ce matin ?
— Je pense que je vais me laisser tenter par la promo du jour. Ça m'a l'air tout à fait exquis !

La promo du jour : du pain perdu à base de pain aux amandes maison, imbibé d'un sirop de sucre à la pêche. C'est délicieux et, surtout, c'est une recette originale… Si seulement je réussissais à attirer un critique gastronomique jusqu'ici, je suis certaine qu'il ou elle s'en lécherait les doigts.

— C'est comme si c'était fait, mon père. Et, avec ça, vous prendrez du bacon ?

Il sourit.

— Vous me connaissez bien.
— Mmm… oui, et je sais aussi que vous feriez mieux de surveiller votre taux de cholestérol.

— Vous êtes une amie inestimable, me dit-il en levant les yeux vers moi, et, à ma grande surprise, il me prend la main pour la tapoter affectueusement.

Bien que je tienne une cafetière dans mon autre main et que le père Tim porte son habit de prêtre, notre petit tableau a quelque chose de très… *demande en mariage*. L'espace d'une seconde, je suis rattrapée par le sentiment d'évidence et de désir que j'éprouve toujours avec lui et je sens mon visage s'embraser.

— Bon, dis-je. Je reviens tout de suite.

Pour dissimuler mon embarras, je jette un coup d'œil par la fenêtre et là je me fige sur place. Malone se tient devant le Joe's, en compagnie d'une femme. D'une *belle* femme. Jeune, superbe, le genre canon. Elle rit, et Malone sourit. Il *sourit* ! Une casquette de base-ball protège son visage de la pluie, de sorte que je distingue mal son expression, mais oui, il s'agit bel et bien d'un sourire…

Le père Tim me lâche la main et, machinalement, je lui souris. Lorsque je lève de nouveau les yeux, Malone me regarde fixement ; le sourire a déserté son visage, dont les rides, qui le sillonnent durement, sont creusées par l'éclairage intérieur du *diner*. Serait-il fâché ? Il dit quelques mots à Miss Monde, puis, sans même un signe de la main à mon adresse, ils poursuivent leur chemin.

*Non mais, franchement, Malone, c'est quoi ton problème ?*

J'ai le visage en feu et je me sens subitement crasseuse et moche dans mon jean râpé et mon pull taché de café au poignet gauche.

*Après tout, quelle importance ?*

Il faut pourtant croire qu'il y en a une, puisque j'ai le cœur gros.

— Ah, Louise, mon petit cœur ! lance le père Tim, venez donc tenir compagnie à un pauvre prêtre solitaire.

Louise, une veuve d'âge mûr, se débat avec son parapluie sur le pas de la porte.

— Je reviens dans une seconde, mon père, dis-je alors que la sonnette de la cuisine retentit.

Je me remets au travail : j'apporte leur petit déjeuner au père Tim et à Louise ; je papote avec Georgie ; j'échange quelques expressions typiques de jargon de *diner* avec Stuart ; je débarrasse les tables ; j'essuie les boissons répandues... Rien n'y fait, Malone continue d'occuper toutes mes pensées. Qui était cette femme avec lui ? Je ne l'avais encore jamais vue à Gideon's Cove... et franchement je n'ai aucune envie de la revoir !

Je ne peux pas dire que c'est la première fois que je vois Malone en compagnie d'une femme, bien qu'assurément il n'ait pas eu de compagnie féminine depuis que sa femme l'a quitté, il y a de ça des années. Il n'empêche. Le voir souriant à cette jeune et belle créature... ça fait mal... Voilà trois jours, maintenant, que je ne l'ai pas vu. Durant ce laps de temps, il ne m'a pas une seule fois appelée, il n'est pas une seule fois passé me voir. Pas une seule ! J'en suis donc réduite à penser qu'en effet la relation que nous entretenons est d'ordre purement physique.

Ce qui me conduit à reconnaître que je suis en proie à une certaine contradiction intérieure : il ne me paraît en effet pas convenable d'éprouver des réactions physiques d'une telle intensité pour un homme dont je ne connais même pas le prénom. Les paroles de ma mère continuent de résonner à mes oreilles :

« Quand vas-tu te décider à trouver un homme épousable ? Pourquoi ne peux-tu te mettre en ménage avec quelqu'un comme Will ? »

J'ai beau lui affirmer que *justement* je m'y emploie, mes protestations tombent dans l'oreille d'une sourde. Hélas, tous mes efforts restent vains et, ainsi que ma mère ne cesse de me le rappeler impitoyablement, les années passent. Mais qu'est-ce qu'elle croit ? Evidemment que j'adorerais me marier avec un homme tel que Will ! Un homme qui m'estimerait délicieuse et qui aurait hâte de rentrer le soir pour me retrouver, un homme qui aimerait les enfants et voudrait en avoir deux.

Mais Malone n'est pas ce genre d'homme. Il parade dans les rues avec une Catherine Zeta-Jones à ses débuts pendue à son bras et, s'il me trouve délicieuse, c'est seulement au lit. Le seul moment que nous avons passé ensemble sans nous jeter l'un sur l'autre, c'est la fois où il m'a sauvée de l'Abominable Skip. Inutile de dire que, ce soir-là, ce n'était pas la fête à Trifouilly-les-Oies. Il n'y a eu ni échanges enjoués, ni rires — rien qu'une espèce d'attirance primaire entre mâle et femelle. Mais ça ne suffit pas, pour moi en tout cas. Surtout s'il est primairement attiré par plus d'une femelle à la fois !

Le père Tim a raison : on ne devrait pas se précipiter au lit avec des gens qu'on connaît mal. Parce que voilà ce qui se passe : on se ridiculise avec quelqu'un qui se fout pas mal de votre personne, mais ensuite il faut continuer à vivre dans la même ville.

*Non, ça ne suffit pas*, je me répète en remplissant des mugs de café et en apportant des plateaux de petits déjeuners. *J'attends plus que ça. Bien plus...*


Chantal m'appelle un jour ou deux plus tard. Nous souffrons toutes deux à des degrés divers d'un sentiment de déprime claustrophobe induite par trois jours de pluie ininterrompue. Et Malone qui ne m'a pas téléphoné... Le salaud ! Sauf que je ne veux pas qu'il m'appelle. C'est vrai, j'avais oublié...

— Volontiers, dis-je, j'ai très envie de mettre le nez dehors.

Nous convenons donc de nous retrouver chez Dewey, histoire de boire quelques verres. Connaissant ma faible tolérance à l'alcool, j'opte pour y aller à pied, bien qu'il continue à pleuvoir à un rythme régulier.

J'ai décidé que mon aventure avec Malone n'a été générée,

au fond, que par une trop longue privation de contacts humains autres que ceux des membres de ma famille. Ce qui est rigoureusement exact, si l'on excepte papa, Jonah et Will... Malone est bien le seul mâle à m'avoir touchée depuis des mois, avec Georgie et Colonel. Si mon abstinence sexuelle avait dû se prolonger, il est probable que j'aurais fini par coucher avec l'octogénaire cul-de-jatte.

— Salut, Dewey ! dis-je en entrant, tout en suspendant mon ciré.

— Salut, Maggie !

D'autorité, il me sert un verre de vin et me l'apporte à la table où Chantal et moi avons nos habitudes.

— Notre mignonne petite Chantal doit te retrouver ici ?

— Chantal n'est pas mignonne, Dewey, dis-je en prenant mon verre. C'est une vraie peau de vache.

— Je suis bien placé pour le savoir, soupire-t-il.

Mon rire sonne entre amusement et irritation. C'est vrai, quoi ! Pourquoi faut-il que tous les hommes du coin âgés de moins de cent deux ans craquent pour Chantal ? Suis-je donc condamnée à jouer éternellement les filles de substitution ?

La tentatrice aux cheveux roux fait bientôt son entrée d'un pas chaloupé, le corsage largement échancré, au cas où quelqu'un aurait oublié à quel point la nature s'est montrée généreuse envers elle.

— Salut, Paul, dit-elle en se frottant à lui au passage, comme si nous étions coincés dans une rame de métro bondée et non dans un pub presque vide. Tu veux bien m'apporter un martini ? Et puis non, finalement, je prendrai plutôt un cosmo, d'accord ? Mon amie et moi ne nous sommes pas vues depuis une éternité...

— On peut dire que tu as le coup avec les hommes, dis-je sèchement, tandis que Paul se rue vers le bar pour exécuter ses ordres.

— Oh ! Ça, c'est que dalle, réplique-t-elle en battant des cils. Bon sang, cette pluie ! Ce temps me tape sur le système ! Alors, Maggie, raconte-moi ce qui t'arrive de beau ?

Je me creuse les méninges à la recherche d'une nouvelle à lui apprendre. Sans résultat.

— Pas grand-chose. Et toi ?

— Eh bien, moi, roucoule-t-elle, j'ai pris un pied monumental l'autre nuit !

A deux doigts de rétorquer « Eh bien, moi aussi ! », je me gourmande aussitôt.

*Ce n'était qu'une aventure, Maggie ! Tu te souviens ? Alors arrête de penser à lui.*

— Ah... Bon... Eh bien, tant mieux. Bravo.

— Et devine avec qui ?

Elle se penche en avant, ses beaux yeux sombres brillant d'un éclat polisson.

J'éprouve aussitôt une drôle d'oppression dans la poitrine, un peu comme si j'avais avalé une pierre.

— Je... je ne sais pas, Chantal. Avec qui ?

— Devine !

— Malone ? dis-je, la gorge serrée.

Elle se rencogne contre la banquette.

— Malone ? Non. Pas avec Malone.

*Merci, mon Dieu !*

Je laisse échapper une longue exhalaison.

— Euh... Dewey ?

Elle se met à rire.

— Non, pas Dewey. Avec lui, c'était juste une fois en passant, il y a deux ans, avant qu'il ne prenne tout ce poids.

Elle pianote impatiemment sur la table.

— Alors, d'autres propositions ?

— T'as pas intérêt à ce que ce soit Jonah !

— Non, non, non, il ne s'agit pas de ton précieux petit frère. Décidément, Maggie, tu es nulle pour les devinettes... Il s'agit de Mickey Tatum...

— Le capitaine des pompiers ?

— Mmm-hmm. Tu sais ce qu'on raconte sur les

pompiers ? ajoute-t-elle avec un sourire narquois. Eh bien, c'est vrai.

Je détourne la tête.

— Pour tout te dire, Chantal, je ne sais pas ce qu'on raconte sur eux.

— Devine...

— On pourrait arrêter de jouer aux devinettes ? Puisque je te dis que je ne sais pas.

— Allez..., m'implore-t-elle. Devine !

Paul lui apporte son cocktail, louche sur la généreuse échancrure en dentelle de son corsage, lui serre l'épaule affectueusement et repart. Un sourire aux lèvres, Chantal me regarde, attendant une réponse.

Résignée, je lance à tout hasard :

— Les pompiers sont plus chauds lapins que les autres ?

— Non, ma cocotte.

— Euh... les pompiers ont une lance d'incendie plus longue ?

— Non. Même si ça semble être le cas.

Elle boit une gorgée de son breuvage.

— Allez, continue à chercher.

— Je n'en ai aucune idée, Chantal. Je t'en prie, arrête de me faire deviner.

— Bon, d'accord. Ils savent se servir d'un escabeau à roulettes.

Sur ce, elle éclate d'un rire joyeux.

— Je ne... je ne comprends pas ce que ça veut dire, dis-je, riant malgré moi. Mais je t'en prie, ne me l'explique pas !

— Bon, très bien. N'empêche que j'ai rejoint la caserne des pompiers en tant que bénévole... Tu peux donc saluer la toute dernière recrue des plus valeureux citoyens de Gideon's Cove.

Là-dessus, elle se lance dans un récit bien trop détaillé à mon goût de sa nuit avec Mickey Tatum qui, entre parenthèses, doit afficher au bas mot soixante ans au compteur. En outre, son compte rendu me met plutôt mal à l'aise, vu que Mickey Tatum était mon prof de catéchisme, l'année de ma confirmation. Mais ce qui est certain, c'est qu'avec Chantal on ne s'ennuie jamais !

Le bar se remplit peu à peu. Entre Jonah, qui me salue de la main, mais il est en compagnie d'une jolie jeune femme, et je comprends qu'il ne veut pas être embêté par sa grande sœur, ce soir. Certains de ses copains sont également présents : Stevie et Ray, le copropriétaire du homardier de mon frère. Des habitués.

Chantal et moi sommes en train de discuter d'un film que nous avons toutes les deux envie de voir, lorsque Malone franchit le seuil du pub, seul. Pas de Catherine Zeta-Jones en vue. Tant mieux... Il suspend son manteau, puis jette un coup d'œil autour de lui, m'aperçoit et me salue d'un bref signe du menton. Mon sourire se fige. C'est tout ? Juste un signe du menton ?

— Tiens, Malone vient d'arriver, me signale Chantal.

Depuis le début de la soirée, elle pointe un à un tous les hommes qui entrent dans le pub.

— Allons lui proposer de s'asseoir à notre table.

Elle s'extrait du box.

— Non ! Non ! Hé, Chantal ! Arrête, laisse tomber ! On va se passer une bonne petite soirée entre filles, d'accord ?

Mais elle est déjà au niveau du bar. Elle glisse sa main dans le dos de Malone et lui dit quelques mots. Je feins de fouiller dans mon sac à la recherche de quelque chose, priant pour que Malone n'aille pas s'imaginer que c'est moi qui l'ai envoyée le chercher. Oh ! non ! Malone lui sourit — vaguement, en tout cas —, et soudain j'ai envie qu'il me sourie à moi, pensée honteuse aussitôt chassée par le dégoût que j'ai de moi-même.

*C'est le type qui t'a ignorée après avoir couché avec toi, Maggie, tu te souviens ? Le type qui a peut-être aussi couché avec une fille plus jeune et plus jolie que toi. Alors, ignore-le en retour. Ne dis rien.*

— Ça te dérange pas si Malone se joint à nous ? me

demande Chantal en se glissant de nouveau sur la banquette, aussi souple et agile qu'un serpent.

Malone prend place à côté d'elle, l'air lugubre et les traits marqués — normal, quoi…

— Bien sûr que non, dis-je. Ça m'est égal. Assieds-toi où tu veux, Malone. D'ailleurs, tu peux t'asseoir n'importe où, pas vrai? On est en démocratie.

— Dis donc, Malone, murmure Chantal avec sa voix de séductrice, un timbre plus grave et plus sexy qu'elle réserve aux porteurs de chromosomes XY. Avec Maggie, on parlait justement de toi, l'autre jour…

Que le diable emporte cette fille! Elle se tourne alors vers lui pour lui présenter une vue imprenable sur ses seins, mais c'est moi qu'il regarde. Ma mâchoire se contracte, et je bois une longue gorgée de vin. Il incline légèrement la tête sur le côté, et il se peut qu'un infime mouvement relève un coin de sa bouche. Sous la table, son genou frôle le mien; immédiatement, un picotement de désir remonte le long de ma cuisse.

Chantal pose la main sur son biceps et j'ai, moi aussi, l'impression de le toucher, ce muscle robuste, galbé, dur comme du bois…

— Figure-toi que Maggie se demandait si tu étais homo.

— Seigneur! Chantal! Mais jamais de la vie!

Je regarde Malone. Son ombre de sourire s'est évanouie.

— C'est faux, lui dis-je, je t'assure.

Mais Chantal revient à la charge.

— Alors, tu es gay? En tout cas, tu n'as pas l'air d'aimer les filles. Parce que, pour que tu ne nous aies pas remarquées, Maggie et *moi*…

Je tente de me composer une expression qui masque ma honte et reflète mon indignation. Inutile de dire que j'échoue lamentablement.

— Alors, insiste Chantal, tu es gay, oui ou non?

Malone se décide enfin à ouvrir la bouche, décision qui lui coûte beaucoup, visiblement.

— Non.
— Mais tu n'aimes pas les femmes ?

J'ordonne mentalement à Chantal de la boucler. En vain.

— Serais-tu par hasard asexuel, Malone ?

La vision de Malone couché sur moi me traverse alors l'esprit. A mon humble avis, le suçon qui commence à s'estomper sous ma clavicule est en mesure de prouver que Malone n'est pas précisément asexuel. A cette pensée, mes genoux se mettent à trembler. Je reprends une gorgée de vin.

— Non plus. Certaines femmes me plaisent, lâche-t-il, les yeux toujours fixés sur moi.

Mais, à en juger par son regard glacial, mon nom vient manifestement d'être rayé de sa liste. A mon grand écœurement, j'ai les joues en feu. Chantal, elle, est trop occupée à projeter sa poitrine aux allures de proue de navire dans l'épaule de Malone pour remarquer mon embarras.

— Ma foi, dommage que Maggie et moi ne soyons pas ton genre, conclut-elle avec une moue boudeuse.

Malone acquiesce :

— Dommage, oui.

Il se tourne alors vers elle, baissant les yeux sur ses appas.

A cet instant, on peut presque dire que je le déteste. Disons que je les déteste *tous les deux*. On peut même supprimer le mot « presque ». Je vide mon verre d'un trait et détourne le regard. Si Malone cherche à me dévaloriser, c'est réussi.

A cet instant, une exclamation s'élève du bar, une exclamation fort bienvenue, du reste.

— Père Tim !

Voilà l'arrivée de la cavalerie ! Magnifique ! Le père Tim serre des mains, distribue quelques tapes dans le dos, puis m'aperçoit et, Dieu bénisse son cher cœur irlandais, son visage s'illumine. Tandis qu'il se fraie un passage dans le bar désormais bondé, je ne puis m'empêcher de me laisser envahir par une onde de fierté. Parmi tous ces gens présents, il a choisi de s'asseoir à *ma* table !

— Maggie, comment allez-vous, mon petit cœur ? me demande-t-il d'un ton enjoué. Et Chantal est là aussi, quelle aubaine !

Il est en civil, ce soir : il arbore un pull magnifique — tricoté par sa sainte mère, sans doute — et un jean. Mais oui, un jean… Ça lui donne un look catho baroudeur très réussi. Je lui souris béatement et me pousse pour qu'il ait juste assez de place pour s'asseoir. J'espère que ma tactique n'a pas échappé à Malone. Je lui lance un coup d'œil. *Yes !* Il a remarqué et illumine d'une clarté nouvelle la locution « expression orageuse ». Mon sourire s'élargit de plus belle.

— Bonsoir à vous ! dit alors le père Tim à Malone. Je ne pense pas avoir le plaisir de vous connaître. Tim O'Halloran. *Père* Tim, précise-t-il en me gratifiant d'un clin d'œil complice.

Puis il lui tend la main.

— Malone.

Le Grand Brun Ténébreux serre la main du père Radieux.

— Malone… Voilà un beau patronyme irlandais ! S'agit-il de votre nom de famille ou de votre prénom ?

*Tu vois, Malone ? C'est comme ça que les gens se parlent. Prends-en donc de la graine.*

— C'est mon nom, maugrée-t-il.

— Et votre prénom ? Pardonnez-moi, mais je ne l'ai pas bien saisi.

Chantal intervient alors :

— Il ne s'en sert pas, mon père. Ça fait partie de la légende locale. Malone figure aux archives fiscales sous la simple appellation de M. Malone.

— Ma foi, c'est parfait ! Etes-vous irlandais, Malone ?

— Non.

Pour l'amour du ciel, il pourrait quand même faire un petit effort !

Désireuse de rompre ce silence embarrassant, je lance :

— Comment allez-vous, mon père ? Voulez-vous prendre une bière ?

Paul Dewey se matérialise à nos côtés.

— Hum, je suis d'avis que la météo exige quelque chose de plus raide, répond le père Tim.

Chantal hausse les sourcils à mon adresse. « Quelque chose de plus raide », articule-t-elle silencieusement. Je serre les dents. Par chance, le père Tim n'a rien vu de ses mimiques.

— Je prendrais volontiers un whisky irlandais, si vous avez ça en réserve, mon brave Dewey.

Malone regarde fixement la table, qui parvient on ne sait par quel miracle à ne pas se transformer en une flaque de goudron noir. Soudain, il lève les yeux vers moi et je me tourne aussitôt vers le père Tim.

— Alors, mon père, comment se sont passées ces obsèques à Milbridge ?

— Ah, ce fut une triste affaire, Maggie, oui, une bien triste affaire… Je vous remercie de votre sollicitude. Vous êtes très bonne.

Je hoche la tête avec compassion et coule un regard satisfait en direction de Malone.

Chantal écarquille quant à elle ses yeux de biche.

— Vous m'avez été d'un immense réconfort, l'autre soir, mon père. Lors de la séance de soutien aux endeuillés, m'explique-t-elle.

Malone lui jette un regard surpris.

— J'ai perdu mon mari il y a quelque temps, lui rappelle-t-elle. Et ce cher père Tim m'est d'un très grand soutien dans cette épreuve.

— Je suis vraiment très content de l'apprendre, Chantal, murmure le père Tim.

Je me mords la lèvre. Soutien, mon œil, oui ! Je sais — et Chantal sait que je sais — qu'elle ne participe à ce groupe de parole qu'à dessein de voyeurisme. Elle me lance un regard assorti d'un sourire suffisant. Entre-temps, Dewey a apporté son verre de whisky au père Tim, qui s'en octroie une bonne lampée.

— C'est ce qui s'impose pour un soir comme celui-ci, affirme-t-il d'un ton appréciateur, s'en accordant une deuxième gorgée. Alors... Malone... c'est ça ? Malone, que faites-vous dans la vie ?

Le père Tim le gratifie de son lumineux sourire, et je me surprends à lui sourire niaisement en retour.

— Pêcheur de homards, répond laconiquement Malone.

— Ah, beau métier s'il en est ! Et vous avez une femme, des enfants ?

— Une fille.

— Vous êtes donc marié ?

— Divorcé.

— Oh ! quel gâchis, n'est-ce pas ?

Le père Tim se laisse aller contre le dossier de la banquette, son bras pressé contre le mien.

— Un terrible gâchis pour les enfants... Un tel événement chamboule tout leur univers, n'est-il pas vrai ?

La bouche de Malone disparaît rapidement pour ne plus former qu'un trait fin, et sa mâchoire semble prête à exploser. Il ne répond pas.

Le père Tim se tourne vers moi.

— Dites-moi, Maggie, et ces lasagnes aux fruits de mer, alors ? Elles ont eu du succès, hier soir ?

De nouveau, je lance un coup d'œil en direction de Malone, dans l'espoir de lui faire comprendre qu'il y a certaines personnes ici qui s'intéressent à autre chose qu'à mon anatomie.

— Elles étaient vraiment succulentes, mon père. Merci de me poser la question. Il m'en est resté une part, mais je l'ai apportée à Mme Kandinsky. La prochaine fois, je ne manquerai pas de vous en mettre une portion de côté, c'est promis !

— Ah, c'est bien, vous êtes une fille généreuse !

Il me sourit, et une agaçante mèche de cheveux lui retombe adorablement sur le front. Je dois prendre sur moi pour ne pas la lui ramener en arrière.

— Alors, Maggie, comment connaissez-vous Malone ?

Je regarde longuement le Malone en question.

*Je le connais bibliquement, mon père...*

— Son bateau mouille à côté de celui de Jonah.

Malone soutient mon regard sans ciller.

— Et... est-il au courant de notre petite affaire ? murmure le père Tim.

— Quelle affaire ?

— Eh bien, Maggie, que vous cherchez un brave garçon à épouser ?

Oh ! non... Avec un peu de chance, Malone n'aura pas saisi cette dernière phrase. Cependant, son air renfrogné me dit le contraire. Il a l'ouïe fine, ce Malone.

— Mon cher père, déclare alors Chantal, je me demande bien par quels moyens une pauvre veuve comme moi ou une brave fille comme Maggie pourraient faire de nouvelles rencontres... Parce qu'entre nous soit dit — entre nous quatre, précise-t-elle après coup en se penchant vers lui, ses seins réclamant à cor et à cri qu'on les libère — nous autres femmes avons certains besoins... Certains désirs... Et c'est tellement difficile de rencontrer quelqu'un de bien ! Ce que je veux dire c'est que, trouver un type pour un soir c'est une chose, mais trouver un mari c'en est une autre... Pas vrai, Maggie ?

— Euh, je crois que je vais aller dire bonjour à Jonah, dis-je précipitamment, ignorant la terreur que je lis dans les yeux du père Tim. Je ne l'ai pas vu, aujourd'hui. Je vais juste lui faire un petit coucou. Voir s'il va bien. S'il a besoin de quoi que ce soit.

Je vole littéralement à l'autre bout de la salle pour retrouver mon frère. Peine perdue : Malone me rattrape.

— Maggie... Ecoute...

Sa voix est très basse, c'est tout juste un lointain

grondement de tonnerre, à peine audible. Il laisse passer quelques secondes avant de lâcher :

— J'ai eu la visite de ma fille.

— Mais il n'y a pas de problème ! Tu as le droit de faire ce que tu veux. De voir qui tu... Hein, quoi, qu'est-ce que tu as dit ?

— Ma fille. Emory... Elle est passée me voir pendant les vacances d'avril.

— Ce... c'était ta fille ?

La femme que j'ai vue avec lui devait avoir dans les vingt-trois, vingt-quatre ans au moins.

— Oui.

Je lui demande sèchement :

— Quel âge a-t-elle ?

A cet instant, Bob Castellano me bouscule pour passer et me donne une petite tape sur l'épaule en guise d'excuse.

— Dix-sept ans, répond Malone en haussant un sourcil noir.

— Dix-sept ans ? Ta fille a dix-sept ans ?

Sa figure se rembrunit encore.

— Oui. Pourquoi ?

— Eh bien, mais... quel âge as-tu ?

Mon visage flambe douloureusement.

— Trente-six ans.

Je fais mes calculs... Il avait donc dix-neuf ans à la naissance de sa fille. Hum. Bon, d'accord... Ça colle, je suppose, au vu du peu que je connais de lui.

— Pourquoi ? Tu as cru que c'était qui ?

Il me faut une seconde pour m'apercevoir qu'il m'a percée à jour. Je risque un regard dans sa direction, ce que je regrette aussitôt.

— Euh, écoute, Malone... Je crois que je vais aller dire un petit coucou... à mon frère.

Je fais un signe en direction de Jonah, qui est en train de rouler une pelle à la jolie fille avec qui il est arrivé.

— Euh, non, finalement, je crois plutôt que je vais aller au petit coin...

Sur ce, je m'enfuis.

A l'abri des toilettes, je m'appuie contre le lavabo et m'exerce à prendre quelques inspirations purificatrices. Bonté divine, quel méli-mélo d'émotions là-dedans ! Une vraie Cocotte-Minute ! Pas étonnant que mes mains tremblent. Je suis furieuse, frustrée, excitée (soyons franche), irritée et malade de culpabilité. J'ai le visage en feu, les cheveux aplatis par l'humidité. Pourquoi Chantal ressemble-t-elle en toutes circonstances à un abricot emperlé de rosée alors que moi, j'ai l'air d'un rat noyé ? Je mouille quelques serviettes en papier que je m'applique sur les joues.

Malone aurait pu m'épargner quelques angoisses, quand même ! « Ma fille est ici en ce moment, Maggie, et je ne vais pas avoir beaucoup de temps à moi. » C'est pourtant pas compliqué à dire, au téléphone ! Mais non. Notre relation n'est pas de cet ordre-là. D'ailleurs, notre relation n'en est pas une, puisqu'il n'est même pas capable de décrocher son téléphone pour me dire un truc aussi simple que : « Catherine Zeta-Jones *est* ma fille. » !

Une petite voix s'insinue dans ma tête : m'a-t-il d'ailleurs dit la vérité à propos de cette fille ? Car, réflexion faite, je n'ai vu aucune photo de cette belle jeune femme durant le bref laps de temps que j'ai passé chez lui... Non, aucune, rien que des photos représentant une fillette. Pas une adolescente de dix-sept ans. Et, franchement, la femme que j'ai vue la semaine dernière m'a parue bien plus âgée que ça.

Enfin... S'il dit qu'elle est sa fille, c'est que ça doit être vrai... Après tout, dans une ville aussi petite que Gideon's Cove, il serait suicidaire de raconter un mensonge aussi énorme. Non, la véritable question qui se pose, c'est : est-ce vraiment très important, tout ça ? Car Emory — sympa comme prénom, entre parenthèses — n'a rien à voir avec l'absence de communication qui caractérise les rapports entre son paternel et moi. Aux yeux de Malone, je ne suis qu'un plan cul. Point.

Si seulement je pouvais faire fusionner le père Tim et Malone en un seul homme ! Le sex-appeal et le statut de célibataire de l'un, plus tout le reste de l'autre... Enfin, je prendrais peut-être quelques bricoles de plus du côté de Malone. Le fait qu'il soit dur à la tâche, par exemple. Non que le père Tim soit un fainéant, loin de moi cette pensée, mais Malone est le genre de type qui sait tout faire. Réparer la voiture et ce genre de trucs... Alors que dans ce domaine le père Tim est totalement démuni. Et puis Malone est... Zut, je ne sais pas grand-chose de ce qu'il est, n'est-ce pas ? Je sais juste qu'il me fait de l'effet.

A ma sortie des toilettes, je constate que notre petit groupe est sur le point de se séparer. Chantal s'extrait en gigotant du box, veillant à ce que tout le monde profite de sa splendide croupe, tandis qu'elle lisse son jean moulant du plat de la main. Malone lui tend son manteau.

— Merci, Malone chéri... Maggie, le père Tim me raccompagne chez moi. Je crois que j'ai trop bu, me dit-elle en fausse confidence.

Je soupire.

— Je vois...

Question alcool, Chantal pourrait tenir tête à toute une caserne de pompiers.

— Voulez-vous que je vous dépose aussi, Maggie ? me propose le père Tim — me supplie devrais-je dire. Cette pluie est très déplaisante quand on marche.

Son regard m'implore... Je suis sûre qu'il existe des lois interdisant aux prêtres de reconduire des femmes seules chez elles : même un castrat aurait besoin d'un chaperon si on le laissait seul avec Chantal.

Je jette un coup d'œil par la vitre du pub, trop embuée pour m'offrir une réelle vue de l'extérieur. Malone va-t-il me proposer de me ramener, en guise de calumet de la paix ? Pour s'excuser de ne pas m'avoir appelée, de ne pas m'avoir dit que sa fille lui avait pris tout son temps, la semaine dernière ?

Mais non, il n'ouvre pas la bouche. Il se contente de rester planté à me regarder, et bien malin qui pourrait dire ce qui se passe dans sa tête.

— J'accepte très volontiers, mon père. C'est très gentil à vous. Très attentionné. Je vous remercie.

Au cas où Malone n'aurait pas compris le message, je me tourne vers lui.

— C'est toujours un plaisir de te voir, Malone.

— Maggie, dit-il en me gratifiant de son petit signe de tête.

Et sur ce salut lapidaire, il retourne au bar d'où Chantal l'a tiré, un peu plus tôt dans la soirée.

Quatre minutes plus tard, je suis chez moi, en train de regarder le père Tim repartir en direction de la maison de Chantal. La veinarde ! Elle habite à vingt minutes de la ville, elle. Vingt minutes de rab en compagnie du père Tim, à bavarder, rire, rouler sous la pluie battante. Pauvre père Tim... Enfin ! On doit certainement enseigner aux prêtres la manière de gérer ce genre de situation, au séminaire.

La solitude fait résonner en moi son habituelle note discordante. C'est une heure raisonnable pour aller au lit, mais j'ai l'impression que la nuit s'étire devant moi, interminable. Sentiment si vif que je vais même jusqu'à souhaiter — oh, très brièvement ! — que Malone me passe un coup de téléphone.

— Qu'est-ce que tu veux, dis-je en remplissant le bol d'eau de Colonel, on ne peut pas gagner à tous les coups, pas vrai, mon chien ?

Mon chien ne répond pas.

# 14

Quelques jours plus tard, je commets l'erreur d'aller voir mes parents. Ma mère ne s'est pas changée en rentrant du cabinet de Will ; elle porte encore son petit uniforme de secrétaire médicale, une blouse décorée de motifs aux couleurs vives — des chiens, des chats, des fleurs, des visages souriants —, pour quelle raison, nous n'en savons rien. Elle déteste les gens malades et évite si possible de s'approcher d'eux, préférant passer ses journées à batailler avec des compagnies d'assurances au téléphone, pour émerger de son casque, le visage rayonnant, après quelque âpre victoire.

— Salut, maman !

— Ah, Maggie, dit-elle en faisant claquer la porte d'un placard. Qu'est-ce qui t'arrive encore ?

Son entrée en matière me laisse pantoise.

— Euh, rien... Je me suis juste dit que j'allais passer vous voir...

— Est-ce que tu es réellement obligée d'emmener ce chien partout où tu vas ? Franchement, il ressemble au doudou que tu avais à trois ans.

Je la considère calmement et caresse la tête de Colonel.

— D'accord. Papa est là ?

— Pourquoi ? Tu as besoin de quelque chose ?

— Non, simplement c'est mon père, et je l'aime.

— Oh... Il est à la cave.

Papa possède un petit coin bien à lui au sous-sol, un

endroit où il se cache souvent de maman, feignant d'être occupé à une activité constructive. Il aime fabriquer des nichoirs à oiseaux, et le jardin regorge de ses créations miniatures de tous styles et de toutes couleurs possibles et imaginables : maison d'époque victorienne, cabane en rondins, abri creusé dans une coloquinte, habitat typique du Sud-Ouest américain, immeuble... Son coin contient des piles de tout petits morceaux de bois, une étagère à outils et six ou sept manuels traitant de nichoirs à oiseaux. Il possède aussi une provision de romans de Robert Ludlum et un minuscule poste de radio. « L'abri anti-aérien de papa », c'est le nom que nous lui avons donné.

— Salut, papa !

— Remonte vite avec ta mère, m'ordonne-t-il en m'embrassant. Elle se plaint toujours que tu ne viens ici que pour me voir.

— Aujourd'hui, elle me fait peur. Elle est d'une humeur de chien.

— Ne m'en parle pas ! Allons, Maggie, fais ce que je te dis...

Je le dévisage avec tendresse.

— Espèce de lâche...

Mais, docile, je lui obéis.

— Maman, tu veux du thé ? dis-je en branchant la bouilloire.

— Quand cesseras-tu de perdre ton temps dans ce *diner* ? me demande-t-elle sèchement en tirant brutalement une chaise sur laquelle elle se laisse tomber.

O.K., c'est confirmé : elle est dans un de ses mauvais jours. Un de ces jours « Gentille Christy, Vilaine Maggie ».

Je lui réponds, d'un ton résigné :

— Je ne pense pas perdre mon temps, maman. J'adore mon travail.

— Nous ne t'avons quand même pas fait faire des études supérieures pour que tu sois serveuse ! Ta sœur, elle au moins, a réussi à trouver une profession convenable. Pourquoi n'y parviens-tu pas ?

— D'accord...

Je m'assieds.

— Je te rappelle que je suis également *propriétaire* de ce *diner*. Ainsi que la gérante. Et le chef cuisinier.

— Mais ce n'est pas comme si tu l'avais acquis par toi-même ! Tu l'as simplement hérité de mon père. Et ce n'est qu'un *diner*, Margaret.

L'emploi de mon prénom m'indique que je me suis rendue coupable d'un acte particulièrement abominable. Si elle m'appelle Margaret Christine, alors je suis fichue.

— Ce n'est pas comme si tu avais fait une école de cuisine, poursuit-elle d'un ton aussi cassant et acéré que des éclats de verre. Tu te bornes à casser des œufs, à retourner des galettes de pommes de terre et à faire frire du bacon. Et puis regarde tes mains ! Tu sais pourtant bien qu'on juge les gens d'après leurs mains ! La main fait le moine, comme on dit.

Vraiment ? C'est ce qu'on dit ?

— En fait, c'est *l'habit*, maman. « L'habit fait le moine. Les gens nus ont peu ou pas d'influence sur la société. »

— Quoi ? Qu'est-ce que tu me chantes là ?

— C'est une citation de Mark Twain.

Elle me regarde d'un air vide.

— Je n'ai peut-être pas fait d'école culinaire, maman, mais je te signale qu'on mange extrêmement bien au Joe's. Tu le sais, d'ailleurs.

— Et après ? Tu vas quand même passer le reste de ta vie dans ce petit boui-boui graisseux ?

— Le Joe's n'est pas un petit boui-boui graisseux !

— Ça, c'est toi qui le dis !

— Qu'est-ce que tu as contre moi, aujourd'hui ? Je t'ai fait quelque chose ? Je suis simplement passée vous voir, papa et toi, et tu me tombes dessus à bras raccourcis !

— Tu ferais mieux de changer de vie, et vite ! Si tu

veux fonder une famille et donner un sens à ton existence, arrête de te cacher dans ton *diner*.

Je la considère avec attention. C'est le genre de sermons qu'elle m'a servis pendant toute ma jeunesse. Au lycée, c'était « Ne Fais pas une Fixation sur ce Garçon ». Bon, pour le coup, elle a eu raison... A la fac, c'était « Fais des Etudes qui te Mèneront Quelque Part ». Là encore, elle a eu raison, financièrement parlant... Bien que mon master de lettres me permette de citer les classiques avec plus de précision qu'elle, je reconnais qu'il n'a pas fait grand-chose pour l'avancement de ma carrière. Depuis, nous sommes passées à « Ce *diner* est une Impasse » et à ce que, personnellement, je préfère : « Tes Ovaires sont en Voie de Décrépitude. »

Ces sermons ont tendance à rebondir sur moi tels des grêlons sur le toit d'une voiture... Ils produisent de petits bruits métalliques sur mon revêtement extérieur, mais ne me causent jamais de réels dégâts. Je ne les apprécie pas pour autant, bien sûr. Mais aujourd'hui ma mère a l'air encore plus remontée que d'habitude.

— Pourquoi est-ce que tu détestes ce *diner*, maman ? C'était celui de ton père.

— Exactement !

— Et alors ? Maintenant, c'est une affaire de famille. Un bel endroit. Il se peut même que je remporte le titre du Meilleur Petit Déjeuner du comté de Washington. Je pensais que tu en serais plus ou moins heureuse.

— Ce concours idiot est parfaitement inutile ! Et en effet, oui, ce *diner* appartenait à mon père. Il y a travaillé sept jours sur sept pour m'envoyer à l'université, pour que je devienne quelqu'un, pas pour que ma propre fille y retourne, comme une étudiante qui a laissé tomber la fac sans diplôme ! Tu accordes à ton cuistot un salaire plus élevé que le tien ! Pourquoi, Maggie ?

— Parce qu'il a cinq enfants, maman, lui dis-je patiemment.

— Et alors ? S'il n'a pas suffisamment de jugeote pour utiliser des moyens contraceptifs…

— Bon. Ça suffit. Je m'en vais. Je t'adore, même si je ne sais pas très bien pourquoi.

Je me lève et ouvre la porte qui mène à la cave.

— Reste en bas, papa ! Tu n'es pas en sécurité, en haut. Je t'adore, espèce de grosse poule mouillée !

— Moi aussi, ma petite chérie !

— Je ne souhaite rien d'autre que ce que tu veux toi-même, Maggie, reprend ma mère avec un peu plus de tendresse dans la voix. Je veux que tu rencontres…

— Quelqu'un comme Will.

Je prononce les mots en même temps qu'elle.

— Je sais, maman. Et Will est vraiment un type formidable. Mais c'est ma sœur qui l'a eu, d'accord ? Dès le départ, tu lui destinais Christy. Ce n'est pas moi que tu avais choisie…

J'enfile mon manteau d'un mouvement brusque, les gestes pleins de colère.

— C'est vrai, je veux épouser quelqu'un de bien et avoir des enfants, mais si jamais ça ne devait pas se faire ça ne serait pas la fin du monde… Je serais la fille restée célibataire dont tout le monde rêve, si serviable ! Je ferais tes courses, ton lit, je te ferais manger ta bouillie à la petite cuillère. J'irais même jusqu'à t'administrer une légère surdose de morphine le moment venu, ça te va ? En fait, je serais assez tentée de te la filer dès maintenant… Bon, là faut que j'y aille.

J'ai beau me dire que tout ça m'est égal, mes mains serrent à mort le guidon de mon vélo sur le chemin du retour. Je pédale lentement et avec prudence afin que Colonel puisse rester à ma hauteur. Je me rends compte que mes yeux sont pleins de larmes. Ça doit être le vent.

Lorsque nous sommes de retour au Joe's, Colonel s'affale sur sa couche derrière la caisse et se met à bâiller.

Je m'accroupis pour le serrer dans mes bras, embrassant à maintes reprises ses belles bajoues blanches.

— Je t'aime, mon chiot. Je t'aime, mon grand copain.

Il me lèche tendrement, savourant les traces de sel sur mes joues.

— Salut, patronne! me lance Octavio. Belle journée, n'est-ce pas?

Judy s'approche de moi.

— Quatre bulletins de plus, Maggie, m'annonce-t-elle en pêchant quelques papiers au fond de la poche de son tablier. M'est avis qu'on va gagner, cette année.

Pour que Judy fasse montre d'optimisme — événement quasi biblique — c'est que l'état de mon moral se reflète sur ma figure…

Tandis que je mets la dernière main au nettoyage, je décide de faire un saut chez Christy. Mais, avant même que cette pensée ne se soit complètement formée dans mon esprit, ma sœur passe la tête par l'entrebâillement de la porte et j'entrevois la poussette de Violet juste derrière elle, sur le trottoir.

— Maggie? Ça te dit d'aller faire quelques emplettes avec moi?

— Bien sûr! Laisse-moi juste finir de récurer le gril.

Une fois mes corvées achevées, je me lave les mains, grimaçant à la vue de mes ongles. Toutefois, mes mains vont mieux. Les douloureuses crevasses au bout de mes doigts sont en voie de guérison. Il faut absolument que je découvre où Malone s'est procuré cette crème miraculeuse.

Ma sœur m'attend sur le trottoir.

— Alors, dis-moi, il paraît que tu gâches ta vie à trimer comme une esclave pour des clopinettes…

— Oui, j'avoue, c'est mon rêve depuis toujours. Je peux pousser Violet?

— Bien sûr.

L'excitation de compter de vraies jumelles parmi la population n'a jamais quitté les braves gens de Gideon's

Cove. Flanquées de Colonel, qui chemine à côté de nous tel un garde du corps, Christy et moi effectuons avec le même succès que toujours notre petite parade en ville — parade ou exhibition de phénomènes de foire, tout dépend du regard que l'on porte sur la chose. C'est la sortie de l'école, et plusieurs enfants se dirigent droit sur mon chien ; une seule fillette ravissante s'extasie sur Violet endormie. Deux dames de la paroisse s'arrêtent pour admirer la petite et conseiller à Christy de l'emmitoufler davantage.

— Merci, vous avez raison, je n'y manquerai pas, répond ma sœur tandis que nous continuons notre chemin. Bonté divine ! Elle porte un body, des collants, un sous-pull à col roulé, un pull en laine, un pantalon de velours côtelé, des chaussettes et un manteau. Pourquoi ne pas la faire cuire au court-bouillon, tant qu'on y est !

Mike, le coiffeur pour hommes, sort de son salon pour nous saluer et donne un biscuit à Colonel. De l'intérieur nous parvient un rugissement de rire… Il y a là la bande habituelle d'hommes d'un certain âge — Bob Castellano, Ben, Rolly — et, assez curieusement, notre père. De toute évidence, papa a quitté son abri anti-aérien pour s'offrir une petite virée avec les copains.

— Quel boute-en-train, votre père ! nous confie Mike avec affection. Il est vraiment tordant !

Christy et moi échangeons un regard perplexe. *Tordant* n'est pas le mot qui nous vient immédiatement à l'esprit quand on pense à notre père, si réservé, si soumis à l'autorité de son épouse. Mike retourne dans son salon, mais ma sœur et moi nous attardons une minute sans rien dire. Papa nous fait signe de la main en souriant et continue de divertir la galerie.

— C'est plutôt sympa de le voir avec des amis, déclare Christy.

Bizarre mais sympa, oui…

Nous entrons dans la petite parapharmacie pour y acheter des couches. Colonel nous attend à l'extérieur, patient, fidèle et immobile comme une statue. Etant donné que je suis séparée de mon chien et que c'est moi qui conduis la poussette, quelques personnes me prennent pour Christy, et je me garde bien de les détromper. Ma sœur sourit et feint de ne pas entendre, tandis qu'elle parcourt le rayon avec attention à la recherche de shampoing et de chocolat.

— Le bonjour à Will ! me dit Mme Grunion.

— Je n'y manquerai pas.

Nous sortons du magasin, et Christy me reprend la poussette. Je jette un coup d'œil à l'intérieur ; Violet commence à s'agiter.

— Coucou, ma dragée d'amour !

Elle me récompense d'un sourire qui se mue en bâillement. Ses joues sont toutes roses.

— C'est laquelle des deux ta tatie, hein ? Tu dis coucou à tatie Mags ?

— Ah-nou, me répond-elle gaiement.

— Je crois qu'elle a dit bonjour, dis-je à ma sœur.

Christy sourit.

— Alors, Mags, dis-moi un peu... Qu'est-ce qu'il y a exactement, entre Malone et toi ?

— Rien. Nous ne sommes pas... Je ne sais pas... Rien. C'était juste une aventure comme ça. C'est fini entre nous.

— Ah bon ?

Elle semble déçue.

— Pourtant, il n'a pas l'air du genre à courir les filles...

— Tu n'as qu'à lui poser la question. Le voilà, justement !

J'affiche un air faussement désinvolte, tandis que Malone sort du magasin de vins et spiritueux, un pack de bières sous le bras. Il pile net en nous voyant.

— Bonjour, Malone, lui dit aimablement Christy.

— Bonjour, fais-je en écho.

— Salut, Christy.

Son regard croise brièvement le mien.

— Maggie...

C'est presque étrange de le voir dans la journée. Il a tout

du vampire avec ses cheveux sombres et sa mine sinistre. Il porte un manteau en laine noir et un jean noir délavé, des bottes à semelles de caoutchouc. Mais les rides qui sillonnent son visage sont moins dures, et le vent s'amuse à lui ébouriffer les cheveux.

Il se penche pour regarder Violet.

— Coucou, là-dedans ! Il y a quelqu'un ?

Violet fourre un coin de sa couverture dans sa bouche et se met à la mâchonner en le contemplant d'un air solennel. Autour des yeux de Malone, les pattes-d'oie se creusent. Je détourne la tête, gênée de sentir mon coquin de cœur s'attendrir.

— Beau bébé, dit-il à ma sœur, qui sourit.

— Merci.

— Content de t'avoir vue, Maggie.

Il tourne les talons et s'éloigne.

Une fois qu'il est à bonne distance de nous, Christy me susurre à l'oreille :

— Tu as vu ? Il est encore amoureux de toi.

— Bon sang, Christy ! Tu parles comme une élève de quatrième !

— Et alors ?

— Et alors, rien. Il a lâché une poignée de paroles et il est parti. Je ne sais pas d'où tu sors qu'il est amoureux… Nous ne nous sommes pas reparlé depuis que nous avons couché ensemble. Enfin, à peine.

— Mmm-hm, peut-être. Mais, moi, je le sens.

Elle me regarde.

— Je t'assure ! Je le sens.

— D'accord, grand Svâmi. Merci pour ta contribution.

Je souris et lui tapote le bras. Quelle patience j'ai, aujourd'hui ! D'abord avec ma mère et maintenant avec ma sœur. De toute évidence, je mérite de déguster une bonne Ben & Jerry's ce soir, devant le match des Sox. Peut-être même le pot d'un demi-litre tout entier.

— Il te plaît ? insiste lourdement ma sœur.

Toute ma patience s'envole.

— Il me plaît *au lit*, Christy. D'accord ? Au lit, il assure un max. Sinon, c'est à peine si on échange trois mots. Voilà. D'autres questions ? Tu veux savoir s'il a des marques distinctives ou des tendances perverses ?

Je me rends compte que je suis en train de hurler en pleine rue.

Christy m'adresse un petit sourire amusé.

— Ma foi, puisque tu en parles...

— Il a un tatouage. Un tour de bras celtique. Qui lui prend tout le biceps.

— J'avoue que ses tendances perverses m'intéresseraient davantage...

Elle plisse les yeux avec un air d'expectative, et c'est plus fort que moi : j'éclate de rire.

# 15

Ce soir-là, je suis chez moi, en pyjama à 8 h 30, un énorme panier de linge à trier et repasser posé sur la table basse. Depuis ma période « Skip », je suis fan de base-ball et, comme c'est la loi dans l'Etat du Maine, je suis une inconditionnelle des Red Sox de Boston. Après avoir regardé avec une satisfaction pleine de suffisance le joueur désigné frapper un double dans le champ droit, je décide que j'ai bien mérité cette Ben & Jerry's.

Alors que je fourrage dans le congélateur, on frappe à ma porte.

— Sœurette, c'est moi, ton frangin préféré !
— Dimitri ?
— Ah ah... Mort de rire !
— Entre !
— La télé est HS à la caserne. On peut regarder le match des Sox chez toi ?
— Bien sûr. La télé est déjà allumée.

Le congélateur est bourré de restes du *diner* enveloppés dans du papier-alu, et je n'arrive pas à mettre la main sur cette fichue crème glacée.

— Euh, c'est qui, nous ?

Jonah passe la tête par l'encadrement de la porte.

— Juste moi et Stevie. Et puis Malone.

Je sors précipitamment la tête du congélateur.

— Malone ?
— Ouais, confirme Jonah en tournant la tête pour

apercevoir l'écran de la télé. Je l'ai vu sur le quai, alors je lui ai demandé s'il voulait venir.

Mon frère ne semble pas avoir conscience de la portée de ses actes mais, cela dit, il traverse la vie sans avoir conscience de grand-chose. Il me regarde en clignant les yeux comme un hibou. Je fais donc contre mauvaise fortune bon cœur.

— Pas de problème. O.K. Ça roule. Oui, oui… c'est d'accord.

La soudaine vision de ma pile de linge me fait foncer dans le séjour. Trop tard… Des sous-vêtements à divers stades d'usure jonchent la table basse.

— Il faudra que tu renouvelles ta lingerie, Mags, fait Stevie en raflant une petite culotte qui a connu autrefois des jours plus glorieux.

Ma main jaillit pour la lui reprendre, et je sens mon visage virer au rouge pivoine.

— On t'a relâché en liberté conditionnelle, à ce que je vois, Stevie.

— Tu pourrais mettre un string. J'aime bien les femmes en string…

Je lui arrache ma petite culotte.

— Comme si tu en avais déjà vu une !

Je fourre ma culotte tout au fond du panier à linge, en même temps que mes soutiens-gorge et mes T-shirts délavés.

— Salut, Malone, dis-je d'un ton que j'espère détaché.

— Maggie…

A côté de lui, les garçons ont l'air de ce qu'ils sont : des gamins. Malone ne sourit pas à proprement parler, mais il ne me fusille pas du regard, et ses yeux ne fuient pas les miens. Mon appartement me paraît plus riquiqui que jamais ; certes, c'est un tout petit appartement, mais la présence de trois hommes adultes le rend carrément microscopique.

— T'as de la bière, Maggie ? me demande Jonah. Des trucs à grignoter, peut-être ?

Je passe précipitamment un sweat.

— Oui, bien sûr, une minute !

Je me tourne vers Stevie, qui affiche près de cent trente-cinq kilos sur la balance et qui tente de se caser sur le sofa, près de Colonel.

— Non, ne le déplace pas, il est vieux. Assieds-toi par terre.

— A qui tu parles ? A ton chien ou à moi ?

— A toi, gros bêta. Une bière ?

— Oui, m'dame.

Il bat des cils en me regardant et s'allonge sur le sol, annexant ainsi approximativement la moitié de la surface de mon appartement.

Je retourne comme une flèche dans la cuisine et rouvre le congélateur, laissant l'air glacé me rafraîchir le visage.

*Du calme, Maggie... Il n'y a aucune raison de t'inquiéter. Malone est ici, ce n'est pas bien grave. Vois-le plutôt comme un des copains énervants de Jonah.*

— Un coup de main ?

Malone est appuyé dans l'encadrement qui sépare la cuisine du séjour. Il a ôté son manteau ; il porte une chemise de travail d'un bleu délavé. La couleur est assortie à ses yeux. Il est tellement séduisant, grand, anguleux et si fichtrement *mâle* que j'en suis vaguement étourdie. Je fais semblant de chercher quelque chose dans le congélateur.

— Pardon, qu'est-ce que tu as dit ?

— Un coup de main ?

Dans l'autre pièce, Stevie et Jonah poussent un hurlement de joie en se tapant dans les mains.

— Non, ça va, merci. Eh bien, dis donc, c'est une surprise ! Tu es un fan des Sox ? Enfin, je veux dire, tu l'es sans doute... J'imagine qu'on l'est tous, pas vrai, vu qu'on vit dans la nation des Red Sox et tout le...

— Pas vraiment, me coupe Malone en se rapprochant du congélateur où je continue de m'abîmer le regard. Ton frère m'a demandé si je voulais venir voir le match chez toi, et j'ai dit oui.

— Ah… Tiens, donc. Et, hum… comment ça se fait ?

Je m'engage encore un peu plus à l'intérieur du congélateur.

— J'avais envie de te voir.

— Ah…

Je lui lance un regard à la dérobée, et le petit sourire qui flotte sur ses lèvres me provoque un tiraillement de désir.

Je murmure :

— J'ai le téléphone, tu sais…

Sans réfléchir, je prends un glaçon et le presse sur mon front.

— Je n'aime pas parler au téléphone, me confesse-t-il alors d'une voix douce qui titille une zone sensible en moi.

Je parviens à articuler :

— Ah, tiens ? Comme c'est étonnant…

Il tend la main, caresse les petits cheveux sur ma nuque, et je me sens flageoler.

— Maggie ! crie Stevie depuis le séjour. T'oublies pas la bière, ma puce ?

— Donc, c'est pas un problème ? s'enquiert Malone.

— Qu'est-ce qui n'est pas un problème ? dis-je en jetant le glaçon dans l'évier.

— C'est pas un problème si je reste ?

Je le regarde droit dans les yeux. Des yeux que je commence à aimer, je dois dire. Je lui souris.

— Bien sûr que non !

Il me rend mon sourire, et mon cœur se serre follement parce qu'il a une incisive très légèrement ébréchée et que cette petite imperfection fait soudain de lui l'homme le plus adorable, le plus irrésistible que j'aie jamais vu… D'ailleurs, sans en avoir totalement conscience, j'ai noué mes bras autour de son cou. J'embrasse sa bouche avec avidité, me délectant du contact râpeux de sa barbe naissante, agrippant ses cheveux à pleines mains, enroulant presque mes jambes autour de lui.

Ses mains se glissent sous mon sweat. Elles sont si chaudes après l'air glacé du congélateur, et ses lèvres sont si fermes, si douces en même temps...

— Maggot ! braille mon frère. Elle vient cette bière ? Dépêche, t'es en train de louper un supermatch !

Avec un rire mal assuré, je me dégage de l'étreinte de Malone. Son regard est sombre, intense. Je déglutis péniblement en jetant un coup d'œil en direction du séjour.

— Ecoute, Malone... J'aimerais mieux que Jonah... hum... j'aimerais qu'il ne sache pas pour... pour nous, tu comprends ? D'accord ?

Il ouvre le réfrigérateur et en sort deux bières. Son visage a repris ses sillons habituels.

— Pas de problème.

Stevie et Jonah passent l'heure qui suit à m'ignorer totalement, à part pour me demander quelques bricoles à grignoter, ce que je leur apporte diligemment, trop contente d'avoir un prétexte pour détourner mon esprit du désir qui se tortille au creux de mon estomac. Malone daigne boire une bière, mais s'abstient de manger quoi que ce soit. Stevie monopolise la majeure partie de la surface au sol, et Jonah s'est accaparé le fauteuil club que j'ai déniché il y a trois ans à Bangor, lors d'une vente de liquidation de commerce. Malone et mon chien sont confortablement installés sur le sofa, Colonel la tête posée sur les genoux de Malone et laissant, de temps à autre, échapper un soupir de contentement.

Je plie discrètement mon linge, disposant mes sweats et mes jeans sur le dessus de la pile, histoire de dissimuler les éléments de ma garde-robe que je préfère cacher aux garçons. De temps en temps, je regarde Malone à la dérobée et, chaque fois, j'ai l'impression qu'il le sait. Je fais semblant de suivre le match, mais il m'intéresse si peu que les Sox pourraient tous s'être fait massacrer par un tueur fou que je ne m'en apercevrais pas, même si leurs cadavres éventrés jonchaient le terrain.

C'est Stevie, ce bon vieux Stevie que je connais depuis les bancs de la maternelle, qui se décide à mettre un peu d'animation dans la soirée.

— Dis donc, Maggie, lance-t-il paresseusement, les yeux rivés à l'écran de la télé, paraît que t'as fait une déclaration d'amour au père Tim, l'autre soir... A la soirée spaghettis.

Je m'étouffe avec ma bière ; la brûlure pétillante du liquide me remonte dans le nez. Stevie et Jonah partent d'un rugissement de rire. Malgré mes yeux pleins de larmes, je remarque que Malone ne partage pas leur hilarité.

Stevie revient à la charge.

— Ouais, alors, c'est quoi cette histoire, Mags ? Tu sors avec le père Tim ?

— Mais non ! dis-je d'une voix éraillée. Bien sûr que non ! N'importe quoi ! Je ne... Bonté divine !

Malone reste immobile ; il se contente de me fixer/ fusiller du regard, les yeux froids et coupants comme des éclats de glace.

— C'est pas ce que j'ai entendu dire... Tu l'as déjà embrassé, Mags ? Oh ! Les amoureu-eux ! Oh ! Les amoureu-eux !

— Bon sang, Stevie, qu'est-ce que tu peux être con ! dis-je d'une voix plus ferme. Je n'ai pas... il n'y a rien... c'est un prêtre ! Embrasser le père Tim ! Mais ça va pas ?

— Parce que, si tu es en manque à ce point-là, je peux toujours venir à ton secours, poupée. Te donner du bon temps, si tu vois ce que je veux dire...

— Jonah ! Tu veux bien lui filer une raclée ? Il parle de ta sœur, je te signale !

Je jette un autre coup d'œil nerveux en direction de Malone.

— Ta gueule, Stevie, lâche machinalement Jonah en se fourrant une poignée de pop-corn dans la bouche.

— Je ne sors pas avec le père Tim. Enfin, il est prêtre ! Et je ne suis pas en m… Oh ! Regardez ! Un autre *home run* !

Les Red Sox détournent l'attention volage de Stevie.

*Merci, mon Dieu !*

Mais Malone, lui, ne se laisse pas distraire. Il continue à me fixer, et les sillons qui courent entre ses sourcils et creusent le contour de sa bouche se sont durcis. Je hausse les épaules, l'air de dire : « Quel âne, ce Stevie ! », mais mon visage trahit mes pensées. Maudite peau claire !

A la coupure publicitaire suivante, Malone s'extrait de Colonel et du sofa.

— Merci, Maggie. Les gars, faut que j'y aille.

Stevie proteste :

— Mais le match n'est pas fini !

— Je me lève tôt, demain. A plus.

Il empoigne son manteau et ouvre la porte de l'appartement. J'esquisse le mouvement de le raccompagner, puis interromps mon élan.

— Salut, Malone. Ravie de t'avoir vu ! dis-je comme une idiote.

Il m'adresse un bref signe de tête et sort de l'appartement, puis ses pas résonnent pesamment dans l'escalier.

— Il est bizarre, ce mec, lâche Stevie en jetant un regard vers la porte.

— Bah, il est pas méchant, répond gentiment Jonah. Hé, Maggot, t'as d'autres bières ?

Vu que la chance ne me sourit pas vraiment ces temps-ci, les Devil Rays (les Devil Rays !) parviennent on ne sait comment à rattraper les Rex Sox au score, et le match s'engage dans les manches supplémentaires.

Quand les garçons quittent enfin l'appartement, repus de pop-corn, de bière et de tristesse, il est 11 heures passées.

A peine ont-ils franchi le pas de la porte que je me jette sur mon manteau, fourre mes pieds dans mes sabots en laine bouillie et appelle Colonel. Il ne me faut que quelques minutes pour arriver devant la maison de Malone.

A l'intérieur, tout est sombre et silencieux. Je frappe doucement et patiente. Pas de réponse. Je frappe de nouveau, un peu plus fort cette fois. Au bout d'une minute, des pas résonnent. Colonel remue la queue, et Malone ouvre la porte.

— Salut…

— Il est tard, Maggie, fait-il en regardant par-dessus ma tête.

— Tu as raison. Je ne resterai qu'une minute. Je peux entrer ? C'est assez important. En plus, il fait froid. Le temps s'est sacrément rafraîchi…

Je serre les lèvres et les dents pour contenir la logorrhée qui s'échappe de ma bouche quand je suis nerveuse et je passe rapidement devant un Malone à l'air méchamment sexy, à défaut d'être accueillant. Il est pieds nus mais, même ainsi, il me dépasse de quinze bons centimètres.

Colonel halète bruyamment. Sans un mot, Malone va dans la cuisine, sort un saladier du placard et le remplit d'eau. Après l'avoir posé par terre, il s'agenouille pour gratter les oreilles de mon chien, qui se désaltère.

— T'es un brave bestiau…

Chez nous, dans le Maine, « bestiau » désigne toute créature dotée de quatre pattes.

Colonel manifeste son assentiment en remuant la queue, puis va se coucher sous la table. Malone se relève alors et s'appuie contre le comptoir, les bras croisés sur la poitrine.

— Alors, Maggie, qu'est-ce que tu veux ?

Je prends une profonde inspiration, distraite par la vue de ses bras puissamment musclés. Comment ai-je pu, un jour, le trouver dénué de séduction, mystère… *Reste concentrée*, me dis-je, mais avant que j'aie pu mettre de l'ordre dans mes idées des bouts de phrases se mettent à jaillir de ma bouche.

— Eh bien, je voulais juste… je crois que… que…

*Que j'aurais dû réfléchir avant à mon petit discours, voilà ce que je crois !*

— Je voulais simplement te dire que, tu sais, Stevie… ce que Stevie a dit à propos de cette déclaration de, hum, que j'aurais faite au père Tim comme quoi, tu sais… Eh bien, je voulais te dire que je ne sors pas avec lui, bien évidemment. Bien sûr que non. Enfin quoi, il est prêtre, pas vrai ? Alors, c'est clair que non.

Malone fait la moue, comme s'il hésitait à accorder crédit à mes dénégations maladroites, et les mots continuent à se déverser de ma bouche.

— Le père Tim et moi, nous sommes amis. Il compte même parmi mes meilleurs amis. On se fréquente parfois. Enfin, j'entends par là que… qu'il vient tous les matins prendre son petit déjeuner au Joe's. Des fois, on va voir un film. De temps en temps. En réalité, c'est peut-être arrivé deux fois en tout. Mais on était toute une bande, pas que nous deux, bien sûr… Et puis je participe à des tas d'activités au sein de la paroisse… A des groupes et des ateliers. Mais je ne sors pas avec lui ! Ça tombe sous le sens. Puisqu'il est prêtre.

Malone s'est abîmé dans la contemplation du sol. Je me force à fermer la bouche et à attendre qu'il veuille bien s'exprimer. Il soupire et se passe une main dans les cheveux.

— Ecoute, Maggie, dit-il enfin d'une voix douce. Je vis ici, moi aussi. Je suis au courant des bruits qui circulent.

Il reporte son regard sur moi, et j'ai l'impression que tout mon influx nerveux est drainé par le sol.

— Je vois.

La pendule, au-dessus du réfrigérateur, égrène bruyamment les secondes, me rappelant qu'il est presque minuit et que Malone et moi devons tous les deux nous lever tôt, demain matin.

— Eh bien, la vérité, c'est qu'au début je me suis entichée du père Tim. Et c'est vrai que j'ai…

Je déglutis.

— ... que je lui ai dit que je l'aimais. Mais c'était sous l'influence de l'alcool, je tiens à le préciser.

Malone garde le silence.

— Voilà. Tu sais tout.

Je tripote nerveusement la fermeture Eclair de mon manteau. Aurais-je, par cet aveu, sonné le glas de notre histoire ? Brusquement irritée par ce silence qui s'éternise, je me rebiffe.

— Tu sais, moi aussi, j'ai entendu des choses sur ton compte. Mais ce n'est pas parce que ces rumeurs circulent que j'y crois.

Son visage se rembrunit, mais je poursuis :

— Il y a eu cette histoire, à propos de ton cousin, l'année dernière... Les gens en ont fait des gorges chaudes, tu vois ce que je veux dire ? Mais moi, je me suis bien gardée d'en tirer des conclusions hâtives.

Toujours aucune réaction de sa part, ce qui m'apparaît d'assez mauvais augure. Cependant, fidèle à mon caractère, j'enfonce le clou.

— Sans parler de ce qu'on raconte à propos de ta femme...

Là, je suis peut-être allée trop loin... Même moi je m'en rends compte. Mon cœur se met à cogner de façon erratique contre mes côtes. Malone n'a pas bougé d'un cil ni changé d'expression, mais tout à coup j'ai un peu peur.

— Et qu'est-ce qu'on raconte, à propos de ma femme ? me demande-t-il d'une voix très, très calme.

— Oh ! Eh bien... tu sais... Les gens parlent de toutes sortes de...

— Qu'est-ce qu'ils disent, Maggie ?

J'avale ma salive.

— Que tu la battais. Qu'elle avait peur de toi et que c'est pour ça qu'elle est partie vivre à l'autre bout du pays.

Son visage a l'air si dur à présent qu'on le dirait sculpté dans le granit.

— Et tu le crois, ça ?

— Si je le croyais, Malone, je ne serais pas ici.

Il me contemple fixement, et je me force à ne pas détourner les yeux. Enfin, son regard se porte sur un point au-delà de moi.

— Quand ? demande-t-il.
— Quand quoi ?
— Quand est-ce que tu lui as fait ta petite déclaration ?
— Oh ! Ça ! C'était il y a un moment. Quelque chose comme deux ou trois semaines, tu vois ? Un mois, peut-être. Mais c'était avant que toi et moi, euh… avant qu'on ait commencé à… à se voir…

Tout à coup, la queue de Colonel se met à frapper le sol dans son sommeil. Malone, lui, n'affiche pas un tel contentement, il continue simplement à me fixer d'un œil noir, les rides du lion toujours aussi creusées entre ses sourcils.

— Bon, voilà, je voulais que tu le saches, c'est tout, dis-je, irritée par son absence de réaction face à l'aveu que je lui ai fait et à la confiance que je lui porte. Je te demande pardon de t'avoir réveillé — si tant est que je t'aie réveillé. Simplement, je me suis dit que je devais… Enfin… Je ne voulais pas que tu ailles t'imaginer quoi que ce soit…

— Tu as toujours le béguin pour lui ?

Il y a dans sa voix une intonation que je ne lui connais pas et qui me fait tressaillir. Pour une fois, je tourne sept fois ma langue dans ma bouche avant de répondre. Finalement, je me décide à jouer cartes sur table.

— Non, dis-je alors avec douceur. On dirait plutôt que j'ai le béguin pour toi.

Il soutient mon regard, sans sourire, puis, supprimant d'un geste l'espace entre nous, il me prend par la main et me conduit jusqu'à son lit.

# 16

*Au moins, ce matin, je ne me suis pas réveillée toute seule*, me dis-je le lendemain en émincant des oignons pour la soupe de pommes de terre. Certes, Malone était déjà tout habillé, et il faisait encore noir dehors, mais il m'a embrassée avec tendresse et a prononcé ces quelques mots doux : « Faut que j'y aille. » Puis il y est allé.

Mais il m'a embrassée, il m'a réveillée avant de partir… probablement le signe d'un progrès dans nos relations. C'est la troisième nuit que nous passons ensemble. A ce stade, on peut parler de liaison, non ? Le fait que je ne sache toujours pas grand-chose de lui me reste tout de même sur le cœur. Ce qu'il nous faudrait, c'est sortir, faire des choses ensemble, pas seulement au lit. Cette idée présente un certain attrait en théorie, jusqu'à ce que me revienne en mémoire la soirée que nous avons passée à nous dévisager en chiens de faïence au restaurant. Peut-être devrais-je me jeter à l'eau et lui tendre ma liste.

*Merci de bien vouloir répondre aux questions suivantes :*
*Quel est ton prénom ? As-tu des passe-temps ? Vas-tu me présenter à ta fille ? Suis-je ta petite amie ?*

Le soleil brille aujourd'hui, l'air est frais et pur, mais au Joe's les affaires tournent au ralenti. Quelques personnes entrent pour venir chercher une commande, mais c'est à peu près tout pour le coup de feu de midi. C'est le jour de congé d'Octavio. Vu qu'il n'y a pas grand-monde et que, de toute façon, elle est plongée dans la lecture d'un roman, je renvoie Judy chez elle et m'occupe seule des quelques clients qui viennent prendre un repas.

Après la fermeture, je ramène Colonel à la maison et je fais un saut à la soupe populaire pour y déposer ma marmite et quelques douzaines de biscottis. Ensuite, je passe une heure ou deux à écrire des lettres à des critiques gastronomiques ainsi qu'à des auteurs de guides touristiques, dans l'espoir d'attirer quelqu'un au Joe's. Mais ma mère a sans doute raison : même si le Joe's remporte le titre du Meilleur Petit Déjeuner du comté, voire de l'Etat tout entier, ça ne changera pas grand-chose. Gideon's Cove est trop loin de tout pour devenir un endroit couru.

Je fais un tour jusqu'au port. Le bateau de mon frère est rentré, mais celui de Malone, la *Vilaine Anne*, non. Je me demande où il est allé pêcher un nom pareil, et qui peut bien être cette fameuse Anne. Encore une question à ajouter à ma liste, je suppose... Je rentre chez moi, bizarrement démoralisée.

Après avoir cuisiné toute la journée, la dernière chose dont j'ai envie, c'est bien de me préparer quelque chose à manger pour le dîner. Avisant alors ma voiture crottée de boue séchée, je suis prise d'une lubie soudaine de la nettoyer, qui me fait parcourir les vingt kilomètres me séparant de la ville voisine, dotée d'une station de lavage.

J'ai toujours adoré les stations de lavage de voiture, ce sentiment de s'abandonner au tapis roulant, l'aisance avec laquelle le véhicule ressort soudain étincelant de propreté. Alors que j'introduis quelques pièces dans l'aspirateur, une voiture se gare à côté de moi.

— Tiens, Maggie ! Comment allez-vous ? me lance le père Tim en descendant de son véhicule. Les grands esprits se rencontrent, n'est-ce pas ?

— Bonsoir, père Tim ! Comment ça va ?

Voilà plusieurs jours que je ne lui ai pas parlé, et ce petit calcul me donne matière à réflexion. En fait, il n'est pas venu prendre son petit déjeuner au *diner* depuis… saperlipopette, depuis quelques jours, maintenant ! Et ça ne m'avait pas vraiment frappée…

— Vous nous avez manqué, pour notre étude de la Bible, hier soir, me dit-il d'un ton faussement grondeur, en fouillant lui aussi ses poches à la recherche de pièces pour la machine.

— Oh ! C'est vrai ! Flûte ! Je suis désolée. Avec tout ce que j'avais à faire, ça m'est complètement sorti de l'esprit !

Mon visage ainsi que d'autres parties de mon anatomie s'enflamment au souvenir de ces choses que j'avais à faire, mais je masque mon trouble en aspirant ma banquette arrière.

Lorsqu'il a terminé de nettoyer sa voiture, il se redresse et jette un coup d'œil au bout de la rue.

— Que diriez-vous d'aller boire un café, Maggie ? Je crois avoir aperçu quelques signes de vie chez Able's.

— Avec grand plaisir !

Able's Tables est un tout petit café au bout de la rue et de fait il est ouvert, bien qu'il n'y ait pas grand monde à cette heure-ci. Une affiche annonce une soirée « micro ouvert » à partir de 20 heures, mais je ne compte pas que le père Tim et moi-même soyons encore dans les parages pour en profiter. Nous commandons un café — assorti pour le père Tim d'un brownie de la taille du Rhode Island — et prenons place à une table proche de la fenêtre.

— Quelle coïncidence que nous nous soyons rencontrés ici, tous les deux, Maggie ! Moi qui me sentais un peu seul, justement, sur qui est-ce que je tombe ? Sur vous ! Heureux hasard. Dieu lit dans nos cœurs et entend nos prières, c'est certain.

— Pourquoi vous sentiez-vous seul, mon père ? Je pensais au contraire que vous apprécieriez de pouvoir goûter un peu de solitude, loin de toutes vos groupies…

Je souris en buvant une gorgée de mon cappuccino.

Il se met à rire d'un air morose.

— C'est parfois le cas, je ne songe pas à le nier. Après tout, Dieu nous parle dans les silences. Vous n'avez pas tort, Maggie. Mais pour en revenir à aujourd'hui, je crois que j'étais tout bonnement en quête d'un peu de compagnie. Quelquefois, même quand on est très entouré, il arrive qu'on se sente un peu seul.

Je murmure avec compassion :

— C'est certain.

— Eh, oui... Vous savez de quoi je parle, n'est-ce pas ?

Il me considère d'un air pensif, plongeant ses yeux pleins de douceur et de bonté dans les miens.

— Ça doit être dur pour vous de voir votre sœur jumelle mariée, maman d'un petit bébé, et tout le reste.

Je me redresse sur mon siège et fronce les sourcils, contrariée.

— Non, ce n'est pas dur du tout. J'adore Will. Quant à Violet... ne me lancez pas sur ce sujet-là, je suis intarissable ! Non, ce n'est pas difficile à vivre, vraiment... Je suis très heureuse pour ma sœur.

— Dans ce cas, tant mieux pour vous, Maggie, tant mieux pour vous...

Il laisse passer quelques instants.

— Je suis terriblement navré que mes efforts pour vous trouver un homme convenable n'aient donné aucun résultat.

Je secoue la tête.

— Non, non, ne vous faites pas de mauvais sang pour ça, mon père. Il ne faut pas. Merci d'avoir essayé.

— Une charmante fille comme vous devrait avoir quelqu'un dans sa vie, poursuit-il, presque tristement.

Je ne réponds pas tout de suite, le regard tourné vers la rue.

— Eh bien, pour tout vous dire, il se trouve que j'ai peut-être quelqu'un...

— Vraiment ? s'exclame-t-il.

Je confirme d'un hochement de tête.

— Est-il assez bien pour vous, au moins, Maggie ?

Je pique un fard.

— Bien sûr, oui.

— Alors, c'est merveilleux ! C'est drôle, je pensais justement à vous, l'autre jour, et à cet homme que nous avons rencontré chez Dewey. Le pêcheur de homards… ce grand brun, vous savez ?

Mes joues passent de la douce chaleur au brasier.

— Malone ?

— C'est ça. Malone… Je ne voudrais pas vous voir sortir avec quelqu'un comme lui, par exemple ! Quel rustre ! C'est tout juste s'il a ouvert la bouche de toute la soirée ! Il s'est montré à peine poli tout le temps que nous sommes restés là. Et il ne pouvait détacher son regard de Chantal, qui plus est !

— En fait…

— C'est pourquoi je me réjouis que vous ayez trouvé un homme intéressant, Maggie. Je n'aimerais pas vous voir épouser quelqu'un qui n'ait pas été doté d'un cœur d'or semblable au vôtre.

Ma bouche s'ouvre et se referme deux ou trois fois avant que des mots puissent en sortir.

— En fait, c'est avec Malone que je sors.

La stupéfaction du père Tim se traduit par un décrochage de mâchoire plutôt comique.

— C'est donc lui votre… ? Ciel ! Maggie, je suis affreusement confus.

Il détourne la tête, accusant le coup.

Gênée, je parviens tout de même à articuler :

— Il n'est pas si fruste que ça, vous savez…

*Bravo, Maggie ! Tu parles d'un compliment !*

— Ecoutez, mon père, parlons d'autre chose…

La serveuse lui ressert du café — gratuitement et sans qu'il ait rien demandé.

— Voilà pour vous, mon père, fait-elle en minaudant.

Ce qui ne l'empêche pas d'ignorer ma propre tasse, à présent vide.

— Ah, merci, c'est très aimable, dit-il en lui souriant.

Les joues de la fille se mettent à rosir.

Est-ce comme ça que je suis, moi aussi ? Mon Dieu… oui, n'est-ce pas ? J'en suis mortifiée. Pauvre père Tim, obligé d'endurer constamment les basses flatteries de toutes ces serveuses, sans compter les miennes ! La jeune fille pense enfin à remplir ma tasse et retourne derrière le comptoir, les yeux toujours rivés à mon compagnon de table.

— Dur métier qu'être prêtre, hein, mon père ? Toujours devoir se montrer si bien élevé…

Il se met à rire, longuement, à gorge déployée.

— Non, Maggie, ce n'est pas difficile. C'est une magnifique vocation, un privilège, en réalité.

— Mais vous êtes toujours un peu…

Je m'interromps, craignant une fois de plus de mettre les pieds dans le plat.

— Un peu quoi ?

Franchement, il est absurdement séduisant, avec ses doux yeux verts et ses belles mains.

— Un peu à part…

Son sourire s'envole.

— Hmm. Eh bien, oui, là-dessus vous marquez un point, Maggie.

Il repose sa tasse.

— Mais c'est le prix à payer pour servir le Seigneur…

Il se force à sourire et prend une autre gorgée de café.

— Maggie, poursuit-il alors plus bas, avez-vous connu le père Shea dans votre enfance ?

Je hoquette de surprise, juste au moment où j'avale une gorgée de mon cappuccino, et quelques gouttes de mousse brûlante m'incendient les poumons.

— Je… voui…

Le père Shea était notre curé, quand j'avais dix ou onze ans. C'était un bel homme, d'une quarantaine ou d'une cinquantaine d'années — c'est difficile de donner un âge à quelqu'un quand on est enfant —, un prêtre jovial, taquin, qui s'assurait que nous nous tenions correctement pendant la messe en nous distribuant sans vergogne des Mon Chéri après l'office.

Et puis, un jour, le mari d'Annette Fournier a été foudroyé par une crise cardiaque, alors qu'il était parti courir. Le père Shea a été d'un grand réconfort à la jeune veuve ainsi qu'à ses trois enfants. D'un tel réconfort qu'il a quitté la prêtrise et l'a épousée un an après. Je crois même qu'ils ont eu un ou deux enfants ensemble, ce qui a fait passer le père Shea du statut de « père » à celui de papa gâteau.

Je reprends en toussotant :

— Oui, je me souviens de lui. Il était... eh bien, il était très sympa. Mais il... enfin, vous savez bien. Il est parti. Pourquoi me posez-vous cette question ?

Le père Tim secoue vaguement la tête, le regard perdu dans le lointain.

— Pour rien. Enfin, pour rien dont je puisse discuter avec vous, Maggie. Pardon d'avoir mis cette vieille histoire sur le tapis. C'est simplement qu'il... Oubliez ça ! Son parcours me trottait dans la tête, ces derniers temps. Mais assez parlé de ça.

Je regarde par la fenêtre, les joues brûlantes. La culpabilité me foudroie comme un éclair de chaleur : combien de fois ai-je souhaité que le père Tim ne soit pas prêtre ? A la vérité, je ne... De toute façon, c'est un très bon prêtre, à tous points de vue, et pour rien au monde je ne voudrais qu'il fasse scandale à Gideon's Cove de la même manière que le père Shea en son temps. Qu'il quitte l'habit. Qu'il rompe ses vœux.

— Eh bien, je ferais mieux de rentrer, déclare-t-il en laissant un dollar de pourboire pour la serveuse. Merci, Maggie, pour cette agréable conversation. Vous êtes une amie précieuse.

Il me serre affectueusement l'épaule.

— Les portes de l'église vous sont toujours ouvertes, vous le savez. Dieu vous attend et Sa patience est infinie.

Il m'adresse un grand sourire, assorti d'un clin d'œil. Décidément, il est toujours en campagne !

— Je m'en souviendrai. Merci. Ça m'a fait plaisir de vous voir, mon père, dis-je en faisant glisser sur la table deux dollars de plus pour la serveuse, contente de voir le père Tim redevenu lui-même : intègre et sacerdotal.

Une fois remontée dans ma voiture toute propre, je repars vers Gideon's Cove, sans pouvoir me défaire d'un vague sentiment de malaise. Pourquoi le père Tim s'est-il enquis du père Shea ? Et pourquoi me poser des questions à moi en particulier ? A la moindre marque d'intérêt de sa part, le dragon Plutarski se serait certainement fait un plaisir de lui raconter toute l'histoire dans ses moindres détails salaces…

J'arrive à Gideon's Cove sous un ciel scintillant d'étoiles. Le temps est si dégagé que je distingue le tourbillon de la Voie lactée au-dessus de moi. Debout sous ma véranda, je prends une profonde inspiration. L'odeur de feu de bois qui émane des nombreuses cheminées et cuisinières du quartier se mêle à la faible senteur de pin et de sel marin, pour moi le meilleur parfum qui existe au monde. J'inhale encore une bouffée d'air du Maine quand, derrière moi, un bruit de porte me fait sursauter.

— Ma chère Maggie !

Je me mets à rire.

— Oh ! Bonsoir, madame K. ! Vous m'avez fait peur.

— Doux *Jésus*, je vous en demande bien *pardon*.

Elle me fait signe d'entrer, et j'obéis.

— Un *homme* est passé ici, tout à l'heure. Ce *brun* qui est venu, l'autre jour. Vous savez… le *grand*.

L'excitation et la nervosité m'envahissent, association désormais traditionnelle dès qu'il s'agit de Malone.

— Malone ? Il est venu ici ? Quand ça ?

— Il y a environ une *heure*, ma chère petite.

Mme K. va d'un pas traînant jusqu'à son fauteuil et s'y installe avec précaution.

— Ma petite Maggie, vous voulez bien m'aider à retrouver ma télécommande ? Il n'y a *rien* à la télé, ce soir, rien de rien ! Trois cents *chaînes*, et rien qui vaille la peine d'être regardé !

La télécommande est bien visible, posée sur la table basse. Je la tends à Mme K.

— Et donc, hum… vous lui avez parlé ?

— Ma foi, je dois dire que j'ai *essayé*. Mais il ne m'a pas répondu grand-chose, Maggie. Il avait l'air plutôt *courroucé*, si vous voulez tout savoir.

— Courroucé ? Vous êtes sûre ? Non, parce que… je ne vois vraiment pas ce qui aurait pu le mettre en colère.

Mme Kandinsky s'arrête sur une chaîne. La tête de Linda Blair effectue une rotation complète sous les yeux horrifiés du père Damian.

— Regardez, Maggie ! Ils passent *L'Exorciste* ! Ah, *flûte et zut* ! J'ai manqué la première *partie* !

— Hum…, madame K., dis-je, tentant de la ramener à notre conversation. Malone vous a-t-il dit quelque chose ?

— Hein, quoi ? Ah, l'homme en colère ? Malone, vous dites qu'il s'appelle ? Eh bien, *oui*, je lui ai dit que j'ignorais où vous étiez, et il m'a répondu qu'il vous verrait bientôt.

— Je ne trouve pas ça très « courroucé » comme réponse.

— Oh ! Là, là ! Mais regardez-moi ça ! Elle est *hideuse*…, lance Mme K., tout excitée. Parole *d'honneur* ! Il est vraiment trop *terrifiant* pour moi, ce film-là.

Le prêtre, cependant, est plutôt bel homme, mais j'ai assez de prêtres séduisants comme ça dans ma vie.

— Je vais y aller, madame K. Bon film !

Elle ne réagit pas à mon baiser d'au revoir, toute au spectacle d'horreur qui se joue sur l'écran.

Je monte à mon appartement et je n'y trouve ni petit mot sur la porte ni message sur le répondeur de la part de Malone. M'emparant alors de l'annuaire, je cherche son numéro et l'appelle. Ça sonne occupé. Un quart d'heure plus tard, je réessaie. Toujours occupé. L'idée qu'il puisse converser si longtemps au téléphone est une pensée quelque peu surprenante. En tout cas, ce n'est pas avec moi qu'il se montrerait aussi bavard ! Il semblerait que nous ayons autre chose à faire que papoter.

Il a dit qu'il me verrait bientôt. Peut-être n'était-il pas « courroucé », finalement. Du reste, à propos de quoi serait-il fâché ? Le père Tim est un ami, et je n'ai pas à me sentir coupable d'avoir pris un petit café avec lui. En plus, il avait besoin de moi. Il se sentait seul. Nous avons passé une heure à parler. A simplement *parler*. Il n'y a vraiment pas de quoi se sentir coupable !

Poussée par la curiosité, je retourne sur le site de rencontres en ligne que j'ai déjà visité. Les messages n'ont pas évolué. Le dieu est toujours à la recherche de sa déesse, et le mari furax est toujours aussi furax.

— Allez, viens, Colonel. On va se coucher.

J'emporte le téléphone dans la chambre, mais Malone ne m'appelle pas.

# 17

— Fouch ! dit Violet en tapotant Colonel. Meubba !

— Tu y es presque, ma puce. Toutou. Dis-le maintenant, toi : tou-tou.

Elle préfère embrasser le chien, laissant sur son flanc une grosse marque humide à l'endroit où elle s'est mis des poils plein la bouche. Colonel remue son magnifique panache, tandis que ma sœur, armée d'un mouchoir en papier, se précipite en faisant la grimace.

— Tu l'aimes bien, Colonel, hein, Violet ? dit-elle à sa fille. Tu as raison, c'est un gentil chien.

Ma mère en profite pour mettre son grain de sel :

— Maggie, pour l'amour du ciel, ne laisse pas la petite lécher cet animal crasseux !

— Colonel n'est pas crasseux, il est même d'une propreté immaculée. Regarde-moi ce pelage ! Les gens nous arrêtent dans la rue pour s'extasier sur sa beauté. Je le brosse tous les…

— Christy, elle a encore un poil sur la lèvre ! Là… voilà. Viens ici, Violet.

Ma mère s'approprie la petite, l'emportant vers une zone dépourvue de germes et de poils de chien. Nous sommes réunis chez nos parents pour notre repas de famille obligatoire et, bien que ma mère soit une excellente cuisinière, je me sens aussi bienvenue à sa table qu'un cancrelat dans une salade. Papa s'est réfugié dans son bureau pour lire, pendant que Will, Christy et moi sommes assis dans le salon, attendant qu'on nous convoque à table.

— Ces derniers temps, elle est sans arrêt sur mon dos, dis-je à ma sœur.

— Ça, tu peux le dire ! acquiesce mon beau-frère. On n'entend parler que de toi au boulot.

— Tu plaisantes ? Elle parle de moi au cabinet ?

Christy lance à Will un regard noir lui intimant de se taire, aussi s'empresse-t-il de faire la sourde oreille en se plongeant dans son journal.

A cet instant, mon frère fait irruption dans la pièce.

— Vous ne devinerez jamais ce qui s'est passé aujourd'hui !

— Trois femmes se sont pointées chez toi pour t'annoncer que tu es le père de leurs enfants, dis-je.

— Non. Arrête de blaguer, c'est grave...

Il se laisse tomber dans un fauteuil.

— Malone est passé par-dessus bord.

— Quoi ? nous écrions-nous en chœur, Christy et moi.

Une vague de panique me saisit ; j'ai l'impression que mon cœur chute dans mes genoux.

— Il remontait des casiers, quand un connard de Masshole l'a dépassé avec sa vedette, s'est pris dans la filière et bam ! Malone s'est retrouvé à la flotte.

Je demande à mon frère :

— Et puis ? Qu'est-ce qui s'est passé ? Il va bien ?

L'adrénaline me ramollit les articulations et y envoie des décharges électriques.

— Un « Masshole » ? murmure Will.

Il n'est pas d'ici ; il n'est venu dans le Maine que pour y effectuer son internat.

— Un touriste du Massachusetts, traduit Christy. Ils ont la réputation d'être de véritables chauffards, sur terre comme sur mer.

— Mais Malone, est-ce qu'il va bien ?

Mes paumes sont moites de transpiration.

— Oui, oui, il est sain et sauf. Par chance, il n'a pas été pris dans la filière, mais il est bien resté vingt à trente minutes dans l'eau. Il a eu sacrément froid, je peux te dire !

Les eaux du golfe du Maine sont suffisamment froides pour provoquer la mort si l'on y séjourne trop longtemps. Tous les deux ans, semble-t-il, un pêcheur de homards s'y noie après être passé par-dessus bord, pris dans la filière qui relie son casier à la bouée. Même s'il n'est pas entraîné sous l'eau, un homme peut se retrouver avec un bras arraché. Parfois, il n'arrive pas à remonter à bord de son bateau. Beaucoup travaillent seuls, surtout en basse saison.

Je demande d'une voix faible :

— Il portait son gilet de sauvetage ?

— Non, répond Jonah d'un air sombre. Il ne portait que sa combinaison. Il doit faire un froid de canard, dans l'eau.

J'insiste :

— Mais il va bien ?

— Oui, oui… Il va bien. Même qu'il y est retourné. Sacrément couillon, si tu veux mon avis. Il m'a dit qu'il lui fallait encore relever ses casiers. Enfin, au moins, il a changé de vêtements…

Christy se tourne vers moi.

— Maman, faut que j'y aille, dis-je en me levant.

Les jambes en coton, je chancelle, me cognant contre la table basse.

— Mon Dieu, Maggie ! Décidément, tu es la fille la plus empâtée que je connaisse ! me lance ma mère depuis la cuisine. Comment ça, tu t'en vas ? J'ai déjà mis la table !

— Par « empâtée », elle veut dire « empotée », c'est ça ? s'enquiert Will.

— C'est ça, lâche mon père, émergeant de sa tanière. Et cet adjectif ne s'applique pas du tout à toi, ma chérie.

Il me tapote la tête, tandis que j'enfile mon manteau.

*
* *

Il fait presque nuit quand j'arrive au port. Le bateau de Malone n'est toujours pas rentré, et je continue à subir des décharges d'adrénaline dans les articulations. Alors que je me tiens sur les planches, le regard baissé sur les nombreux postes d'amarrage, Billy Bottoms s'avance vers moi. C'est un pêcheur de homards de la cinquième génération, qui arbore le physique du rôle : les cheveux blancs, les traits aigus, le visage buriné, la barbe piquante et neigeuse. En été, les touristes demandent souvent à le prendre en photo, et son accent prononcé nous fait honte à tous, nous les péquenauds du Maine.

— Ben le bonjour, Maggie !

— Salut, Billy ! Tu es au courant de ce qui s'est passé aujourd'hui ?

— Rapport à Malone ? Ouais ! L'est pas encore rentré.

— Que s'est-il passé, exactement ?

— Ben, y a qu'un marin d'eau douce l'a dépassé plein gaz dans un sacré joli petit canot. Des flotteurs tellement gros qu'on pourrait rentrer à pied sec en marchant dessus, ben vrai ! Mais l'aut'gars s'en foutait pas mal ! Apparemment, Malone remontait un casier quand sa filière s'est prise dans le canot de l'étranger et il a été entraîné à la baille. Cette espèce de marin d'eau douce s'est même pas arrêté ! Ton frère, l'a vu le bateau qui tournait en rond et l'est venu voir ce qui se passait. Paraît que le Malone l'était plus furax que tout un siau de serpents !

— Il aurait pu y rester !

— Bah, tu sais, Maggie, ça nous arrive à tous de boire la tasse un jour ou l'aut'. Malone, il se porte bien, j'en suis sûr !

Il me tapote l'épaule.

— Allez, bonne soirée, ma p'tite Maggie !

En dépit de sa conclusion, des images terrifiantes me traversent l'esprit. Malone, entraîné jusqu'au fond de l'océan par son lourd casier. Malone s'efforçant désespérément de remonter à bord de la *Vilaine Anne* jusqu'à ce que le froid anéantisse ses forces. Sa tête qui s'enfonce dans l'eau, son corps flottant à la surface...

Ces pensées sont insoutenables. Avant d'avoir eu conscience de prendre une décision, je me retrouve en train de courir au *diner*, Colonel allongeant gaiement l'allure à côté de moi. J'entre en trombe dans la cuisine. Parmi les aliments entreposés dans le congélateur se trouvent un litre de soupe de pommes de terre et une tarte aux pommes. Je m'en empare, ajoute un gros bloc de cheddar et une miche de pain de seigle, emballe le tout et me dirige vers la maison de Malone.

C'est exactement ce qu'il lui faut, me dis-je en gravissant la colline. Une maison qui sente bon la tarte aux pommes chaude, une soupe roborative qui mijote sur la cuisinière, une femme compatissante et un chien remarquable. On ne saurait rêver retour chez soi plus agréable, pas vrai ? Moi, en tout cas, c'est certainement ce qui me ferait plaisir après une journée du genre de celle qu'il a dû passer. Exception faite de la femme compatissante, bien entendu.

Problème, la maison est fermée à clé. Je pose mon fardeau sous la véranda et fais le tour, me demandant si Malone laisse un double de la clé caché dans un endroit évident : sous un paillasson, par exemple, à l'intérieur d'un pot de fleurs ou sous une pierre. Chou blanc... Mais, à l'arrière, une fenêtre est entrebâillée. Je soulève le châssis sans trop de difficulté et parviens à me propulser à l'intérieur, retombant sur le sol avec la grâce d'un haddock agonisant. Mais je suis dedans !

Après avoir rentré la nourriture, mis le four à préchauffer et déniché une casserole, je regarde autour de moi. Je ne suis venue ici que deux fois, en fait, et je n'ai pas vu grand-chose de la maison. Non qu'il y ait grand-chose à voir. C'est un pavillon, trois pièces en bas, une chambre et une salle de bains à l'étage. L'intérieur est un peu plus en désordre que la dernière fois : il y a des plats sales dans l'évier, une tasse et une assiette abandonnées dans le séjour. Et puis il y fait froid. Après un plongeon dans le glacial Atlantique, Malone ne doit pas rentrer dans une maison froide...

En bonne native du Maine, je n'ai aucun mal à allumer un feu dans la cuisinière. J'arrange la pile de journaux dans le chariot à bois et replie le jeté de canapé que je pose sur le dossier du sofa.

Il y a quelques photos, par-ci par-là : des clichés d'un Malone plus jeune et de la fillette qui est devenue cette beauté renversante. Je les examine, incapable de reconnaître Catherine Zeta-Jones à ses débuts sous les traits de cette enfant joufflue. Ma foi... Il faut croire qu'on peut beaucoup changer en grandissant. J'effleure l'image de Malone... Son sourire à dent ébréchée me serre le cœur.

Quelques livres jonchent le séjour. Je les empile soigneusement sur la table basse. *En Pleine Tempête*. Un chouette petit bouquin bien réconfortant, ça ! *La Véritable Histoire de Moby Dick*, qui traite apparemment de cannibalisme après un accident de baleinier. Pas étonnant que Malone affiche toujours cet air renfrogné...

Incapable de rester en place, je passe devant le piano recouvert d'un voile de poussière. J'appuie sur quelques touches. La partition de Beethoven que j'ai vue la dernière fois n'est plus là ; elle a été remplacée par un morceau de Debussy. Ça n'a pas l'air commode à jouer non plus, mais je n'ai jamais été douée pour lire les notes, en dépit de quatre ans de cours de clarinette à l'école, aussi tout me paraît difficile à jouer.

Malone joue du piano... Je sais donc quelque chose sur lui. Dans la catégorie « musique », je peux donc noter qu'il apprécie le classique. C'est une sacrée pépite d'info !

Dans la cuisine, Colonel ronflote. Le four ayant atteint une température de cent vingt-cinq degrés, je passe un pinceau imbibé de lait sur le dessus de la tarte, je la saupoudre de sucre et je l'enfourne. La pendule indique

19 h 30. Dehors, la température est en train de chuter. J'espère que Malone va bientôt rentrer.

Entassés dans l'évier, les plats me font de l'œil. N'ayant pas encore épuisé mon trop-plein d'influx nerveux, j'entreprends alors de faire la vaisselle, puis de deviner où va chaque pièce en procédant par élimination. Puis, comme le lit n'est pas fait, les draps et les couvertures tout entortillés, j'ouvre un placard dans le couloir, trouve des draps propres en flanelle et refais entièrement le lit.

Voilà… Je baisse la température du four, règle le minuteur, goûte la soupe. Quel joli petit nid cela pourrait être, si l'on y mettait quelques touches personnelles çà et là : des gravures, des meubles de meilleure qualité, peut-être…

Je m'assieds sur le sofa et m'enroule dans le jeté de canapé. Laissant aller ma tête en arrière, je ferme les yeux. Colonel vient se coucher à côté de moi, sa grosse tête sur mes genoux. Recrue d'inquiétude, je me surprends à somnoler. Pauvre Malone… Mais il peut tout de même remercier sa bonne toile, je serai là pour l'accueillir lorsqu'il rentrera chez lui après cette terrible journée, prête à lui offrir à la fois réconfort et compagnie.

J'ai hâte de le voir, de m'assurer qu'il est indemne…

Réveillée en sursaut par le bruit de la porte d'entrée, je me redresse tant bien que mal. L'odeur de la tarte aux pommes emplit la pièce. Le soulagement et la joie me font bondir du sofa.

— Salut, Malone ! Comment ça va ? Tu n'as rien ?

Il se tient dans l'encadrement de la porte, sa combinaison de travail orange roulée en boule sous le bras, une longueur de filière enroulée dessus. Il a l'air plus mince, plus émacié que svelte, et aussi complètement exténué. Ce soir, les rides de son visage semblent avoir été creusées au burin.

Je suis déjà au milieu de la cuisine et me dirige droit sur lui, quand sa voix, rude et éraillée, me stoppe dans mon élan.

— Qu'est-ce que tu fais là ?

Je reste pétrifiée.

— Eh bien, euh... j'ai appris ce qui t'était arrivé... Jonah est passé chez mes parents et m'a raconté que tu étais tombé à l'eau.

Tout à coup, l'idée de le serrer dans mes bras, de l'embrasser ou de simplement lui tapoter l'épaule me semble hors de question.

— Je me suis dit que j'allais t'apporter un...

— Je ne t'ai *rien* demandé !

Il y a des traînées de sel sur son sweat, et ses mains tremblent d'épuisement.

Je reste interdite.

— Oui, je sais... Mais j'ai pensé que tu aurais peut-être envie d'un bon repas chaud et de...

— Bon sang, Maggie ! C'est bien la dernière chose dont j'ai envie ! crie-t-il. A quoi tu joues, à la dînette ?

Colonel, attiré par le son de sa voix, arrive du séjour en remuant doucement la queue, mais Malone l'ignore. Mon chien, saisissant le message, s'écroule devant le four.

— Ecoute, Malone, je t'ai juste apporté de la soupe et...

Il jette un coup d'œil dans le séjour.

— Putain, ne me dis pas que tu as aussi fait le ménage ? Enfin, merde, Maggie !

Il se rue vers le comptoir et abat violemment ses mains dessus. Colonel sursaute.

Là, il commence à sérieusement me courir sur le haricot !

— Excuse-moi, mais c'est quoi ton problème, exactement ? J'ai fait quelque chose de gentil pour toi. Ce n'est quand même pas la fin du monde, si ? Tu es tombé à l'eau, aujourd'hui ! Dans l'océan Atlantique ! J'ai pensé qu'un peu de...

Je m'interromps juste avant de dire « d'amour et de tendresse ».

— De nourriture te ferait du bien. C'est tout.

— Je ne suis pas une de tes bonnes œuvres de la

paroisse, tu piges ? Tout ça, c'est… Parce que tu as même fait la vaisselle !

— Tu sais quoi ? J'aurais dû te laisser ronchonner et ruminer tout seul dans ton coin et te permettre de vaquer comme tu l'entends à tes occupations, quelles qu'elles soient. Tu n'auras qu'à sortir la tarte du four quand le minuteur sonnera. Et bon appétit, espèce d'ours mal luné ! Allez, viens, Colonel !

— Tu ne comprends rien, hein, Maggie ? gronde Malone, et son regard est meurtrier. Je ne veux pas de ta tarte ni de ta soupe ni de rien de tout ce que tu as dans ton putain de panier à pique-nique ! O.K. ? Garde ça pour ton curé, tes petites vieilles et les autres cas désespérés que tu as sur ta liste.

Cette fois, je vois rouge.

— Je n'arrive pas à croire que tu sois en colère contre moi ! Comment peux-tu m'en vouloir ? J'essaie simplement de t'aider !

— C'est bien ça, le problème ! Je ne veux pas de ton aide. Je ne veux pas que tu fasses quoi que ce soit pour moi !

— Très bien. Alors je t'enverrai la note. Et pour ta gouverne, sache que je n'ai pas de panier à pique-nique !

Sur ce, je claque des doigts à l'adresse de mon chien, qui se remet péniblement debout et m'emboîte le pas. Je sors sous la véranda d'un pas rageur et m'engage dans la rue.

Une fois arrivée sans encombre au carrefour, je m'assieds au bord du trottoir, et le froid s'insinue aussitôt à travers mon jean. Mon haleine blanchit l'air devant moi… La ville n'étant pas équipée de réverbères, je sais que Malone ne peut me voir. J'ai les jambes qui tremblent.

Colonel enfouit son museau dans mes cheveux et, machinalement, je l'enserre de mes bras. J'ai la gorge nouée de larmes et de rage, mais je ne pleure pas.

— Qu'il aille se faire foutre !

Malone ne veut rien qui vienne de moi ? Très bien ! Parfait ! Au moins, les choses sont claires. Je ne suis pas sa petite amie. Juste un plan cul de temps en temps. Eh bien, tant pis pour lui, parce que moi, ça ne me suffit pas !

— Quand on tient à quelqu'un, on le lui montre, dis-je à Colonel, qui se lèche les flancs d'un air songeur. Il n'y a pas de mal à ça ! C'est dans l'ordre des choses.

La vision de Malone faisant pénétrer de la crème sur mes pauvres mains abîmées me traverse l'esprit. Et alors ? Ce n'était de sa part qu'une manœuvre de séduction qui a d'ailleurs brillamment fonctionné.

— Je ne pense pas qu'il soit quelqu'un de très gentil, tu sais ? Toi non plus, hein ? Tu as toujours eu du pif pour ces trucs-là.

Colonel se couche à côté de moi, mais le trottoir est trop froid pour ses vieux os. Je me relève, et il m'imite aussitôt.

— Au moins, voilà une histoire réglée.

Mon chien remue la queue d'un air rassurant. Il n'empêche, j'ai la gorge nouée et douloureuse, comme si un éclat de verre s'y était logé.

# 18

Le lendemain, le Joe's Diner fait le plein de clients pour une raison tout aussi mystérieuse que lorsqu'il n'y vient quasiment personne. C'est toujours ainsi que ça se passe, quelque chose dans le phénomène des marées ou de la lune provoque une hystérie collective, et tout le monde veut subitement petit-déjeuner au restaurant. Les gens en sont réduits à attendre qu'une table se libère, ce qui, en temps normal, n'arrive que pour le week-end de Thanksgiving ou durant les deux seuls bons week-ends de l'été.

Octavio jongle avec les commandes, et Judy et moi travaillons sans toucher terre, le sourire aux lèvres — enfin, pour moi, du moins —, faisant glisser leur assiette aux affamés, distribuant bulletins de vote et stylos pour le concours, essayant d'encaisser les clients avant qu'une queue ne se forme à la caisse.

Jonah entre dans la salle, mais je n'ai pas le temps de faire plus que de pousser une assiette de frites devant lui : étant donné qu'il mange aux frais de la princesse, il prend ce que je lui donne.

— Merci, sœurette, me lance-t-il, tandis que je file en cuisine.

Mes parents, succombant eux aussi à cette fièvre, font une de leurs rares apparitions. Sourcils froncés, maman évalue du regard la foule bruyante.

— Eh bien, je pense qu'il va nous falloir patienter...

Quand elle passe au *diner* et que les affaires tournent

au ralenti, elle se lamente aussitôt que ce n'est pas comme ça que je gagnerai bien ma vie. Mais il suffit qu'elle tombe en plein coup de feu pour qu'elle en soit contrariée. Or il se trouve qu'aujourd'hui je ne suis vraiment pas d'humeur.

— Eh bien, Maggie ! Les affaires m'ont l'air de marcher, ce matin, déclare mon père.

— Ça, tu peux le dire ! Salut, Rolly ! Tout s'est bien passé ?

— C'était croustillant !

Je décide de prendre sa réponse comme un compliment.

— Tu as bien rempli ton bulletin ?

— Comme tous les jours, Maggie, comme tous les jours…

Enfin, un box se libère pour papa et maman ; de toute façon, le comptoir est bourré à craquer.

— Alors, qu'est-ce qui te ferait plaisir, maman ?

— Oh ! Je ne sais pas… En fait, il m'aurait fallu un bol de céréales au son.

— Moi, je prendrais bien des pancakes, Maggie chérie, me dit mon père.

— Des pancakes, donc !

Ayant passé la moitié de ma vie à être serveuse, je n'ai pas besoin de noter les commandes.

— Et toi, maman ?

Ma mère soupire.

— Ma foi, je n'en ai pas la moindre idée… Je vais peut-être commencer par un jus d'orange, seulement ne remplis pas le verre en entier. Ça va faire trop. Tes verres sont trop grands. Remplis-le seulement aux trois quarts. C'est possible ? Parce que sinon je n'arriverai pas à tout boire.

— Un jus, aux trois quarts. O.K. !

Georgie s'avance alors et se colle à mon flanc ; sa tête m'arrive à la hauteur de la clavicule.

— Bonjour, Maggie ! Comment ça va, Maggie ?

Je passe mon bras autour de son cou et dépose un

baiser sur sa coupe en brosse. Maman prend aussitôt son expression acide, comme si elle venait de sucer un citron.

— Salut, dis-je à Georgie. Dis, quelqu'un a renversé du jus de fruits sous le dernier tabouret. Tu peux t'en occuper ?

— Pas de problème, Maggie !

Il me serre affectueusement la taille et part chercher la serpillière dans la réserve. Je jette un coup d'œil derrière moi, en direction du comptoir où les clients en sont à divers stades de leur repas et de leur commande. Et mes yeux s'agrandissent de stupéfaction...

Malone est là.

Assis à côté de mon frère, il s'entretient avec lui. Sa présence m'embrase immédiatement le visage. Il regarde dans ma direction, l'expression aussi vide qu'un tableau noir au mois de juillet. Pas de sourire contrit. Pas de haussement d'épaules en signe d'excuse, rien que son regard bleu et pénétrant, et les rides profondes de son perpétuel air renfrogné.

Je me retourne vers mes parents.

— Maman ?

— Je ne sais pas, Maggie ! Il y a trop de choses, on ne sait que choisir !

— Très bien. Alors, tu n'auras rien.

Je lui arrache le menu des mains et retourne comme une flèche en cuisine, ignorant Malone, ignorant les glapissements indignés de ma mère. J'attrape une commande : omelette aux épinards du jour, pain perdu au potiron et assiette de mini-pancakes.

— Une autre pile de pancakes pour mon père, Tavy, dis-je à Octavio.

— Ça roule !

Je sers la famille du box quatre, puis j'empoigne la cafetière et me dirige vers le comptoir, saisissant au passage des bribes de la conversation entre mon frère et Malone.

— Mais c'est rien, ça ! dit Jonah. T'aurais fait la même chose pour moi.

Ah... Malone est donc venu au Joe's pour voir Jonah. Pour le remercier. Pas pour me voir, donc, ni pour me remercier *moi*.

— Bonjour, Malone, fais-je d'un ton cassant. Du café ? Laisse-moi deviner... Noir, épais et amer. Et si je te donnais tout bonnement le marc à déguster, ça t'irait ?

Malone tourne ses yeux bleu clair vers moi.

— Maggie..., marmonne-t-il.

— Bien dormi, j'espère ?

Jonah écarquille les yeux, complètement dérouté, mais réprime sagement tout commentaire. Malone soutient mon regard sans ciller. Je remplis sa tasse avec brusquerie, renversant quelques gouttes au passage, et repose brutalement la cafetière sur le comptoir. Sans cesser de me fixer, Malone prend alors le pot à lait d'un geste délibéré et verse la moitié de son contenu dans sa tasse, puis il secoue quatre sachets de sucre, les déchire et les ajoute à son breuvage.

— J'ai fini, Maggie ! me lance gaiement Georgie.

— Merci, Georgie. Je ne sais pas ce que je ferais sans toi, dis-je sans détourner le regard de Heathcliff de la Lande.

— Quelle journée magnifique ! Bonjour, Mabel, comment allez-vous, mon petit cœur ?

Le père Tim est là, mais je n'ai toujours pas détourné les yeux du sombre visage de Malone.

— Tu as quelque chose à me dire, Malone ?

— J'ai des tas de choses à te dire, Maggie, répond-il d'un air menaçant.

Jonah s'éclipse pour rejoindre nos parents.

— J'attends, dis-je.

Depuis le box d'angle, Helen Robideaux m'interpelle.

— Hep, excusez-moi, on pourrait avoir du ketchup, par ici ?

— Bonjour, ma chère Maggie. Vous êtes ravissante, aujourd'hui.

Le père Tim passe derrière le comptoir — après tout,

c'est un habitué — et s'empare d'un mug. Je finis par interrompre le concours du meilleur chien de faïence qui se joue entre Malone et moi pour me tourner vers mon ami. *Mon ami*, oui : fiable, chaleureux et d'un naturel enjoué.

— Mon père ! Quel plaisir de vous voir ! Et vous m'avez l'air d'excellente humeur, aujourd'hui. Vous avez le chic pour ensoleiller de votre présence l'endroit où vous êtes, vous le savez ?

Je crois entendre Malone grogner.

— Maggie, vous êtes trop bonne ! Je vais simplement aller me chercher un petit café, avec votre permission, et vous laisser retourner à votre travail.

Il entrebâille la porte de la cuisine et passe la tête par l'embrasure.

— Bonjour, mon brave Octavio ! Puis-je m'en remettre à votre bon cœur et obtenir de vous une assiette de pain perdu au potiron ?

Malone peut bien aller au diable et faire mumuse avec ses compatriotes en enfer, je m'en fiche ! Et puis j'ai du travail. Enjambant Colonel, j'encaisse un jeune couple qui attend patiemment depuis quelques minutes, m'enquiers de leur enfant scolarisé en maternelle et apporte son ketchup à Mme Robideaux. Malone est toujours assis au comptoir, le regard braqué droit devant lui.

Je soupire en entendant tinter le carillon de l'entrée. Encore un client, un homme à la chevelure poivre et sel, de mon âge environ. Il regarde autour de lui d'un air incertain.

— Je m'occupe de vous dans une seconde !

Judy a disparu. Ce doit être l'heure de sa pause cigarette.

— Maggie, pour l'amour du ciel, est-ce que je peux avoir un œuf à la poêle, s'il te plaît ? me demande ma mère.

— Et un œuf à la poêle, un !

Il paraît que dans certains grands restaurants de New York, les serveurs crachent dans les commandes des clients mal embouchés. J'avoue que ça me tente…

— Salut, Stuart ! Comme d'habitude ?

— Ça serait super, Maggie, dit-il en s'asseyant à côté de Malone.

Je lance à Octavio :

— Adam et Eve sur un radeau, les Angliches au bûcher !

Traduction : deux œufs pochés servis sur un muffin anglais toasté, en jargon de *diner*.

— Tu me mettras aussi une portion de hachis ? me demande Stuart.

— Et des balayures qui marchent !

Dans la cuisine, Octavio bougonne. Il est particulièrement fier de son hachis et n'apprécie guère cette appellation imagée qui, en revanche, semble mettre Stuart en joie.

— Des balayures ! répète-t-il à Malone en gloussant.

Mais Malone ne glousse pas, lui.

— Bonjour, dis-je à l'inconnu aux cheveux poivre et sel qui s'est frayé un chemin jusqu'au comptoir. Désolée, mais nous sommes un peu débordés, aujourd'hui. Vous êtes seul ?

— Vous êtes Maggie ?

— Oui, c'est moi.

— Doug, dit-il en me tendant la main. Le type qui t'a posé un lapin, ajoute-t-il devant mon air d'incompréhension.

— Ah ! Bonjour !

Je lui serre la main et regarde par-dessus mon épaule.

— Ecoute, pourquoi tu n'irais pas t'asseoir à la table du père Tim ? Après tout, c'est lui qui nous a plus ou moins branchés, tous les deux… Pas vrai, mon père ? Je vous présente Doug… euh, excuse-moi mais j'ai oublié ton nom de famille.

— Andrews.

C'est un bel homme, avec des yeux bruns pleins de bonté mais soulignés d'ombres.

— Ecoute, ce serait avec plaisir que je m'assiérais pour faire un brin de causette avec toi, mais je dois m'occuper de tous ces gens. Je reviens tout de suite…

Je m'aperçois alors que Malone est parti. Il y a un

billet de cinq dollars glissé sous sa tasse. Il n'a pas bu une goutte de son café excessivement sucré. Il aurait dû s'en tenir au marc...

Je débarrasse, donne un coup de torchon, prends des commandes, sers les clients et remplis des tasses et des tasses de café. Je n'ai pas une minute pour parler à Doug, qui est en grande conversation avec le père Tim. De temps en temps, je saisis quelques bribes de leurs propos : « ... pas à nous d'en comprendre la raison... réconfort de savoir qu'elle a été sincèrement aimée... », et les paroles pleines de bonté et d'affection du père Tim me réchauffent le cœur.

Enfin, Doug vient à la caisse pour régler sa consommation.

— Maggie, je voulais te présenter mes excuses en personne pour ne pas être venu au rendez-vous, l'autre soir.

— Ce n'est rien, Doug. Je regrette de ne pas avoir eu cinq minutes pour te parler. Le *diner* ne désemplit pas depuis 6 heures du matin.

— Ne t'en fais pas pour ça. J'ai vraiment apprécié de pouvoir m'entretenir avec le père Tim. Et puis je voulais te dire encore une fois que je te sais gré d'avoir pris tout ça avec bonne humeur. Dans d'autres circonstances...

Ses yeux s'emplissent de larmes.

— Voyons, ne pleure pas... Tu seras toujours le bienvenu, au Joe's. Tu es un type bien, Doug. Prends soin de toi.

Quand enfin je retourne l'écriteau « Venez manger chez Joe » pour afficher « Fermé », j'ai les pieds en compote, le visage luisant de graisse, les mains à vif et le dos en capilotade. Inutile de dire que je ne suis pas à prendre avec des pincettes. Comme je m'en voudrais à mort de rabrouer Georgie, je le renvoie chez lui de bonne heure — il y a belle lurette que Judy est partie —, et Octavio et moi restons seuls pour nettoyer les locaux. Ce que nous faisons en silence.

— Tout va bien, patronne ? me demande-t-il au moment de partir, enfilant son blouson d'un mouvement d'épaules.

— Depuis combien de temps est-ce que tu es marié, Octavio ? dis-je en essorant la lavette.

— Huit ans, répond-il avec le sourire.

— Vous avez l'air vraiment heureux, Patty et toi.

— Oh ! Mais nous le sommes !

— J'ai l'impression que jamais je ne réussirai à trouver l'âme sœur, dis-je, et soudain la boule revient dans ma gorge.

Il me lance un regard songeur.

— Quoi ?

— Malone est venu, ce matin, me dit-il. C'est la première fois que je le vois au Joe's.

J'ai une petite moue de mépris.

— Mouais… Il est passé dire merci à mon frère. Jonah lui a donné un coup de main, hier.

— Hmm…

Octavio est un homme assez peu loquace, lui aussi.

— Bon. Eh bien, bonsoir, patronne.

— Ciao !

Et il n'est que 16 heures…

Dehors, il fait un temps magnifique, enfin… dix degrés environ. Les arbres se sont parés du halo ouaté des jeunes bourgeons, du vert le plus tendre qu'on puisse imaginer ; le vent est doux et salé. Hélas, je suis trop occupée pour faire un tour à vélo ou même une bonne petite marche. Au lieu de quoi, je fais cuire des brownies pour le dessert de demain. Puis je charge ma voiture et me mets en route pour la caserne de pompiers.

C'est moi qui leur fournis leur repas mensuel. Cette prestation de traiteur me rapporte des clopinettes, mais les soirées de la caserne font partie de ces petits à-côtés qui mettent du beurre dans mes épinards, surtout en basse saison. Car, même si mes revenus me permettent de régler l'intégralité de mes factures tout au long de l'année, quand arrive la fin du mois il ne me reste plus grand-chose. Des matinées comme celle d'aujourd'hui ne sont pas monnaie courante, au Joe's. Je sais bien que je devrais me constituer un petit matelas à la banque, histoire de me dépanner en cas de coup dur, mais je suis fauchée. Remporter le titre du Meilleur Petit Déjeuner donnerait un petit coup de pouce à mes affaires même si, au départ, mon objectif était simplement d'inciter les habitants des villes voisines à prendre leur voiture jusqu'à Gideon's Cove le week-end.

Colonel s'installe dans un coin de la cuisine, pendant que je décharge la voiture. Le doux air d'avril me fait de l'œil et, une fois de plus, je regrette de ne pas pouvoir aller me balader à vélo, mais quand j'en aurai terminé ici la nuit commencera à tomber. En plus, mon chien a besoin de rentrer à la maison. Il me semble bien raide, aujourd'hui, et plus calme qu'à l'accoutumée.

— Ça va, mon bébé ?

Colonel me fixe de ses beaux yeux, mais ne remue pas la queue.

— C'est qui mon gros toutou à moi ?

Je m'agenouille pour lui caresser la tête. Voilà... Sa queue se met à balayer le sol. Je lui donne un bout de rôti de bœuf et m'attelle à ma tâche.

*Que peut bien faire Malone, ce soir ?*

A peine formulée, je chasse immédiatement cette pensée de mon esprit. Malone est un sans-cœur et, de mon côté, je ne vaux pas mieux. Je me suis conduite avec lui comme une Marie-couche-toi-là... « Qui sème le vent récolte la tempête », me sermonne une petite voix intérieure qui a exactement l'intonation de ma mère. Elle n'a pas tort, cette voix. J'allume la radio d'un geste sec pour noyer sous le bruit ma propre condamnation.

Les gars — pardon, les *soldats du feu* — commencent à arriver vers 17 h 30, et parmi eux Jonah. Il me fait signe de la main, mais il est en grande conversation avec le chef du comité des camions... Nos pompiers sont convaincus que Gideon's Cove a besoin d'une grande échelle. Cette acquisition impliquerait la construction d'une nouvelle structure pour l'abriter, ce qui ne serait pas pour déplaire à nos gars — pardon, à nos *soldats du feu*.

J'allume le réchaud et sors les plateaux de nourriture. Il s'agit d'un repas basique mais copieux : rôti de bœuf, purée de pommes de terre au raifort, haricots verts, poulet au pesto, pâtes et sauce. D'habitude, il vient toujours une vingtaine de pompiers.

Chantal passe soudain la tête dans l'encadrement de la porte.

— Salut !

— Salut, Chantal. C'est vrai, j'avais oublié que tu faisais partie de l'équipe, maintenant !

Je souris en disant ça.

— C'est la meilleure décision que j'aie prise de ma vie, dit-elle avec un air mélodramatique. Le service rendu à la communauté, tu vois, et toutes ces foutaises... Sans parler des mecs les plus canon de la ville !

— Je n'avais pas compris que coucher avec toute la caserne était un service rendu à la communauté, dis-je en versant la sauce sur les ziti.

— Oh que si, oh, que si... Ne te laisse surtout pas dissuader de continuer, Chantal ! lance Jonah en entrant à son tour.

Il passe un bras autour de la taille de Chantal, qui rit à gorge déployée, et poursuit :

— Et voilà un pompier qui aurait bien besoin de tes compétences très spéciales...

— Tu es répugnant, dis-je.

Chantal, elle, ronronne de plaisir.

— Ça te dit de tester ma lance à incendie ? lui murmure-t-il sans prêter attention à moi.

— Jonah, fiche-nous la paix !

Pour une fois, mon petit frère m'obéit.

Je me tourne vers Chantal.

— Tu veux qu'on sorte tout à l'heure, qu'on aille boire une bière ou autre ?

Elle a les yeux rivés sur mon frère. Plus précisément, sur son *postérieur*.

— Chantal !

Elle sursaute.

— Oh ! Désolée, Mags. Mais j'ai des projets pour ce soir.

Sa voix change soudain d'intonation, réduite à un susurrement torride.

— Hello, capitaine...

— Comment va ma petite recrue ? s'enquiert Mickey Tatum sur le même mode. On s'est entraînée à la recherche et au sauvetage ?

— Là, c'en est franchement trop pour moi, dis-je d'un ton qui sonne assez irrité même à mes propres oreilles. Allez, viens Colonel, on s'en va ! Je ne tiens pas à ce que tu entendes ce genre de conversation.

Ni Chantal ni le capitaine n'ont l'air de s'apercevoir de notre départ.

J'apporte une portion de *ziti* à Mme K. et la lui fais réchauffer. Puis je l'aide à mettre la main sur ses bonnes pantoufles, « pas ces *horribles* choses qui me font *mal* aux pieds ». Mais je suis à cran, ce soir, et irritable, c'est pourquoi j'abrège ma visite.

Confronté à la longue volée de marches qui conduit à mon appartement, Colonel se tourne vers moi, et je dois l'encourager à monter tout en haut.

Ajoutant l'insulte à l'humiliation, la soupe, le pain, le fromage et la tarte que j'avais apportés à Malone m'attendent sur le paillasson. Je fais entrer Colonel, puis reviens sur mes pas et m'empare des différents plats, posant brutalement la casserole sur le comptoir. Quel salaud, ce type ! Qu'il crève de faim, tiens ! Rien à fiche !

Colonel n'a pas l'air de s'intéresser à sa gamelle. Après lui avoir donné de l'EtoGesic et de la glucosamine, je retape son petit lit, puis écris une note sur le tableau noir pour me souvenir d'appeler le vétérinaire, histoire de voir si je peux faire quelque chose de plus pour lui.

Ma mère a peut-être raison, me dis-je en jetant ma soupe aux pommes de terre dans l'évier. Ce *diner* est peut-être une voie sans issue. Je suis tombée dedans toute petite. Grand-père nous a mis au travail tout jeunots ; nous faisions la plonge, débarrassions les tables, zigzaguions entre les chaises pour servir les clients. J'en viens du coup à me dire que je ne me suis peut-être pas donné assez de recul… Est-ce vraiment à cela que j'ai envie de vouer toute mon existence ?

Je contemple le port par la fenêtre, songeuse.

La réponse est oui.

Ce n'est peut-être pas le métier le plus prestigieux du monde, mais la raison d'être du Joe's Diner, ma raison d'être à moi, c'est de donner un cœur à notre petite ville. Un lieu de rencontre. Tout le monde peut venir au Joe's, même si c'est juste pour prendre une tasse de café et passer la matinée à échanger des nouvelles avec ses voisins. Il y a le Dewey's, bien sûr, mais il n'est ouvert qu'en soirée, et puis la mentalité y est différente. Les gens y vont avec une idée précise en tête : faire une rencontre, boire quelques verres et, s'ils font partie du noyau dur des habitués, s'y soûler. Mais le Joe's est la clé de voûte d'une bourgade qui a grand besoin d'un lieu de rencontre et de convivialité. Et le fait qu'il arbore une authentique déco Mahoney ne gâche rien. Je me demande si je pourrais le faire inscrire au registre national des monuments historiques ou quelque chose dans ce genre.

Ces derniers temps, néanmoins, les piques incessantes de ma mère ont entamé ma cuirasse. Quand je m'imagine vieillissant dans mon *diner*, je vois aussi un mari et des enfants entrer et sortir, ou moi rentrant à la maison avec eux. Je ne m'imagine pas seule, faisant tremper chaque soir mes pieds enflés dans des sels d'Epsom avec pour seule compagnie celle de chiens à l'odeur de plus en plus forte.

J'enfourne une pizza à la va-vite, attends qu'elle chauffe, puis je la mange sans énergie et sans plaisir.

Combien de fois suis-je sortie avec un homme, le mois dernier ? Quatre ? Cinq ? Sans oublier Malone — avec qui, d'ailleurs, je ne suis pas à proprement parler *sortie*. Entre nous, il ne s'agissait que de sexe. Le meilleur plan de ma vie, entre parenthèses.

*Il est temps d'appeler Christy*, me dis-je quand mon auto-apitoiement en arrive à m'écœurer moi-même. J'enfonce la touche 1 de mon téléphone.

— Salut, c'est moi, dis-je lorsque Will prend la communication.

— Bonsoir, Maggie. Ça va ?

— Oui, à peu près. Et vous, vous sortez ce soir ? A la même heure que d'habitude ?

Le jeudi, c'est ma soirée baby-sitting.

— Pour tout te dire, je n'en suis pas très sûr... Christy se sent un peu patraque. Il y a un virus de gastro qui traîne, et je crois qu'elle l'a attrapé.

— Oh mince ! Bon, en tout cas, si vous avez besoin de quoi que ce soit, faites-moi signe. Et dis à Christy que j'espère qu'elle va vite se remettre.

— Merci, ma puce. Je n'y manquerai pas.

Quand Christy a rencontré Will, il a tout de suite été clair pour eux qu'ils avaient trouvé l'âme sœur. Six mois après, Will, qui était interne à Orono, a pris une rare soirée de congé et m'a invitée au restaurant. En tête à tête. Il m'a emmenée dans un établissement agréable et, malgré son état d'épuisement après une longue garde, il s'est montré drôle et charmant.

Au cours du repas, il a tiré un écrin en velours de sa poche et me l'a tendu par-dessus la table.

J'ai eu un mouvement de recul.

— Hum, je crois que tu t'adresses à la mauvaise jumelle, Will...

— Je sais très bien laquelle tu es.

— Et tu fais quoi, là ? Un essai ?

— Ecoute, Maggie, m'a-t-il dit, le visage soudain

grave. Je souhaite épouser Christy. C'est la femme la plus merveilleuse que j'aie rencontrée. Jour après jour, j'ai l'impression de vivre un rêve éveillé, parce que je sais que vais l'appeler, la voir ou lui tenir la main.

— C'est adorable, ai-je dit, les yeux embués d'émotion.

A l'époque, j'avais la quasi-certitude que je trouverais très vite moi aussi un compagnon aussi merveilleux que lui.

Il a poursuivi :

— Mais je n'ignore pas à quel point vous êtes proches, toutes les deux, et je mesure l'ampleur de ce que je vous demande… Je n'exige pas de m'interposer entre vous, Maggie : je sais que je n'y arriverai jamais, et en plus c'est la dernière chose au monde que je voudrais. Mais je te demande de bien vouloir partager Christy avec moi. J'ai besoin de ta bénédiction.

Ses yeux étaient embués de larmes.

L'écrin contenait une belle bague ornée d'un grenat, notre pierre de naissance à Christy et moi.

Bien entendu, je lui ai accordé ma bénédiction. La seule idée que ma sœur puisse passer sa vie avec un homme qui l'adore… Qui aurait pu dire non ?

Je n'ai pas rencontré quelqu'un comme Will. Il se peut même qu'il n'y ait personne de semblable à lui dans le monde entier. Tout ce que j'ai réussi à dégoter, c'est un veuf larmoyant, un pêcheur de homards renfrogné et un prêtre.

— Eh oui…

Je propose la croûte de ma pizza à Colonel, qui la déguste avec délicatesse.

— Tu te sens mieux, mon bonhomme ?

Il pose sa tête sur mes genoux.

Les Red Sox sont en déplacement, ce qui n'est pas plus mal. Ces derniers temps, ils évoluent avec un talent d'unijambistes de cinq ans atteints de cécité.

Je traîne sans but jusqu'à 9 h 30 environ, puis je décide de m'en tenir là pour ce soir. Pour autant, il ne m'échappe pas qu'aller au lit avec mon chien est la meilleure chose qui me soit arrivée de la journée.

# 19

Colonel ne veut pas se lever de son panier, ce matin. Il remue la queue mais sans énergie et ne dresse même pas la tête quand je lui demande s'il veut sortir. Je regarde l'heure : il est encore trop tôt pour appeler le vétérinaire.

Après la ruée d'hier, le *diner* a repris son petit train-train : mes habitués, Ben, Bob et Rolly, sont assis au comptoir ; Stuart, installé dans son box, près de la fenêtre, lit son journal. Mais l'état de Colonel me soucie au point que je ne suis pas vraiment à ce que je fais et, dès que la petite aiguille de l'horloge marque 8 heures, j'appelle la clinique vétérinaire. On me dit de passer demain.

— Sans doute est-ce de la fatigue liée à son âge, suggère la gentille assistante vétérinaire. Colonel est plutôt en forme pour un vieux monsieur. Quel âge est-ce que ça lui fait, maintenant ? Quatorze ans ?

— Treize.

— C'est déjà bien pour un grand chien...

— Je sais. Mais il n'est pas dans son assiette.

Je passe le reste de la journée à effectuer de brefs allers-retours entre le Joe's et mon appartement. A force de cajoleries, je parviens à convaincre Colonel de se lever et de sortir faire pipi, mais dès qu'il a fini il remonte péniblement l'escalier. Je l'aide à se recoucher sur mon lit et lui donne de l'eau. Je lui caresse la tête.

— Qu'est-ce qui t'arrive, mon chien ? Demain, on ira

voir le Dr Kellar, d'accord ? Il te donnera un remontant, tu verras.

Je dois préparer deux plats de lasagnes pour un buffet de funérailles et faire cuire quelques douzaines de cookies, mais toute la journée l'envie me démange de rentrer chez moi pour retrouver mon chien. C'est une détresse terrible, pour le propriétaire d'un animal, de savoir que quelque chose ne tourne pas rond chez lui et d'être incapable de comprendre de quoi il s'agit. Se pourrait-il qu'il ait mangé quelque chose qui l'ait rendu malade ? S'est-il fait mal quelque part ? A-t-il un cancer ?

A 16 heures, ayant enfin bouclé ma journée, je rentre chez moi pour de bon, puis j'appelle ma sœur pour lui demander de venir me tenir compagnie pendant que je veille Colonel. Mais elle est toujours mal en point et, après avoir écouté le récit de sa nuit passée aux toilettes, je n'ose pas lui parler de l'étrange apathie de mon chien. Mon sentiment de solitude est tel que j'en viens à téléphoner au père Tim.

— Oh Maggie, je suis navré, mais je dois filer ! Je dîne chez les Guarino, ce soir. A propos, merci pour les lasagnes ! Elles étaient succulentes.

Je parviens à sourire : le père Tim est le seul homme que je connaisse capable de manger des lasagnes à 16 heures et d'aller dîner à 18.

— Bon, ça ne fait rien, dis-je. Simplement, je me fais un peu de souci pour Colonel. Je le trouve un peu trop calme, aujourd'hui. Pas dans son assiette, vous voyez ?

— Bah, ne vous faites pas trop de mauvais sang ! Je suis sûr qu'il va se requinquer. Vous voulez que je vous rappelle un peu plus tard ?

— Volontiers.

Je raccroche et m'étire sur le lit, à côté de mon chien. Je caresse ses oreilles et passe mes doigts dans le soyeux pelage de son encolure. Il se pelotonne tout contre moi en grognant de satisfaction.

Mon père me l'a offert juste après que Skip m'a plaquée. Une semaine ou deux après le retour triomphant du héros de Gideon's Cove, je regardais fixement par la fenêtre quand mon père est entré avec Colonel, qui portait un ruban bleu noué autour du cou. Rescapé d'une de ces usines à chiens du sud de l'Etat, Colonel était alors un gros toutou turbulent de deux ans. Ç'a été le coup de foudre. Durant la première nuit à la maison, il est monté sur mon lit patte à patte, prudent comme un voleur de bijoux. Peut-être a-t-il pensé que s'il y grimpait lentement, ses trente-cinq kilos passeraient inaperçus. J'habitais encore chez mes parents, à l'époque, et le lendemain matin ma mère a piqué une crise en nous découvrant tous les deux, la tête de Colonel sur mon oreiller, mon bras entourant son bidon poilu.

— Pour l'amour du ciel, Maggie ! C'est un animal ! Fais-le descendre de là ! Il risque d'avoir des puces, des poux et Dieu sait quoi encore !

La semaine suivante, j'ai emménagé dans l'appartement où je vis encore, et Colonel et moi avons commencé la phase suivante de notre vie commune. Quand l'humiliation et le chagrin consécutifs à la trahison de Skip menaçaient de me submerger, Colonel me poussait la main du museau jusqu'à ce que je le caresse. Ou bien il lâchait une vieille balle de tennis à mes pieds et, si je l'ignorais, il recommençait dix ou douze fois jusqu'à ce que je saisisse l'allusion. Il dormait toutes les nuits sur mon lit, sa grosse tête posée sur mon ventre, tandis que je luttais contre la solitude en m'efforçant d'élaborer un projet pour ma vie d'adulte.

Il ne réclamait qu'un peu d'exercice, et les gens de Gideon's Cove n'ont pas tardé à me surnommer « Celle au chien » pour me distinguer de Christy. Je ne lui ai jamais mis de laisse ; depuis le début, il me suit joyeusement sans faire d'histoires, restant à hauteur de mon vélo ou marchant à côté de moi, sa queue en plumet s'agitant comme un drapeau. J'entre dans un magasin, et il se couche à l'extérieur sur le trottoir, attendant patiemment que je ressorte. Il s'est immédiatement pris d'affection pour le *diner* comme une serveuse chevronnée, sans jamais déranger personne, se contentant de rester couché derrière la caisse, à regarder les allées et venues des clients jusqu'à ce que ce soit notre tour de partir. Sa présence au restaurant va à l'encontre du code de l'hygiène mais, comme personne n'a jamais trouvé un seul de ses poils dans son assiette, personne n'a jamais émis la moindre plainte à son encontre.

Quand ma mère se lamente à voix haute que jamais je ne rencontrerai quelqu'un, lorsqu'un rendez-vous tourne en eau de boudin, ou quand je rentre chez moi après avoir gardé Violet toute la soirée, tenaillée par le désir d'avoir un enfant bien à moi, il me suffit de me tourner vers sa bonne tête dorée et de quémander un bisou pour être réconfortée. Il ne m'a jamais dit que je gâchais ma vie — il a toujours pensé au contraire que ma vie était la meilleure chose qui lui soit arrivée. Et il n'a jamais pensé que je parle trop ! Il accueille chaque soir, sur le sofa, tous les gratouillis de ventre, toutes les caresses sur la tête que je lui fais, comme si pour lui j'étais un don du ciel, alors qu'en fait mon amour est juste une goutte d'eau comparé à sa dévotion pour moi.

— Tu es mon meilleur copain, Colonel…

Blottis l'un contre l'autre, nous nous endormons.


Lorsque je me réveille, aux alentours de 3 heures du matin, je sais instantanément que Colonel est mort.

Son corps est encore tiède sous ma main, mais quelque chose s'est envolé. Les larmes inondent mes yeux, mais je continue à le caresser, à caresser son doux pelage doré. Je caresse ses bajoues blanches, sentant au passage les poils rêches de ses moustaches, la douceur des plis de sa gorge. Je n'allume pas la lumière — ce serait d'une certaine façon sacrilège, car alors il me faudrait voir que celui qui a été mon chien pendant onze ans n'est plus. Au lieu de ça, je lui passe les bras autour du cou, j'enfouis mon visage dans son pelage et me mets à pleurer.

— Je te demande pardon, Colonel…

Pardon de ne pas l'avoir emmené en urgence chez le vétérinaire, pardon de ne pas avoir pris ma journée pour rester auprès de lui.

— Je m'en veux tellement, mon chien !

Je pleure jusqu'à ce que sous ma joue le drap soit trempé, jusqu'à ce que le ciel passe du noir au bleu velours puis au rose. Quand ça devient inévitable, je me redresse pour le regarder : sa noble et douce tête blanche, le duvet soyeux de son ventre et de ses pattes.

— Merci pour tout…

Mes mots me semblent pathétiquement insuffisants.

Le téléphone sonne. Avant même d'entendre sa voix, je sais que c'est Christy. Nous savons toujours d'instinct quand l'autre souffre.

— Est-ce que ça va ? chuchote-t-elle.

Il n'est que 5 heures du matin.

— Colonel est mort.

— Oh non ! Oh, Maggie !

Elle fond en larmes, et je me remets à pleurer.

— Maggie, ma chérie… je suis tellement navrée. Est-ce qu'il… Tu as été obligée de le…

— Non… Il s'est simplement éteint dans son sommeil, sur mon lit.

— Oh, Colonel…, murmure-t-elle en reniflant.

La voix de Will me parvient en arrière-fond, et ma sœur lui annonce la triste nouvelle.

— Pouvons-nous t'être utiles d'une manière ou d'une autre ? me demande-t-elle.

— Non, non. Je vais appeler Jonah. Il me donnera un coup de main. Et vous, comment ça va ? Toujours malades ?

Christy soupire.

— Je suis encore bien crevée, et maintenant c'est Violet

qui a la gastro. Elle a vomi toute la nuit après avoir mangé trois fois des spaghettis et des boulettes de viande mixés, hier soir. Nous avons à peine fermé l'œil.

Je m'aperçois que je n'ai pas cessé de caresser le doux pelage de Colonel.

— J'espère que vous allez vite vous remettre…

J'appelle alors mon frère et lui demande s'il pourra m'aider à apporter mon chien chez le vétérinaire pour le faire incinérer, dès que la clinique sera ouverte. Puis je téléphone à Octavio pour le prier de me remplacer au *dîner*.

Quand Jonah arrive à 7 h 45, il monte pesamment l'escalier et me serre très fort dans ses bras, les larmes aux yeux.

— Oh! Maggie! C'est vraiment trop nul. Peut-être qu'il est avec Dicky, maintenant, ou ailleurs. C'étaient tous les deux des chiens exceptionnels.

Nous passons dans la chambre, et j'embrasse une fois de plus la tête de Colonel, tandis que Jonah s'essuie les yeux du revers de sa manche. Puis nous l'enveloppons dans une couverture et nous le transportons jusqu'au pick-up de mon frère. Mme K. sort sur son palier pour voir ce qui se passe.

— Colonel est mort cette nuit, madame K., lui dis-je.

Et Mme K, qui a enterré son mari, trois sœurs et deux de ses quatre enfants, fond en larmes.

— Oh! *Maggie*…

Je l'étreins, gagnée moi aussi par une nouvelle montée de larmes.

Jonah et moi faisons glisser Colonel dans la benne du pick-up où je grimpe pour m'installer près de lui.

— Tu vas avoir froid, Mags, s'inquiète mon frère.

— Non, ça ira.

Je m'accroupis à côté de mon chien, empêchant d'un bras la couverture de s'envoler avec la vitesse : ce serait trop triste comme spectacle.

Chez le vétérinaire, tout le monde est très gentil. On

nous aide à porter Colonel par l'entrée de derrière et on nous accorde un moment pour lui dire adieu.

— Je t'attends dans le pick-up, me murmure Jonah en refermant doucement la porte derrière lui.

Je dégage la tête de Colonel de la couverture et le contemple une dernière fois, longuement. Il a l'air confortablement endormi, douillettement enveloppé dans la couverture en tartan rouge que nous mettions sur le lit, quand les nuits étaient froides.

— Tu vas tellement me manquer, mon ami !

Les mots peinent à sortir de ma gorge nouée par le chagrin.

— Tu as été un chien merveilleux. Le meilleur qui soit.

J'embrasse sa joue ; mes larmes mouillent son pelage. Et puis je m'en vais.

Jonah me reconduit chez moi afin que je me douche et que je change les draps de mon lit. J'ai du mal à rester dans mon appartement, si vide, si abandonné sans sa présence, aussi je marche à pas traînants jusqu'au *diner* où Judy et Octavio accueillent la nouvelle dans les larmes.

— Ça sera plus jamais pareil sans lui, dit Judy en sanglotant. Merde, alors ! Putain de merde, fait chier ! Je sors fumer une clope.

Octavio rédige un petit écriteau :

« Nous sommes au regret de vous annoncer le décès de notre grand ami, Colonel. »

Puis il le scotche sur la caisse enregistreuse. Rolly secoue alors tristement la tête, et Bob Castellano me donne un baiser moustachu sur la joue. Apparemment, Jonah ou Christy ont appelé mes parents, car ils arrivent au Joe's vers les 10 heures, suivis de Christy, encore toute pâle et flageolant de faiblesse. Mon père pleure ouvertement.

— Merci d'être venus, dis-je dans un murmure.

Pour le moment, mes yeux sont secs.

Papa se mouche, puis me serre très fort dans ses bras.

— Je suis tellement malheureux pour toi, ma chérie, me chuchote-t-il.

— C'était le meilleur chien du monde, déclare Christy, les lèvres tremblantes.

— Je sais. Merci.

— Eh bien, Maggie..., dit ma mère — et je m'arme de courage pour ce qui va suivre —, je suis désolée.

L'étonnement me fait cligner les yeux. Ma mère n'a jamais tenté de dissimuler sa désapprobation quant à l'arrivée de Colonel dans ma vie, n'étant pas elle-même une amoureuse des chiens. C'est à peine si elle tolérait Dicky, autre rescapé, sauvé lui aussi d'une usine d'élevage par mon père.

Judy s'occupe de servir leur petit déjeuner aux deux derniers clients, nous jetant de petits coups d'œil et faisant semblant de ne pas tendre l'oreille.

— Au moins, tu n'auras plus à aspirer ses poils tous les jours, lâche soudain négligemment maman. Et sans sa présence le restaurant sera sans aucun doute plus hygiénique.

Ah, revoilà ma vraie mère !

— Maman ! s'insurge Christy d'une voix suraiguë. Bonté divine !

— Quoi ? réplique-t-elle d'un air innocent. C'est la vérité. Et puis regarde-toi, Maggie ! Tu es une véritable épave. Tu as une mine épouvantable. Tout ça pour un chien !

— Maman, dis-je d'une voix étonnamment calme. Fous le camp de mon *diner*.

— Pardon ?

Papa recule d'un pas, inquiet, et ma sœur pose sa main sur son bras d'un air protecteur.

— Fous le camp, maman ! Ce chien, je l'adorais. Il a veillé sur moi pendant les pires moments de ma vie. J'en ai marre de ta désapprobation, à la fin ! Marre que tu me répètes que ma vie est un échec, marre que tu me compares continuellement à Christy, à sa vie de fille, de mère et d'épouse modèle ! Dégage ! Et ne remets les pieds ici que lorsque tu seras capable de te comporter comme une mère qui aime *tous* ses enfants !

Ma mère en reste interdite et, bizarrement, à cet instant je l'aime plus que je ne l'ai aimée depuis longtemps. Mais trop, c'est trop.

— Quant à toi, papa, j'aimerais vraiment que tu prennes un peu plus souvent ma défense !

— Je sais, murmure-t-il.

— Pardon, Christy. Je t'adore.

Je serre ma sœur dans mes bras, crispée.

— J'espère que tu vas vite te remettre de ta gastro. Bon, maintenant je vais en cuisine... S'il vous plaît, je voudrais que vous soyez tous partis quand j'en ressortirai.

Octavio, avec la diplomatie d'un Suisse, ne dit pas un mot à mon entrée. J'ouvre la réserve et m'assieds par terre parmi les bouteilles de vinaigre et les tomates en boîte. Ma respiration est saccadée, et je m'aperçois que mes mains tremblent. Tavy me laisse cinq minutes de répit, puis ouvre la porte.

— Ça va, patronne ?

— La grande forme !

— Il était temps que tu remettes cette bonne femme à sa place, me dit-il avec son beau sourire aux incisives écartées.

Je laisse échapper un petit rire sinistre.

— Merci.


Je renvoie Judy de bonne heure, préférant m'occuper le plus possible. De toute évidence, la nouvelle s'est répandue dans Gideon's Cove.

Chantal arrive à l'heure du déjeuner, me serre dans ses bras avec une douceur qui ne lui ressemble pas et me tend un bouquet de tulipes.

— Désolée, dit-elle en se glissant dans un box.

— Merci. Qu'est-ce que je te sers ?

— Oh ! Je ne sais pas. Peut-être juste un café, aujourd'hui. Je me sens un peu barbouillée.

— Il y a une épidémie de gastro. Christy et la petite l'ont attrapée.

— Brrr... Eh bien, si je ne l'ai pas chopée, ça me ferait plaisir de passer la soirée chez toi, d'accord ? A condition que tu ne sois pas contre le fait d'avoir un peu de compagnie...

— Merci, Chantal. C'est gentil, mais je préférerais rester seule.

Elle hoche la tête.

— Le père Tim est passé, aujourd'hui ? me demande-t-elle en vérifiant la tenue de son rouge à lèvres dans les chromes du petit juke-box.

— Non. Il faut que je passe à la cure pour lui annoncer la nouvelle, au sujet de Colonel.

Tout à coup, je suis submergée par le besoin irrépressible de voir le père Tim, d'entendre sa voix, ses paroles compatissantes, ou de prendre une tasse de thé dans le salon de la cure. C'est là-bas que je trouverai enfin un peu de réconfort.

J'appelle Beth Seymour et lui demande de s'occuper de la livraison des repas à domicile, ce soir. En apprenant la mort de Colonel, elle me propose de l'annoncer elle-même à mes clients, qui sont nombreux à avoir aimé mon chien.

— Merci, Beth. C'est sympa.

Les yeux me brûlent, j'ai l'impression qu'ils sont pleins de sable.

En quittant le Joe's, je tiens la porte machinalement une seconde de trop, avant de prendre conscience que mon chien ne sera plus jamais sur mes talons. Je n'ai plus personne sur qui veiller, plus personne à qui parler... Ma mère a raison : je suis pathétique.

Mme Plutarski me fusille du regard lorsque je lui demande si le père Tim est là.

— Il est très occupé, aujourd'hui, me répond-elle en remontant ses lunettes sur son nez en lame de couteau. Le moment est peut-être mal choisi pour une visite de... courtoisie.

— Je viens d'avoir un deuil dans ma famille, Edith, dis-je, sachant très bien qu'elle déteste que je l'appelle par son prénom.

Elle attend que je lui donne le nom du défunt, en vain.

— Alors, il est là ou pas ?

— Maggie ? Ah, il me semblait bien avoir reconnu votre voix !

Le voilà qui arrive.

— Bonjour, mon père. Auriez-vous une minute à m'accorder ? En privé ?

— Pour vous, Maggie, toujours ! Ma chère Edith, voulez-vous faxer ceci au vaisseau-mère, je vous prie ? Il faut qu'ils l'aient aujourd'hui.

Il lui tend une feuille de papier qu'elle accepte comme s'il s'agissait d'une bague de fiançailles.

— Désolé, Maggie. Les affaires du diocèse... Merci, Edith.

— N'oubliez pas qu'à 18 heures vous avez une réunion à Machias, mon père, lui dit-elle, et ses yeux braqués sur moi me préviennent : « Tu n'as pas intérêt à t'éterniser. »

— Alors, Maggie, que puis-je faire pour vous ? me demande le père Tim en me faisant entrer dans son salon.

Je prends place dans un fauteuil, avide d'un réconfort enfin à portée de main.

— C'est Colonel, mon père... il est mort cette nuit.

Au début, la nouvelle met du temps à faire son chemin dans l'esprit du père Tim. Je me rappelle soudain qu'il m'avait promis de me rappeler, hier soir, et qu'il ne l'a pas fait.

— Ah, mon Dieu ! souffle-t-il, et son sourire d'expectative se mue en une expression de chagrin.

J'attends la suite. Elle ne vient pas.

— Il s'est éteint dans son sommeil…

— Ma foi, ce doit être un réconfort pour vous, n'est-ce pas ? C'est quand même mieux que d'avoir dû le faire piquer, je suppose.

Il jette un coup d'œil à sa montre.

Je lui demande avec brusquerie :

— Vous devez partir ?

— Non, non. J'ai encore quelques minutes.

Il se carre dans son fauteuil et joint les mains.

— Eh bien ! Vous devez vous sentir bien triste…

— En effet, oui.

— J'en suis désolé.

Il me sourit gentiment, mais pour la première fois depuis que je le connais j'ai le sentiment qu'il ne m'écoute pas vraiment.

— Mon père, croyez-vous que les animaux vont au paradis ?

Ma question provient seulement de mon désir de l'impliquer dans mon deuil, pas d'un quelconque besoin spirituel. Je sais exactement où est Colonel.

— Je me suis déjà interrogé à ce sujet, me répond-il alors pensivement. Et, bien qu'on puisse dire qu'ils sont des créatures de Dieu, la vérité est que les animaux n'ont pas la capacité de faire un choix réfléchi. Le libre arbitre, c'est un don que Dieu n'a accordé qu'à l'homme, Maggie, comme vous le savez. C'est pourquoi…

Il continue à pérorer et je cesse de l'écouter.

Je comprends que je n'ai pas à attendre le moindre réconfort de sa part. Il ne va pas me dire des choses tendres, pénétrantes et pleines de compassion. Il est parti dans une digression sur les enseignements de l'Eglise, ignorant mon chagrin, inconscient de mon irritation.

Je le coupe.

— Je dois partir, mon père…

Il se lève de son siège.

— Maggie, je suis terriblement navré pour vous.

Il m'enveloppe dans ses bras. Ce qui ne me fait guère d'effet aujourd'hui, mais je m'amadoue un peu. Au moins fait-il des efforts.

— Merci, mon père, dis-je en me dégageant. A demain.

A ma sortie du salon, Mme Plutarski fait semblant de ne pas me voir, préférant s'agiter frénétiquement dans la pièce afin de montrer à quel point elle est occupée.

— Père Tim, il faut vraiment y aller, maintenant! lance-t-elle pour faire bonne mesure.

Je la hais!

Je rentre chez moi sans me presser. Mes yeux cherchent machinalement Colonel, et je m'attends presque à sentir sa truffe heurter ma main de façon rassurante.

Mme K. guettait mon retour. A la seconde où mon pied se pose sur la première marche, elle ouvre sa porte.

— Bonjour, ma chère petite.
— Bonjour, madame K.

J'espère qu'elle n'a rien à me demander, car la dernière chose dont j'ai envie à cet instant, c'est bien de lui couper les ongles des pieds ou de lui déboucher ses toilettes.

— Tout va bien?
— Ma foi, *oui*, Maggie, du moins pour moi. Tenez... J'ai fait de la *pâtisserie*, aujourd'hui. Je ne me *souviens* pas de la dernière fois que ça m'était arrivé. C'est pour vous.

Elle me tend une assiette en carton où s'empilent des cookies au beurre de cacahuètes dont les croisillons brillent de sucre. Son doux visage ratatiné reflète une telle gentillesse et une telle bonté que les larmes me montent aussitôt aux yeux.

— Bon, vous avez sans doute envie d'être un peu *seule*, maintenant. Je ne vais donc pas vous retenir. Mais je suis *là*, si jamais vous avez besoin de moi.

Elle me serre affectueusement le bras et referme sa porte.

J'ouvre la mienne et entre dans mon appartement où je reste plantée une minute, affrontant l'absence. C'est la première fois que je rentre ici sans Colonel ou sans qu'il soit là pour m'accueillir. Sa gamelle est encore dans la cuisine, remplie de croquettes. Son panier, usé du côté où pendant toutes ces années il a replié sa patte, me paraît immensément vide.

Deux heures après, j'ai enfilé mon pyjama de flanelle le plus élimé, le plus confortable. On y voit des tasses à café bleues ailées flottant sur un fond orange, association de couleurs qui explique probablement que je l'ai eu pour trois dollars. Le pantalon m'est trop court de cinq centimètres, et ma poitrine — ou plutôt mon absence de poitrine — est jonchée de miettes de cookies au beurre de cacahuètes. Exténuée, mais sans avoir sommeil pour autant, je regarde d'un œil apathique les Red Sox perdre leur avance de quatre points. Ma mère me déteste, mon père est en train de se fondre dans le décor, ma sœur est parfaite, et… mon chien est mort. En un mot, ce n'est pas la grande rigolade.

Bien entendu, c'est à cet instant qu'on frappe à ma porte. C'est sans doute Jonah. Je m'extrais péniblement de mon sofa pour aller lui ouvrir.

Mais ce n'est pas lui. C'est la dernière personne que j'ai envie de voir : Malone.

— Excuse-moi, mais là tu tombes vraiment mal, dis-je en regardant son torse.

— J'en ai que pour une minute, réplique-t-il en me bousculant pour entrer.

Qu'est-ce qu'il vient faire ici ? Rompre dans les règles ? Avons-nous entretenu une relation qui nécessite réellement une scène de rupture ?

— Ecoute, Malone…

Mais je parle à son dos car il m'ignore et passe dans la cuisine. En ôtant son manteau, même ! Non, mais quel culot ! Et il ouvre un placard, en plus ! Sacrément mal élevé, le gars, si vous voulez mon avis… Je reste plantée à l'entrée de la pièce, les poings sur les hanches. S'il veut la bagarre, il va l'avoir. Je ne suis pas d'humeur à me laisser marcher sur les pieds, aujourd'hui, comme Ma Très Chère Mère peut en attester. J'ai passé une journée pourrie, et ma gorge se serre de colère.

— Malone, je ne tiens vraiment pas à ce que tu...

Il passe dans le séjour avec deux verres remplis de ce qui, à l'aspect et à l'odeur, semble être du scotch. Je le suis. Il me tend l'un des verres, puis heurte l'autre contre le mien.

— A Colonel ! C'était un sacré chien, Maggie.

Ma carapace de colère s'effrite comme un château de sable. Je me couvre les yeux, qui se sont remplis de larmes.

— Malone...

Il m'enlace, dépose un baiser sur mon front, et la tendresse contenue dans ce petit geste achève de m'anéantir. Mes poings agrippent son pull et je me mets à sangloter contre sa poitrine.

— Jonah m'a tout raconté, me dit-il en m'embrassant de nouveau. Tiens, bois ça... Ça te fera du bien.

C'est l'un des plus longs discours qu'il ait jamais prononcé. Je lui obéis, tressaillant en avalant une gorgée de scotch. Puis il me conduit jusqu'au sofa où il prend place en m'attirant à côté de lui, obligeant ma tête à se nicher contre son épaule. Les larmes débordent de mes yeux, mouillant la laine de son pull. Nous restons assis tous les deux un long moment à regarder les Sox en train de perdre leur match, sans dire un mot. Je sirote mon whisky, savourant l'agréable chaleur qui se répand dans mon ventre. Les doigts de Malone jouent distraitement avec mes cheveux. Mes yeux commencent à brûler, mes pensées deviennent de plus en plus vagues et confuses.

Je ne me souviens pas de m'être assoupie lovée contre lui mais, à mon réveil, je me retrouve couchée dans mon lit, les draps remontés jusqu'au menton. Machinalement, je tends le bras et je touche une forme chaude et solide, mais ce n'est pas Colonel. C'est Malone. Il est allongé sur le lit, tout habillé. Le clair de lune qui entre à flots par la fenêtre me permet de voir qu'il est éveillé.

Je murmure :

— Salut.
— Salut.
— C'est toi qui m'as portée jusqu'au lit ?

Il opine.

— Tu es drôlement costaud, dis donc.

Il sourit, et son sourire me donne un coup au cœur.

Il tend la main, écarte une mèche de mon visage et son sourire s'estompe.

— Maggie, dit-il d'une voix aussi rocailleuse que la grève de Jasper Beach. L'autre soir, quand tu es venue chez moi... j'étais pas vraiment au mieux de ma forme...

Bigre ! Des excuses !

— Tu t'es rattrapé, depuis...

— Tu peux passer la journée avec moi, demain ? me demande-t-il, sans cesser de jouer avec mes cheveux.

Un rendez-vous, maintenant ! Il veut donc m'emmener quelque part ?

— Bien sûr.

Octavio et Judy peuvent tenir le *diner* sans moi pour une journée. C'est déjà arrivé.

— Tu veux passer sous le drap, Malone ? Il fait sacrément froid.

Le lit fait entendre un grincement quand il se lève. J'entends le bruissement de ses vêtements qui tombent au sol, mais déjà je n'arrive plus à garder les yeux ouverts. Il se glisse sous les couvertures avec moi, sans son pull, quoiqu'il ait gardé son jean et sa chemise. Il m'attire contre lui, et je pose la main sur son torse, savourant la douce chaleur de sa peau. Il dépose un baiser sur mon front. Une minute plus tard, je dors.

# 20

Malone s'éveille le premier et se glisse hors du lit.
— Tu me retrouves sur le quai à 7 heures, d'accord ?
— D'accord, dis-je en me frottant les yeux.
Il s'en va, refermant doucement la porte derrière lui.
Je me lève à mon tour, m'efforçant de ne pas chercher Colonel dans ses endroits de prédilection, passe dans la salle de bains pour prendre une douche rapide, puis j'enfile un jean et un pull. Je m'arrête une minute près du panier de Colonel, m'agenouille pour tapoter le coussin laineux.
— Tu me manques…
Puis j'appelle Octavio pour lui dire que je prends un jour de congé.
— Pas de souci, patronne. Tu le mérites largement.
7 heures du matin n'est pas une heure très matinale quand on travaille dans un *diner* mais, pour un pêcheur de homards, c'est carrément tard. La plupart des bateaux sont déjà sortis, y compris la *Double Menace*. Mais la *Vilaine Anne* tressaute à son mouillage au gré de la marée qui monte rapidement. Malone m'attend près de son canot.
— On va pêcher le homard ? je lui demande.
— Non, répond-il en me faisant monter dans la petite embarcation.
Une forte odeur de hareng, l'appât qu'utilisent les pêcheurs de homards pour leurs nasses, imprègne l'air, mais c'est une odeur que j'ai affrontée une grande partie de mon existence. Je n'en respire pas moins par la bouche

jusqu'à ce que nous parvenions à hauteur de la *Vilaine Anne*. Les vagues giflent la coque du canot, m'éclaboussant à l'occasion.

— Charmant comme nom, dis-je, tandis que nous approchons du bateau.

Le visage de Malone se plisse en un sourire.

— Qui est cette Anne ?
— Ma grand-mère.
— Et elle sait que tu l'as immortalisée de cette manière ?
— Ouais.

Il sourit mais n'en dit pas plus, grimpe à bord et me tend la main.

— Assieds-toi.

Un homardier est une embarcation purement fonctionnelle, et rien n'y est prévu pour le confort. Il n'y a pas de sièges, juste un endroit, au milieu, où l'on peut s'asseoir si l'on en éprouve l'envie, envie étrangère aux pêcheurs de homards qui, par conséquent, ne s'y asseyent pas. La cabine de pilotage est bourrée à craquer de matériel de localisation : deux radios, un GPS et un radar. Il y a aussi des fûts remplis d'appâts et un vivier. Si Malone allait relever ses casiers, il y aurait dix ou douze nasses supplémentaires entassées sur le pont et des kilomètres de filière enroulée, prête à servir, mais chaque nuit les pêcheurs de homards déchargent leur matériel sur le quai, aussi le pont de la *Vilaine Anne* est-il vide et propre.

Je m'assieds sur le plat-bord, peu désireuse de gêner Malone dans ses manœuvres. Il effectue sa check-list préalable au décollage, si j'ose dire, puis fait démarrer le moteur et largue les amarres. Le vent est vif tandis que nous mettons cap sur le large. Nous dépassons Douglas Point, évitant ainsi le brisant de Cuthman. Des bouées de couleur vive ornent la mer, si grosses qu'on pourrait rentrer à pied sec en marchant dessus, comme dirait Billy Bottoms. Nous nous frayons un passage entre elles comme si nous naviguions dans un labyrinthe.

Il nous faut environ vingt minutes pour entrer dans l'eau claire et, même là, le littoral du Maine est parsemé de brisants abrupts, d'îlets minuscules, de courants et de dangers liés aux marées. Une fois loin de la côte, Malone bloque la barre et me jette un coup d'œil.

— On va relever tes casiers ? dis-je en resserrant la capuche de mon ciré.

— Non.

— Où va-t-on, alors ?

Il règle les commandes, puis regarde en direction du plat-bord où je suis assise dans un équilibre tellement précaire que je dois me cramponner à la poignée.

Il dévisse le bouchon d'une bouteille Thermos.

— C'est une surprise. Tu veux du café ?

Il m'en sert une tasse — sans lait —, mais je ne proteste pas, pas plus que je ne mentionne le fait que je *sais* qu'il boit son café noir. Puis il reporte son attention vers la proue, et j'incline la tête en arrière pour regarder les mouettes et les cormorans qui volent dans notre sillage, espérant attraper quelques appâts. Colonel aurait adoré ça. Les odeurs, les poissons... Peut-être se serait-il roulé dans une saleté, passe-temps qu'il affectionnait par-dessus tous les autres.

Le bruit du moteur m'apaise ; la brise humide est empreinte de sel et d'une légère odeur de poisson. Le soleil caresse l'idée de faire une apparition, mais au dernier moment il se ravise, et des lambeaux de brume continuent d'enserrer le littoral rocheux, parsemé de pins.

Je bois mon café à petites gorgées, tout en observant de loin le capitaine, qui m'apparaît sous un jour différent sur son bateau. Il semble à l'aise, attitude dont j'ai rarement été témoin chez lui. De temps en temps, il vérifie le tableau de bord, ajuste l'accélérateur, pilote d'une main sûre et sans à-coups. Le vent qui entre par la porte de la cabine ouverte lui ébouriffe les cheveux et malmène son ciré.

— Ça va ? me demande-t-il.

— Impeccable !

Il me désigne un groupe de macareux, ces oiseaux noir et blanc, petits et dodus, qui marchent gauchement à pas pressés sur le rivage d'un îlet. Je lui pose quelques questions sur le bateau, mais sinon nous n'échangeons guère de paroles. En fait, ce silence est plutôt agréable. La tête sombre d'un phoque émerge soudain, à vingt mètres à bâbord environ. Il nous regarde un moment, sa fourrure est lisse et luisante, puis il replonge sans bruit sous la surface de l'eau. Mes cheveux volent autour de mon visage, et Malone me propose un élastique, l'un des milliers qu'il doit passer sur les pinces des homards. Le bruit du moteur est puissant, mais pas assez pour couvrir les cris des mouettes qui nous suivent, ni le claquement des vagues qui s'écrasent contre la coque quand nous fendons un courant ou le sillage d'un autre bateau.

Au bout d'une heure environ, nous tombons de nouveau sur une étendue de bouées. Malone ralentit, manœuvrant prudemment entre elles, puis met le cap vers un ponton de bois où sont amarrées une douzaine d'autres embarcations.

— Où sommes-nous ?
— A Linden Harbor.

Il ne me regarde pas.

— Et que faisons-nous ici ?

Il hausse les épaules, l'air un peu penaud.

— Eh bien, il y a un concours de bûcheronnage… Je me suis dit que ça te plairait peut-être de voir ça.

— Un concours de bûcheronnage ? dis-je en sautant hors du bateau.

— Ouais. Tu sais… abattage d'arbres, lancer de hache, ce genre de trucs, quoi… Il y a aussi une petite fête foraine. Des jeux, une tente d'objets artisanaux et tout le tremblement. En plus, on y mange plutôt bien.

Est-il en train de rougir ? Il se tourne vers la passerelle avant que je puisse en avoir le cœur net.

— Malone !

— Ouais ?

— Ça ressemble étrangement à une sortie en amoureux, tu sais.

Je souris en disant ça.

— En fait, on dirait bien que tu as organisé tout ça pour moi...

Ses yeux se plissent d'un air menaçant, mais un sourire flotte sur ses lèvres.

— Tu veux que je te gagne une de ces horribles peluches, oui ou non ?

— Oh oui, oui ! dis-je en glissant mon bras sous le sien tandis que nous remontons l'embarcadère. La question est : en es-tu capable ?

— Bien sûr que j'en suis capable, Maggie. La seule véritable question, c'est : combien d'argent vais-je perdre dans l'opération ?

C'est presque surréaliste d'être ici avec lui, bras dessus, bras dessous, qui plus est ! Je sens comme une bulle de bonheur enfler en moi, impression étrange et délicieuse alors que nous nous dirigeons vers les tentes plantées sur l'espace vert municipal. L'odeur de poisson est couverte par quelque chose qui sent délicieusement bon la cannelle.

— On dirait que le club de chasse et de pêche vend des petits déjeuners, déclare Malone. T'as faim ?

— Moi ? Une faim de loup ! Tes appâts de poisson commençaient même à me tenter, c'est dire !

Il me commande alors un sandwich œuf/jambon, un petit pain à la cannelle et un gobelet de café, et prend la même chose pour lui. Nous emportons notre repas et allons nous asseoir à une table, pour regarder les gens.

— Je ne peux pas dire que je t'ai souvent vu manger, Malone, dis-je, la bouche pleine de ce qui est certainement le meilleur sandwich de petit déjeuner jamais confectionné.

— Ça m'arrive pourtant presque tous les jours, répond-il. Allez, viens... Allons faire un tour.

Dans cette région du Maine, l'événement est d'importance. L'endroit est trop au sud pour que nous soyons venus en voiture par la route côtière... Depuis Gideon's Cove, le trajet nous aurait pris des heures, mais en bateau nous avons pu nous y rendre presque à vol d'oiseau. Il y a une petite allée de stands comportant quelques attractions foraines. Des enfants passent comme des flèches du manège à la grande roue, traînant leurs parents par la main, réclamant des tours supplémentaires, autre chose à manger, un autre jeu. Les bruits joyeux de la fête foraine nous submergent par vagues : la musique des attractions, les cris des enfants, les rires des parents.

Spontanément, je glisse ma main dans celle de Malone. Il se tourne vers moi, et tandis que la commissure de ses lèvres se relève en un sourire mon cœur bondit.

— Offrez un beau cadeau à vot'dame ! lance un forain. Touchez trois fois la cible pour remporter un lot !

Plusieurs carabines à air comprimé tout abîmées sont alignées contre le comptoir.

— Chouette ! Saisis ta chance, Malone ! Prouve-moi ta virilité en m'offrant, euh... voyons voir... pourquoi pas ce splendide rat bleu en peluche ?

— Tu es sûre ? Tu ne préfères pas le zèbre rose ?

— Oh non... J'ai toujours eu un faible pour les rats bleus, moi...

— Le rat bleu, donc.

Douze dollars plus tard, je suis l'heureuse propriétaire de l'animal en peluche le plus laid qu'il m'ait jamais été donné de voir.

— Merci, Malone, dis-je en embrassant mon lot.

— De rien. Et je tiens à ce que tu saches que le canon de ma carabine était tordu.

Nous faisons l'impasse sur la grande roue — je souffre de vertige — et, mis à part le manège, les autres attractions ressemblent toutes à des moyens expéditifs de passer de l'une à l'autre. Nous préférons aller assister au concours du grimpeur le plus rapide — des hommes qui escaladent des poteaux de bois hauts de douze mètres avec l'agilité d'un écureuil. A la fin du concours, nous admirons un homme en train de sculpter un ours noir grandeur nature dans une énorme bille de bois.

— Ça ferait de l'effet devant le Joe's, dis-je, plaisantant à moitié.

Malone se met à rire.

A l'intérieur d'une tente de créations artisanales, j'observe longuement des courtepointes, des châles, des broderies et des rubans qui flottent au vent, puis j'étudie de près les étals de pâtisserie, examinant des gâteaux au café, des cookies, de magnifiques tartes et des cheese-cakes.

Malone m'en achète un et déclare :

— J'aime les femmes qui ont bon appétit.

Je lui donne une bourrade dans le bras et mords dans mon cheese-cake crémeux, aromatisé au citron.

— Alors, Malone, quand vas-tu te décider à me révéler ton prénom ?

— Pourquoi veux-tu le connaître ?

Il marche en regardant droit devant lui.

— Parce que... parce que ça m'intéresse.

— Mmm-hmm. Eh bien, dommage pour toi !

— Je pourrais demander à Chantal, tu sais. Elle a accès à toutes les archives publiques. Ton prénom figure sûrement quelque part. En plus, je ne te donnerai pas une seule bouchée de mon gâteau si tu ne me le dis pas, et comme tu peux le constater il disparaît à vitesse grand V. Tes chances s'amenuisent, Malone...

— Une autre fois, peut-être.

Je soupire.

— Tu n'es pas très bavard, tu t'en rends compte ?

— Tu parles assez pour deux.

Il reprend ma main.

C'est une journée magnifique ; le froid n'est pas mordant et il ne pleut pas, ce qui, selon les critères du Maine, en fait *vraiment* une journée magnifique. Un quartet d'hommes chante a cappella une chanson sentimentale datant apparemment de la Seconde Guerre mondiale ; des cornemuses vont jouer un peu plus tard.

A 13 h 30, nous avons épuisé tout l'intérêt de l'événement, l'ayant exploré dans les moindres recoins, aussi repartons-nous vers le rivage. Il y a là un brise-lames constitué de gros blocs de rochers que nous parcourons jusqu'au bout, avant de nous y asseoir. La pierre est glacée, mais ça m'est égal.

Malone passe un bras autour de moi.

— Froid ?

— Non, dis-je.

J'appuie ma tête au creux de son épaule.

— Parle-moi un peu de ta famille.

Je le sens qui se fige aussitôt.

— Qu'est-ce que tu veux savoir ?

La première chose qui m'intéresse, c'est sa fille. Une fille adolescente... quel effet cela lui fait-il ? Et, soyons franche, quel effet cela me ferait-il à moi ? A la vérité, je n'ai jamais osé m'imaginer un quelconque avenir avec Malone, me limitant à ce que nous avons vécu jusqu'ici, pourtant ce n'est pas l'envie qui m'en manque. Sa fille approuverait-elle que son père ait une copine ? Serions-nous amies, toutes les deux ? Me détesterait-elle, refuserait-elle de venir voir son père, enfoncerait-elle des aiguilles dans une poupée vaudou à mon image ?

Je m'éclaircis la voix.

— Eh bien, tu as une fille, non ?

— Oui.

— Vous êtes proches ?

— Aussi proches qu'on peut l'être en vivant sur des côtes opposées, répond-il d'un ton neutre.

— Elle doit te manquer...

— Oui.

Je réprime un soupir. J'imagine que, de son point de vue, le sujet de sa fille est clos.

— J'étais en classe avec ta sœur, tu sais…
— Oui.
Je laisse passer quelques secondes, mais rien ne vient.
— Je crois me rappeler que vous n'avez pas eu une enfance des plus heureuses, elle et toi…

Ce n'est pas l'exacte vérité — en réalité, c'est Christy qui se souvient d'eux, pas moi —, mais j'espère que la perche que je lui tends l'incitera à me faire quelques confidences sur lui.

Son bras glisse de mes épaules et il se tourne pour me faire face.
— Maggie…
Sa bouche s'est réduite à un trait.
— Ecoute, tu as raison… A la maison, c'était pas la joie. Mais c'était il y a longtemps, et si je t'ai amenée ici aujourd'hui c'est pour qu'on passe une bonne journée ensemble… Alors, ne remuons pas tout ce passé merdique.
— Très bien, très bien…

Entre ses sourcils, sa ride du lion a pris un pli féroce.
*Chaque chose en son temps, Maggie.*
Je lui prends la main.
— Je te prie de m'excuser, Malone. Et je passe une très bonne journée. Excellente, même.

Sur son visage, les sillons s'adoucissent.
— Non, c'est vrai, tu es vraiment adorable. En fait, je ne te connaissais pas ce côté grand seigneur.

Il sourit enfin, mais presque à contrecœur.
— Bon, ça fait une demi-heure que tu n'as rien mangé. Tu dois donc avoir l'estomac dans les talons. Un bol de cotriade, ça te dit ?
— Pourquoi pas plutôt de la bisque de homard ? Je tiens à soutenir l'industrie locale.

Il se lève et m'aide à me remettre debout. Nous repartons alors vers les tentes et nous arrêtons devant un panonceau proclamant :

*L*A MEILLEURE BISQUE DE HOMARD DE TOUTE TA VIE *!*

Force m'est de reconnaître que ce n'est pas faux. Tout en raclant le fond de mon bol, j'intercepte le regard amusé de Malone.

— Je ne mange pas tant que ça ! C'est toi qui as un appétit d'oiseau.

— Tu veux dire que je ne mange pas les plats que tu prépares...

— C'est ce que j'ai remarqué, oui. Tu ne sais pas ce que tu perds, cela dit, car mes talents culinaires sont hors du commun.

Il se penche en avant, et sa joue mal rasée effleure la mienne.

— J'avoue que tes autres talents m'intéressent davantage, murmure-t-il.

J'ai l'impression que mes jambes se liquéfient. Je jette mon bol vide dans la poubelle la plus proche et passe mes bras autour de sa taille. Il s'approprie ma bouche d'un baiser divin, avec une intensité délibérée comme il sait si bien le faire, ses lèvres chaudes et douces comme de la soie offrant un contraste marqué avec la rudesse de sa barbe de trois jours.

— Viens, marmonne-t-il. Retournons au bateau.

Il fait sortir la *Vilaine Anne* de la petite crique et met le cap sur le versant opposé d'un minuscule îlet où il entreprend alors de m'enseigner certaines choses sur les homardiers : qu'on peut y faire l'amour dans la cabine de pilotage, par exemple, bien que la manœuvre laisse peu de marge à l'erreur. Nous nous cognons çà et là et, après l'amour, j'ai encore les jambes qui tremblent et la respiration haletante.

— Désolée si j'ai été trop bruyante, dis-je dans un souffle.

Eh bien, *maintenant*, je suis calmée... Mais il y a deux minutes j'étais encore... comment dire ? Moins calme.

— Moi, je t'ai trouvée très bien, répond Malone en souriant dans mon cou.

Quelques minutes après, il démarre le moteur et nous fait sortir du labyrinthe des bouées signalant la présence de casiers à homards.

Je remonte la fermeture Eclair de mon ciré et regarde Linden Harbor disparaître dans notre sillage. Des mouettes remplies d'espoir suivent le bateau pendant un petit moment puis, comprenant qu'elles ne vont rien attraper, renoncent et virent sur l'aile en direction de la terre.

— Merde ! lâche alors Malone depuis le poste de pilotage.

— Qu'est-ce qui se passe ?

— Les ailettes du turbocompresseur sont encore encrassées. Bordel !

Je me glisse dans le petit encadrement de porte.

— On va pouvoir rentrer ?

— Oui, sans problème. Il faudra simplement que je le nettoie tout à l'heure, pour voir ce qui ne va pas.

Il me jette un coup d'œil et fait un pas de côté.

— Ça te dit d'être le capitaine d'un jour ?

Nous sommes loin des bouées et des filières qui pourraient se prendre dans les hélices, je ne risque pas grand-chose. Malone se poste derrière moi, corrigeant doucement ma course quand c'est nécessaire, et je me laisse aller contre son torse puissant, sentant son menton posé sur ma tête.

— Tu aimes pêcher le homard ?

— Bien sûr.

— C'est quand même rude, comme vie.

— Mais formidable aussi.

Il me sourit.

— O.K., regarde par là-bas, Maggie, il y a des marsouins à trois heures.

— Tu sais quoi ? lui dis-je tandis que nous observons les marsouins filer comme des éclairs blanc argenté.

— Non ?

— C'est la meilleure journée que j'ai passée depuis bien longtemps.

Je me détourne de la barre pour l'embrasser sur la joue. Le bateau vire de bord brusquement.

— Hé, Maggie ! Attention à ce que tu fais !

Les bras passés autour de ma taille, il reprend la barre et nous remet sur la bonne route.

— La marée monte sacrément fort dans notre sens.

Il nous fait faire demi-tour.

— Moi aussi, d'ailleurs.

Lorsque nous rentrons au port, il est presque l'heure de dîner.

— Tu veux tester mes talents de cuisinière, Malone ? Puisque tu as déjà eu un échantillon de mes autres talents...

Je souris, tandis qu'il amarre le bateau.

— Désolé, Maggie, dit-il en se redressant. Faut que je répare le turbo avant demain matin, et c'est un sale boulot.

— Bon... d'accord.

Mon moral dégringole d'un coup. Malone monte dans le canot, me tend la main pour m'aider à y monter à mon tour, et avant que j'aie compris quoi que ce soit nous sommes de retour au bassin. Billy Bottoms nous fait signe depuis la passerelle. Le vieux pêcheur rentre chez lui, mais en dehors de sa présence, le quai semble désert.

— Bon, eh bien... Merci, Malone. J'ai passé une très agréable journée. Merci infiniment.

Je sens mes joues s'embraser tandis que nous nous dévisageons, plantés l'un devant l'autre. Mes vieux doutes concernant la nature exacte de notre relation m'ont d'ores et déjà rattrapée.

— A bientôt, me dit-il en posant sa main sur ma joue.

Je brûle de lui demander : « Quand ? » Mais je vois bien que l'état de son bateau le préoccupe.

— Encore merci. Au revoir !

Je remonte la passerelle au pas de course jusqu'au plancher des vaches et rentre chez moi.

Sur mon répondeur, quatre messages m'attendent : de Christy, de Jonah, de Chantal et du père Tim. Tous veulent la même chose : savoir ce que je fais et si je désire avoir de la compagnie. Mais pour ce soir, j'ai envie d'être seule. La tristesse que j'éprouve après la perte de Colonel est tempérée par la gentille surprise que m'a faite Malone, et j'ai besoin de passer la soirée seule afin de me laisser aller à ces deux sentiments.

J'enfourne une pizza surgelée, puis emballe les affaires de Colonel dans un carton en m'autorisant à pleurer à chaudes larmes. Un jour, je prendrai un autre chien, mais jamais je ne retrouverai un animal comme lui. Néanmoins, je reconnais que dans mon malheur je peux compter sur un nouvel ami : Malone. Car lorsque j'ai vraiment eu besoin de quelqu'un, il a répondu présent.

# 21

Développement aussi surprenant qu'inédit dans notre relation, deux jours après notre sortie en amoureux, Malone décroche son téléphone pour m'appeler, juste au moment où je commençais à m'irriter de son silence. Jonah m'ayant appris qu'il était descendu quelques jours à Bar Harbor, je lui avais accordé un délai de grâce, mais le temps que je lui avais imparti touchait à sa fin. D'autant qu'il commençait sérieusement à me manquer...

Lorsque le téléphone sonne enfin chez moi aux alentours de 17 heures, ce jeudi, je suis en train de passer la serpillière sur le sol de ma cuisine en me demandant comment il peut être sale à ce point, vu que je suis seule à vivre dans cet appartement. Je pense aussitôt que c'est le père Tim, étant donné qu'il doit m'appeler, en vue de la prochaine vente de gâteaux.

— Maggie..., fait une voix bourrue.
— Malone ! Tu te sers d'un téléphone !

Mais je n'arrive pas à réprimer le sourire qui doit illuminer mon visage.

— Très drôle, dit-il.

Il marque une pause, puis ajoute :
— Comment tu vas ?
— Bien. Et toi ?
— Bien. Tu fais quelque chose, ce soir ?
— Tu ne t'embarrasses pas de préliminaires, toi !

Je souris jusqu'aux oreilles.

— Réponds à ma question, marmonne-t-il.
— Eh bien ce soir, je suis prise. Je garde ma petite nièce.
— C'est vrai ?
— Oui.

Il pousse un soupir, et on dirait vraiment que cette nouvelle le désole.

— Bon. Et demain ?

Mon sourire retombe un peu.

— Demain, je… je suis censée dîner avec euh… un ami. Avec le père Tim, en fait. Mais on est toute une flopée. Des gens de la paroisse. Tu vois le truc ?

Il s'agit d'un repas de remerciement organisé par le père Tim pour les cinq ou six d'entre nous qui nous plions obligeamment à tous ses desiderata.

— Ecoute, Malone, que dirais-tu de samedi ?

Il laisse passer une minute avant de répondre :

— D'accord. Samedi, c'est parfait. 19 heures ?
— 19 heures. Hum, tu… tu veux que je prépare quelque chose à manger ?
— Non, répond-il, et son timbre de voix chute dans le grave éraillé. Ne cuisine pas pour moi.

Tout mon corps réagit comme s'il avait énoncé le désir de m'arracher mes vêtements et de me prendre à même le sol.

— D'accord, dis-je dans un murmure étranglé.

Les jambes coupées, je suis obligée de m'affaler contre le comptoir.

— Je ne ferai rien, promis.


Christy est très élégante dans sa jolie jupe longue surmontée d'un corsage léger comme un voile. Will est très beau, lui aussi, très BCBG avec son blazer bleu et ses Dockers.

— Au revoir, Snooky, dit ma sœur, étouffant sa fille sous ses baisers et un nuage d'Eternity. Maman t'adore ! Oui, elle t'adore ! Maman adore Violet ! Aaaaah… bouah !

Elle imite le bruit que fait la petite quand elle embrasse quelqu'un.

— Bon, ça suffit ! dis-je en extirpant ma nièce des bras de Christy. Fiche le camp ! Il est clair que tu as besoin d'une boisson forte. Bonsoir, Will.

— Bonsoir, Mags. Et merci, comme toujours.

— Mais c'est moi qui vous remercie. Violet, mon cœur, c'est l'heure de tatie !

Ma nièce empoigne mes cheveux à pleines mains et tire dessus avec ravissement.

Durant l'heure qui suit, nous jouons aux animaux de la ferme. Moi, du moins... Je fais le tour de la pièce à quatre pattes en meuglant, grognant, cancanant — pendant que Violet me jette des jouets en plastique en gloussant pour que je les attrape.

— Meuh !

— Euuuuh ! fait-elle en écho.

— Tu es un génie. Un bébé très intelligent. Violet est un petit bébé super-intelligent !

— Banouk, acquiesce-t-elle.

Un peu plus tard dans la soirée, alors que, penchée sur son petit lit, je la contemple en train de dormir, je m'accorde, très brièvement, un petit fantasme familial.

*Juste pour voir si ça tient la route...*

C'est mon bébé et je la regarde dormir... Malone est debout derrière moi, dans l'encadrement de la porte. Notre fille a ses cheveux noirs et mes yeux gris.

Puis, honteuse de ma stupidité, je vais dans la cuisine pour voir ce que Christy m'a laissé de bon à manger. Elle ne me paie pas pour jouer les baby-sitters, mais elle me nourrit bien. Du ragoût de thon ! Notre plat préféré à toutes les deux, une recette que maman refuse de préparer, et des cookies aux pépites de chocolat. Brave sœurette !

A leur retour, Will et Christy, tout rouges et guillerets, me trouvent devant la télé.

— Bonté divine, dis-je en détournant à regret le regard

de la toute dernière victime de Donald Trump, vous avez fait ça dans la voiture ?

— C'est vraiment mystérieux, cette espèce de télépathie que vous avez entre jumelles, déclare Will. Ça fait froid dans le dos !

— Je sais. Que ta braguette soit ouverte ne m'en apporte que la confirmation.

Il sourit, remonte la fermeture Eclair de son pantalon et file à l'étage pour aller voir la prunelle de ses yeux, tandis que Christy se laisse choir à côté de moi sur le sofa.

— Qu'est-ce que vous avez fait, avec Violet ?

— Oh ! La routine… On a joué avec les allumettes, et je lui ai fait boire quelques gorgées de vodka, ce qu'elle a eu l'air de bien apprécier, d'ailleurs. Ensuite, nous sommes montées sur le belvédère, et je l'ai laissée grimper sur le garde-corps. On s'est bien amusées !

Christy me lance un coussin.

— Bon, ça va mieux alors ? A propos de Colonel et du reste ?

Je hoche la tête.

— Ça va, oui. Mais c'est bizarre. Je n'ai jamais vécu sans lui, en réalité. Pas en tant qu'adulte en tout cas.

Mes yeux s'embuent d'émotion, mais je souris bravement.

— Où étais-tu passée, l'autre jour ? Je t'ai appelée, je suis même passée au *diner*, mais Octavio m'a dit que tu avais pris ta journée.

Je lui raconte alors… Malone, qui est venu me voir à l'appartement et qui a dormi sur mon lit comme un bon chien, puis qui m'a emmenée à la fête foraine… Je lui décris avec complaisance son incroyable gentillesse tout au long de cette journée.

— Donc, tous les deux, c'est reparti ? Vous sortez ensemble ?

Elle prend un cookie dans la boîte en fer-blanc posée sur la table basse et mord dedans.

— Ils sont super-bons, tu ne trouves pas ?

— Si, délicieux. Et pour répondre à ta question, je pense que Malone et moi... eh bien... oui, nous sortons ensemble. Enfin, je crois.

Elle hausse un sourcil interrogateur.

— Tu n'en es pas sûre ?

Je soupire.

— Eh bien, c'est assez bizarre. Malone est... il a été merveilleux, vraiment merveilleux. Mais ce n'est pas comme...

— Comme quoi ?

— Il reste encore un inconnu pour moi, d'une certaine manière. Quand nous étions à ce concours de bûcheronnage, je lui ai posé une ou deux questions sur lui, tu vois, des banalités, s'il est proche de sa fille, par exemple. Quel est son prénom...

— Parce que tu ne le connais toujours pas ? me coupe Christy.

— Non, toujours pas. Et il ne me dit jamais rien d'intime le concernant. Alors oui, nous sommes ensemble, mais j'ignore si nous ne faisons que coucher ensemble ou si nous nous orientons vers une véritable relation amoureuse.

— Pourquoi ne lui poses-tu pas directement la question ? me suggère ma sœur.

Je fais la grimace.

— Moui...

Je prends un autre cookie. Ce doit être le cinquième.

— Non, en fait...

— Et pourquoi non, bécasse ? Ça ne doit pas être un mystère entre vous. Tu es en droit de savoir ce qu'il a dans la tête, quand même ! Et si tout ce qu'il veut c'est un corps bien chaud dans son lit de temps en temps alors que toi, de ton côté, tu veux te marier et avoir des enfants ? Je pense vraiment que tu devrais lui poser la question, Mags.

Je considère son point de vue. Elle marque un point, bien sûr... Cela dit, elle n'a jamais été confrontée au défi d'engager Malone dans une conversation, sans parler d'une conversation portant sur notre *relation*.

— Peut-être…

J'y réfléchis en rentrant chez moi à pied. La nuit est fraîche et brumeuse ; l'air doux et humide me caresse tendrement les joues. Ma réticence à parler à Malone provient de ma crainte qu'il ne cherche effectivement que la jouissance d'un corps bien chaud, si j'ose dire. Et si c'est le cas, je ne dois pas continuer à perdre mon temps avec lui. Comme d'habitude, Christy a correctement analysé la situation. Et ça m'agace !

Le lendemain matin, mon père pousse la porte du Joe's à l'heure du petit déjeuner, seul. Il s'assied dans un box, ce qui m'arrange plutôt vu que, ce matin, il n'y a personne. Depuis l'ouverture, à 6 heures, j'ai totalisé le nombre remarquable de quatre clients. J'ai réglé mes factures du mois, envoyé ma commande à mes fournisseurs alimentaires, nettoyé les toilettes, et il n'est encore que 9 heures. Judy est partie à 8 heures, dégoûtée de ne pas pouvoir ignorer des clients qui ne sont pas là. Quant à Georgie, il ne vient travailler que trois fois par semaine. Et aujourd'hui n'est pas un de ses jours…

— Salut, papa ! Qu'est-ce qui te ferait plaisir, aujourd'hui ?
— Peut-être du café, si tu en as, ma chérie. C'est tout.

Il regarde par la fenêtre, le visage sombre. Je le sers et m'assieds en face de lui.

— Tout va bien, papa ? Tu m'as l'air…
— Ta mère et moi allons divorcer.

J'en reste bouche bée ; aucun son ne sort de mon gosier, juste une petite exhalaison sifflante. Mal à l'aise, papa change de position sur la banquette, me dévisage et secoue la tête.

— Je suis navré, ma puce.
— Qu'est-ce que… tu… mais…

Il pousse un énorme soupir.

— Je sais. Nous sommes mariés depuis trente-trois ans. Ça paraît idiot, n'est-ce pas ?

Mes yeux s'emplissent de larmes ; j'arrache plusieurs serviettes en papier du présentoir de table et me tamponne les paupières.

— Qu'est-ce qui s'est passé ?

— Rien. Rien d'important, vraiment. Je...

Il s'interrompt, tripotant nerveusement les couverts.

— Ce n'est pas la faute de ta mère. Simplement, je ne veux pas...

J'achève à sa place :

— Simplement, tu ne te vois pas continuer à vivre avec elle jusqu'à la fin de ta vie.

— Voilà... Je suis fatigué de me planquer dans l'abri anti-aérien.

Je me redresse un peu sur mon siège.

— Ecoute... Je sais que maman peut parfois avoir un côté... harpie. Ce que je veux dire c'est que, personnellement, j'en ai plus que ras le bol qu'elle soit sur mon dos en permanence, mais je pensais que...

Ma voix s'étrangle soudain, et je termine ma phrase dans un murmure rauque :

— Je pensais que tu l'aimais.

Les yeux de papa s'emplissent de larmes.

— Mais je l'aime ! Seulement, ces dernières années... En fait, Maggie, nous ne sommes pas heureux. Elle n'est pas heureuse, et moi, je suis épuisé d'essayer de deviner de quel côté souffle le vent, le pourquoi de ses sautes d'humeur et de chercher à y remédier.

— Et elle, que pense-t-elle de tout ça ?

— Elle est furieuse.

Il serre ses lèvres, qui se mettent à trembler.

— Elle m'a dit que, si c'était vraiment ce que je voulais, j'étais encore plus bête que ce qu'elle croyait et qu'elle serait ravie d'être débarrassée de moi.

Ça, c'est du maman tout craché !

Elle n'a jamais été une mère qui fait des gâteaux comme celles que décrivaient la plupart de nos livres d'enfant. Elle s'occupait de nous, évidemment, nous donnait des repas nourrissants et nous envoyait nous coucher de bonne heure. Mais elle était toujours à cran et, bien que ne doutant pas un seul instant de son amour, j'ai souvent pensé qu'elle ne m'aimait pas tellement. Christy s'en sortait mieux avec elle. Il faut dire aussi qu'elle était la plus calme, la plus studieuse, la plus serviable de nous deux. Moi, j'avais tendance à être un peu sournoise, à disparaître quand il fallait nettoyer la cuisine, à m'éloigner en direction des toilettes quand il fallait ranger les provisions, au retour du supermarché. Et l'arrivée de Jonah, qui a été un petit garçon classique, c'est-à-dire toujours crasseux, faisant sans arrêt des bêtises et perdant tout, a achevé de consumer la mince patience de maman pour ses enfants. Ce n'est que quand il a quitté la maison qu'il est devenu quelqu'un d'appréciable à ses yeux.

— Nous nous sommes mariés par obligation, tu sais, reprend papa.

— Pardon ?

— Ta mère était enceinte de vous deux, quand nous nous sommes mariés.

Il a recouvré un certain calme et boit lentement son café.

— Tu veux dire que Christy et moi, nous sommes des enfants de l'amour ?

Il m'adresse un demi-sourire.

— Oui. Tu ne l'avais pas deviné ?

— Mais non ! Je t'en prie ! Une seule bombe à la fois !

Octavio passe la tête par l'embrasure de la porte.

— Tu as encore besoin de moi, patronne ?

— Non, non, Tavy. Merci.

— Alors je file à la maison avant le déjeuner, si ça te dérange pas.

— Non, non, pas de souci. C'est parfait.

Un moment après, la porte de service se referme ; papa et moi sommes complètement seuls. Je le considère sous un jour nouveau.

— Donc... tu as mis enceinte la mignonne petite Lena Gray et ensuite tu t'es retrouvé forcé de l'épouser.

— Ouais. Et en plus j'en ai eu deux pour le prix d'une !

— Et maman, elle voulait se marier ?

— Ma foi, c'était ce qui se faisait à l'époque, Maggie. On ne parlait pas encore de toutes ces histoires de mère célibataire comme on le fait de nos jours. Quand tu faisais un enfant à une fille, tu l'épousais, et en vitesse !

— Autrement dit, votre véritable anniversaire de... c'est quand ?

Car mes parents n'ont jamais réellement fêté leur grand jour — la raison m'en apparaît un peu plus clairement aujourd'hui —, ça n'a jamais été un grand événement dans le calendrier de la famille.

— Nous nous sommes mariés le 15 mars. Christy et toi êtes arrivées six mois après.

— Le 15 mars ? Vous vous êtes mariés le jour des ides de mars ?

Je me mets à rire.

— Pas étonnant que vous divorciez ! « Prends garde aux ides de mars, César ! » Shakespeare savait de quoi il parlait...

Papa me fait la grâce d'un sourire, mais ses yeux restent tristes.

— Ecoute, ma chérie, dans les jours qui viennent, ta mère va avoir besoin d'un peu de sympathie. Ne sois pas trop dure avec elle, tu veux bien ?

— Tu sais, on ne se parle plus tellement en ce moment. Pas depuis que je l'ai mise à la porte du *diner*, l'autre jour.

— Ah, c'est vrai ! Eh bien, si vous pouviez vous raccommoder, ce serait gentil.

Je lève les yeux au ciel.

— Mais oui, bien sûr ! Elle a juste insulté mon chien adoré le jour de sa mort...

Papa soupire de nouveau.

— Je sais, Maggie. Mais fais-le pour moi, d'accord, ma chérie ?

Evidemment que je le ferai, et il le sait bien.

— Est-ce que tu as annoncé la nouvelle à Christy et Jonah ?

— Je l'ai dit à Joe, hier soir. Et maintenant je vais aller chez Christy.

— Veux-tu que je me charge de le lui dire, papa ? Tu dois être épuisé.

Ses yeux brillent de gratitude.

— Ce serait vraiment formidable, ma puce. Tu m'ôterais un grand poids des épaules. Tu es ma fille préférée, tu le sais, n'est-ce pas ?

— Oui... et je sais aussi que tu dis la même chose à Christy, vieux renard !

Je fais le tour de la table pour m'asseoir à côté de lui et noue mes bras autour de son cou.

— Je t'aime, papa.

— Merci, mon bébé. Et pardon pour tout ça.

— Où vas-tu habiter, maintenant ? Je ne vous imagine pas restant sous le même toit, tous les deux, si maman est déchaînée.

— Eh bien, mon avocat m'a conseillé de ne pas quitter le domicile conjugal tout de suite...

Son *avocat* ! Il a déjà pris un avocat !

— ... donc, je suis toujours à la maison. Au sous-sol, comme d'habitude.

Une minute plus tard, il s'en va. Je le regarde marcher jusqu'au bout de la rue, les épaules basses, les yeux rivés au trottoir. Pauvre papa... Faut-il qu'il ait touché le fond du désespoir pour recourir au divorce ! Et pourtant non, il n'est pas seulement désespéré — en réalité, il agit concrètement pour se sortir d'une situation qui lui est devenue intenable.

Je convoque Christy au Joe's Diner pour un déjeuner sur le tard et lui annonce la nouvelle pendant le repas. A ma grande surprise, ma sœur n'est pas aussi sonnée que je l'aurais imaginé.

— Je me suis toujours posé des questions sur leur couple. Avec ce que tu m'apprends, tout devient plus logique.

— Tu veux dire que ça expliquerait pourquoi maman est de mauvais poil depuis le jour de notre naissance ? dis-je, nettement moins compatissante qu'elle.

Christy mérite vraiment son titre de « gentille jumelle ».

— Eh bien, oui, Maggie. A l'époque, attendre un enfant sans être mariée, c'était une honte terrible pour une fille. Rends-toi compte : elle a vingt-deux ans et, du jour au lendemain, son avenir est tout tracé. Elle était fraîchement émoulue de l'université, tu te rappelles ? Elle souhaitait travailler dans l'édition, à New York, et au lieu de ça elle se retrouve enceinte, à tricoter des chaussons dans son bled natal. Et elle accouche de jumelles, en plus !

— Maman voulait travailler dans l'édition ? Première nouvelle.

Christy coupe un morceau de fromage grillé et le propose à Violet, qui ouvre la bouche aussi docilement qu'un oisillon.

— Oui.

Elle se détourne de sa fille pour me regarder.

— Imagine, Maggie... La première fille de notre famille à avoir fait des études supérieures ! Grand-père aurait éclaté de fierté ; toute la ville en aurait parlé : la petite Lena, étudiante à l'université, regardez-moi ça ! Et puis, bam ! Elle se retrouve enceinte. Plus de carrière, plus de New York, rien que la saison boueuse, les mouches noires et les coliques du nourrisson multipliées par deux.

— Ça éclaire leur histoire d'un tout nouveau jour, c'est certain.

— Tu n'en veux plus, Violet ? Tu as fini ?

— Bouiii, répond la petite en se tortillant sur la chaise haute. Nahbo !

Fourbissant mes armes en prévision de la bataille qui s'annonce, j'appelle ma mère dans le courant de l'après-midi. Coup de chance, les dieux se montrent cléments à mon égard, et je tombe sur le répondeur.

— Salut, maman, c'est Maggie. J'ai appris la nouvelle... hum, je suis désolée. Euh... je te rappelle, d'accord ? J'espère que tu vas bien. Au revoir.

Message peu convaincant s'il en est, mais message tout de même.

Je passe faire un brin de causette chez Mme K., omettant toutefois délibérément de lui parler de la situation de mes parents. Sa petite-nièce vient la chercher pour le week-end, et je trouve ma minuscule locataire occupée à faire sa valise.

— Dites-moi, madame K., vous avez été heureuse en ménage ?

Ses mains noueuses plient des pulls avec une étonnante agilité. Elle ne part que pour deux jours, mais elle a étalé six tenues complètes sur son lit. Je m'assieds sur le couvre-lit, lui tendant ses vêtements dans l'ordre qu'elle m'indique.

— Oh *oui* ! Nous étions très *heureux*. Je vais prendre ces tricots à losanges roses, ma chère.

— Et quel était votre secret ?

Je souris, sachant à quel point elle aime parler de M. K., qui est décédé voilà plus de vingt ans.

— Eh bien, je pense, ma chère, que notre *secret* reposait sur une intense activité *sexuelle*, réplique-t-elle, très terre à terre. On ne peut pas être *très* malheureux quand on a une intense activité *sexuelle*.

— Je vois…

Je suis en train de rougir.

— Ma foi. Tant mieux pour vous. Heu, c'est super…

— Ça me *manque*, je dois dire. Bien sûr, *aujourd'hui*, ça me *tuerait* sans doute, mais puisqu'il faut bien mourir un jour, n'est-ce pas…

Je me mets à rire.

— Madame K. ! Décidément, vous êtes une femme pleine de surprises !

— Eh bien, vous savez, ma petite Maggie, les gens ne sont pas si *différents* aujourd'hui de ce qu'ils étaient à mon époque. J'aurai aussi besoin de ce *cardigan*, ma chère. Et vous, au fait… et cet homme si *renfrogné*… Quel est son nom, déjà ? McCoy ?

Le visage en feu, je marmonne :

— Malone.

— Ah oui, Malone ! A ce qu'il semble, vous serez très *heureuse* avec lui.

Elle se met à rire gaiement.

— Vous étiez toute *rose* quand vous êtes rentrée, l'autre *jour*.

— Bon. Il faut que je file, madame K. Je vous souhaite de passer un merveilleux week-end.

Mortifiée tout autant que secrètement ravie, je dois reconnaître que je ne peux m'empêcher de ressentir une certaine… *suffisance* à propos du divorce de mes parents. Bien que ce soit une surprise, dans le mauvais sens du terme, un sentiment de légitimation me gonfle la poitrine.

J'ai toujours pensé que mon père était trop bien pour ma mère. Elle n'a jamais paru l'estimer à sa juste valeur, toujours sur son dos à lui donner des ordres tel Napoléon envoyant ses troupes en Russie. Et, comme Napoléon, elle est allée trop loin. Je regrette l'inconfort et le malaise que crée cette situation, je regrette que la physionomie de notre famille en soit altérée à jamais, mais il semble qu'elle a bien cherché ce qu'il lui arrive.

Je sors l'un de mes plus jolis pulls et prends un peu de temps pour me maquiller. Le repas de remerciement pour les bénévoles sera à coup sûr un événement distrayant. Le père Tim ne lésine ni sur la qualité du buffet ni sur la quantité des boissons. Et, en règle générale, la soirée se prolonge assez tard. La dernière fois, Beth Seymour s'est mise au piano, et nous avons tous chanté. Plus tard, plusieurs d'entre nous se sont rendus à l'église, soi-disant pour une prière de minuit, et nous avons fini par un tel fou rire que Betty Zebrowsky en a fait pipi dans sa culotte.

A mon arrivée à la cure, je constate que tout le monde est déjà là : Mme Plutarski — hélas ! —, mais aussi Louise Evans, Mabel Greenwood, Jacob Pelletier, Noah Grimley et Beth Seymour. Betty la Pisseuse est hospitalisée en ce moment pour une suspension du col de la vessie.

— Maggie ! s'exclame le père Tim à mon entrée.

Il bondit vers moi et me serre la main avec chaleur, en la gardant longuement dans la sienne.

— Comment allez-vous, mon petit cœur ? Je vous ai téléphoné, l'autre jour, mais vous étiez sortie. J'ai aussi bien pensé à vous et à votre adorable Colonel.

— Merci, mon père, dis-je, touchée par son attention.

— Je suis tellement content que vous soyez venue ! A présent, la soirée peut vraiment commencer. Un verre ? J'ai débouché de bonnes bouteilles, mais elles partent plus vite que le diable dans une assemblée de baptistes !

Il est au sommet de sa forme, apparemment. Il fait passer les hors-d'œuvre, extirpant le plateau des serres de Mme Plutarski, qui tente de décrocher le titre de « bénévole la plus efficace de la soirée ». Bien que je sois souvent en compétition pour ce rôle, ce soir, je me contente d'être servie. Je mastique avec satisfaction des noix de pétoncles au bacon et des feuilletés homard/ fromage, tout en bavardant avec Jacob, qui a remplacé les bardeaux de la toiture de St. Mary dans la partie qui fuyait, l'année dernière.

J'agite mon feuilleté au homard sous le nez du père Tim venu remplir mon verre.

— Ceux-ci sont délicieux, mon père !

— Ah, Maggie, je savais que c'étaient vos préférés, dit-il avec un petit sourire en coin. Je les servirais à la messe, s'ils avaient le pouvoir de vous faire revenir parmi nous.

Je souris à sa boutade, mais sans répondre. Jacob s'éloigne pour flirter avec Louise Evans — ils sont sortis ensemble au lycée, voici quarante ans maintenant, si j'ai bien compris —, et le visage du père Tim prend une expression grave.

— Maggie, j'ai eu une conversation avec votre chère maman, aujourd'hui...

— Déjà ! C'est vrai que ça s'est décidé très vite.

Je prends une profonde inspiration.

— Comment va-t-elle ? Je l'ai appelée, mais elle n'était pas là.

— Elle est anéantie, bien entendu. Et elle espère que votre père va revenir à la raison. Je lui ai proposé une sorte de médiation conjugale, dans l'espoir que nous puissions arranger les choses entre eux sans avoir à recourir à... eh bien, à ce que vous savez.

Il me tapote la main, puis me serre les doigts avec émotion.

— Ce doit être terrible pour vous.

— Ça fait un choc, c'est certain, dis-je sans trop m'avancer. Le fait est, mon père, que ma mère... eh bien, disons que ce n'est pas une personne facile à vivre. Et elle ne fait aucun effort pour voir les choses du point de vue des autres, si vous voyez ce que je veux dire.

— Oh ! Parfaitement, Maggie, parfaitement... Et pourtant, il s'agit là du sacrement du mariage. Il doit être préservé à tout prix. On ne peut pas quitter ainsi la personne qu'on aime.

— Mmm... Oui, bien sûr. Mais mon père est un homme soumis à sa femme depuis des années. Ce qui n'a pas dû vous échapper, n'est-ce pas ? Ma mère ne... enfin, bref... Le moment est peut-être mal choisi pour en discuter, dis-je tandis que Beth cherche désespérément à intercepter mon regard.

Noah Grimley a délaissé le plat de cocktails de crevettes pour jeter son dévolu sur elle, alors qu'il est assez âgé pour être son grand-père. Et, comme si ça ne suffisait pas, il lui manque les dents de devant. En d'autres termes, je me dois d'intervenir. Beth m'a rendu le même service, à l'automne dernier.

— Peut-être pourrons-nous en discuter plus tard, me propose le père Tim.

— Certainement.

Non que je meure d'envie de parler du divorce de mes parents avec qui que ce soit... Je marche délibérément sur Noah et le questionne sur son tout nouveau bateau, sujet qui ne manque jamais de détourner du sexe l'esprit de n'importe quel homme, du moins sur la côte du Maine.

La soirée est très réussie. Le père Tim nous divertit, nous nourrit, nous sert à boire jusqu'à ce que nous soyons tous pompettes et que nous nous esclaffions en l'entendant raconter des anecdotes sur son enfance en Irlande et les mauvais tours joués par ses six frères et sœurs. Au passage, je ne puis m'empêcher de me sentir privilégiée : on dirait qu'il se met en quatre pour affirmer haut et fort notre amitié. « Enfin, Maggie la connaît déjà, celle-là... », dit-il en commençant une histoire, ou bien : « Quand Maggie, son père et moi sommes allés à Machias pour chercher la statue de Notre-Dame de Fatima, à l'automne dernier... »

A travers une agréable brume avinée, je remarque que la figure d'Edith Plutarski prend une expression de plus en plus acide. C'est à coup sûr le signe d'une soirée réussie !

Quand nous n'en pouvons plus de boire et de manger, le père Tim nous raccompagne, repus, à la porte.

— Soyez prudent au volant, Jacob, lance-t-il à notre capitaine de soirée symbolique.

Jacob va reconduire chez eux tous ceux qui habitent à plus de quelques rues de la cure, à l'exception de Noah et moi, qui rentrons à pied.

— Je vais me joindre à vous, si vous n'y voyez pas d'inconvénient, propose alors le père Tim. Un peu d'air frais me fera du bien à moi aussi.

Noah enveloppe quelques crevettes dans une serviette en papier qu'il glisse dans sa poche. Le père Tim et moi feignons de ne rien remarquer.

— Tu viens, Noah ? dis-je, tandis qu'il inspecte du regard les restes du buffet.

— Ouais, grommelle-t-il.

L'air de la nuit est froid ; on se croirait plus en février qu'en avril, mais le contraste est agréable après la soirée passée dans l'ambiance confinée de la cure. La rue où habite Noah se trouve à un ou deux pâtés de maisons avant la mienne. Le père Tim lui serre la main.

— Merci d'être venu, mon brave Noah.

— Pas de problème. 'nuit, Maggie.

Le père Tim marque un temps d'arrêt.

— Je vais vous raccompagner jusque chez vous, Maggie, vous voulez bien ?

— Mais oui.

Mon appartement n'est qu'à une rue d'où nous sommes. Je ne peux m'empêcher de remarquer que le père Tim a l'air... plutôt triste. Mon cœur se serre.

— Est-ce que tout va bien, mon père ?

— C'est amusant que vous me posiez cette question, répond-il d'une voix douce, et ses yeux scrutent un instant les cieux avant de se poser sur moi.

Comme toujours, le familier désir que j'éprouve pour lui vient m'émoustiller, tandis que je regarde ses yeux pleins de douceur, la perfection de son visage. Il reste une minute sans rien dire, et mon cœur se met à cogner de nervosité. A moins que ce ne soit la culpabilité de m'apercevoir qu'il me plaît toujours autant.

— De difficiles décisions m'attendent, me dit-il de manière sibylline, d'un ton qui s'apparente plus à celui d'une diseuse de bonne aventure qu'à celui d'un prêtre.

Il ne développe pas, et je ne le presse pas de poursuivre.

Il ne nous faut qu'une minute pour arriver devant ma petite maison.

Le père Tim se tourne alors vers moi et murmure :

— Vous savez, j'espère, que je vous considère comme une amie très spéciale, Maggie. Une grande amie.

*Bizarre...*

— Mais oui, bien sûr... Je vous retourne d'ailleurs le compliment, mon père.

Je lève les yeux vers ma maison, au cas où Mme K. serait en train de nous épier derrière sa vitre, avant de me souvenir qu'elle est absente pour le week-end.

— Vous avez quelque chose d'unique, Maggie, reprend le père Tim à mi-voix. J'espère que vous en êtes consciente. Même si les choses venaient à changer, j'espère que... enfin, bref, vous voyez...

Il me dévisage avec intensité, comme s'il essayait de me communiquer un message par télépathie.

« Si les choses venaient à changer »... Mais que diable entend-il par là ? Qu'essaie-t-il de me dire ?

— C'est gentil, dis-je, me sentant piquer un fard. Vous êtes tellement gentil. Et... et... ce soir, c'était sympa. Vraiment très sympa. Merci, mon père.

Il reste immobile sur le trottoir, son regard plongé dans le mien, avant de détourner la tête en soupirant.

— Bon, eh bien, bonne nuit, Maggie.

— Bonne nuit ! Merci. Merci beaucoup, père Tim ! Merci pour tout. Et au revoir !

Je parcours les quelques mètres qui me séparent de ma véranda comme une flèche, puis grimpe l'escalier quatre à quatre, pressée, pour la première fois, de mettre une certaine distance entre lui et moi.

# 22

— J'ai rendez-vous avec Malone, dis-je à mon reflet dans le miroir, le lendemain après-midi. Il faut juste que je passe voir maman d'abord, histoire de me débarrasser de cette corvée une fois pour toutes, et puis je sors. Avec Malone…

C'est une pensée apaisante. Malone n'est pas ma mère furibarde. Il n'est pas prêtre non plus. Lui n'a pas fait vœu de chasteté, c'est certain !

— Dieu merci ! dis-je avec un grand sourire.

En revanche, il se passe incontestablement quelque chose du côté du père Tim, et je ne sais pas si j'ai envie de m'interroger trop longuement sur ce dont il peut s'agir. J'ai été surprise du soulagement que j'ai éprouvé à ne pas le voir au Joe's, ce matin.

Néanmoins, l'impression de répit que cela peut m'apporter est annulée par l'appréhension que j'éprouve à l'idée d'aller voir ma mère. Pourtant, je ne peux pas continuer à faire comme si elle n'existait pas, c'est pourquoi je pédale jusque chez mes parents.

— Salut, maman !

Je me penche pour l'embrasser.

— Tiens, Maggie ! Bonjour. Comment vas-tu ?

— Bien, dis-je en tirant une chaise pour m'asseoir. Et toi ? Ce doit être très…

Je laisse ma phrase en suspens. Ma mère opine.

— Mmm… oui. Ça l'est. Très.

Elle fixe la table des yeux.

— Alors, quoi de neuf ? Tu n'as pas encore pris un autre chien ?

— Non. Je pense que je vais attendre un peu. Maman, tu vas bien ?

Elle soupire et regarde le plafond.

— Non, Maggie. Je ne vais pas bien. Je suis la risée de toute la ville, ma chérie. Divorcer après tant d'années de mariage ! Ce pauvre Mitchell Beaumont n'a pas pu la supporter une minute de plus, en fin de compte. Voilà ce que disent les gens, tu sais. Ce brave vieux Mitch, marié à cette espèce de mégère...

Elle m'adresse un sourire lugubre.

— Pour l'amour du ciel, maman ! Je ne pense pas que les gens disent ça de toi.

Bien que j'aie moi-même été à deux doigts de formuler cette pensée dans ma tête, presque mot pour mot. Et à de nombreuses reprises.

— Tu as toujours été naïve ! réplique-t-elle. Tu veux boire quelque chose ?

— Euh... non.

Je la regarde sortir une bouteille de vodka du congélateur et s'en servir la moitié d'un verre auquel elle ajoute une dose de jus d'orange. C'est peut-être la première fois que je la vois boire autre chose que du zinfandel blanc.

Elle en prend une bonne rasade, tapote une mèche folle de ses cheveux bouclés, puis se laisse aller contre le dossier de sa chaise avec un bruit sourd.

— Que veux-tu que je te dise ? A moins que tu ne préfères me dire à quel point je suis une mauvaise mère ?

Je la dévisage, la tête inclinée sur le côté. Elle est plutôt jolie, aujourd'hui. Puis je comprends soudain d'où me vient cette impression : elle n'est pas maquillée.

— Mais non, maman, tu n'es pas une mauvaise mère.

— Eh bien, merci de me le dire, en tout cas.

Elle prend une autre lampée de son breuvage.

— Il t'a fallu te marier de façon assez précipitée, devenir mère et tout le reste. C'est peut-être ta chance de prendre ton indépendance, de refaire ta vie. Ce genre de choses…

— Elle est bien bonne, celle-là ! J'ai cinquante-cinq ans, Maggie. Je ne veux pas refaire ma vie.

J'objecte prudemment :

— Tu ne voulais pas non plus de l'ancienne. Tu as été malheureuse la majeure partie de ton existence, n'est-ce pas ?

Etonnamment, elle me prend la main, fronçant les sourcils machinalement à la vue de ma peau rêche, de mes ongles courts et de la coupure au majeur de ma main gauche.

— Je tiens à te dire que ce n'est pas vrai, dit-elle alors d'un ton mesuré. Je vous aime de tout mon cœur, tous les trois. Et ton père aussi.

— Ça, nous le savons, maman. Tu n'as pas à t'excuser pour quoi que ce soit.

— Comme tu es généreuse, Maggie ! réplique-t-elle sèchement, et il n'y a qu'elle pour faire sonner ça comme une rebuffade. Quelquefois, ça me met en rage ! Tu ressembles à mon père et ton père aussi ! Vous donneriez tout et n'importe quoi, à n'importe qui et à tout le monde ! Que veux-tu, ça me rend folle, ma chérie ! Tu donnes *tout* et tu ne prends jamais rien pour toi, alors que tu as toutes les occasions que moi je n'ai jamais eues ! Tu veux donc finir comme moi ?

J'en reste pantoise, mais elle continue sur sa lancée.

— Ecoute-moi bien, Maggie… J'étais prête à mener la vie dont je rêvais. Quitter le comté de Washington, quitter le Maine, aller vivre dans une grande ville, avoir un métier, faire quelque chose d'important. Je m'imaginais grimpant les échelons dans une maison d'édition, devenant comme Jackie O, entourée de livres, de créativité, de passion et d'effervescence.

Son poing s'abat sur la table, sa voix monte dans les aigus.

— Et j'ai atterri à Gideon's Cove, dans un cabinet médical minable ! Et voilà maintenant que mon foutu mari veut divorcer et que je meurs de peur !

Elle éclate en sanglots. Je me lève de ma chaise et viens m'agenouiller près d'elle, passant avec précaution mon bras autour de ses épaules.

— Maman, dis-je avec douceur. Ecoute. Calme-toi… Ça va aller. Tu comprends bien que papa ne va pas te jeter à la rue ni quoi que ce soit. Tu vas t'en sortir, tu verras. Et, si tu veux prendre un nouveau départ, c'est possible désormais ! C'est une seconde chance qui t'est offerte. Tu peux déménager, changer de travail, faire tout ce que tu veux… Ne pleure pas.

Mais elle continue à sangloter.

— Tu ne comprends pas, hoquette-t-elle. Il est trop tard ! Je suis trop vieille ! Tu sais bien ce qu'on dit : les vieilles habitudes ont la peau mûre. Et toi, avant que tu aies eu le temps de te rendre compte de quoi que ce soit, tu seras devenue comme moi, ma chérie.

*Bon, d'accord, ça ne s'est pas très bien passé*, me dis-je en rentrant chez moi. *Ça s'est même carrément mal passé.*

Je n'ai jamais pensé à ma mère en tant que « pauvre maman », mais je ne puis m'en empêcher à présent. Le père Tim a peut-être raison, mes parents devraient essayer de se réconcilier. En même temps, ce n'est pas comme s'ils luttaient pour retrouver leur bonheur perdu. Un divorce leur donnerait peut-être une nouvelle chance. L'occasion de faire du passé table rase, toutes ces foutaises… Mais j'avoue que ça me déstabilise. Et puis ma mère n'avait jamais eu peur de rien jusqu'ici.

Je décide d'aller chez Malone, même si nous sommes convenus qu'il passerait me chercher à 19 heures. Tant pis. Il lui faudra faire face à mon arrivée chez lui avec deux heures d'avance.

Sa maison se dressant au sommet d'une colline, je descends de vélo et entreprends de le pousser sur la côte escarpée. A quelques maisons de chez lui, une magnifique mélodie au piano me parvient : il est en train de jouer. Je m'arrête pour écouter, mais comme le vent souffle assez fort, je n'entends rien.

De peur qu'il refuse de continuer en ma présence, je pousse mon vélo dans l'allée de ses voisins, puis j'entre à pied dans son petit jardin, contournant deux pièges à homards empilés proprement sur le côté de la maison.

La fenêtre du séjour est ouverte, et le son du piano me parvient très clairement à présent. Un sourire aux lèvres, je m'assieds par terre, m'adossant au bardage tiédi par le soleil. Malone continue à jouer, aussi suis-je quasiment certaine qu'il n'a pas repéré ma présence.

Le morceau est un air doux, charmant, délicat. De temps en temps, une modulation le fait passer de la gaieté à la tristesse, bien que la mélodie reste essentiellement la même. La partition a l'air difficile, et Malone s'arrête parfois et revient en arrière pour répéter quelques mesures. Je l'entends même lancer un juron, avant de rejouer les notes correctement, puis de triompher : « Je t'ai eu ! »

Une voiture se gare dans la rue, non loin de la sienne. Pourvu que son conducteur ne m'ait pas vue ! Ce serait horriblement gênant de me faire surprendre ici, assise sous la fenêtre.

Mais personne ne me surprend.

Au lieu de quoi, quelqu'un frappe à sa porte. Malone s'arrête de jouer. Je m'apprête à me relever quand une voix familière me parvient.

— Malone ? Dieu merci, tu es chez toi !

C'est Chantal.

Je m'immobilise, à moitié accroupie.

— Qu'est-ce que tu fais ici ? lui demande Malone.

Leurs voix me parviennent aussi nettement que si je me trouvais dans la même pièce qu'eux.

— Malone, tu ne vas jamais me croire…

J'ai l'impression que Chantal pleure, et un étrange sentiment d'appréhension me cloue sur place.

— Tu as une minute ? J'ai besoin de parler à quelqu'un.

— Assieds-toi. Qu'est-ce qui t'arrive ?

J'entends le grincement de ressorts, un froissement.

— Je suis enceinte.

Mes poumons se vident de tout l'air qu'ils contiennent. Chantal, enceinte ? Et elle vient le dire à…

*Bon sang !*

Chantal éclate en sanglots.

L'idée fait lentement son chemin dans mon esprit, tandis que leurs voix s'estompent dans un murmure de fond.

Chantal est enceinte. Et Malone…

— De combien ? lui demande-t-il, sa voix redevenant audible.

— A peine deux semaines. Je ne sais pas quoi faire. C'est la pire…

Ma vision devient floue, mon ouïe se brouille, mes mains sont plaquées sur ma bouche. Je ne me suis jamais évanouie jusqu'ici, mais je ne dois pas en être loin.

*Deux semaines !*

Il y a deux semaines, Malone et moi couchions déjà ensemble. Et, de toute évidence, il couchait aussi avec Chantal.

Ce n'est que lorsque j'empoigne le guidon glacé de mon vélo que je me rends compte que j'ai oublié ma lumière sous la fenêtre. Sans un bruit, je pousse mon vélo comme un automate jusqu'en bas de la route. Arrivée dans Water Street, je me remets en selle et pédale jusque chez ma sœur.

*Ce n'est pas grave*, me dis-je en boucle, le vent pinçant mes joues humides. *De toute manière, ça n'a jamais été sérieux entre nous.*

Pourtant, on pourrait croire le contraire, à en juger par la violence de mes pleurs. C'est à peine si j'y vois clair.

## 23

Quand je rentre chez moi, le lendemain après-midi, il y a un message sur le répondeur. En partant de chez Malone, je me suis réfugiée chez Christy, à qui j'ai raconté toute l'histoire. Will et elle m'ont donné à manger, m'ont laissée coucher Violet et ont ouvert une bonne bouteille de vin. J'ai dormi dans la chambre d'amis et, ce matin, j'ai filé tout droit au *diner*.

Le témoin du répondeur clignote. Il me faut une minute pour me décider à appuyer sur la touche.

— Salut, Maggie, c'est Malone. Euh... il me semblait qu'on devait se voir, ce soir... Rappelle-moi.

Vraiment! Il lui semblait qu'on devait se voir! Pas si une autre femme porte son enfant... C'est hors de question, bon sang!

Je me laisse tomber dans un fauteuil et serre un vieux coussin élimé contre mon ventre, les yeux durs. Chantal n'a jamais fait mystère de son attirance pour lui. Ni des avances qu'elle lui a faites dans le passé. Elle a même fait allusion au béguin qu'elle a eu pour lui, dans le temps. Voire plus récemment... A Dieu veuille que Chantal ne tombe pas tous les hommes qui passent! Tous les foutus mâles de Gideon's Cove se doivent d'être en adoration devant elle, pas vrai? Tous, sans exception! Je serre les dents de toutes mes forces pour essayer d'avaler la boule qui m'obstrue le gosier.

Les bords du coussin sont tout effilochés; le tissu

s'est usé au fil du temps. Il faudrait vraiment que je le recouvre, mais à quoi bon ? En fait, alors que je balaie du regard mon petit appartement tout exigu, une bouffée d'impatience monte en moi. Pourquoi est-ce que je garde toutes ces saletés ? A-t-on vraiment besoin de six moules à tartes TableTop chez soi ? Ce sont des pièces de collection, et après ? Brusquement, je me mets à haïr les pièces de collection. *Des pièces de collection.* Pourquoi ne pas leur donner leur véritable nom ? Des vieilleries, oui ! Et pourquoi les garder ? Pour ramasser la poussière et les toiles d'araignée ? Si c'est là leur véritable raison d'être, le résultat est réussi.

Je bondis de mon fauteuil, attrape quelques sacs-poubelle, un journal, et j'entreprends d'emballer mes possessions avec une ardeur vengeresse. Il faudrait que j'organise un vide-garage. Ou que j'apporte toutes ces saletés à un antiquaire. Subitement, l'envie me prend d'avoir un espace de vie propre et épuré — spartiate. Rien que le sol et un futon, dans le style japonais. Ou peut-être suédois, avec une commode aux lignes profilées pour ranger mes vêtements.

Les vêtements ! Parlons-en, tiens... D'un bond je suis dans ma chambre et j'ouvre à fond tous les tiroirs de ma commode. De combien de pulls ai-je besoin, en fait ? Un tiers d'entre eux sont d'anciens cardigans de mon père, que je lui pique année après année — il voudra peut-être les récupérer. Et le nombre de T-shirts tachés que je garde ! Travailler dans un *diner* n'est pas une excuse. J'ai quand même les moyens de m'offrir des T-shirts propres ! Quand je fais tomber des gouttes de sauce ou de café dessus et que je n'arrive pas à faire partir la tache, ils doivent aller directement à la poubelle. Du reste, je devrais peut-être faire imprimer des T-shirts pour le *diner*. Mais oui, voilà ! C'est ce que je vais faire... Ça aura le mérite d'éliminer une fois pour toutes la question de ma tenue. Un T-shirt noir avec une inscription en rouge :

Joe's Diner, fondé en 1933, Gideon's Cove, ME.

Parfait ! Ces casse-pieds de touristes vont adorer.

Je fourre sans état d'âme une demi-douzaine de T-shirts dans un sac-poubelle, notant vaguement au passage les logos d'endroits où je suis allée, les adages que je trouvais sympas... Des vieilleries stupides qui m'encombrent ! Je marque à peine une pause devant le rat en peluche bleu que je fourre avec le reste, peut-être même avec plus de force que nécessaire. Bien... Fais-moi disparaître ça. Camelote débile !

Après que Skip m'a troquée contre un modèle féminin plus classique, j'ai emménagé dans cet appartement, le louant à des touristes qui avaient acheté l'immeuble pensant faire un bon investissement. Constatant un peu plus tard que Gideon's Cove n'avait pas réussi à devenir le Bar Harbor du nord du Maine qu'ils imaginaient, ils me l'ont revendu à un prix abordable, et avec papa nous avons rénové l'ensemble et trouvé une locataire pour le rez-de-chaussée en la personne de Mme K. Je me sentais tellement à l'abri, dans cet appartement ! Il était si minuscule ! Un vrai petit nid douillet. Mais à présent je le trouve confiné et bourré à craquer, à l'image de mon esprit encombré des souvenirs de mes échecs sentimentaux.

Dans ce registre, Skip tient sans conteste le haut du pavé. Mais il y en a eu d'autres, avant Malone et le père Tim... Deux ans après Skip, il y a eu Pete, un très gentil garçon qui habitait à quelques villes d'ici. Nous sommes sortis ensemble pendant un an ; à la fin, nous vivions quasiment ensemble. Un soir, il m'a invitée au restaurant, et j'ai cru qu'il allait me faire sa demande en mariage. Je me suis imaginée en train de lui dire oui. Nous étions un couple très solide, très satisfaisant, estimais-je. Entre nous, ce n'était pas le grand amour, mais je pensais que notre histoire durerait.

Au lieu de quoi, Pete m'a gentiment informée qu'il partait pour la Californie. Et que j'allais vraiment lui manquer.

S'il m'avait demandé de l'accompagner, je lui aurais

répondu : « Non, non, je ne peux absolument pas te suivre ! J'adore le Maine. Je ne veux pas déménager. Ma vie est ici. Ma famille. » Notre rupture aurait été triste, pleine de regrets mais nécessaire, car franchement je ne serais pas partie de Gideon's Cove pour lui. Mon cœur n'a pas été brisé. Il n'empêche, ça m'aurait bien plu de décliner son offre !

Je sors un pull vert auquel quelques poils sont encore accrochés. Des poils de Colonel. Il a dû frotter sa tête contre moi, un jour où je le portais. Mes yeux s'emplissent de larmes, et l'envie soudaine, désespérée, de revoir mon chien s'abat sur moi comme une déferlante. Je décide que ce pull peut encore servir, je le place sur la pile « à conserver », je me mouche et je continue ma purge.

Après Pete, il y a eu Dewitt, pendant quatre mois. Mais un jour il m'a demandé de prendre de la distance avec ma sœur, réussissant l'exploit de mettre un terme à notre histoire avec cette unique phrase. Hélas, il est ensuite allé raconter à tout le monde que j'avais « une relation contre nature » avec Christy, sous-entendant que jamais je ne trouverais quelqu'un, parce que je faisais une fixation sur ma jumelle. Le salaud !

— Maggie ?
— Malone ! Bonté divine ! Ça ne va pas d'arriver comme ça dans le dos des gens !

Il s'adosse contre l'encadrement de ma porte d'entrée et me sourit. Je dois détourner les yeux.

— Désolé. J'ai frappé, pourtant. Tu ne dois pas m'avoir entendu.
— Bon. Bref. Donc. Tu es là. C'est...

Le magnétisme animal qui se dégage de lui m'embrume l'esprit, me dissimulant au passage toutes les raisons que j'ai de lui en vouloir. Ah, si... Chantal... Vu.

— Alors, qu'est-ce qui se passe ? Quoi de neuf ? Il y a du nouveau dans ta vie ?

Son sourire s'envole.

— Pas vraiment. Tu m'as manqué, hier soir.

— Ah, oui, hier soir... Hm-mm... Eh bien, j'ai eu un contretemps.

Il ne compte donc rien me confesser du tout... On pourrait pourtant croire que même lui avouerait au moins quelque chose... « Dis, à propos, Maggie, Chantal et moi, on va avoir un enfant. Tu veux qu'on aille manger un morceau, ce soir ? » Très bien. Puisqu'il compte garder le silence, il est hors de question que je lui dise que j'étais tapie sous sa fenêtre au moment où il a appris qu'il allait devenir père !

Je me sens extrêmement lasse, tout à coup, de toutes ces histoires qui me font passer pour une idiote. Skip, les deux suivants, le père Tim, et maintenant Malone. Je ne peux plus le supporter. Plus jamais je ne me laisserai ridiculiser ! La coupe est pleine !

Je finis de bourrer le contenu de mon tiroir dans le sac-poubelle, me forçant à ne rien éprouver d'autre que de la colère. Néanmoins, l'image de Malone étendu sur mon lit la nuit qui a suivi la mort de Colonel s'impose à mon esprit. Comment a-t-il pu être si...

— Ça va, Maggie ? me demande-t-il, un pli perplexe entre les sourcils.

— Tu veux que je te dise ? Eh bien, non. Non, ça ne va pas, Malone ! Tiens, entre dans le séjour...

J'ouvre le passage en poussant du pied tout le désordre que j'ai semé.

— Assieds-toi.

Je prends une profonde inspiration et m'assieds de l'autre côté de la table basse, redoutant d'être trop près de lui. Il ne s'est pas rasé aujourd'hui et, au souvenir de l'effet qu'ont sur moi ses baisers, de la douceur râpeuse de ses joues, j'ai l'impression que je me liquéfie. Ecœurée par ma faiblesse, je m'oblige à l'imaginer avec Chantal. Au lit avec Chantal, l'embrassant avec la même fougue qu'il met à m'embrasser, moi. Voilà... Liquéfaction terminée !

— Qu'est-ce qui se passe ?

— Tu sais, Malone, tu as bien fait de passer me voir. C'est… écoute… Tu es là. Donc. Le fait est que je…

Ma gorge se serre.

— Malone, ça ne me convient pas. Cette relation entre toi et moi. Quelle qu'elle soit exactement.

L'expression de son visage ne se modifie pas, mais il accuse le coup d'un infime mouvement de tête en arrière, et l'espace d'une fraction de seconde je me sens coupable. Il est surpris. Il n'a rien vu venir. Ma foi, je sais l'effet que ça fait, pas vrai ?

Je continue à parler, prenant un plaisir sinistre dans le fait que, pour une fois, ce n'est pas moi qui me fais plaquer.

— Tu sais, ce que je veux te dire c'est que tu es très… séduisant… Enfin, je veux dire, c'est ce que je pense, en tout cas. Mais à part ce… le côté physique… Eh bien, pour te dire la vérité, Malone, je recherche un peu plus que ça dans une relation.

Il se contente de me contempler, sans tout à fait froncer les sourcils, mais presque — il est préoccupé.

— Il s'est passé quelque chose, Maggie ? me demande-t-il enfin au bout de quelques secondes, et la douceur de sa voix envoie une nouvelle vague de rage déferler sur mon cœur tel un raz-de-marée.

— Je ne sais pas, Malone. Il s'est passé quelque chose ?

Ses sourcils noirs se rapprochent.

— C'est quoi le problème ?

A présent, une note d'irritation perce dans sa voix.

— C'est à toi de me le dire.

Je me plante devant lui, les poings sur les hanches, le mettant au défi de m'avouer ce qu'il a fait.

— C'est une dispute ou quoi ? me demande-t-il, l'air maussade. Parce que je ne vois vraiment pas à propos de quoi on pourrait s'engueuler.

Il fait le lâche ? Très bien. Parfait.

— Je vais te simplifier les choses, alors. Tu n'es vraiment pas mon genre de mec, point barre.

Et pan, en plein dans le mille ! Sa bouche se referme brusquement, son visage se ferme, sombre et féroce.

— Et c'est quoi ton genre de mec, Maggie ? Le père Tim ?

J'incline la tête sur le côté.

— Ma foi, c'est drôle que tu me dises ça, tu sais ? Parce qu'en dehors de l'aspect ecclésiastique, oui, il serait plutôt mon genre d'homme. C'est un véritable ami, lui. Nous discutons, nous nous amusons, nous rions ensemble. Nous échangeons des tas de choses. Son attitude est plus proche de ce que je cherche chez un homme... Pas seulement un amant. Un ami aussi... Ça t'étonne ?

— Un ami ? Tu veux quelqu'un pour qui tu peux être aux petits soins ? Quelqu'un à qui tu peux faire à manger et dont tu peux nettoyer la cuisine ?

— Ça s'appelle *aimer* quelqu'un, Malone. Et quand on aime quelqu'un, oui, on fait des choses pour lui. D'où la soupe et la tarte pour toi le jour où tu as piqué une tête dans l'Atlantique par quatre degrés ! Mais toi, ce n'est pas ça que tu cherches, n'est-ce pas ?

La colère me fait hausser le ton.

— Alors, oui, c'est vrai, je veux quelqu'un qui ne soit pas fermé à tout sentiment humain. La voilà, la vérité ! Quelqu'un qui soit capable de faire des phrases complètes. Quelqu'un qui soit capable de répondre à une question personnelle quand on lui en pose une, quelqu'un qui...

— Ça va, j'ai pigé, dit-il en se levant. Au revoir, Maggie !

Il part en claquant la porte derrière lui et, une fois de plus, j'éclate en sanglots.

# 24

— Bénissez-moi, mon père, parce que j'ai péché. Ma dernière confession remonte à vingt-deux ans.

C'est drôle, comme les mots me reviennent à toute vitesse.

— On peut y aller, père Tim ? Parce que j'ai vraiment besoin de parler.

A tel point que j'en ai brûlé la politesse à Mme Jensen. J'ai bien essayé de le joindre à la cure, mais il ne m'a pas rappelée. Il est apparemment très pris, ces derniers temps.

— Eh bien, Maggie, il s'agit tout de même du sacrement de la réconciliation. Nous ne devrions sans doute pas l'accomplir dans la précipitation. Même si, bien entendu, je me réjouis grandement de vous voir à l'église.

J'inspire avec difficulté et reprends d'un ton brusque :

— Je vous demande pardon, père Tim. Le problème, c'est que je suis tellement… On dirait que je n'arrive pas à…

Ma gorge est nouée par tous les malheurs survenus la semaine dernière. Colonel. Mes parents. Malone. Chantal. L'avenir qui s'étend devant moi : seule, sans enfants, les chevilles enflées, sénile, sans personne pour changer mes couches…

Les larmes roulent sur mes joues, et je renifle bruyamment.

— Que se passe-t-il, Maggie ? me demande le père Tim d'un ton empreint de crainte et d'inquiétude.

J'articule péniblement :

— Ma vie est une farce ! Je sais ce que je veux, mais il

semble que je sois incapable de l'obtenir, et je ne comprends pas pourquoi tout ça est si dur et si déroutant.

Pourquoi Malone me manque-t-il autant ? Pourquoi ai-je analysé chaque seconde que nous avons passée ensemble ? Pourquoi les pleurs de ma mère me brisent-ils le cœur ? Pourquoi les gens ne peuvent-ils pas se rencontrer, se marier et vivre heureux comme Will et Christy ? Et pire que tout : pourquoi ai-je l'impression que ma dernière chance va s'éteindre avec Malone, même en sachant ce que je sais sur Chantal et lui ?

— J'ai rompu avec Malone. Vous aviez raison, mon père. C'est un rustre.

— Oh ! Maggie, je suis désolé. Désolé d'avoir eu raison.

Il se penche pour que je puisse distinguer son visage à travers le filigrane du confessionnal.

— Certaines fois, la vie nous met à l'épreuve, poursuit-il avec douceur. Et, dans ces moments-là, nous nous sentons terriblement seuls et sans espoir. C'est la manière dont nous faisons face à ces situations pénibles qui nous prouve notre véritable valeur.

Je déglutis, m'essuie les yeux et confesse dans un murmure :

— J'ai tellement été jalouse de ma sœur, ces derniers temps ! Elle a tout, vous comprenez, mon père ? Tout ce que je voudrais avoir.

— Mais vous êtes également heureuse pour elle, Maggie, je le sais. Que vous désiriez avoir les mêmes choses qu'elle, il n'y a pas de honte à l'avouer.

— Mais ce n'est pas juste ! Je ne veux pas finir ma vie toute seule. Parfois, j'ai une peur bleue de devenir la vieille tante un peu bizarre qu'on se refile comme un virus. « C'est ton tour d'aller apporter son repas à tante Maggie. » « Ah, non ! Moi, je l'ai déjà fait la semaine dernière ! C'est à toi, maintenant ! »

Le père Tim ne rit pas, Dieu le bénisse ! Il laisse passer

quelques secondes de silence et reprend, dans un quasi-murmure :

— Personne n'a envie de se projeter dans un avenir de solitude, Maggie. Personne...

Et je retrouve dans sa voix cette allusion à sa propre solitude. A sa propre tristesse, peut-être. Ou est-ce moi qui interprète ses paroles à ma manière ? Pourtant, il y a quelque chose. Je lève la main vers le filigrane qui nous sépare, la plaque contre les jolies volutes en métal et soudain... soudain mon vieux fantasme de vivre une histoire d'amour avec lui ne me semble plus aussi ridicule.

Je chuchote :

— Mon Père ?

De l'autre côté, dans l'église à proprement parler, Mme Jensen tousse bruyamment.

— Maggie, enchaîne-t-il d'une voix si basse qu'elle en est presque inaudible. Ne soyez pas triste. Quelque chose va changer dans votre vie, et vous ne serez pas seule pour toujours. Ayez la foi !

Je prends une inspiration tremblotante, grisée par les pensées qui affluent à mon esprit.

Mme Jensen recommence à expectorer, et sa toux se répercute sur les murs en pierre de l'église. Elle ne peut donc pas prendre du Robitussin comme tout le monde, cette vieille chouette ? Mais l'instant de grâce est passé. Le père Tim se recogne dans le confessionnal.

— Reparlons-nous très vite, Maggie. Et que Dieu vous bénisse.

Les jours suivants, mes pensées me rendent taciturne, presque réservée. Je vaque machinalement à mes occupations au Joe's, lançant les commandes en jargon de *diner* pour faire plaisir à Stuart, étreignant Georgie, plaisantant avec Ben et Rolly, distribuant les bulletins de vote, mais le cœur n'y est pas. Le père Tim ne vient plus prendre son petit déjeuner au restaurant, et son absence engendre toutes sortes d'idées qui se cognent dans ma tête comme des oiseaux contre une vitre — des pensées déplaisantes, vraiment, sur lesquelles je ne tiens pas à m'appesantir. Mais des bribes de phrases flottent dans mon esprit… « Le père Shea… Vous êtes unique, Maggie… Un jour, quelque chose va changer dans votre vie. »

Ces pensées ont beau être préoccupantes, elles ne me viennent que par réflexe. Quand, chaque après-midi, je jette un regard au répondeur en rentrant chez moi, c'est à Malone que je pense. *A-t-il appelé ? Va-t-il…* Puis j'interromps mes interrogations. Malone a d'autres chats à fouetter. Il n'a aucune intention de m'appeler. Du reste, je n'ai pas envie qu'il m'appelle, pas vrai ? Je lui ordonne mentalement : *Laisse-moi en dehors de ça, Malone.* Et il m'obéit.

Chantal me laisse un message, très court, me demandant de la rappeler dès que possible, rien d'urgent, mais la solennité perce dans son intonation. Voilà un appel que je ne suis pas pressée de retourner ! Cette traînée de Chantal ! Et ce salaud de Malone ! Que le diable les emporte !

Dimanche… Les enfants Beaumont sont convoqués pour le repas de famille habituel. Papa et maman prennent sur eux pour se montrer courtois l'un envers l'autre. Papa découpe le rôti, maman pose les plats d'accompagnement sur la table avec un soin excessif. Jonah, Christy et moi nous tenons à carreau : serviables et très bien élevés, pas de plaisanteries, pas de taquineries. C'est flippant et atroce. Will étant de garde à l'hôpital, il n'y a personne pour alléger la tension ambiante, rien que nous trois et Violet. Le dîner dure une éternité et même le joyeux babillage de la petite ne parvient pas à briser la chape de plomb qui pèse sur le repas. Quand Jonah se porte volontaire pour faire la vaisselle, il est clair que quelque chose va très mal.

— Alors, c'est quoi la suite ? demande-t-il, nous tournant le dos à tous, tandis qu'il fait couler l'eau du robinet. L'un de vous deux va déménager ?

Les yeux de papa et maman se croisent de part et d'autre de la table, peut-être pour la première fois de la journée. Ceux de ma sœur s'emplissent de larmes, et elle pique du nez dans les cheveux soyeux de sa fille pour dissimuler son émotion.

— Eh bien, oui, répond maman avec prudence. Pas dans l'immédiat, mais... en effet, je songe à m'installer à Bar Harbor.

Je m'exclame :

— Bar Harbor ! La vache ! C'est un sacré changement par rapport à...

— Hein, tu déménages ? me coupe Christy d'une voix suraiguë. Mais enfin, maman, tu ne peux pas t'en aller d'ici ! C'est de la folie ! Tu as perdu la tête ou quoi ?

Jonah et moi échangeons un regard surpris, mais elle ajoute :

— Non ! Tu ne peux pas faire ça ! C'est... c'est... Bar Harbor, tu ne te rends pas compte, c'est si loin !

— Pas tellement, objecte maman. Ce n'est qu'à...

— C'est à une heure et demie d'ici, maman ! hurle ma sœur. Tu ne penses donc pas à Violet ? Ton unique petite-fille ! Et tes enfants ! Tu ne veux donc plus nous voir qu'une seule fois par mois ?

— Christy...

Elle m'interrompt aussitôt.

— Non, Maggie ! C'est de l'égoïsme pur et simple ! Tu te conduis de façon incroyablement égoïste, maman !

Elle frappe du plat de la main.

Notre mère baisse les yeux sur la nappe, sans émettre le moindre commentaire. Papa garde le silence, comme à son habitude, et je ressens une brusque bouffée d'agacement envers lui. Rester sur la touche ne vous avance pas à grand-chose dans la vie, et en un éclair je vois à quel point ça a dû être pénible pour ma mère d'être mariée à un homme qui n'a jamais eu d'opinion divergente, n'a jamais exprimé son mal-être, qui s'est contenté de se laisser porter au gré des marées jusqu'à ce que son malheur soit tel qu'il n'ait plus qu'une seule alternative : partir ou aller se noyer.

Je demande :

— C'est ce que tu souhaites, maman ? Aller vivre à Bar Harbor ?

Elle soupire.

— Eh bien, à certains égards, oui. Ça me plairait assez de vivre dans une ville plus grande. D'élargir mon horizon, de déployer mes ailes, pour ainsi dire. Et Bar Harbor, ce serait un pas dans la bonne direction.

— Et la prochaine étape, ce sera quoi ? s'enquiert sèchement Christy, transférant Violet d'un bras sur l'autre. Paris ? Londres ?

— Je songeais à l'Australie, marmonne maman.

Je souris.

— L'Australie ! glapit Christy.

C'est presque comique à voir : l'ancienne assistante sociale qui se conduit comme une enfant gâtée de douze ans. Violet empoigne un coin de la nappe et se le fourre dans la bouche.

Maman pousse un soupir.

— Je plaisante, Christy… D'accord ? Je plaisante. Calme-toi.

— Ma famille est en train d'exploser, maman. Comment veux-tu que je me calme ? Et je n'arrive pas à croire que vous n'essayiez même pas de recoller les morceaux, papa et toi ! Allez voir une conseillère conjugale, bonté divine ! Allez voir le père Tim ! Mais partir d'ici, c'est d'un ridicule achevé !

— Bon sang, Christy, tu vas la fermer, oui ? intervient alors Jonah. Papa et maman sont adultes. Ils sont à même de prendre leurs décisions.

— *Adulte*, sais-tu seulement ce que ce mot signifie, Jonah ? rétorque sèchement ma sœur.

Je ne l'ai pas vue dans un tel état d'énervement depuis que Skip m'a larguée.

— Jonah a raison, Christy, dis-je doucement. Papa et maman sont mariés depuis longtemps. S'ils ont envie d'autre chose, ce sont eux les mieux placés pour le savoir. Pas nous. Et si maman a envie de vivre ailleurs qu'à Gideon's Cove, c'est son droit. C'est sa vie.

— De toute façon, il ne se passera rien avant quelques semaines, au moins, dit ma mère. Votre père et moi n'allons pas divorcer tout de suite. Dans un premier temps, nous allons nous séparer. Ensuite, nous verrons la tournure que prennent les choses.

— J'ai engagé papa comme barreur, nous apprend Jonah.

Papa nous adresse un sourire timide.

— Quoi ? Mais enfin, papa ! Tu es devenu fou ? s'insurge Christy. Barreur ? Mais qu'est-ce que tu connais à la pêche au homard ?

Sur ce point non plus, je ne partage pas l'avis de ma sœur.

— C'est cool, ça, papa. Christy, tu as besoin d'aller boire un verre. Maman, on peut te laisser Violet une heure ou deux ? Dewey's ouvre dans dix minutes et je crois que Christy et moi, nous devons parler.

— Bien sûr, répond ma mère en tendant les bras vers sa petite-fille.

— Profites-en bien, lâche sèchement Christy. Tu n'auras plus l'occasion de…

— Tais-toi, dis-je en l'entraînant de force hors de la pièce.

Nous roulons en silence jusque chez Dewey. Christy conduit avec des gestes brusques, freinant sec, donnant des coups de volant. Elle entre dans le pub d'un pas lourd et s'installe à une table du fond en évitant mon regard. Le pub est presque désert — il est 16 heures, un dimanche —, et Dewey n'a pas encore fini d'installer les chaises.

— Dewey, tu peux nous apporter deux… qu'est-ce que tu veux boire, Christy ?

— Je m'en fiche, marmonne-t-elle.

— Deux scotchs, Dewey.

— Ça marche, les filles !

Il nous sert nos verres au bar et nous les apporte avant de repartir en vitesse pour remplir la caisse.

J'attaque bille en tête.

— Bon alors, c'est quoi ton problème ?

— Nos parents se conduisent comme des imbéciles !

— Où est passée ta belle compassion de la semaine dernière, Christy ? Cette pauvre maman, enceinte, forcée de renoncer à ses rêves de carrière…

Je bois une gorgée de mon scotch et me rappelle instantanément la dernière fois que j'en ai bu : c'était avec Malone, la nuit où Colonel est mort. Je repousse ce souvenir avec violence.

Christy prend une brève inspiration, et ses yeux s'embuent de larmes.

— J'ignorais qu'elle voudrait s'en aller, Maggie ! Comment peut-elle… Et puis papa va devenir une espèce de vieil excentrique malodorant sans elle. Barreur ! Non, mais je rêve !

— Tu n'es pas un peu… je ne sais pas moi, fière, d'une certaine façon ? Que nos parents s'engagent dans quelque chose de nouveau, que le fait qu'ils aient un certain âge ne signifie pas que leur vie est gravée dans le marbre ? Moi, je trouve ça plutôt sympa.

Elle me lance un regard meurtrier. J'ajoute :

— Assez sympa, en tout cas.

— Non, répond-elle d'un air boudeur. Ce n'est pas sympa, Maggie. Maman va partir. Loin d'ici.

Les larmes glissent le long de ses joues.

— Je sais qu'elle va te manquer, Christy. Mais elle est en droit de saisir l'occasion de faire quelque chose d'autre. Rien ne l'oblige à rester dans le coin et à continuer de nous regarder vivre notre vie si elle a l'impression de perdre la sienne.

Ma sœur regarda fixement la fenêtre pendant une minute.

— Oh ! Et puis merde, tu as raison ! dit-elle en avalant une gorgée de son scotch. C'est toi qui as raison, Maggie, c'est toi qui as raison. Mais c'est que... elle va tellement me manquer ! Et puis elle va aussi manquer à Violet ! Violet l'aime tellement...

Le visage de ma sœur se crispe de chagrin, et je lui serre tendrement les doigts par-dessus la table.

— Ben alors, qu'est-ce qui se passe ? s'inquiète Dewey. Maggie, pourquoi tu pleures, ma poulette ?

— Je ne pleure pas, Dewey. C'est Christy qui pleure.

— Oh là, là... Je ne veux pas de larmes dans mon pub, ma petite chérie ! Et le jour où j'arriverai à vous reconnaître sera à marquer d'une pierre blanche, je vous assure !

Il lui tapote la tête et repart vers le bar.

Christy m'adresse un sourire mouillé.

— Je me suis conduite comme une vraie garce, tout à l'heure, non ?

— Si, dis-je en souriant. Une vraie garce. Je suis folle de joie.

— Folle de joie ? Et pourquoi ?

— Parce qu'il est grand temps que je devienne la gentille jumelle.

— Oh ! Toi... Tu es tellement drôle.

Son sourire est sincère, à présent, et simultanément nous nous faisons du pied sous la table.

— Au fait, qu'est-ce qui s'est passé avec Malone ? me questionne-t-elle, tournant brusquement la tête vers la porte.

Mon cœur devient lourd comme une enclume. Mais non, ce n'est pas Malone. Juste Mickey Tatum, le chef des pompiers.

— Malone ? J'ai rompu avec lui.

J'ai une boule dans la gorge que même le scotch n'arrive pas à dissoudre.

— Qu'est-ce qu'il t'a dit à propos de Chantal ?
— Rien. Nous n'en avons pas parlé. Il ne m'a pas dit un mot sur elle.

Ma sœur soupire.

— Je suis navrée pour toi, Maggie.
— Oui, bon, un de perdu, dix de retrouvés, pas vrai ? J'ai d'autres casseroles sur le feu. Au moins, j'ai tranché dans le vif avant que les choses ne deviennent trop... bref...

Mais Christy n'est pas dupe de mes mensonges ; elle me sourit tristement, lisant en moi comme dans un livre ouvert.

— Il faut que je te parle de quelque chose d'autre, Christy. Il se passe un truc du côté du père Tim. Tu lui as parlé récemment ?
— Non. Pourquoi ?

Dewey s'avance vers nous avec un sachet de chips.

— Pour la belle dame en pleurs, dit-il en me le tendant.
— Non, Christy c'est elle, dis-je en désignant ma sœur.
— Bien sûr. Pour la belle dame en pleurs, répète-t-il.
— Merci, Dewey. L'addition, s'il te plaît.

Elle ouvre le sachet et me propose quelques chips, puis en pioche quelques-unes pour elle et m'encourage à poursuivre.

— Alors, le père Tim ?
— Eh bien, je ne sais pas trop. Mais il y a quelque chose de bizarre. Il s'est montré très... tendre avec moi. Et il m'a dit des choses assez ambiguës.
— Comme quoi ?
— Je ne sais pas. Je ne me souviens pas exactement de ses paroles...
— Ce serait bien la première fois !
— ... mais c'est assez... comment dire ? De toute évidence, je ne sais pas trop quoi en penser.

Je n'arrive pas à me résoudre à formuler mes pensées à haute voix. Au lieu de quoi, je m'agite nerveusement sur la chaise de bois.

— Tu veux rentrer et présenter tes plus plates excuses à papa et maman ?

Christy se met à rire.

— Bien sûr. Ça fait trop longtemps que tu fais la gentille jumelle.

— C'est tout toi, ça ! dis-je en posant quelques billets sur la table. Toujours à me voler la vedette.

Christy s'excuse humblement, rendosse son titre, et nous dégustons du crumble aux pommes.

En rentrant chez moi, je pédale en direction du port. Il fait du vent et pour couronner le tout, comme c'est dimanche, la plupart des homardiers sont au mouillage, y compris la *Vilaine Anne*.

*Ne va pas là-bas, Maggie...*

Une grosse mouette amorce sa descente en planant et se pose à quelques mètres de moi, sur l'un des poteaux de soutènement de bois. Le vent malmène ses plumes mais pas son aplomb. Je l'envie, cet oiseau.

*Et si Malone était ici ? Et puis ? Que lui dirais-je ? Comment va Chantal ? Tu es heureux à l'idée d'être de nouveau père ?*

Enfin, à condition que Chantal souhaite garder l'enfant, bien sûr...

Je n'arrive toujours pas à concilier dans mon esprit l'idée de Malone et Chantal filant le parfait amour. J'avais certaines raisons de penser que...

*Oh ! Pour l'amour du ciel, arrête !*

Je remonte sur mon vélo, mais demeure où je suis, un pied fermement posé par terre, et je continue à contempler le port. Le vent, chargé d'un parfum de pin et de sel, me pique les joues, mugit à mes oreilles, mais je ne bouge pas. Le visage de Malone est gravé dans mon esprit, ses rides profondes, ses pommettes burinées, ses cils noirs. Sa façon de me sourire, presque à contrecœur, comme s'il n'avait pas vraiment envie de me trouver sympathique mais qu'il ne pouvait s'en empêcher.

Je renifle et m'exclame :

— C'est ça, Maggie ! Tu es même tellement irrésistible que Malone a fait un enfant à Chantal. Alors maintenant, assume !

— Quoi, Maggie ?

Mon cri de surprise fait s'envoler la mouette, qui pousse un cri semblable au mien en écho.

— Bon sang, Billy ! Tu m'as flanqué une de ces trouilles !

Billy Bottoms ôte sa pipe de sa bouche.

— Désolé, poulette. J'étais juste descendu vérifier un truc. J'ai cru que tu me causais.

— Non, non. Non. Pas à toi. Je… tu sais, je me disais des bêtises, à moi-même. Excuse-moi. Bonne journée !

Il faut que je fasse quelque chose ! Il faut que j'élabore un projet de vie pour la suite. Si ma mère est capable de faire le grand saut, alors moi aussi ! La semaine dernière, elle échafaudait un plan, assise à la table de sa cuisine. Aujourd'hui, elle en a un, de plan. Je peux faire pareil. Je dois oublier Malone et aller de l'avant. Me concentrer sur d'autres choses. Agir.

Ce petit passage chez Dewey m'a donné une idée. Pas des plus honorables, certes, mais une sacrée bonne idée quand même… Une idée affreuse, horrible… merveilleuse !

# 25

Quelques jours plus tard, j'appelle ma sœur et lui sers un énorme mensonge.

— Ma voiture a quelques problèmes. Je peux t'emprunter la tienne ?

Nous sommes lundi. Le *diner* est fermé, le vent souffle, bref, c'est la journée idéale pour faire du cocooning à la maison, mais ma petite idée, restée tapie dans un coin de mon esprit, commence à s'impatienter. En outre, je ne peux pas rester là les bras croisés, à ruminer indéfiniment mes griefs à l'encontre de Malone et de Chantal.

Christy fait couler de l'eau en arrière-fond.

— Bien sûr. Je ne sors pas aujourd'hui. Tu as vu le froid qu'il fait ? Brrr… on se croirait en décembre, pas en avril !

Le Maine nous a une fois de plus joué un mauvais tour, en nous faisant croire qu'il embrassait le printemps alors que pendant tout ce temps il s'apprêtait à déverser sur nous quinze centimètres de neige qui s'est transformée en une gadoue visqueuse, glacée et sale. Les quatre membres de la patrouille municipale sont sortis au grand complet pour sabler — non sans une certaine lassitude — les axes principaux de la ville, souillant les rues qu'ils venaient de nettoyer la semaine dernière à peine.

J'enfonce mon bonnet sur mes oreilles et leur fais signe de la main au passage. Je monte jusqu'en haut de la colline où habite ma sœur en m'appliquant à glisser et déraper le plus possible. Puis, toujours selon mon plan, je choisis une ornière débordant de neige fondue grisâtre et, faisant exprès de trébucher, je m'étale dedans, face contre terre.

— Oh! Seigneur, dans quel état tu t'es mise!

Christy me tient la porte d'entrée, Violet calée sur la hanche.

— Entre vite, espèce d'empotée!

Je prends un air penaud.

— J'ai glissé…

— Eh bien, monte te changer, patate! Tu veux rester pour déjeuner?

— Euh, non, non… J'ai autre chose de prévu. Mais merci quand même. Je, euh…

Misère, je ne sais vraiment pas mentir! A ce point-là, c'est catastrophique.

— Je vais au centre commercial.

— Au centre commercial? s'étonne ma sœur. Mais c'est à deux heures d'ici!

— Je sais. Peut-être pas au centre commercial, alors… j'ai besoin de chaussures. De chaussures neuves.

— Ça va, toi?

Christy me regarde avec son air entendu, et je m'enfuis à l'étage pour faire une razzia dans sa penderie, toujours selon mon plan. J'en sors un joli pantalon en tweed et un pull de soie. Un petit foulard va dans ma poche. Puis je jette un coup d'œil à sa commode.

— Christy? Je peux t'emprunter quelques bijoux? J'ai envie d'être un peu plus à mon avantage. Qui sait, je vais peut-être, euh… rencontrer un ami? A déjeuner. Si j'ai le temps.

— Bien sûr! me lance-t-elle d'en bas. Prends tout ce que tu veux.

Par là, elle exclut sans doute sa bague d'anniversaire de mariage, une alliance en petits diamants que lui a offerte Will pour marquer leur première année de vie commune. Mais je cherche la petite bête, là, Christy a bien dit « tout ce que tu veux », aussi je prends l'alliance, me passant avant toute chose de la crème pour les mains qu'elle garde sur sa table de chevet.

— Oh ! Tu es ravissante !

Par ravissante, elle entend « tu es comme moi », mais je n'en prends pas offense. Christy possède une très belle garde-robe, et le but de cette petite aventure est justement de ressembler à ma sœur. Violet, assise par terre dans la cuisine, est en train de jouer du tambour sur une casserole avec un fouet. Elle rampe jusqu'à moi et laisse couler un filet de salive sur ma botte, ou plutôt sur celle de Christy.

— Merci, bébé, dis-je. Je serai de retour vers 16 heures, d'accord ?

Je rafle les clés de voiture posées sur le comptoir.

— Prends ton temps, dit ma sœur.

Assise par terre, elle me sourit.

— Et si tu essayais ça, Violet ?

Brandissant une cuillère de bois, elle entreprend aussitôt de faire à sa fille la démonstration des capacités de percussion de l'ustensile.

— Hé, Maggie, n'oublie pas de changer de manteau ! Le tien est tout sale.

Elle me désigne son magnifique manteau en imitation peau de mouton retournée, suspendu à une patère près de la porte d'entrée.

— Tu es une sœur géniale, dis-je, rouge de culpabilité. Merci mille fois.

— Amuse-toi bien !

M'amuser, ce n'est pas tout à fait ce que j'ai prévu. Je m'empare du sac à langer que ma sœur laisse toujours au garage, monte dans sa voiture, me dévisage dans le rétroviseur intérieur et ôte l'élastique qui retient ma queue-de-cheval. Puis, je me fais la raie sur le côté et arrange mes cheveux derrière mes oreilles. L'alliance se glisse à mon annulaire gauche, le foulard, autour de mon cou et voilà : je suis Christy !

Ce matin même, j'ai téléphoné à la cure.

— Madame Plutarski ? Bonjour, Christy Jones à l'appareil. Comment allez-vous ?

— Bonjour, ma chère ! Comment se porte votre magnifique petite fille ?

— Elle est adorable, ai-je répondu d'une voix sucrée. Ecoutez, je me demandais si le père Tim aurait quelques minutes à me consacrer, aujourd'hui.

— Mais bien entendu, ma chère, a-t-elle minaudé, et j'ai senti ma mâchoire se crisper.

Avec moi, Mme Plutarski est une vraie peau de vache. A la façon dont elle me traite, on pourrait croire que je fais régulièrement mes besoins derrière l'autel. Quand je demande à voir le père Tim, elle se donne un mal fou pour m'expliquer à quel point il est débordé. Mais pour ma sœur, bien sûr, il est entièrement disponible. Comme par hasard...

— 13 heures, est-ce que cela vous conviendrait, Christy ? Je suppose que vous souhaitez vous entretenir avec lui de vos pauvres parents..., a-t-elle ajouté en bonne commère avide de ragots qu'elle est.

— 13 heures, c'est parfait, ai-je répliqué.

Violet fait la sieste de midi à 15 heures, et pendant ce laps de temps je suis certaine que la véritable Christy sera bien douillettement chez elle.

Le cœur battant, j'engage la Volvo de ma sœur sur le petit parking de la cure. Je coupe le moteur et reste une minute assise dans la voiture. Et là, après avoir été longuement retenu ailleurs, mon bon sens décide enfin de se manifester.

Moi, Maggie Beaumont, je m'apprête à berner un prêtre en me faisant passer pour ma sœur jumelle.

*Très élégant, Maggie. Très noble.*

Je m'étais mis confusément dans l'idée que si le père Tim pensait avoir affaire à Christy il me confierait peut-être ce qui le tracassait depuis quelque temps, la raison pour laquelle il lâchait ces étranges allusions à propos du caractère « unique » et « très spécial » de Maggie. Je me vois lever les yeux au ciel dans le rétroviseur. Non. Je n'ai rien pu penser de la sorte, pas vrai ? Je ne suis tout de même pas débile à ce point ! Quels que soient les problèmes personnels du père Tim, ils ne me regardent en rien. Que ce soit à mettre au compte de l'enfermement forcé dû au mauvais temps, ou qu'il s'agisse d'une tentative pour chasser Malone de mes pensées, il est clair que c'est l'idée la plus stupide qui ait jamais été conçue par un cerveau humain.

Dégoûtée, je remets le contact. Je vais rouler jusqu'à Machias, louer un film, m'acheter un grand sac de pop-corn, des bonbons gélifiés en forme de poisson et...

On frappe à ma vitre, et je pousse un cri de surprise.

— Père Tim !

— Bien le bonjour, Christy ! me dit-il avec un sourire rayonnant. Entrez, ma chère enfant, entrez !

Mon estomac se serre d'angoisse à l'idée d'être démasquée. Je marmonne :

— Bonjour, mon père.

Ma foi, on dirait bien qu'il va falloir que j'aille jusqu'au bout de mon plan, car je ne vois pas d'autre moyen de m'en sortir à présent. Vacillant un peu dans les bottes de Christy qui ont des talons plus hauts que ceux dont j'ai l'habitude, j'empoigne le sac à langer posé sur la banquette arrière — mon accessoire, preuve supplémentaire que je suis bien ma sœur.

— Bonjour, ma chère, me lance Mme Plutarski depuis sa position dominante à l'accueil de la cure. Quel plaisir de vous voir ici ! Est-elle élégante !

Je minaude :

— Oh ! Madame Plutarski, vous êtes trop aimable... J'adore cette couleur, elle vous va à ravir. Comment définiriez-vous cette teinte ? Fauve ou noisette ? En tout cas, elle est magnifique !

*N'en fais pas trop, ou tu risques de tout gâcher. Tu t'es*

*fourrée toute seule dans ce pétrin, à toi maintenant de t'en tirer aussi vite que possible. S'ils comprennent que tu es Maggie, tu es fichue.*

— Mettez-vous à l'aise, Christy, me dit le père Tim en me tenant la porte de son bureau.

Mes orteils se recroquevillent d'embarras.

— Merci d'avoir bien voulu me recevoir, mon père, dis-je en lançant des coups d'œil autour de moi, tâchant d'éviter son regard.

— Mais avec plaisir, ma chère, avec plaisir ! Comment se portent Will et votre petite Violet ?

— Oh ! Ils sont en pleine forme. En pleine forme, vraiment ! Ils débordent de santé.

*Stop, Maggie ! Arrête de babiller. C'est un coup à te trahir.*

Je m'assieds, croise les chevilles et tente de prendre une posture convenable. Mon regard vole autour de la pièce. Il y a un petit mot sur le bureau ; à sa vue, un picotement de mauvais augure se propage dans tout mon corps. Bien qu'il soit placé dans le mauvais sens pour moi, j'arrive à déchiffrer l'écriture du père Tim à l'envers...

« Se renseigner auprès de Mgr... »

— Eh bien, que puis-je faire pour vous, Christy ?

Je détourne les yeux du bout de papier.

— Eh bien, hum, je suppose que vous êtes au courant pour mes... pour mes..., hum, pour mes parents...

— En effet, oui.

Il me sourit d'un air encourageant.

« Se renseigner auprès de Mgr T. sur le... »

— Et bien entendu, cette nouvelle nous a tous... attristés. Terriblement attristés.

— Oui, après plus de trente ans de mariage, c'est une tragédie, murmure-t-il.

« Se renseigner auprès de Mgr T. sur le cas du père Shea. »

Sapristi ! Oh, nom d'un petit bonhomme ! La situation du père Shea ? Celui qui a rendu l'habit pour les beaux yeux d'une jeune veuve ? Oh ! Mon Dieu ! Je prends une énorme inspiration.

— Christy, mon enfant, ne pleurez pas, voyons... Tout espoir n'est pas perdu, et en vous tournant vers la prière peut-être aiderez-vous vos parents à se souvenir du caractère sacré qu'ont eu et qu'ont encore pour eux les liens de leur mariage.

*Et vos vœux à vous, père Tim, comment sont-ils ? Solides comme le roc ?*

Je m'avise qu'il attend une réponse de moi.

— Mmm... Oui, vous avez raison. Nous vivons très mal toute cette histoire. Euh, Maggie et moi, je veux dire.

J'inspire brièvement en m'entendant parler de moi à la troisième personne, puis je déglutis.

— Et puis... il y a aussi Jonah. Vous savez...

— J'en ai un peu discuté avec Maggie, oui. Mais comment puis-je vous venir en aide, Christy ?

— Je suppose que je me demandais...

*Oui, Maggie/Christy ? Que te demandais-tu exactement ?* Mon esprit se vide de toute pensée intelligente.

— Par quel moyen je pourrais... hum, soutenir mes parents... Autrement que par la prière...

*Le cas du père Shea, le cas du père Shea ! C'est pas vrai... Le père Shea !*

Je ne parviens pas à penser à autre chose.

Le père Tim jette un regard par la fenêtre.

— Ma foi, étant leur fille, Christy, vous pourriez leur rappeler toutes les bonnes choses que leur a apportées le mariage. Vous, bien sûr, leurs trois enfants, et leur adorable petite-fille. Une vie conjugale riche en joies et en bonheur domestique, en épreuves et en tribulations aussi, bien évidemment...

Sa voix se perd, ses yeux sont toujours fixés sur le dehors. J'ai la très nette impression qu'il a l'esprit ailleurs, aujourd'hui. Coup de chance pour moi !

— Oui, vous avez raison. C'est un excellent conseil.

J'avale ma salive et me décide à risquer le tout pour le tout.

— Et vous, mon père, comment allez-vous ? Je veux dire, vous vous plaisez, à Gideon's Cove ? Vous aimez exercer votre sacerdoce au sein de notre paroisse et tout le reste ? Cela fait bien, voyons... un an que vous êtes chez nous, maintenant ?

— Oui, oui, à peu près..., répond-il avec un sourire forcé, reportant à contrecœur son regard sur moi.

— Ma foi, la communauté de Gideon's Cove a bien de la chance de vous avoir, mon père. Vous êtes un merveilleux prêtre. Très, hum, saint. Euh, fervent, veux-je dire...

Voilà. C'est dit, même si je passe pour une andouille.

— Will et moi, et la petite, nous sommes profondément attachés à l'Eglise. J'espère que vous n'avez pas l'intention de nous quitter.

Son attention se fait tout à coup plus vive. Il se penche en avant et me demande avec brusquerie :

— Pourquoi ? Vous avez entendu des bruits courir à ce sujet ?

— Euh... non. Non, pas vraiment... Non, rien.

Il me dévisage fixement pendant quelques secondes, puis se carre de nouveau dans son fauteuil, visiblement plus détendu.

— Eh bien, reprend-il, dans la vie, le changement est inévitable, et nul d'entre nous ne peut prétendre avoir la maîtrise de son avenir. Notre sort repose entre les mains de Dieu, comme tout le reste.

Le voilà reparti dans les phrases toutes faites...

— Ma foi... oui, c'est vrai.

Je glisse une mèche de cheveux derrière mon oreille. Dieu que j'ai mauvaise conscience ! Mentir, duper, tromper un ecclésiastique ! A tous les coups, je suis bonne pour la damnation éternelle... Des gouttes de transpiration dégoulinent le long de ma nuque.

— Vous avez une merveilleuse famille, Christy, me déclare le père Tim, à brûle-pourpoint.

— Je vous remercie, mon père.

— J'espère que Maggie et vous... enfin. Peu importe.

Désireuse de le mettre au clair en ce qui concerne les sentiments que j'ai pour lui, sans pour autant démolir ma couverture, je hasarde :

— Vous... vous êtes un bon ami pour Maggie, mon père. C'est bien pour elle d'avoir un ami prêtre. Très réconfortant. Et de son côté, vous savez qu'elle... qu'elle attache beaucoup de valeur à votre amitié.

— Mais j'y compte bien, réplique-t-il en se levant, un sourire aux lèvres. Votre sœur est tout à fait unique.

Il y compte bien. Je suis unique. *Oh mon Dieu !* Mon pouls s'accélère dans mes veines, mon cœur cogne à tout rompre. Qu'entend-il par là ? Pourquoi compte-t-il sur mon amitié ? Et pourquoi tient-il tant à savoir si j'ai — si Christy a — entendu des rumeurs concernant son éventuel départ ?

— Bon, eh bien, mon père, je vous remercie beaucoup pour tous vos conseils. A présent, il faut vraiment que je rentre m'occuper de la petite. Merci encore. Cet entretien m'a été très utile.

Il affiche une expression perplexe.

— Ravi d'avoir pu vous rendre service, Christy.

Il s'écarte, tandis que je bondis littéralement hors de la pièce, manquant d'entrer en collision avec Mme Plutarski, qui se tient trop près de la porte pour ne pas être en train d'épier notre conversation.

— Quel plaisir de vous avoir vue, Christy, dit-elle, feignant de ramasser une feuille de papier qu'elle a déjà à la main.

— Certainement, c'était un plaisir. Prenez soin de vous, dis-je d'un air absent en reprenant mon manteau.

J'ai besoin d'air. Ma tête bourdonne, et mon ouïe semble être HS. Il me faut sortir, m'éloigner de la cure.

Sortant en trombe dans la gadoue, je pars dans une glissade et manque de me prendre une pelle sur la chaussée. Je patine ensuite jusqu'à la voiture, inspirant l'air à grandes goulées. Où ai-je fourré les clés ? Bon sang, où sont passées ces fichues clés ?

Je farfouille dans le sac à langer, sans résultat. *Le père Shea !* Mais combien de compartiments possède-t-il, ce sac de malheur ? Il y a là des couches, des lingettes, un matelas à langer, une tétine, un anneau de dentition, *Bonsoir Lune*, un chien en peluche, un biberon stérilisé dans un sac en plastique scellé, une boîte de lait maternisé en cas d'urgence, mais pas ces foutues clés !

C'est à cet instant que Malone débouche du coin de la rue.

*Oh non...*

Une poisse pareille, je n'arrive pas à y croire ! Où sont-elles, à la fin, ces satanées clés ? Encore cinq mètres et je serai forcée de lui adresser la parole !

— Maggie ? dit-il prudemment.

Je fais volte-face et m'éloigne de la Volvo et de Malone aussi vite que je l'ose dans l'infâme bouillasse qui recouvre le trottoir. Ouvrant d'un geste brusque la porte de la parapharmacie CVS, j'y entre précipitamment, cherchant un endroit où me cacher, le temps que Malone remonte la rue. Je m'arrête devant le rayon tabac, qui me dissimule de l'entrée, et feins de m'intéresser aux pipes.

— Bonjour, madame Jones, me lance une adolescente postée derrière le comptoir.

C'est la petite Bates... Comment s'appelle-t-elle, déjà ? Susie ? Katie ? Bessie ? Flûte, j'ai oublié !

— Salut, ma belle ! je lui réponds d'une voix un peu trop forte.

Le carillon au-dessus de la porte se met à tinter, et voilà Malone qui entre… Je file à l'autre bout du rayon, vire à gauche, puis, toute tremblante, je m'efforce de reprendre ma respiration, passant une main dans mes cheveux. Normalement, je devrais être à l'abri. Malone n'oserait pas me suivre jusqu'ici quand même !

Mais si, il ose…

— Maggie ?

Sa voix est sourde et vaguement menaçante.

J'étire ma bouche en un sourire approximatif et me tourne vers lui.

— Tiens, bonjour, Malone ! En fait, moi, c'est Christy. Ne vous tracassez pas, ce genre de méprise nous arrive tout le temps.

Des ondes de chaleur se propagent sur tout mon visage. Je rafle une boîte de tampons hygiéniques et entreprends de l'étudier avec un profond intérêt. *Super-absorbant pour vos jours les plus délicats.* En général, ça suffit à faire fuir n'importe quel mâle.

Mais Malone ne bouge pas d'un pouce. Je remets alors la boîte en place dans le rayon et m'empare de serviettes hygiéniques assez larges pour servir de coussin à un chien.

— Pourquoi tu veux te faire passer pour ta sœur ? demande-t-il.

Je lui lance un regard à la dérobée. Il arbore une mine renfrognée, comme à son habitude, et ses cheveux sont tout ébouriffés par le vent. Il ne s'est pas rasé et il est si absurdement sexy que même ici, même en sachant ce que je sais, mes genoux se mettent à flageoler, victimes d'une bouffée de désir.

— Salut, Christy ! me lance une rouquine que je n'ai jamais vue de ma vie, un bébé calé sur la hanche.

Je lui fais un signe de la main.

— Salut ! Comment va le bébé ?

Malone croise les bras sur sa poitrine et me considère d'un regard noir.

— Un peu grognon… Il fait ses dents, je pense. Ton mari m'a dit d'essayer le Motrin, si ça empire.

— Ah, oui… Le Motrin… Oui, ça fera l'affaire. Will est très au courant pour ces choses-là. Essaie le Motrin, oui, sans hésiter. En tout cas, ça marche pour Violet.

Je remets les protections hygiéniques en place et pars en quête de l'artillerie lourde : traitements contre les mycoses vaginales. Je secoue la boîte pour bien marquer mon effet — l'applicateur fait du bruit à l'intérieur.

— Maggie, gronde Malone. Qu'est-ce que tu fais, bon sang ?

— Vous faites erreur, moi, c'est Christy, je répète. Maintenant, il faut vraiment que je me concentre, parce que j'ai une mycose vaginale carabinée. Alors, au revoir.

Il se penche suffisamment près pour que je sente la chaleur de son corps et, soudain, la boîte se met à trembler entre mes mains.

*Ne le regarde pas. Ne tourne même pas la tête vers lui.*

— Je sais très bien qui tu es, murmure-t-il.

Sur ce, il tourne les talons.

Le carillon de la porte se remet à tinter — il est parti.

— Surtout, ne te mets pas en colère contre moi, dis-je à ma sœur de retour chez elle, suspendant son manteau à la patère.

— Tu as accroché la voiture ? me demande-t-elle en prenant une gorgée de son thé.

L'écoute-bébé est branché, la maison est chaude et silencieuse — une oasis de paix.

Je prends mon courage à deux mains.

— Je me suis fait passer pour toi.

— Quoi ? Enfin, Maggie !

— Moins fort, tu vas réveiller la petite, dis-je, reconnaissante à cette enfant endormie de me protéger du courroux de ma sœur.

— Tu crois que c'est encore de notre âge, de jouer ce petit jeu ? Et pourquoi est-ce que tu as fait ça, Mags ?

— L'eau est encore chaude ? J'aurais bien besoin d'une tasse de thé.

— Sers-toi, dit-elle en posant ses mots croisés. Mais j'attends tes explications !

— Oui, oui, ça vient... Tout d'abord, laisse-moi te dire que je regrette. Mais juste au moment où j'avais décidé de renoncer à mon plan, le père Tim m'est tombé dessus. C'était une mauvaise idée. Par contre, tu ne vas jamais croire la nouvelle que je vais t'annoncer.

Je verse une cuillerée de sucre en poudre dans mon thé et m'assieds en face d'elle.

— Je crois qu'il va quitter les ordres.

— Non !

Ma sœur manque d'en tomber de sa chaise.

Je lui raconte alors comment je me suis fait passer pour elle et lui répète les propos énigmatiques du père Tim, sans oublier de mentionner le « cas du père Shea ».

— Mais... est-ce qu'il t'a réellement dit quelque chose de concret à ce sujet ? me demande Christy, abandonnant du même coup toute irritation contre moi.

On comprend volontiers que cette annonce, autrement plus choquante que ma petite mystification immature, ait de quoi la surprendre.

— En fait, non. Mais il m'a déjà avoué à deux reprises qu'il se sentait seul... Et puis il m'a aussi confié certaines choses, comme le fait que je suis unique pour lui et qu'il compte sur moi. Et maintenant, cette affaire avec le père Shea... Avoue que tout ça paraît... Enfin, tu vois ce que je veux dire...

— Prometteur ?

— Non ! Je pensais plutôt à effrayant.

— Oui, acquiesce-t-elle en suivant de l'index une veine du bois sur la table. Imagine le scandale, s'il quittait l'Eglise pour toi...

— Je sais.

— Tu l'aimes, Mags ?

Elle tressaille en prononçant ces mots.

— Non ! En fait, je n'en sais rien... Enfin, je veux dire, bien sûr que j'aime le père Tim. Tout le monde l'aime. Et c'est vrai que nous sommes devenus de grands amis. J'ai toujours eu le sentiment qu'il existait un lien spécial entre nous...

— Mais ?

— Mais... pas ce genre de lien-là. Une amourette, c'est une chose, vois-tu, mais ça... Grand Dieu, non !

Elle opine du chef et je poursuis, un ton plus bas :

— D'autre part, j'éprouve encore des... sentiments pour Malone.

— Mmm-hm.

— Ça ne compte pas, nous sommes bien d'accord. A cause de Chantal et de tout le reste. Simplement, il faut que je l'oublie. Que j'accepte le fait qu'il n'aura été pour moi qu'une aventure, rien de plus. Une aventure très agréable, mais pas vraiment... enfin, il n'y a pas eu de réel...

Sauf que si, il y a bel et bien eu quelque chose entre nous, et la vérité me fait monter les larmes aux yeux. Malone m'a tendu la main, m'a emmenée à ce petit concours de bûcheronnage complètement gnangnan ; il m'a réconfortée, m'a remonté le moral, m'a donné l'impression d'être la plus belle femme du monde et il...

— Il me manque, dis-je dans un souffle.

Christy hoche la tête.

— Il était chez CVS. Mais lui ne s'est pas laissé abuser par mon déguisement. Il n'a pas cru une seule seconde que j'étais toi.

Ma sœur hausse les sourcils, épatée.

— Ouah, impressionnant...

— Je sais...

Nous avons toujours réussi à tromper tout le monde à

un moment ou à un autre : nos parents, notre frère, nos professeurs, nos amies les plus proches. Il n'y a que Will qui ne nous a jamais confondues.

*Et, à présent, Malone.*

# 26

— Maggot, tu pourrais nous apporter notre déjeuner au port, à papa et moi ? On fait la révision du moteur de la *Menace* et on est absolument dégoûtants.

— Bien sûr, sans problème…

Il est presque 14 heures. Je suis au Joe's depuis 6 heures du matin, et le dernier client vient de partir. Une petite bouffée d'air frais me fera du bien…

Aujourd'hui, il y avait de la bisque de homard en plat du jour, et il en reste juste assez dans les deux cuves géantes que j'ai remplies ce matin pour que je puisse en apporter à papa et Jonah. Je prépare en complément deux sandwichs jambon/fromage au pain de seigle et deux gobelets de café fort, comme je sais qu'ils l'aiment tous les deux. J'ajoute quelques macarons à la noix de coco, plus un pour moi, j'emballe le tout et je me mets en route pour le port.

La lumière du soleil est aveuglante, et pourtant il fait encore suffisamment froid pour que la neige continue de tenir sur le sol. Je descends la passerelle à pas prudents, serrant la collation contre ma poitrine et regardant où je mets les pieds pour ne pas m'étaler — ça ne serait pas la première fois ! Je découvre avec étonnement mon père planté devant quatre ou cinq hommes qui, apparemment, supervisent le travail de Jonah — en d'autres termes, qui sont avachis au bas de la passerelle en train de bavarder, pendant que des coups de marteau répétés résonnent depuis le bateau de mon frère.

— Salut, papa ! Salut, les gars !

— Bonjour, ma chérie, répond mon père en m'étreignant d'un bras. Comment vas-tu, ma fille ? Tu as besoin d'un coup de main ? Pas vrai qu'elle est jolie, les gars ? C'est ma grande petite fille !

Je cligne les yeux tandis que parmi les gars court un murmure d'assentiment.

— Eh bien, merci du compliment, papa. Tu es bien… jovial, ce matin.

Je lui souris.

— Où voulez-vous vous installer pour manger ?

— Oh ! Je crois que tu peux apporter ça directement au capitaine, ma chérie. Merci.

— Ton père a bien failli perdre un doigt, ce matin, m'apprend un dénommé Sam.

Tous les hommes s'esclaffent, tandis que mon père lève sa main et fait jouer ses doigts devant mes yeux.

— C'est le premier truc qu'y faut que tu piges sur un bateau, Mitch ! Si tu déconnes, tu te feras taper sur les doigts !

Réplique manifestement désopilante, vu que tous partent d'un rugissement de rire, papa y compris.

Déconcertée, je parcours le quai jusqu'à la *Menace*. Le voir en compagnie d'autres hommes… ça change.

Montant avec précaution à bord du bateau, je lance :

— Jonah, c'est moi ! Je t'apporte ton déjeuner !

La porte de la cale s'ouvre, et c'est Malone qui en émerge. Mon cœur bondit, et mon moral s'effondre dans la même fraction de seconde.

Il s'essuie les mains à un chiffon.

— Maggie…, marmonne-t-il.

Irritée, je lui retourne son grognement.

— Malone… Pardon…

Mais il ne s'écarte pas pour me laisser le passage, se contentant de me dévisager d'un air à la fois fâché et… Et rien, juste fâché.

— Quoi ? Qu'est-ce que tu veux ? fais-je, hargneuse.
— Dis donc, Mags, y a assez à manger pour Malone ?
La tête de mon frère émerge de la cale.
— Il nous file un coup de main...

Sa tête disparaît de nouveau et les coups de marteau reprennent.

Les yeux fixés sur Malone, je marmonne :
— Non, désolée, je n'ai rien pour toi.
Son regard s'étrécit.
— Tu en es sûre ?
— Je... tu... Passe une bonne journée, Malone...
— Maggie...
— Quoi ?

Soudain, je donnerais n'importe quoi pour qu'il prononce des paroles qui nous ramèneraient à notre situation d'avant, qui effaceraient ce que Chantal et lui ont fait ensemble, et l'intensité de mon désir me brûle la poitrine.

— Rien, laisse tomber.
Là-dessus il me tourne le dos.


— Maggie, il faut vraiment que je te voie !
Le ton de Chantal est lugubre, et je regrette d'avoir décroché avec autant d'empressement. Mais quand je suis au Joe's, je ne filtre pas les appels, évidemment...

— Ecoute, Maggie, je sais que tu es occupée, mais il faut que je te parle.

Je pousse un soupir qui pourrait propulser un voilier jusqu'à Deer Isle.

— Bon, d'accord...

Je balaie du regard le *diner*, étincelant de propreté. Six tartes cuisent au four pour demain, l'heure du déjeuner est passée et, malgré tous mes efforts, je suis à court d'excuses.

— Ecoute, je suis libre, ce soir...

Comme tous les soirs, soit dit en passant... Du côté du père Tim, c'est le silence radio ; je n'ai pas même reçu ses traditionnels appels à l'aide concernant tel ou tel groupe paroissial. Il y a forcément une signification à ça, me dis-je. J'ai cessé de me rendre au groupe d'étude de la Bible, et si l'on excepte les obsèques de M. Barkham, qui ont eu lieu la semaine dernière, je n'ai pas revu le père Tim depuis que je me suis fait passer pour ma sœur, il y a maintenant presque quinze jours.

— Tu peux venir chez moi ? me demande Chantal. Non, mauvaise idée, en ce moment c'est un vrai dépotoir. Je peux venir chez toi, plutôt ?

— Pas de problème. Passe vers 20 heures.

Il est hors de question que je fasse la cuisine pour elle ! Elle est déjà venue deux fois au *dîner* depuis que j'ai surpris sa conversation avec Malone, mais chaque fois j'ai filé vers le gril en lui adressant des signes désespérés, feignant d'être débordée. Les deux fois, c'est Judy qui s'est occupée d'elle. J'ai décliné à trois reprises ses invitations à sortir le soir. Je ne peux quand même pas passer ma vie à l'éviter.

Au moins, elle n'est pas au courant pour Malone et moi, aussi n'ai-je pas à endurer d'embarras à ce propos. Cela dit, il se peut très bien qu'il lui ait parlé de notre aventure. En tout cas, eux ne savent pas que je sais ce que je sais. Chantal peut m'annoncer sa grande nouvelle, je pourrai toujours faire semblant de tomber des nues. Je m'entraîne à hoqueter de surprise devant le miroir, mais mon visage demeure trop triste pour que mes mimiques soient crédibles.

Quand elle frappe à ma porte, une bouffée de compassion involontaire échappe à mon cœur de pierre. Elle a le teint pâle, les traits tirés, et des cernes assombrissent ses yeux. Elle me semble amaigrie, et je me demande même si elle est toujours enceinte. Mes interrogations sont de courte durée.

— Alors, qu'est-ce que tu deviens ? me demande-t-elle en s'asseyant dans le sofa.

Elle s'empare d'un coussin et le serre d'un geste protecteur sur son ventre.

— Ça va, la routine…

Machinalement, je propose :

— Tu veux un verre de vin ?

— Non, merci. Tu veux bien t'asseoir, Maggie ? Il faut qu'on parle, toutes les deux.

Je prends place avec raideur dans le fauteuil club, frottant une brûlure en voie de cicatrisation sur mon index. Chantal, elle, ainsi que je l'ai remarqué en maintes occasions, a des mains fines et ravissantes aux ongles arrondis toujours laqués d'un vernis clair. Malone a beau avoir affirmé que je n'avais pas de vilaines mains, à côté de celles de Chantal…

— Maggie, j'ai quelque chose à te dire, quelque chose qui va te causer un choc.

J'ai toujours admiré sa franchise.

— Très bien, dis-je en me forçant à croiser son regard.

— Je suis enceinte, souffle-t-elle alors.

Je ne hoquette pas mais, bien que je sache ce qu'elle allait m'annoncer, mon estomac se tord de douleur.

— Ah bon ?

Le tourment se lit sur son visage.

— Oui…

— Eh bien, dis donc, en voilà une nouvelle ! Et le père ? Tu sais qui c'est ?

J'ai conscience de me montrer cruelle. Elle en reste d'ailleurs coite quelques secondes puis répond :

— Euh… oui, je sais qui c'est, oui.

— Et qu'est-ce qu'il en dit ?

Mon intonation est dure, je suis raide comme un piquet.

— Eh bien, il… il ne fait pas vraiment partie du scénario. Je compte élever mon enfant toute seule.

Là, pour le coup, je hoquette.

— Vraiment ?

La surprise est de taille : Chantal n'a jamais fait mystère

de son attirance pour Malone. Des images de la fille de Malone, la fillette aux joues rondes que j'ai vue sur les photos chez lui, me traversent l'esprit. La seule fois où j'ai vu Malone avec elle — à condition que cette splendide créature ait bien été sa fille — il avait l'air heureux. Il souriait. Alors j'ai du mal à croire qu'il puisse se désintéresser de son futur enfant.

Chantal tripote nerveusement le bord du coussin, évitant mon regard.

— Oui… toute seule.
— Mais… je n'arrive pas à croire qu'il ne… qu'il ne soit pas…

Je déglutis péniblement.

— Qu'est-ce qu'il t'a dit ?

Les yeux de Chantal brillent de larmes.

— A vrai dire, Maggie, je ne compte pas lui en parler. C'était une aventure d'un soir, et je n'ai vraiment pas l'intention de gâcher sa vie en lui mettant cette histoire sur le dos.

— Attends une minute, attends une minute ! Tu ne lui as rien dit ? Mais alors…

*Oui, Maggie ? Et maintenant, tu fais comment pour avouer que tu espionnes les gens ?*

— Je pensais que… J'aurais cru que…
— Ecoute. C'était une bêtise. Une terrible erreur de ma part, et je compte en payer le prix toute seule, d'accord ?

J'en reste pantoise. Puis je parviens enfin à articuler :

— Mais qu'est-ce qui te fait penser qu'il ne voudrait pas de cet enfant ?
— Je le sais, c'est tout.

Les larmes débordent de ses yeux, et elle s'affale contre le dossier du sofa.

Je soupire en passant une main dans mes cheveux.

— Chantal…

Je m'assieds à côté d'elle et lui tapote la cuisse.

— Ecoute, je sais de qui il est.

— Oh ! Mon Dieu, tu sais ?

Elle se redresse d'un bond et me dévisage d'un air horrifié, une main plaquée sur la bouche.

— Oui... J'ai surpris votre conversation. Chez Malone.

Une boule se forme dans ma gorge.

— Et je... pour te dire la vérité, je pense sincèrement qu'il ferait un bon père.

Chantal éclate en sanglots.

— Oh ! Maggie, je m'en veux tellement ! Tu ne lui diras rien, hein ? Ne lui dis rien, Maggie, je t'en prie !

— Eh bien, mais... il est déjà au courant, non ? dis-je, troublée. Enfin... tu le lui as annoncé toi-même.

— Non ! Je viens de te le dire : je ne lui en ai pas parlé ! Et il est hors de question que je le fasse.

Elle semble se ratatiner sous mes yeux.

— J'ai déjà tout fait rater. Il n'est pas question que je fiche sa vie en l'air, en plus du reste, ça serait...

Je la coupe :

— O.K., une petite seconde... De qui parlons-nous exactement ?

Elle se fige.

— Euh... De qui tu parles, toi ?

Je la dévisage longuement, le cœur me battant aux tempes.

— De Malone.

Chantal expulse bruyamment tout l'air qu'elle retenait dans ses poumons.

— Malone ? Non ! Non, pas du tout ! Il ne s'agit pas de Malone. Je n'ai jamais couché avec lui.

Je reste interdite. Puis je me ressaisis et la dévisage de plus près.

— Mais tu es bien allée chez lui pour lui annoncer que tu attendais un enfant ?

— Hum, oui, c'est vrai... c'est vrai. Je lui ai dit que j'étais enceinte, oui.

— Mais ce n'est pas lui le père ? dis-je d'une voix rendue plus aiguë par la confusion.

— Il... Tu sais..., commence-t-elle, le regard fuyant. Bon, tu te rappelles que je t'ai raconté comment je l'avais fait monter dans ma voiture, un jour, au lycée ? Quand il a été pris dans une bagarre ? Eh bien, je me suis dit que... qu'il me devait bien ça. Me prêter son épaule, je veux dire... Etre pour moi une oreille compatissante. C'est le genre de mec qui sait garder un secret, pas vrai ? Et puis je ne savais pas à qui d'autre me confier...

— Pourquoi pas à moi ?

Non que notre amitié ait jamais été de cet ordre-là... Je n'ai jamais été si proche d'elle... ni très gentille à son égard, soyons honnêtes.

Elle ne répond pas tout de suite.

— Eh bien, je te le dis maintenant, lâche-t-elle enfin.

Je me renfonce dans les coussins de mon fauteuil.

— Autrement dit, Malone n'est pas... Tu n'as pas... D'accord, d'accord...

Dans une lente montée de panique, je commence à me rendre compte que j'ai mentalement accusé Malone d'une trahison qu'il n'a jamais commise. Que j'ai rompu avec lui à cause de quelque chose qui ne s'est pas produit. Que, depuis maintenant des semaines, je m'applique à le haïr, à le condamner, que je lui ai tenu des propos assez odieux, et tout ça pour rien...

— Mais alors, Chantal... *Qui* est le père ?

— Ecoute, Maggie, ça n'a pas d'importance, si ? Je veux dire que... le fait est que je suis enceinte, point. J'ai trente-neuf ans et demi et je vais avoir un enfant...

— C'est le capitaine Tatum ?

— Non, non... Absolument pas.

Elle détourne le regard.

— Il est... hum... il ne peut pas avoir d'enfants, tu ne le savais pas ?

J'accuse le coup. Non, je ne le savais pas. C'est alors que la terrible vérité m'assomme.

— Oh ! Mon Dieu…, dis-je dans un souffle, et tout mon sang se retire vers mes pieds. Oh non, Chantal, dis-moi que ce n'est pas le père Tim…

La surprise la fait rejeter la tête en arrière.

— Le père Tim ? Bonté divine, mais jamais de la vie ! Comme s'il pouvait… enfin, Maggie ! Je suis peut-être un peu… allumeuse sur les bords, mais jamais je ne… enfin, quoi… avec un prêtre !

Anéantie par le soulagement — et je l'avoue, la honte —, je déglutis à plusieurs reprises avant de me lever.

— J'ai besoin de boire un verre d'eau. Tu veux de l'eau, Chantal ? De l'eau, ça te dit ?

Bon. Donc, l'enfant n'est pas de Malone, Dieu merci ! Et du père Tim non plus. Une fois de plus, Dieu merci !

Je vide un verre d'eau du robinet d'un trait et en apporte un à Chantal.

— Ecoute, je te demande pardon, Chantal. Toute cette histoire est vraiment… Oh ! et puis zut ! Je pensais que c'était Malone, le père.

Elle accepte le verre d'eau avec reconnaissance.

— Ce n'est pas grave. Simplement, je n'en reviens pas que tu aies pu penser ça. Je trouvais justement qu'il avait l'air de bien t'aimer, toi. Tu te souviens de cette soirée chez Dewey ?

Un rire amer s'échappe de mes lèvres.

— Oui, parfaitement. Eh bien, nous… Non, rien, laisse tomber. Ecoute, Chantal, si tu veux me dire le nom du père de ton enfant, tu peux. Tu sais que je serai muette comme une tombe. Je suis ton amie…

Ou du moins pourrais-je l'être, si j'arrivais à dépasser le sentiment de jalousie que j'ai toujours éprouvé envers elle.

Ses yeux reprennent leur expression de tristesse.

— Non. C'est un type qui… qui n'est pas de Gideon's Cove… Ce n'est pas un gars du coin.

Elle se force à sourire.

— Tu me connais. Je tiens à mon indépendance.

— Malgré tout, ce sera différent quand tu seras devenue mère. Et puis on ne sait jamais. Le père pourrait vouloir participer à l'éducation de son enfant.

— Peut-être. Enfin, bref. En tout cas, ça me soulage de te l'avoir dit.

Elle me serre les doigts, et je lui rends son geste d'affection, prise en étau entre la compassion et un reste de honte.

— Je te donnerai un coup de main, dis-je. J'adore les enfants. Je te préparerai des petits plats, je le garderai, ce genre de choses, quoi.

— Oh ! Maggie, murmure-t-elle. Je ne mérite pas d'avoir une amie comme toi !

Je rougis.

— Quelle bêtise ! Bien sûr que si, voyons !

— Tu pourrais peut-être assister à l'accouchement ? Me coacher ou je ne sais pas, moi… Me filer des anti-douleurs en douce.

— Avec grand plaisir, dis-je en la serrant dans mes bras. Ce sera un honneur pour moi.

Ses larmes se remettent à couler, et je caresse sa magnifique chevelure. Je me suis comportée comme la dernière des amies, comme une amie déloyale. Mais je vais arranger ça, je vais me racheter auprès d'elle.

Auprès de Malone, ce sera un tout petit peu plus difficile.

# 27

La dernière neige de printemps finit par fondre, nous laissant dans huit centimètres de gadoue. Je galère pour me rendre à mon travail, ôtant mes bottes avant d'entrer par la porte de service et d'enfiler mes sabots de cuisine. Je prépare la pâte des muffins, puis entreprends de casser des œufs pour les omelettes et les œufs brouillés.

Je sais qu'il me faut aller voir Malone, lui présenter mes excuses et tenter de rattraper le coup. Mais ça ne va pas être facile, et j'ai besoin d'un peu de temps pour mettre au point mon petit discours. Je ne peux pas divaguer tous azimuts comme j'ai l'habitude de le faire. « J'ai cru que tu me trompais à droite à gauche, en semant des enfants à tous vents... C'est bête, hein ? Tu veux qu'on se regarde un DVD ? » Non, Malone mérite mieux. Après tout, c'est moi qui me suis fait mon film...

Octavio arrive.

— Salut, patronne ! Belle journée, tu ne trouves pas ?

— Je trouve que ça craint, Tavy. Je songe même à m'installer en Floride ou dans un endroit du même style.

— J'en viens, moi, de Floride. Alors un conseil : n'y va pas !

Stuart se juche sur son tabouret habituel, au comptoir.

— Bonjour, Maggie. Y a de la tourte aux pommes, ce matin ?

— Une Eve avec un couvercle qui marche !

Je lui adresse un sourire contraint.

— Et une blonde torride sur le sable !

Puis je lui sers son café et fais glisser dans sa direction un pot à lait.

— Génial ! lance Stuart en secouant au-dessus de sa tasse ses deux sachets de sucre en poudre. Une Eve avec un couvercle... J'adore !

— Et avec ça, un peu de moisi ?

— Hmm... C'est du fromage, c'est ça ?

— Oui ! Une tranche de cheddar.

— Non, merci, alors. Pas de moisi.

Me mettre au travail me calme, comme bien souvent. Le Joe's, mon petit bijou étincelant de chromes, a un effet apaisant sur moi. Du temps de grand-père, j'avoue que l'endroit tenait plus du *diner* dans le mauvais sens du terme. De la nourriture grasse, assez médiocre, des tonnes de plats préparés que grand-père se contentait de réchauffer. Même si je ne remporte pas le titre du Meilleur Petit Déjeuner, je sais que le Joe's est le cœur de notre petite ville. S'il n'existait pas, où iraient Ben et Rolly ? Qui débiterait à Stuart son jargon de *diner* ? Qui emploierait Georgie ? Où Judy pourrait-elle faire semblant de travailler ?

Et, en parlant de Georgie, le voilà qui fait irruption dans le local, tel un rayon de soleil exubérant.

— Bonjour, Maggie ! Tu as vu le lever du soleil, ce matin ? Qu'est-ce que c'était beau !

Il m'étreint de toutes ses forces.

— Je t'aime, Maggie !

— Moi aussi, Georgie. Tiens, les muffins sont encore tièdes si tu en veux un. Ou deux. Et Tavy t'attend pour te faire tes œufs brouillés.

Mes habitués du petit déjeuner ne font qu'un bref passage, ce matin, et repartent de bonne heure. Seules deux personnes s'attardent encore. J'essuie les plans de travail et commence à préparer le pain de viande pour le plat du jour. Tout le monde adore la journée « pain de viande », c'est pourquoi je sais que nous allons être débordés.

Le carillon de l'entrée se met à tinter, et voici qu'entre le père Tim. Je pique un fard, me remémorant cette horrible fraction de seconde durant laquelle j'ai pensé qu'il était le père de l'enfant de Chantal.

— Salut, mon père !
— Bonjour, Maggie. Comment vas-tu, Georgie ?
— Trop bien, père Tim ! Je suis en pleine forme.

Je m'approche de lui.

— Alors, que devenez-vous, mon père ? Je... hum, ça fait un petit moment que je ne vous ai pas vu.
— Navré, Maggie, mais je n'ai pas touché terre, ces jours-ci. Des questions épineuses à résoudre.

« Des questions épineuses »... Du genre : comment quitter le sacerdoce ?

Il se glisse dans un box et lève les yeux vers moi avec un sourire que je me force à lui rendre.

— Ce matin, je pense que je vais prendre des œufs Bénédicte, mon petit cœur.

Est-ce normal qu'un curé appelle son amie « mon petit cœur » ? Ou est-ce moi qui donne un sens exagéré à cette familiarité typiquement irlandaise ? Et qu'entendait-il au juste quand il a dit : « J'y compte bien » ?

— Maggie ? Des œufs Bénédicte, c'est possible ?

Son sourire déborde de chaleur humaine.

— Mais oui. C'est noté, père Tim. Et des œufs Bénédicte qui marchent !

Le jeudi, je me retrouve en train de gravir à vélo la colline menant à la maison de Malone. Le vent de la fin d'après-midi souffle en rafales suffisamment fortes pour me rendre la montée pénible, et je dois pédaler en danseuse pour arriver au sommet. Je n'ai toujours pas trouvé ce que j'allais lui dire exactement, mais tant pis : je ne peux plus remettre cette confrontation.

Les homardiers sont tous restés au port, ce matin, en raison de la force du vent. Ils tressautent follement à leur mouillage. Je m'arrête pour embrasser la vue du regard. L'eau est d'un bleu profond parsemé de nuages d'écume blanche qui s'élèvent des vagues en milliers de fines gouttelettes. Des chevaux blancs, c'est ainsi que mon père me les a décrits un jour. Le ciel est splendide, d'un bleu si pur qu'on pourrait presque en manger. Seuls de minces cirrus strient l'horizon de leurs filaments parallèles. Certains arbres ont déjà des feuilles, et jacinthes et jonquilles pointent çà et là. Ces derniers jours ont été ensoleillés, et la gadoue s'est enfin transformée en terre. Demain, nous atteindrons peut-être même les treize degrés, à en croire le présentateur de la météo. Les gens se mettront en short, les adolescents s'enduiront d'un mélange d'huile pour bébé et de teinture d'iode et ils tenteront d'obtenir un vague hâle doré en se faisant frire au soleil. Peut-être irai-je randonner dans les landes à myrtilles sauvages. Et peut-être Malone acceptera-t-il de m'accompagner...

Je frappe à sa porte. Pas de réponse. Cependant, un vague martèlement me parvient de l'arrière de la maison. J'en fais donc le tour pour accéder à l'arrière-cour. Malone, très affairé à sortir des nasses de son pick-up, ne me voit pas tout de suite, et je prends une minute pour le détailler.

J'ai du mal à croire que j'ai pu un jour le trouver sans charme ! C'est l'homme le plus séduisant que j'aie jamais vu. Même comparé au père Tim. Longiligne, mais doté des larges épaules communes à tous les pêcheurs de homards, il se déplace avec souplesse et efficacité, soulevant les casiers un par un pour les jeter par terre. Les rides de son visage racontent l'histoire du comté de Washington : sévère, difficile mais belle. Sa chemise en flanelle claque au vent, ses chaussures de travail cognent dans la benne de son pick-up. C'est alors qu'il m'aperçoit. Il est sur le point de lancer un casier par terre et se fige dans son élan.

— Salut, dis-je.

Il pose la nasse, puis se retourne pour décharger les deux ou trois derniers casiers. Pas vraiment l'accueil chaleureux qui m'aurait facilité la tâche, mais il a de bonnes raisons de m'en vouloir ; plus qu'il ne le pense, en réalité...

— Tu as une minute ?

Il ramasse deux nasses, une dans chaque main, les porte jusqu'à l'entrée du sous-sol, puis revient vers une pile de casiers et répète la même action. De toute évidence, il ne compte pas s'interrompre.

— Hum, Malone... Ecoute, est-ce que tu peux faire une petite pause, rien qu'une minute ? Il faut vraiment que je... C'est juste que... J'ai besoin de te...

Il jette les pièges par terre avec une force nettement plus marquée que la première fois et finit par céder à ma demande, s'appuyant contre le hayon de son pick-up et contenant à grand-peine son impatience.

Je me rapproche d'un tout petit peu de lui afin de ne pas avoir à hurler pour me faire entendre. Je m'aperçois que j'ai le trac. Il me regarde d'un œil noir, chose qui ne risque pas de me mettre à l'aise ! M'a-t-il vraiment déjà souri, cet homme-là ? A cet instant, j'ai du mal à m'en souvenir.

— Merci, dis-je en tripotant la fermeture Eclair de mon blouson. Alors, comment ça va ? Qu'est-ce que tu deviens ?

Il ne répond pas, se contentant de me fixer de son regard glacial.

— Bon, d'accord. Ecoute... Hum, je suis venue te présenter mes excuses. Tu te souviens que je t'ai dit que tu n'étais pas mon genre d'homme ?

Je tressaille en prononçant ces paroles...

*Bien sûr qu'il s'en souvient, andouille, tu t'es montrée tellement garce avec lui ! Quel homme pourrait oublier un truc pareil ?*

— Bon. Donc, bref, voilà. En fait, on devrait plutôt en rire...

Il continue de me fixer d'un regard noir, technique qu'il maîtrise admirablement, je dois le reconnaître. Un authentique talent.

Je soupire.

— Ecoute, Malone. J'ai cru que tu étais le père de l'enfant de Chantal. C'est pour ça que j'ai rompu avec toi.

Ses yeux s'écarquillent de surprise, puis s'étrécissent dangereusement. Ma nervosité augmente, et mon débit s'accélère.

— Oui. Je... je... Il s'agit d'un malentendu de ma part. Tu vois, j'étais là, le soir où Chantal t'a appris qu'elle était enceinte. Je t'écoutais jouer du piano et...

Seigneur, devant cet air renfrogné, même un terroriste d'al-Quaida se sentirait aussi démuni qu'un gamin !

— Je suppose que j'aurais dû rester pour entendre votre conversation jusqu'au bout, seulement voilà, je ne l'ai pas fait. Mais Chantal... elle... Je sais que j'ai eu tort. Et je m'en veux à mort.

Malone me considère encore longuement.

— Tu as cru que je couchais avec Chantal, c'est ça ? dit-il enfin, comme pour avoir un éclaircissement supplémentaire.

— Hum, c'est ça, oui... Désolée.

L'adrénaline me picote les pieds. Je ramène mes cheveux derrière les oreilles en tentant de ne pas regarder son visage hostile.

— Et ça t'est pas venu à l'idée de me poser la question ?

— J'aurais dû, c'est vrai, mais... non.

Je me rends compte que je n'arrête pas de baisser et de remonter la fermeture Eclair de mon blouson... zip, zap, zip, zap.

— Tu sais, il arrive que... hum, qu'on ait un peu de... euh, un peu de mal à communiquer avec toi.

Zip. Zap.

— C'est trop fort, Maggie ! Donc, tu as cru que je te trompais... Avec Chantal en plus, rien que ça ! Et tu n'as même pas pris la peine de venir m'en parler. Génial ! Merci d'être passée.

Il ramasse deux casiers et commence à les entasser dans l'arrière-cour.

— Malone...
— Quoi ? crie-t-il, me faisant faire un bond de frayeur.
— Je me disais que... Enfin, je pensais que...
— Que quoi, hein ? Tu pensais quoi, Maggie ?

Il lâche les casiers, qui s'écrasent au sol avec fracas, et met ses poings gantés sur ses hanches.

J'amorce un mouvement de recul.

— Hum... eh bien, que tu pourrais peut-être... me pardonner. Parce que, encore une fois, il s'agit d'un malentendu de ma part. C'est pour ça que j'ai rompu...
— Non, Maggie, sans façon. Je ne veux pas des rogatons du curé.

Ouf, la vache ! J'en reste interdite.

— Les rogatons ?
— Les rogatons, ouais !

Il vient vers moi, et je trouve la force de ne pas détourner la tête.

— Tu as passé la moitié de ton temps à baver devant ce mec, à tout lâcher dès qu'il claquait des doigts. Tu ne veux pas d'une histoire avec une personne réelle. Tu te figures peut-être que c'est par hasard que t'as choisi de t'enticher d'un prêtre ?

Je marque un mouvement de recul.

— Je ne suis pas...
— Te fatigue pas, va ! La relation qu'on a pu avoir, toi et moi, c'était du bidon, de toute manière. Tu tuais simplement le temps avec moi.

Je glapis d'indignation.

— Je ne tuais pas le temps, Malone ! C'est toi qui n'as jamais...

— Tu ne voulais pas qu'on sache qu'on était ensemble !

D'un mouvement brusque, il sort un autre casier de son pick-up, et je m'écarte d'un bond.

— Tu crois peut-être que je m'en suis pas rendu compte ?

— Mais toi non plus, Malone, tu ne voulais pas que ça se sache !

La colère me met le visage en feu.

— On ne peut pas dire que tu te sois jamais beaucoup foulé pour me voir ! Tu n'as jamais mis les pieds au *diner* ! Tu n'es jamais venu ni le matin, ni à midi, ni rien ! On *couchait* ensemble, ça oui. A part ça, on n'a pas fait grand-chose !

Ses mâchoires se contractent, mais je poursuis :

— Et la fois où tu es passé par-dessus bord ? Je suis venue prendre de tes nouvelles, et tu m'as pratiquement flanquée à la porte de chez toi ! Ça ne se passe pas comme ça dans un couple qui s'aime, Malone !

Il balance les casiers sur le tas déjà formé et fait volte-face vers moi, croisant les bras sur sa poitrine. La colère irradie de lui en ondes puissantes, et je sens ma propre rage s'accroître.

— Tu vois, dis-je encore d'une voix crispée, de mon point de vue une relation entre un homme et une femme doit comprendre, je ne sais pas, moi... des paroles, un échange... De la communication... Un peu plus qu'uniquement du sexe. Bon, d'accord, ce que tu as fait pour moi quand Colonel est mort, c'était très gentil. Mais c'est à peine si tu m'adresses la parole ! Tu ne me dis jamais rien sur ta fille, sur ta famille, rien ! Je ne connais même pas ton prénom !

Ses traits sont contractés de fureur, mais je m'en fiche ! Tout ce que je dis est pathétiquement vrai et, s'il refuse de me parler, moi, je ne vais pas m'en priver !

— Et cette fameuse part de tarte, tu t'en souviens ? Je voulais t'offrir une part de tarte pour te remercier de m'avoir prise en stop, l'année dernière, mais pour rien au monde tu ne serais passé la manger au Joe's, pas vrai ? Pour rien au monde tu n'autoriserais qui que ce soit à être gentil avec toi, Malone, ne parlons même pas de...

« T'aimer », suis-je sur le point de dire, mais par bonheur — ou par malheur — il m'interrompt avant.

— Maggie...

Sa mâchoire est dure comme l'acier.

— Toi et moi, c'est fini.

Et, sur ces paroles, il tourne les talons.

Je rentre chez moi, tremblant de rage. Comment ai-je pu imaginer, *comment*, que Malone — Malone ! — accepterait de me pardonner. Tu parles ! Le vent happe les mots de ma bouche, tandis que je maugrée à voix haute :

— Bien sûr que j'ai cru que c'était toi, le père de son gosse ! Où a-t-on vu une femme balancer : « Je suis enceinte ! » en déboulant chez un homme qui n'est pas le père de son enfant ? Nulle part ! Alors, tu vois, ce n'était pas une idée si saugrenue que ça !

Mme K., à l'affût derrière sa fenêtre, guette mon arrivée telle une petite panthère arthritique, et tandis que je gravis à pas pesants les marches de la véranda sa porte s'ouvre.

— Ma chère Maggie ! J'ai besoin d'un *service*.

Je soupire.

— D'accord. De quoi s'agit-il cette fois ?

— Ma foi, vous n'êtes pas *obligée* de m'aider si vous n'êtes pas d'humeur, ma chère...

Elle croise les bras et fronce les sourcils d'un air désapprobateur.

— Madame K., je serai ravie de vous aider, quoi qu'il vous faille. Ecoutez, je vous prie de m'excuser, mais je viens de passer une journée de *merde* !

— Aimeriez-vous m'en parler ?

J'ai un petit ricanement sinistre.

— Non. Mais merci quand même. Je préférerais la reléguer aux oubliettes, pour tout vous dire.

— Nous pourrions regarder un film ensemble, me propose-t-elle, une note d'espoir dans la voix.

— Ça me ferait très plaisir. En fait, c'est exactement ce qu'il me faut.

Je me penche pour la serrer dans mes bras en faisant attention à ne pas lui faire mal.

— Merci, madame K.

— Oh ! Comme vous êtes *mignonne* ! Il y a *La Mouche* sur TNT, ce soir, et je meurs d'envie de revoir ce film !

Pour finir, je nous prépare un petit repas, lui découpe, selon ses instructions, un nouveau coussinet de protection pour son oignon au pied et je nous fais du pop-corn. Tandis que nous regardons Jeff Goldblum vomir sur un beignet avant de le consommer, Mme K. se penche pour me serrer affectueusement les doigts.

— Tout va s'arranger, ma chère petite, murmure-t-elle. Ne vous en faites pas.

— Je vous adore.

Ses joues toutes ridées rosissent de plaisir.

— Moi *aussi*, je vous adore, mon chou.

*La Mouche* est interrompue par une coupure publicitaire.

— Et maintenant, dites-moi, ma chère, quand ce *bel* homme doit-il repasser ? Ce MacDuff ?

Je rectifie machinalement :

— Malone. Nous avons rompu.

— Doux Jésus... Eh bien, je suis *certaine* que vous allez vous rabibocher.

— Non, je ne pense pas, madame K. Il est un peu trop occupé à me détester pour penser à rabibocher quoi que ce soit.

— Eh bien alors, *tant pis* pour lui, n'est-ce pas, ma

chère ? Vous rencontrerez quelqu'un *d'autre*, et ce MacDuff s'en mordra les doigts.
— C'est sûr !
Je suis bien certaine pourtant qu'elle se trompe.

# 28

Le lendemain, Jonah se traîne jusqu'au *diner*.

— Bon Dieu, tu as une tête épouvantable, dis-je. Gueule de bois ?

Le grognement de détresse de mon frère confirme mon intuition.

— Rien qu'un café aujourd'hui, Mags.

— Bien sûr, mon petit bonhomme.

Prenant pitié de lui, je pose la tasse doucement sur le comptoir.

— Alors, quoi de neuf ?

— Oh ! Rien. Dis donc, Maggot...

Il jette un regard autour de lui. Seule Judy est à portée de voix : elle feint de lire un livre, alors qu'elle écoute notre conversation, obligeant Rolly à se servir lui-même un autre café.

— Hé, Judy ! Si tu allais fumer une cigarette ?

Elle me lance un regard noir.

— Très bien, très bien... On me flanque toujours à la porte quand il se passe quelque chose de croustillant.

— Au moins, tu n'auras pas à faire semblant de bosser, commente Jonah.

— Je fais semblant de rien du tout, petit morveux !

Au passage, elle lui donne une tape derrière la tête. Jonah tressaille en poussant un cri.

— Gueule de bois carabinée, n'est-ce pas ? C'est la rançon du péché, nous enseigne la Bible...

— Lâche-moi un peu, grommelle mon frère. Dis, est-ce que tu fréquentes Malone ?

— Malone ? Hum, non... Non.

Mes joues s'embrasent ; je m'empare précipitamment de quelques bouteilles de ketchup pour les remplir.

— Pourquoi tu me poses cette question ?

Jonah soupire d'un air morose.

— Je croyais que vous sortiez ensemble, ces derniers temps. En tout cas, j'ai entendu parler de lui, l'autre jour.

Sa voix se perd dans un marmonnement.

— Ah oui ? Et quand ça ? dis-je, d'un ton que j'espère désinvolte — sans succès.

— Chantal et lui vont avoir un gosse.

— Non ! Non, c'est faux. Qu'est-ce que... Où as-tu entendu dire ça ?

— Sur le port.

D'un air apathique, il prend une gorgée de son café avant de frissonner.

— Ma foi, ce n'est pas vraiment à moi de parler de ça, Joe, mais...

Bon sang, quel est le protocole à appliquer dans un cas pareil ?

Je reprends d'une voix plus ferme :

— En fait, Chantal m'a confié que le père n'était pas du coin. Ce n'est pas un gars de chez nous.

— Ah...

Jonah fixe le fond de sa tasse. C'est plus fort que moi, je ne peux m'empêcher de lui demander :

— Qui t'a dit que l'enfant était de Malone ? Je veux dire, est-ce que tout le monde est courant pour Chantal, qu'elle est... tu sais ? Enceinte ?

— Ouais... Un groupe de gars en parlait à la coopérative, hier. Johnny French, Billy Bottoms, Sam, papa... Je sais plus qui encore. Mais oui. Ça se sait, pour Chantal.

— Vous, les mecs, vous êtes plus cancaniers que toute une bande de collégiennes !

Jonah se force à sourire et presse son pouce contre son orbite.

— Tu veux de l'aspirine ?
— Volontiers.

Je vais chercher le flacon et lui tends deux comprimés.

— Ne sois pas trop triste à propos de Chantal, lui dis-je, me remémorant le béguin de longue date qu'il nourrit pour elle. A l'heure qu'il est, la poste a peut-être reçu la fiancée que tu t'es commandée par VPC.

Il lâche un petit rire sans joie.

— Tu me rassures. Tu vas voir maman, tout à l'heure ? me demande-t-il en se levant.

Je pousse un soupir.

— Oui... Et toi ?
— Je suis passé lui dire au revoir, hier. J'arrive pas à croire qu'elle va s'en aller pour de bon !

Il est vrai qu'on a un peu de mal à y croire : notre mère, celle des repas du dimanche, adepte de la porcelaine de qualité, quitte la maison dans laquelle elle a vécu trente ans. Elle et mon père nous gratifient d'un gentil petit baratin... nouveau départ, et patati et patata... mais une certaine tristesse les habite tous les deux.

En arrivant chez eux, je trouve mon père dans son abri anti-aérien. Il visse en pleurant un perchoir sur un minuscule nichoir à oiseaux.

— Salut, papa.

Ma gorge se serre à la vue de ses larmes.

— Tiens, salut, Maggie, dit-il en s'essuyant subrepticement les yeux.

— Ça va ?
— Ma foi, oui, je crois. Il y a juste que c'est un triste jour, tu comprends ?
— Tu es bien sûr que c'est ce que tu souhaites, papa ? Tu as des états d'âme, au dernier moment ?

Je ramasse un minuscule copeau de bois pour jouer avec.
Papa pousse un énorme soupir.

— Non, je pense que ta mère et moi avons vraiment besoin d'essayer de vivre notre vie chacun de notre côté. Vois-tu, le mariage ne nous a pas réellement rendus heureux, ni l'un ni l'autre. Ça ne veut pas dire que je n'aime plus ta mère, évidemment. Je l'aime.

— Je sais.

Je le regarde clouer un bardeau de la taille d'un timbre-poste sur le toit de l'abri.

— Il est mignon, celui-ci, dis-je. J'aime beaucoup le pneu pour faire de la balançoire. Tu crois que les oiseaux vont s'en servir ?

Il sourit.

— On ne sait jamais.

En haut, ma mère est en train de plier quelques vêtements dans une valise.

— Bonjour, Maggie ! me lance-t-elle d'un ton enjoué.

— Bonjour, maman. Comment ça va ?

— Bien. Très bien…

Mais son sourire ne se reflète pas dans ses yeux.

— Tu sais ce qu'on dit : quand une porte se ferme, une fenêtre se casse.

— Tout à fait.

Ses dictons estropiés vont me manquer.

— Tu as peur ?

— Mmm-hm.

Elle hoche la tête et continue de remplir sa valise.

— Parle-moi de ce nouveau travail, dis-je en m'asseyant sur le lit.

J'ai du mal à retenir mes larmes, mais je déglutis un bon coup et tente de m'enthousiasmer pour elle.

— Ma foi, ce n'est vraiment pas grand-chose. Je vais simplement répondre au téléphone.

— Tout de même, tu as décroché un job dans un magazine ! C'est génial !

— Nous verrons.

Je regarde le contenu du carton de choses qu'elle emporte, un butin étonnamment maigre. Elle prend seulement — pour l'instant, en tout cas — des vêtements, quelques photos de Violet et de nous enfants, ainsi que quelques livres. Elle laisse derrière elle toutes les marmites et les casseroles, toutes les figurines Hummel en porcelaine, les tableaux, toutes les saletés accumulées en trente ans de mariage. Un véritable redémarrage de zéro...

— Tu sais, maman, je te trouve vraiment très courageuse.

Elle fond en larmes et se laisse tomber sur le lit à côté de moi, se couvrant le visage des mains.

— Oh! Maggie! Je ne suis pas courageuse du tout. Au contraire, je suis terrifiée! Je n'ai pas la moindre idée de la façon dont je vais m'en sortir... J'ai cette horrible image de moi en tête, regagnant la maison en catimini au beau milieu de la nuit parce que je ne serai pas arrivée à vivre seule!

— Maman, ne pleure pas... Tout va bien se passer, tu verras. Tu peux m'appeler à toute heure du jour et de la nuit, tu le sais, n'est-ce pas? Je sauterai dans ma voiture sur-le-champ. Ce n'est pas comme si tu partais pour la lune!

Je lui tapote le dos.

— Et puis je t'aiderai à choisir de nouvelles serviettes et de nouveaux coussins, ce genre de choses... Nous pourrons aller faire des achats dans des dépôts d'usine et déjeuner au restaurant. Tout ira bien, je t'assure.

Elle me regarde, pleine d'espoir.

— Tu le penses vraiment?

J'opine.

— Absolument. Et si jamais tu reviens ce ne sera pas en catimini, au beau milieu de la nuit. Ce sera par envie, pas par obligation.

Elle soupire, puis se mouche.

— J'espère que tu ne te trompes pas.

Elle laisse passer quelques secondes.

— Tu pourrais venir avec moi, Maggie... L'appartement compte deux chambres...

L'émouvante note d'espoir dans sa voix m'arrache un sourire.

— Merci, maman. Je te remercie de me le proposer. Mais je suis... je suis vraiment heureuse, ici, à Gideon's Cove.

— C'est bien vrai, ma chérie ?

Je réfléchis une minute.

— Oui. Je suis heureuse. Je sais que tu avais d'autres ambitions pour moi, mais j'adore ce que je fais. Même si c'est du travail manuel, même si je n'ai jamais vraiment vécu ailleurs qu'ici.

— Et... et le mariage ? Les enfants ? demande-t-elle d'un ton prudent.

Je vois bien qu'aujourd'hui elle ne cherche pas la bagarre.

— C'est vrai que ce serait sympa... Je souhaite réellement fonder un foyer. Mais ça viendra en temps voulu, je suppose.

— C'est juste que je ne veux pas que dans vingt ans tu te penches sur ton passé en ayant des regrets, Maggie, en voyant toutes les choses que tu aurais pu faire, m'explique maman en se mouchant de nouveau.

D'une voix où pointe un peu d'entrain, je réponds :

— Tu sais, je pense plutôt que je me pencherai sur mon passé et que je verrai toutes les choses *que j'aurai faites*. Je verrai que j'ai nourri des gens, que je les ai accueillis, que je les ai aidés et que je leur ai tenu compagnie... Ce ne sont que des choses positives, ça, maman.

— C'est vrai, Maggie, tu as raison. Mais... et toi dans tout ça, chérie ? Je veux que tu aies toi aussi quelqu'un qui t'aime. Tu le mérites ! Et si tu ne peux pas trouver quelqu'un de merveilleux, quelqu'un comme Will, alors il faudra que tu prennes soin de toi toute seule.

Je ne réponds rien. Il est bien difficile de ne pas convenir d'une telle affirmation.

Je me force à sourire.

— C'est à ta vie qu'il te faut penser, maman.

— Mais, Maggie, ma vie, c'est toi, réplique-t-elle d'un ton terre à terre, sans me regarder. Tu es celui de mes enfants qui a le plus besoin de moi.

— Qu'est-ce que je vous sers, les filles ? braille Paul Dewey quelques jours plus tard. La petite maman boira de l'alcool, ce soir ?

J'en reste interdite.

— Quoi, Dewey aussi est au courant ?

— Tu sais, ici, les nouvelles vont vite, murmure Chantal. Et si tu m'apportais un jus de cranberry, Dewey chéri ?

— Pour moi, ce sera une Sam Adams, Paul.

Il nous apporte nos verres et s'assoit à notre table, contemplant avec amour les seins de Chantal, qui ont pris une ampleur considérable dans l'état intéressant qui est désormais le sien.

— Alors, Chantal, qui est l'heureux élu ?

Je lance malicieusement :

— La plupart des hommes de cette ville l'ont été un jour ou l'autre, tu sais…

Chantal se met à pouffer, mais Dewey tourne vers moi un visage réprobateur.

— C'est pas des façons de parler d'une dame dans son état, Maggie. Tu devrais avoir honte.

— Je suis désolée, Chantal. Vraiment… Je t'en prie, pardonne-moi d'avoir dit la vérité.

Elle éclate de rire, et je sens monter en moi une bouffée d'affection plus forte que jamais. Chantal n'a jamais prétendu être autre chose que ce qu'elle est, et pour ça elle a toute mon admiration.

— Alors, Chantal, tu vas lâcher le morceau au vieux Dewey ? C'est qui le gars qui t'a mise enceinte, ma belle ?

Chantal prend un air faussement effarouché.

— Enfin, Paul... ça ne te regarde pas...
— Ma foi, y a des bruits qui courent...
— Ah oui ? Au sujet de ma petite personne ?
— Ouais. A propos de toi et d'un certain gars qui se fait plutôt discret, ces temps-ci. L'a peur de montrer le bout de son nez, faut croire.

Chantal et moi échangeons des regards perplexes, et son sourire s'envole.

— Vraiment, dit-elle. Eh bien, vas-y, Dewey, vide ton sac.

Il obéit.

— Malone. C'est lui, le père ?

Je m'étrangle avec ma bière et pars en avant sur la table, tandis que les larmes inondent mon nez et mes yeux.

— Non, déclare Chantal d'un ton ferme. Ce n'est pas Malone, le père. Je n'ai même jamais couché avec lui, Dewey, c'est la pure vérité.

— Ma foi, c'est pas ce que j'ai entendu dire, rétorque Dewey d'un ton traînant.

— Pourtant, c'est quand même moi la mieux placée pour le savoir, tu ne crois pas ? siffle Chantal, les yeux plissés de rage, tandis que je continue de crachoter.

— N'empêche qu'on raconte que Malone refuse d'assumer sa paternité. Qu'il fera pas de test ADN pour ne pas avoir à te payer de pension alimentaire. Eh bien, si c'est ça, t'en fais pas, ma belle. On veillera à ce que...

— Dewey, c'est la chose la plus stupide que j'aie jamais entendue ! dis-je dans un sifflement d'asthmatique, entre deux quintes de toux. Si Chantal te dit que ce n'est pas Malone, c'est que ce n'est pas lui.

— Bien sûr, cocotte, bien sûr. Si tu le dis.

Dewey se soulève avec peine de son siège et repart d'un pas pesant vers le bar.

— Et merde, marmonne Chantal en me tapotant le dos.

Avec sa réponse inhabituellement franche, Chantal a

définitivement conforté Dewey dans l'idée que Malone est bien le père de son enfant.

— Où a-t-il entendu dire ça ? Maggie, ce n'est quand même pas toi qui as…

— Non ! Non, moi, je n'ai rien dit à personne.

Je réfléchis un moment.

— Enfin, j'ai fait part à Christy de mes soupçons, mais jamais elle n'en parlerait à qui que ce soit. J'en suis sûre.

— Hum. Bah, laisse tomber ! D'ici à cinq minutes, c'est un autre nom qui circulera.

Elle boit une gorgée de son jus de fruits et se masse le ventre inconsciemment.

— Chantal, tu es sûre de ne pas devoir l'annoncer au père ? N'a-t-il pas des droits, des choses comme ça ?

Elle se rembrunit.

— Ce n'est pas si simple, Maggie. Ça bousillerait complètement sa vie. Nous n'avons couché qu'une seule fois ensemble, alors je ne vais pas lui coller un enfant sur le dos.

— Il est marié ?

— Non. Mais il… Ecoute, je ne veux pas en parler, d'accord ? Oh ! Tiens ! Voilà Malone.

Ma réaction physique est immédiate et spectaculaire. Mon visage vire au rouge pivoine, mes jambes se liquéfient, et mon cœur se met à battre deux fois plus vite. Malone nous aperçoit — il est difficile de louper les deux clientes féminines du pub, surtout quand on vous accuse d'avoir fait un enfant à l'une — et nous adresse son bref hochement de tête. Puis il s'installe au bar et attend que Dewey remarque sa présence.

Ce dernier fait exprès de l'ignorer.

— Je peux avoir une bière ? grogne Malone au bout d'une bonne minute.

— Pas dans mon pub, en tout cas.

— Dewey ! glapit Chantal. Tu vas arrêter de faire l'idiot ?

Elle recule sa chaise et se dirige vers le bar d'une démarche chaloupée.

— Bonsoir, Malone.

— Salut.

Puis elle s'adresse à Dewey :

— T'as un problème ?

Malone se lève, me jette un regard et attrape son manteau.

— Non, non, non, proteste Chantal. Reste ici, Malone. Dewey, c'est quoi ton problème ?

— Si un homme n'est pas capable d'assumer ses responsabilités, il doit pas s'attendre à ce que les autres restent assis les bras croisés. Et je suis pas le seul à penser ça. Paraît qu'on t'a coupé des filières, Malone ?

Oh ! non ! Ils s'en sont pris au matériel de Malone ! Quand on coupe la ligne d'un casier à homards, la nasse reste au fond de l'océan et pourrit. Chez nous, dans le Maine, c'est un crime de saboter les casiers d'un pêcheur. Mais les hommes de Gideon's Cove se sentent une âme de propriétaire envers Chantal qui en a rendu plus d'un heureux au lit, et s'ils s'imaginent que Malone esquive ses devoirs, ils se sentent forcés de prendre des mesures. Malone demeure silencieux.

— Je t'ai déjà dit que Malone n'était pas le père ! crie Chantal. Je n'ai jamais couché avec lui, et pourtant ce n'est pas faute d'avoir essayé ! *J'ai* essayé. Pas lui. Pigé ?

Malone intervient enfin :

— T'en fais pas, Chantal. A plus.

Spontanément, je me lève et, en une seconde, je traverse le pub.

— Salut, Malone.

— Maggie...

Il m'évalue d'un rapide coup d'œil, puis fixe un point par-dessus mon épaule.

— Bonne soirée.

— Attends !

La gorge nouée, je le retiens de ma main posée sur

son bras. Peut-être aurais-je mieux fait de réfléchir avant d'agir, mais définitivement ce n'est pas ma façon de faire.

— On raconte que tu es le père de l'enfant de Chantal, dis-je inutilement.

— J'ai appris ça, oui. Je me demande où ils sont allés chercher une idée pareille.

J'ai du mal à le regarder en face, néanmoins je le fais. La mine renfrognée est de retour, plus que jamais.

— Je n'ai parlé à personne de ce que je m'étais imaginé, Malone. Enfin, en dehors de Christy. Mais jamais elle n'en aurait soufflé un mot, je te le jure.

Il se contente de me dévisager.

— C'est sans doute pour ça qu'on t'a coupé des filières, dis-je sottement.

— Ah, oui, tu crois ?

Le mépris que je lis dans ses yeux m'atteint droit au cœur.

— Alors, qu'est-ce que tu vas faire ?

Il hausse les épaules.

— Moi, rien. Si Chantal ne veut pas dire qui est le père de son gosse, c'est son affaire.

— Tu le sais, toi ?

Il me regarde sans répondre, préférant enfiler son manteau. Pendant ce temps, Chantal poursuit son argumentation animée avec Dewey.

— Au revoir, me dit-il en se dirigeant vers la porte.

Je fais un pas dans sa direction.

— Malone !

Il ne s'arrête pas, ne tourne même pas la tête, pousse la porte et sort.

— Génial ! souffle Chantal avec colère. Il est parti ! Bravo, Dewey, bien joué ! Allez, viens, Maggie, tirons-nous d'ici. Je suis très en colère contre toi, Paul !

— Chantal, je voulais juste…

Dewey essaie bien de se justifier, mais Chantal surfe sur la vague de l'outrage moral et nous sortons.

— Pauvre Malone, murmure-t-elle en sortant ses clés. Bof, de toute façon, je suis crevée... On se voit jeudi ?

C'est le jour où elle déjeune au *diner*.

— Bien sûr.

Je retourne à mon appartement désert, dépouillé. Il a un drôle d'air depuis que je l'ai purgé de mes petites collections ; les nichoirs à oiseaux de papa et les photos de Violet sont les seules décorations que j'ai épargnées. La mort de Colonel a également laissé un énorme vide. Je zappe sur toutes les chaînes de télé, trop distraite pour penser à quelque chose en particulier.

A 2 heures du matin, je me réveille en sursaut. Mais si, je l'ai dit à quelqu'un ! Par inadvertance, bien sûr : à Billy Bottoms ! Le jour où je me parlais toute seule, sur le port. Je ne m'étais pas rendu compte qu'il m'avait entendue.

*Zut !*

Ma nuit est fichue maintenant, je ne me rendormirai pas. Non, c'est impossible, Billy n'a pas pu m'entendre ce jour-là ! Et puis Gideon's Cove est une toute petite ville. Malone et Chantal ont bavardé ensemble des dizaines de fois chez Dewey, il n'y a donc pas de raison de m'attribuer la responsabilité de cette rumeur. Chantal n'est pas avare de son affection en plus, c'est connu, et elle flirte avec Malone — autant qu'il est possible de flirter avec lui, évidemment —, alors... Non, vraiment, Billy ne peut pas m'avoir entendue. J'en suis sûre.

Il n'empêche que je ne parviens pas à me rendormir.

# 29

Quelques jours plus tard, je me rends à pied à St. Mary sous une pluie douce et régulière. Colonel me manque tellement que c'en est physiquement douloureux… Les derniers jours ont été si calmes, tant au *diner* que dans ma vie privée, que j'ai soif d'un peu d'animation. Le Joe's est fermé pour la journée, les pâtisseries sont faites. Ce n'est pas mon soir de livraison pour Taxi Repas, et j'ai passé tellement de temps chez Christy ces derniers jours qu'elle m'a carrément priée de la laisser souffler un peu avec son mari et sa fille.

De toute évidence, il est temps que je prenne un autre chien !

Le lycée ayant organisé une soirée dansante dans le sous-sol de l'église, le week-end dernier, je décide d'aller nettoyer la cuisine, qui souffre toujours durant ce type de manifestation, histoire de m'agiter pour ne plus penser.

En traversant la rue, je vois Mgr Tranturo, notre évêque, sortir de la cure. Le père Tim se tient dans l'encadrement de la porte, les bras croisés. En m'apercevant, il me salue de la main, puis retourne à l'intérieur, en refermant la porte derrière lui.

Mgr Tranturo est une figure connue, à Gideon's Cove. On ne l'y voit pas souvent, étant donné que nous sommes une toute petite paroisse, mais les années passées ont gravé son visage rond et jovial dans ma mémoire. Lors de sa visite annuelle pour la confirmation des adolescents catholiques de la paroisse, il a l'habitude de prendre son petit déjeuner au Joe's. C'est lui qui a présidé à ma propre confirmation.

Je me demande ce qu'il fait ici…

Voyant qu'il s'apprête à monter dans sa voiture, je traverse la rue en pataugeant dans les flaques.

— Bonjour, monseigneur !

— Bonjour, ma chère. Je vous demande bien pardon, mais vous êtes… ?

— Maggie. Maggie Beaumont.

— Oui !

Son visage de chérubin s'illumine tandis qu'il me reconnaît.

— Vous êtes Maggie, du *diner*. Bien sûr, bien sûr. Quel plaisir de vous voir !

Il attend la suite en souriant.

— Comment allez-vous, monseigneur ? Comment ça se passe ?

— Très bien, ma chère. Et vous-même ?

— Ça va, ça va bien. Je suis… Nous apprécions énormément le père Tim à Gideon's Cove. Il est formidable, vous savez. Un grand prêtre.

Mon estomac se contracte d'anxiété.

Mgr Tranturo opine du chef et regarde par-dessus mon épaule. Jetant un coup d'œil derrière moi, en direction de la cure, je lui demande sans ambages :

— Est-ce qu'il nous quitte ? Est-ce la raison de votre venue ici, monseigneur ? Est-ce que le père Tim… ?

Il soupire, et son souffle blanchit l'air frisquet.

— Je préfère lui laisser le soin de vous l'annoncer lui-même, ma chère petite. Prenez soin de vous. Et que Dieu vous bénisse, mon enfant.

— Oui. Merci. Vous de même ! Et soyez prudent sur la route ! Au revoir !

Je m'écarte d'un pas et le laisse remonter en voiture. La pluie a redoublé, mais c'est à peine si je m'en rends compte.

*Le père Tim quitte la prêtrise, c'est quasi confirmé !*

Mon cœur cogne à grands coups, maladivement, et pour changer j'ai les jambes en coton. Perdue dans mes pensées, je me dirige vers l'église et me glisse sur le banc du fond.

Le lieu est désert, l'odeur des cierges et de l'huile de citron est à la fois apaisante et accueillante. La porte se referme dans un cliquetis métallique derrière moi, et je me retrouve seule dans ce havre de silence et de paix. La pluie tambourine contre les petits vitraux, tandis que sous mes pieds la chaudière se déclenche. Devant moi, les flammes des cierges vacillent dans les courants d'air. Une seule lumière est allumée, répandant sa douce lueur sur la croix accrochée au-dessus de l'autel.

Ça fait un petit moment que je ne suis pas venue à St. Mary ; la présence du père Tim me rendait trop nerveuse. Et c'est dommage, franchement, car l'église est agréable. C'est véritablement un lieu de recueillement où je peux m'ouvrir à la réflexion et écouter le murmure de la sagesse. Ma gêne à propos du père Tim m'a distraite d'une spiritualité à laquelle j'aurais pu m'ouvrir depuis l'année dernière.

*Le père Tim…*

Assise sur mon banc, j'ai la tête étrangement vide. Des bribes de conversations me traversent l'esprit, mais je suis incapable de m'accrocher à une seule. Le père Tim se sent seul depuis longtemps. Il a de l'affection pour moi. Je suis unique pour lui. Il compte bien là-dessus… Et il m'a questionnée sur le père Shea.

Et si c'était vrai ? S'il quittait les ordres pour se trouver quelqu'un ? S'il s'imaginait faire sa vie avec moi ? Que va-t-il se passer ? Ce n'est pas comme si j'avais d'autres soupirants… le médium animalier, le type à l'aine vasouillarde, les petits vieux… et puis Malone, furieux, fermé à double tour, sans pitié.

Je sors précipitamment de l'église et file vers la cure. J'entre en trombe dans le bureau de Mme Plutarski.

— Où est-il ? Je sais qu'il est ici.

— Le père Tim est très occupé. Quelle mouche vous pique, Maggie ?

Je passe la tête dans son bureau. Il n'y est pas.

— Mon Père ?

J'écarte des mèches mouillées de mon visage.

Le père Tim entre dans la salle commune, une tasse de thé à la main.

— Ah, Maggie ! s'exclame-t-il avec chaleur. C'est justement vous que je voulais voir.

Je lui agrippe le bras.

— Mon Père, il faut que je vous parle. C'est urgent !

Mme P. pousse un soupir mélodramatique.

— Qu'est-ce qui se passe encore, Maggie ? me demande-t-elle. Un autre décès dans votre famille ? Qui est-ce cette fois, votre poisson rouge ?

— Allez vous faire voir !

Le père Tim écarquille les yeux de surprise, tandis que je lui fais traverser la salle commune au pas de charge pour m'entretenir avec lui dans la cuisine. Je ne veux pas que Mme Plutarski puisse écouter notre conversation, or je sais qu'elle va essayer, dès que nous aurons le dos tourné.

— Ecoutez, Maggie, vous devriez peut-être lever un peu le pied... En fait, j'espérais vous voir au sujet de...

— Asseyez-vous !

Il obéit et je prends place en face de lui à la petite table.

— Je viens de parler à Mgr Tranturo. Au sujet de... vous savez bien... à propos de vous.

Mes mains tremblent, j'ai les paumes moites.

Le père Tim se rembrunit.

— Ah, vous lui avez parlé ? Ma foi, j'espérais vous l'annoncer moi-même.

Il m'adresse un sourire triste.

— Maggie, je sais que vous avez de l'affection pour...

— Non, attendez ! Je vous en prie, attendez ! Ne dites rien !

Je prends une profonde inspiration, puis une autre, tandis que le père Tim attend la suite en me regardant d'un air préoccupé.

Je reprends plus calmement :

— O.K., bon… hum. Ecoutez, mon père… Vous êtes un prêtre merveilleux, et je comprends très bien qu'au quotidien ça n'est pas toujours facile pour vous, mais…

Je déglutis. Il attend patiemment que je poursuive.

— Vous êtes un homme extrêmement bon et sympathique. Et bien sûr, je…, enfin vous savez bien. J'ai de l'affection pour vous. Mais je crois que vous commettez une erreur. En partant, vous comprenez ? Vous ne pouvez quand même pas renoncer à tout ça !

Il lâche un soupir et se laisse aller contre le dossier de sa chaise.

— Je sais bien, Maggie… Cette période de ma vie a été merveilleuse. J'ai énormément apprécié mon rôle de curé de paroisse à Gideon's Cove, comme vous ne l'ignorez pas. Mais un changement est sur le point de survenir, que ça nous plaise ou non.

Je prends une autre inspiration, consciente de la faiblesse de mes jambes.

— Quelqu'un d'autre est-il au courant de… de votre, hum, décision ?

— Non, Maggie. Je comptais prononcer quelques mots pendant la messe.

*Pendant la messe !*

J'en reste interdite.

— Bien entendu, l'évêque est au courant, poursuit-il, mais ça va sans dire.

— D'accord, d'accord, attendez ! Il faut que je vous dise quelque chose.

Je serre les poings.

— Nous sommes amis, vous et moi, n'est-ce pas ?

— Bien sûr, Maggie.

— Et je vous considère comme un homme doté de nombreuses qualités.

Il cligne les yeux, sans se départir de sa patience.

— Bon. Donc. Vous savez que j'ai eu un énorme coup de cœur pour vous.

Il sourit — est-ce un sourire heureux ? Indulgent ? Plein d'espoir ? Je me force à ajouter :

— Mais tout ça, mon père, c'est fini. Ça m'a passé. Je pense qu'il faut que vous le sachiez. Au cas où votre décision aurait un quelconque rapport avec moi. Quelle que soit la nature de ce rapport.

Son sourire se fige, vacille, puis s'évanouit complètement.

— Je ne vois pas très bien où vous voulez en venir, Maggie, dit-il lentement. Pourquoi ma décision aurait-elle un rapport avec vous ?

— A cause de toute cette histoire avec le père Sh… Comment ? Vous dites ?

Il fronce les sourcils, manifestement perplexe.

— Euh… écoutez, Maggie, pourquoi ne pas me livrer franchement le fond de votre pensée ?

Je me mords la lèvre, tressaille et me jette à l'eau.

— Hum… Je ne veux pas que vous quittiez le sacerdoce à cause de moi.

En d'autres circonstances, sa réaction aurait pu être comique. Il se rejette en arrière sur son siège, puis se lève d'un pas mal assuré, empoigne sa chaise et la place entre nous.

— Juste ciel, Maggie ! Mais il n'a jamais été question que je quitte le sacerdoce !

— Ouf, merci mon Dieu !

Un rire hystérique s'échappe de mes lèvres.

— Oh ! Merci mon Dieu ! C'est merveilleux ! C'est une merveilleuse nouvelle ! Une nouvelle merveilleuse !

— Mais, comment… pourquoi… où diable êtes-vous allée pêcher une idée pareille ?

— Je... hum... euh...

*Respire, Maggie, respire ! Il ne compte pas quitter la prêtrise.*

— Eh bien, c'est Mgr Tranturo... Il m'a dit que vous partiez.

— J'ai été nommé dans une autre paroisse.

— Ah, d'accord. Merveilleuse nouvelle !

Je pousse un grand soupir, la tête me tourne de soulagement.

— D'accord, dis-je. C'est beaucoup plus logique, en effet.

Je laisse passer quelques secondes.

— Simplement, j'ai cru que... je craignais que vous n'ayez des sentiments pour moi, mon père.

Ses yeux se plissent, et il continue de se cramponner au dossier de sa chaise, qu'il laisse d'ailleurs fermement entre nous.

— Maggie, commence-t-il d'une voix très, très prudente. J'ai beaucoup d'estime pour vous, mais non, je n'éprouve aucun sentiment romantique à votre égard. Aucun. Jamais. J'espérais que nous pourrions rester amis après mon départ de Gideon's Cove, mais c'est tout, bien évidemment.

— Ecoutez, c'est super ! Seulement, j'aurais juré que...

Mon rythme cardiaque revient peu à peu à la normale, et je prends une profonde inspiration.

— Enfin, je suis navrée que notre paroisse vous perde, mais... mon père, quel rapport avec le père Shea ? Enfin, vous... vous aviez l'air de vous intéresser à lui, et puis tous vos propos sur moi, notre belle amitié et...

Je laisse ma phrase en suspens.

Le père Tim ferme les yeux, comprenant soudain l'origine du quiproquo.

— Oh ! Seigneur ! Je suis vraiment désolé si jamais je vous ai involontairement incitée à croire que... Non,

Maggie… Michael Shea, l'ancien père Shea, résidait à l'hospice, et j'ai demandé à l'évêque si des dispositions particulières devaient être prises pour ses obsèques, étant donné qu'il a été prêtre dans le temps… C'est tout.

Il s'arrête et me regarde timidement.

— Je suis terriblement navré si je vous ai donné l'impression que… eh bien… Je ne sais pas quoi dire.

Au point où nous en sommes, il pourrait m'annoncer qu'il est enceint que ça me serait parfaitement égal. Il ne quitte pas le sacerdoce, il n'est pas amoureux de moi, et tous mes muscles se relâchent sous l'effet du soulagement. D'autres sentiments vont m'assaillir sous peu, ça ne fait aucun doute, mais pour le moment je n'éprouve qu'une totale, qu'une merveilleuse sensation de répit.

— Restons-en là, mon père, d'accord ? En fait, si nous pouvions faire comme si cette conversation n'avait jamais eu lieu…

Il m'adresse un sourire gêné.

— Ça vaudrait sans doute mieux, en effet. Bien que je me réjouisse d'apprendre que votre petit béguin pour moi vous ait passé.

Je garde quelques secondes de silence, puis je dis :

— Vous allez vraiment nous manquer, à St. Mary.

— Vous aussi, Maggie, ainsi que tous mes autres paroissiens. Et maintenant, si vous voulez bien m'excuser, je dois m'occuper de diverses choses…

Les jambes flageolantes, je traverse la cure. Les lèvres de Mme Plutarski sont blanches de réprobation, et je la connais trop bien pour croire qu'elle n'a pas écouté à la porte. Elle va tout raconter à tout le monde. Et une fois de plus Gideon's Cove va bien rire à mes dépens, quoique pour l'instant ce soit le cadet de mes soucis.

Un peu hébétée, je marche sous la pluie et me retrouve devant le port. Les bateaux sont tous sortis, la demande pour les homards ayant augmenté, bien que nous ne soyons encore qu'au mois de mai.

J'imagine Malone en mer, seul à bord de son homardier. Malone le Solitaire.

Il me manque de façon irrationnelle.

# 30

Lundi, journée de repos... J'effectue un rapide ménage de l'appartement de Mme K., lui laisse une portion de poulet aux épinards et la quitte après l'avoir embrassée. Puis je remonte quatre à quatre pour inspecter ma penderie.

Cette visite est prévue depuis longtemps, pourtant, je ne sais pas quoi me mettre sur le dos. Je me contenterais volontiers d'un jean et d'un T-shirt, mais peut-être qu'une tenue plus élégante me sera utile au moment critique. Sans compter que ma mère sera heureuse de me voir dans des vêtements sans taches. C'est pourquoi j'opte finalement pour le pantalon couleur crème que m'a offert Christy pour Noël il y a deux ans et l'assortis d'un haut de soie chocolat. Après m'être brossé les cheveux, je les rassemble en un chignon banane, orne mes oreilles de grandes créoles en or, ajoute une touche de gloss sur mes lèvres, un soupçon de mascara et un voile de blush. Puis je saute dans ma voiture et roule vers la sortie de la ville.

Il me faut environ une heure pour atteindre ma destination, et la route est magnifique. Les étangs brillent d'un bleu électrique sous le ciel sans nuages, et les feuilles arborent cette engageante teinte vert tendre. Le soleil tape à travers le pare-brise, aussi j'entrebâille ma vitre, allume la radio et me mets à chanter à tue-tête.

Je n'ai pas eu de nouvelles du père Tim depuis notre dernière conversation, il y a huit jours. Il n'est pas venu au Joe's, mais ça y est, même s'il n'en a pas encore fait l'annonce officielle, le bruit court qu'il s'en va. La plupart des habitants de Gideon's Cove sont effondrés. Quant à moi, j'éprouve des sentiments mitigés : il va me manquer, bien sûr, c'était agréable de l'avoir parmi nous, mais il est certain que je me réjouis également de ne plus passer pour une idiote énamourée.

L'itinéraire que j'ai cherché sur internet hier soir est assez précis, et je trouve sans mal le concessionnaire automobile, juste à côté du McDonald's, comme indiqué sur Mapquest. Je gare ma vieille Subaru sur le parking — un morceau de charbon parmi les diamants.

Un frisson d'impatience et de nervosité, pas vraiment désagréable, me parcourt les jambes tandis que je descends de voiture. Je jette un coup d'œil à mon reflet dans les vitres, puis me tourne et entre dans le showroom.

— Puis-je vous aider ? me demande une jolie femme derrière le bureau d'accueil.

— Je voudrais voir Skip Parkinson, s'il vous plaît, dis-je aimablement.

— Certainement, madame.

Elle appuie sur une touche du téléphone.

— On demande Skip à la réception. Skip, à la réception, merci.

Sa voix est apaisante et désincarnée.

Pour patienter, je promène le regard sur le showroom, admirant les lignes profilées et les couleurs de bon goût des voitures haut de gamme. Personnellement, je considère ce genre de voitures comme des chevaux de course : je prends plaisir à les regarder, mais n'en ai guère l'usage. Vu l'endroit où je vis et le métier que je fais, j'ai besoin de quelque chose de plus pratique qu'un jouet de grand garçon à soixante-quinze mille dollars.

La voix de Skip s'élève dans mon dos.

— Bonjour, puis-je vous présenter l'un de nos véhicules ? Je me retourne.

— Bonjour, Skip.

Vêtu d'un superbe costume anthracite et d'une chemise bleue ouverte au cou, il est aussi élégant qu'un duc d'Europe.

Son visage reflète la stupéfaction la plus totale. Mais il prend une brève inspiration et se ressaisit à une vitesse impressionnante.

— Maggie ! Ça alors !

— Tu as un instant, Skip ? dis-je en inclinant la tête sur le côté.

Je souris. C'est tellement plus agréable de causer la surprise que de se faire surprendre !

— Hum, bien sûr. Bien sûr... Euh, allons dans mon bureau.

Il me conduit à l'arrière de la concession automobile, dans une pièce sans âme aux fenêtres donnant sur le parking. Sur une table basse de verre et de chrome sont disposées des brochures commerciales d'aspect luxueux. Le long d'un mur se dresse une bibliothèque assortie à la table, et son large bureau est couvert de papiers.

Je prends place dans un fauteuil en cuir et promène le regard autour de moi. Murs et étagères sont parsemés de photos des Parkinson : Annabelle, leurs enfants, et même un portrait de ses snobinards de parents.

Il s'assied en face de moi dans son fauteuil.

— Eh bien, Maggie, quelle agréable surprise, me dit-il d'un ton prudent. Tu cherches une voiture ?

Je me mets à pouffer.

— Non. Il ne s'agit pas d'une voiture, Skip. Je suis simplement venue te voir.

Il tire sur les manches de sa chemise et tente d'avoir l'air agréablement intéressé, mais une rougeur s'élève de son col et menace d'envahir son cou.

— Ah ? Ma foi, c'est très gentil à toi.

Je croise les jambes et le dévisage sans mot dire. Il n'a rien perdu de sa beauté du diable, mais son visage est fade. C'est un visage typiquement américain, aux traits bien proportionnés, aux yeux bruns, un soupçon de gris dans son petit bouc soigneusement taillé. Seules les pattes-d'oie autour de ses yeux lui confèrent un peu de distinction. Je m'imagine mariée avec lui ; il rentre dans notre grande et belle maison, je lui tends l'un de nos enfants... Nous prendrions un cocktail, et je feindrais de m'intéresser à son histoire de client casse-pieds reparti avec l'Audi au lieu du SUV Lexus dont il n'arrive pas à se débarrasser.

Et, tout compte fait, je suis bien contente que nous n'ayons pas fait notre vie ensemble. Ça n'a pas toujours été vrai, mais aujourd'hui je m'en félicite. Tout à coup, je m'aperçois que je n'attends rien de lui.

Il plaque un sourire factice sur ses lèvres.

— Alors, Maggie... Que puis-je faire pour toi ?

— Eh bien, je suis venue chercher les excuses que tu me dois toujours, Skip.

Son sourire retombe.

— Sauf qu'en définitive je ne sais plus... Je pensais que c'était important pour moi, mais je me rends compte que ça ne l'est plus.

— Ah...

Une vive rougeur s'est installée sur son visage.

— Bon...

— Tu m'as joué un sale coup, tu sais, en amenant Annabelle à Gideon's Cove, sans m'annoncer au préalable que nous avions rompu.

— C'était il y a longtemps, marmonne-t-il.

— Tu as raison. Depuis, j'ai fait le ménage dans mes sentiments, tu vois ce que je veux dire ? Et je me suis rendu compte que tu n'avais jamais... Enfin, comme tu l'as dit toi-même, c'était il y a longtemps.

Je me lève.

— Pardon de t'avoir fait perdre ton temps, Skip.

Il se lève également.

— C'est tout ? me demande-t-il d'une voix où perce une note d'espoir.

Je lâche un petit rire sans savoir si c'est de lui ou de moi que je me moque.

— Oui. Ma grande scène retombe un peu comme un soufflé, n'est-ce pas ?

Je lui tends la main.

— Prends soin de toi, Skip. Tu m'as l'air d'avoir une femme très gentille.

Sa main est plus douce que la mienne, lisse et soignée.

— Merci, Maggie. Toi aussi, prends soin de toi.

Il esquisse un mouvement en direction de la porte, mais je l'interromps d'un signe.

— C'est bon, je connais le chemin. Au revoir, Skip.

J'arrive à hauteur de la porte, quand sa voix me fait marquer un temps d'arrêt.

— Maggie ?

Je me retourne.

— Oui ?

— Je te demande pardon.

Il a l'air un peu mélancolique, malgré tout.

— Je regrette de ne pas m'être conduit correctement envers toi, ajouta-t-il.

Je laisse passer quelques secondes avant de hocher la tête.

— Merci de me l'avoir dit.

Je fais au revoir de la main à la réceptionniste et sors dans le soleil éclatant.

— Eh bien, voilà de l'essence gaspillée pour rien ! me dis-je en remontant en voiture.

Mais je ris toute seule en prononçant ces mots.

Vers 17 heures, je repère l'immeuble où travaille ma mère et je gravis les marches jusqu'au troisième étage. Arrivée là-haut, je l'observe une seconde depuis le seuil : assise derrière le comptoir de l'accueil, un casque à écouteurs sur la tête, elle s'exprime avec volubilité. Le mur derrière elle arbore l'inscription *Mainah Magazine,* peinte en grandes lettres vertes.

— Bonjour, maman, dis-je lorsqu'elle met fin à sa conversation.

— Maggie !

Nous nous embrassons, et je respire l'odeur familière de son parfum, prenant soudain conscience qu'elle m'a manqué depuis son départ.

— Mais tu es superbe !

— Toi aussi. J'adore ta nouvelle coiffure.

C'est vrai qu'elle est ravissante... pas rajeunie à proprement parler, mais très élégante dans son haut vert vif souligné d'un joli foulard.

— Viens que je te présente, me dit-elle en m'entraînant dans le local. Linda, voici ma fille Maggie. Maggie, je te présente notre rédactrice en chef, Linda Strong.

— Enchantée, dis-je en lui serrant la main.

— Maggie est propriétaire d'un restaurant, déclare ma mère. Cara, je te présente ma fille Maggie.

— Bonjour, Maggie. Nous avons beaucoup entendu parler de vous.

Cara me tient les deux mains.

— Où allez-vous dîner, Lena ?

— Eh bien, tout d'abord, je vais lui montrer mon appartement, ensuite je pense l'emmener au Havana.

Les trois femmes prennent un moment pour débattre des diverses possibilités offertes par les restaurants du coin, tandis que je me repais de l'aura de fierté qui illumine ma mère, phénomène rarissime quand il s'agit de moi. Avant, j'étais cuisinière ou bien je tenais un *diner.* Aujourd'hui, je suis propriétaire d'un restaurant !

Maman se délecte du récit que je lui fais de ma visite à Skip et prend un immense plaisir à me montrer son petit appartement. Franchement, je n'ai pas souvenir d'un temps où elle m'ait parlé si longuement sans émettre au moins une critique à mon endroit.

Pendant le repas, je lui demande :

— Et papa, il te manque ?

Elle réfléchit une minute.

— Oui et non. Mes soirées sont plutôt calmes. Je suis tellement habituée à ce qu'il soit là…

Sa voix se perd.

— Jusqu'ici, je n'ai pas fait grand-chose toute seule. Mais, à certains moments, je me dis que je n'ai jamais été aussi heureuse de ma vie. L'autre jour, j'ai repéré une coquille dans un article, et Linda s'est étonnée de voir que j'étais capable de corriger des épreuves. Depuis, elle m'a demandé de relire tous les textes avant impression.

— Mais c'est formidable, maman ! On dirait que ce travail te plaît vraiment…

Elle rougit de plaisir.

— Oui. Mais à d'autres moments je pleure, je me sens si seule…

— Tu nous manques, tu sais. A nous tous.

— Je vais rentrer ce week-end. Pour voir la petite et vous autres, évidemment.

Elle marque une pause.

— Et toi, ma chérie, comment vas-tu ?

— Bien. Je… oui… Il se trouve que certaines choses se sont décantées ces derniers jours, alors j'essaie de faire le tri.

— C'est-à-dire ?

Je prends une bouchée de mon poisson, puis me décide à tout lui dire.

— Au sujet de mon stupide béguin pour le père Tim.

— Enfin, il était temps !

Elle sourit, mais pas méchamment.

— Tu vois quelqu'un en ce moment ?

Je sens mon dos se raidir en prévision du combat.

— Non.

— Parce qu'il se peut que j'aie quelqu'un pour toi, chérie. Il travaille chez…

— Non, merci, maman. En fait, j'ai besoin de faire une pause.

J'inspire un grand coup et poursuis :

— Je suis sortie avec quelqu'un pendant quelques semaines. Tu te souviens de Malone ?

— Malone... Le pêcheur de homards ?

— C'est ça. Eh bien, on se voyait plus ou moins, mais on a fini par se disputer.

Je bois une gorgée d'eau.

— Et tu t'es excusée auprès de lui ?

Je repose brutalement mon verre, répandant un peu d'eau sur la nappe.

— Pourquoi pars-tu du principe que c'était ma faute ? dis-je d'un ton cassant.

— C'était le cas ? me demande-t-elle avec un sourire.

Je serre les dents, puis hoche la tête d'un air contrit.

— Eh bien, oui, en fait, c'était ma faute. Et oui, je lui ai fait des excuses. Mais il n'est pas du genre à pardonner.

— Ma foi, quand tu te sentiras prête, fais-le-moi savoir. Je te communiquerai le numéro de l'homme en question. Mais tu sais, Maggie, il ne te... Enfin, j'espère que...

*Il ne te reste pas beaucoup de temps... J'espère que tu ne tarderas pas trop à te marier...*

Je sais ce qu'elle veut me dire. Mais à sa décharge, cette fois elle s'arrête à temps.

— Enfin... En tout cas, bonne chance !

Je consulte ma montre.

— Il faudrait que j'y aille, maintenant. J'ai une longue route jusqu'à Gideon's Cove.

Ses yeux s'emplissent de larmes.

— Très bien, dit-elle en tripotant son bracelet pour masquer son émotion. J'ai été ravie de te voir, ma chérie, j'ai passé un moment merveilleux.

Nous marchons ensemble jusqu'à l'endroit où sont garées nos deux voitures.

— Sois prudente sur la route, surtout ! Et fais sonner

le téléphone une fois pour que je sache que tu es bien rentrée, d'accord ?

— D'accord, maman. C'est promis.

Nous nous embrassons, et durant une bonne minute je la serre très fort contre moi. Je suis toujours un peu surprise de constater que je suis plus grande qu'elle. J'ai beau la dépasser en taille depuis plus de quinze ans, je m'attends toujours à lever la tête vers elle.

# 31

— Tu sais, Christy, j'en ai vraiment assez d'être la risée de tout Gideon's Cove.

C'est l'après-midi. Ma sœur et moi marchons le long du rivage. Violet, juchée sur mes épaules dans son porte-bébé, babille gaiement.

— Tu n'es la risée de personne, voyons ! Tu as tiré de fausses conclusions à partir d'un malentendu, c'est tout. Ça aurait pu arriver à n'importe qui.

C'est ça qui est sympa, quand on a une vraie jumelle : la loyauté. Je souris à Christy avec reconnaissance. Devant nous, un groupe de macareux s'égaille à notre approche.

— Ouzo ! s'écrie ma nièce. Ouzo !

Christy en reste bouche bée de bonheur.

— Oui, c'est ça, Violet ! Oiseau !

— Ah-dou ! Ouzo !

— Qu'est-ce qu'elle est intelligente ! dis-je à ma sœur.

Violet me tire les cheveux avec vigueur.

— Non, Violet, la réprimande sa mère en desserrant son petit poing potelé. On ne doit pas tirer les cheveux, ce n'est pas bien.

L'air est frais et humide, le vent pousse des nuages venus de l'est. Il est prévu de la pluie pour cet après-midi. Les mouettes criaillent au-dessus de nos têtes, et les vagues viennent gifler le rivage.

— Qu'est-ce qui cloche chez Jonah depuis quelque temps ? me demande ma sœur.

— Je n'en sais rien. Il tire une tête de six pieds de long. Ça ne lui ressemble pas.

— Une histoire de femme ?

— Peut-être. Je l'ai vu en compagnie d'une ravissante jeune personne, un soir chez Dewey. Ils s'embrassaient. Il ne me l'a pas présentée, cela dit, aussi je ne sais pas s'il y a anguille sous roche.

Christy se penche pour ramasser un morceau de verre poli par la mer.

— Et toi ?

Elle examine sa trouvaille avant de la glisser dans sa poche.

— Où en es-tu de ta vie sentimentale ?

Je soupire.

— Je crois que je vais rester tranquille un petit moment. Plus d'idées fixes, plus de rencontres. Peut-être qu'un de ces jours je rencontrerai quelqu'un. Et sinon…

— Et sinon… ?

Je souris.

— Sinon, tant pis. On ne peut pas tout avoir, sauf si l'on s'appelle Christine Margaret Beaumont Jones.

C'est la vérité. Je ne suis pas parvenue facilement à cet état d'esprit mais, ces jours-ci, je me sens plutôt… heureuse. Je me suis débarrassée de mon encombrant amour pour le père Tim ; mes sentiments et mes interrogations se sont envolés pour de bon. Finie la mauvaise conscience de désirer un prêtre, finies les heures gaspillées en vain à nous imaginer ensemble. Je me sens purifiée, d'une certaine façon. Plus sobre. Plus lumineuse. Comme mon appartement.

Je souris à ma sœur jumelle, qui est très en beauté aujourd'hui avec ses joues enluminées par la brise humide et ses mèches de cheveux qui volettent autour de son visage.

Je lui demande abruptement :

— Alors, quand vas-tu enfin te décider à me l'annoncer ?

Elle s'arrête net, interloquée. J'éclate de rire et la serre dans mes bras.

— Félicitations, Christy !

Des larmes de joie me picotent les yeux.

— Comment tu as deviné ?

— Comment est-ce que ça a pu m'échapper si longtemps, tu veux dire ? Alors… de combien ?

Son visage s'éclaire d'un immense sourire.

— Un mois. Ce n'était pas prévu, mais nous sommes fous de joie.

— Evidemment ! Et je le suis pour vous !

Je me dévisse le cou pour m'adresser à ma nièce.

— Violet, tu vas être grande sœur !

— Ah dou ! Go ba !

Sur le chemin du retour, Christy et moi nous séparons. Je la regarde s'éloigner, le cœur étreint par une certaine mélancolie. Ce n'est pas que je sois jalouse d'elle — non, je l'aime plus que n'importe qui au monde. Mais sa relation à moi s'est modifiée. Elle a Violet et Will désormais, et un nouveau bout de chou qui grandit dans son ventre. Tout cela est dans l'ordre des choses, bien sûr, mais une petite partie de moi se sent délaissée. A une certaine époque, Christy et moi nous suffisions à nous-mêmes. Nous étions seules au monde.

La *Vilaine Anne* rentre au port. J'aperçois deux silhouettes sur le pont, celles d'un homme et d'une femme. Je sais qui est la femme : Jonah m'a appris que la fille de Malone allait servir de barreur à son père pour la saison. Ce doit être sympa pour lui de passer tout l'été en compagnie de sa fille, me dis-je. Mais imaginer leur complicité, le lien biologique qui les unit, provoque en moi un pincement de jalousie et une brûlure de honte… Car bien que le père Tim m'ait dit un jour que je donnais aux autres le sentiment d'être unique, il est clair que je n'ai pas eu cet effet-là sur Malone… Lui m'a donné le sentiment d'être unique, mais l'inverse n'est pas vrai.

> \*
> \*\*

Mercredi, de bonne heure, je fais ma valise et quitte Gideon's Cove. C'est ce soir qu'a lieu la cérémonie de remise des prix organisée par *Maine Living* à Portland — une trotte ! Etant donné que ma voiture n'est pas des plus fiables, Christy me prête sa Volvo.

— Bonne chance, Maggie ! C'est toi qui vas gagner ! Tu le mérites largement ! me lance-t-elle depuis le seuil de sa maison, tandis que je fais marche arrière dans l'allée. Et… tu es superbe !

L'année dernière, j'ai passé un très bon moment à ce dîner. J'ai rencontré d'autres propriétaires de restaurant ; j'ai glané quelques astuces concernant le marketing, la communication, les médias… Dans ma grande naïveté, je m'étais imaginé que le Joe's pourrait au moins décrocher la deuxième place, mais nous avons échoué. Il faut dire aussi que l'année dernière, je n'étais pas au courant que le règlement du concours nous permettait d'imprimer un nombre illimité de bulletins de vote. Les méchants propriétaires du Blackstone Bed & Breakfast — des gens tout à fait charmants, en réalité, mais moins ignorants que nous en la matière — avaient ainsi récolté plusieurs centaines de votes en leur faveur.

J'ignore si la victoire éventuelle du Joe's aurait un gros impact sur mon chiffre d'affaires, en revanche je sais que ça me procurerait une très grande satisfaction. Quelle jubilation de pouvoir afficher « Elu Meilleur Petit Déjeuner du comté de Washington » sur notre devanture ! *Maine Living* consacrera un article au gagnant avec photo couleur de l'établissement. Je vois ça d'ici : Octavio, Judy, Georgie et moi, debout devant le Joe's Diner, le soleil se reflétant sur ses chromes, mes impatiens épanouies et éclatantes de santé.

Je m'engage sur l'autoroute.

Et puis ce serait sympa de lâcher mon petit scoop à

l'occasion de la Bénédiction de la Flotte, le week-end prochain. Chaque année, la Bénédiction marque un repère pour les habitants de notre bourgade. C'est l'occasion de faire un bilan. Qui a divorcé depuis l'année dernière ? Qui a vu son fils arrêté pour trafic de stupéfiants ? Qui a convolé en justes noces ? Qui a obtenu son diplôme de fin d'études supérieures ? Qui a eu une liaison ? Qui a acheté une maison ? Qui a enterré une épouse ? Et chaque année, depuis bientôt dix ans, ma vie suit son cours sans l'ombre du plus petit changement.

*Non, toujours pas mariée. Non, aucune perspective en vue. Pas d'enfants. Pas de fiancé. Pas de copain. Toujours le* diner, *tu sais ?*

Mais cette année — croisons les doigts — je pourrai peut-être dire : « Eh bien, tu as peut-être appris que le Joe's Diner a remporté le titre du Meilleur Petit Déjeuner du comté ? Non, tu l'ignorais ? Ah... eh bien, ce sera dans le *Maine Living* du mois prochain... » Tous mes anciens camarades de classe de retour à Gideon's Cove pour l'occasion apprendraient ainsi que le Joe's Diner a pris du galon. Que Maggie Beaumont peut se vanter de s'être fait un nom dans la restauration.

Je tempère bien vite mes ambitions à voix haute.

— Allons, Maggie ! Regarde les choses en face... Il n'y a que toi que ça intéresse. Et peut-être Octavio, à la rigueur.

J'allume la radio.

C'est un bien modeste événement comparé à, disons... la mort du pape ou à un concert de U2, néanmoins la cérémonie de remise des prix attire bon nombre de personnes. En cadeau, je me suis réservé une jolie chambre dans l'hôtel où se tient la cérémonie — un magnifique édifice au bord de l'eau, dans le Vieux Port. Je me présente à la réception, savourant la rareté de ce qui m'arrive. La dernière fois que j'ai passé une nuit loin de Gideon's Cove, c'était l'année dernière, dans les mêmes circonstances.

La chambre est petite mais élégante, et je m'octroie une petite sieste dans le lit bateau, appréciant les fins draps de coton et les oreillers en duvet. Ensuite, je prends une douche et m'habille avec soin. Qui sait, peut-être vais-je rencontrer quelqu'un, ce soir ? Mais étrangement, cette perspective ne présente que peu d'attrait pour moi. Dieu sait pourtant que l'année dernière je m'étais pomponnée aussi méticuleusement qu'une reine de bal, espérant ardemment croiser un beau et brave hôtelier ou restaurateur du comté de Washington ! Je n'ai rencontré personne ; ce n'est pourtant pas faute de l'avoir voulu de toutes mes forces.

Non. Cette année, c'est différent. Je n'ai pas encore oublié Malone.

Tandis que je laisse son nom pénétrer ma conscience, un sentiment de solitude enfle dans mon cœur. Ça aurait été tellement amusant si nous étions venus ici ensemble, si j'avais sa main à tenir, ce soir… Je parie qu'il doit être superbe en costume. Et si je ne gagnais pas, ma foi, ce ne serait pas grave. Nous pourrions quand même profiter d'une soirée dans une grande ville. Nous pourrions aller nous promener après la cérémonie ou nous faire monter un dessert dans la chambre. Pour une fois, nous dormirions au-delà de 6 heures du matin et nous aurions l'impression d'être partis une semaine.

— Dommage, dis-je à mon reflet dans le miroir. Tu as tout fait foirer… Maintenant, descends et remporte ce prix.

Ce n'est pas moi, la gagnante. C'est le Blackstone Bed & Breakfast qui remporte le prix du Meilleur Petit Déjeuner pour la cinquième année consécutive. J'applaudis consciencieusement avec les autres participants, félicite ce couple si irritant de gentillesse et commande un scotch.

Plus tard, à l'abri de ma chambre, je me laisse aller à verser quelques larmes, puis j'appelle Octavio.

— On est arrivés troisième, lui dis-je d'une voix mouillée.

— Hé, troisième, mais c'est pas mal du tout ! s'écrie-t-il, enthousiaste.

Je renifle.

— Non, Tavy, c'est nul. Il doit y avoir trois restos à tout casser dans ce foutu comté !

— Là, tu es en train de t'apitoyer sur ton sort, patronne. Troisième, c'est sacrément bien pour un trou perdu comme Gideon's Cove. O.K. ? Tu devrais être fière de toi, au contraire.

— Oui, tu as raison…

— On a perdu de combien de voix ?

— Soixante-sept.

— Soixante-sept seulement ? Mais c'est génial ! Soixante-sept ! Là, c'est sûr, on va avoir l'année prochaine, patronne !

Je ne puis m'empêcher de sourire.

— Merci.

— Tu viens, vendredi ? On devrait faire pas mal de couverts, ce week-end.

— Oui. A vendredi. Je ferai l'ouverture.

Je raccroche et regarde par la fenêtre. Portland est une ville merveilleusement propre, lumineuse et animée, mais pour l'heure je souffre d'un mal du pays carabiné. Pauvre Joe's… C'est un si mignon petit *diner*… Il mérite mieux que la troisième place. C'est nous qui servons le meilleur petit déjeuner du comté de Washington, et l'année prochaine, si Dieu le veut, nous brandirons le titre qui le prouve.

En attendant, je ferai le maximum pour faire venir un critique gastronomique au Joe's. Ainsi qu'un auteur de guides de voyage. J'enverrai des mails tous les jours, s'il le faut. Et aussi des courriers. Ou mieux, je leur enverrai carrément des scones et des muffins. Je me les mettrai dans la poche par la qualité de mes produits. Je peux refaire la carte, égayer mes plats du jour. Tavy a raison. Soixante-sept voix, c'est tout à fait faisable. Mon apitoiement sur moi-même s'envole en même temps que sèchent mes larmes. Nous n'avons pas gagné, mais ça ne signifie pas que nous ne sommes pas les meilleurs.

Je contemple le diplôme attribué par *Maine Living* :

Félicitations au Joe's Diner,
Gideon's Cove, Maine.

Troisième dans la catégorie Meilleur Petit Déjeuner du comté de Washington.

*Au diable le comté de Washington !* me dis-je dans un sourire mouillé. Un jour, nous décrocherons le titre du Meilleur Petit Déjeuner de l'Etat du Maine !

# 32

La Bénédiction de la Flotte se tient chaque année durant le troisième week-end de mai. A cette occasion, les bateaux hissent leurs couleurs, la municipalité décore nos trois édifices publics, et les associations locales organisent des stands de vente de hot-dogs et de bisque de homard sur l'espace vert de la ville. L'orchestre du lycée donne un concert, la chorale interprète quelques chants patriotiques, les Little Leaguers, la caserne des pompiers, le conseil municipal ainsi que nos trois anciens combattants encore de ce monde défilent au pas durant cinq minutes. Puis, le dimanche, tous les bateaux du port mettent le cap sur Douglas Point, passant en file indienne devant le monument de granit érigé à la mémoire des pêcheurs disparus en mer. Ils continuent ensuite vers le quai où le clergé local leur donne la bénédiction et prie pour que l'année à venir soit productive et épargnée par les drames de la mer.

L'année dernière, le père Tim venait d'arriver à Gideon's Cove, et j'en étais encore à surmonter la honte de ma stupide bévue à son sujet. Histoire de lui montrer que j'avais bon esprit, je me suis alors jetée à corps perdu dans le comité d'organisation de la paroisse. J'ai confectionné des cookies pour que la classe des premiers communiants puisse les vendre, j'ai fourni gratuitement mes services de traiteur pour la soirée spaghettis à la salle paroissiale, j'ai participé à la décoration de l'estrade sur laquelle le père Tim et le ministre congrégationnel ont aspergé d'eau bénite les bateaux qui passaient un à un devant eux. *Je suis peut-être une idiote*, tentais-je de dire par là, après m'être publiquement humiliée devant tout Gideon's Cove, *mais moi, au moins, je suis une idiote qui ne ménage pas ses efforts pour la vie de la communauté !*

Désormais, je peux bien avouer que le père Tim et moi nous sommes un peu servis l'un de l'autre. Il m'a énormément sollicitée, tout au long de l'année dernière, et de mon côté j'y ai gagné bien plus qu'un simple frisson de culpabilité, je m'en rends compte à présent. Il n'y a guère de danger à aimer quelqu'un qui n'éprouvera jamais les mêmes sentiments pour vous. On ne prend quasiment aucun risque quand, dès le départ, on sait qu'on n'a rien à perdre. Le père Tim a été pour moi une distraction, un prétexte et un ami. Rien de plus, rien de moins.

Le samedi du week-end de la Bénédiction commence par une matinée plus brumeuse et plus chaude que d'habitude. Dès 10 heures, le soleil brille, l'air est pur : c'est une journée de printemps idéale. Mai est le mois des mouches noires, mais aujourd'hui, par chance, la forte brise marine les maintient à bonne distance, et seuls les insectes les plus déterminés arrivent à aspirer un peu de sang grâce à de minuscules et douloureuses piqûres.

Christy, Will et moi traversons l'espace vert municipal, la petite Violet juchée sur le dos de son père dans son porte-bébé. L'odeur de la cuisine en plein air — cotriade, bacon, hot-dogs, hamburgers et fumée de feu de bois — nous parvient en lourds effluves qui nous mettent l'eau à la bouche.

Ce week-end ressemble à un remerciement à l'adresse de tous les habitants de Gideon's Cove qui ne partent pas s'installer dans des lieux plus cléments. Notre sens de l'amitié et du voisinage prend toute sa force au cours de cette Bénédiction. Les gens se lancent des salutations, se serrent la main comme s'ils ne s'étaient pas vus depuis des semaines, alors qu'ils se sont croisés quelques heures plus tôt. Les couples se tiennent par la main, les enfants dansent d'excitation. « C'est quand la course des homardiers ? » « On peut avoir un ballon ? » « J'ai faim ! » Partout, les gens rient et sourient. Le vent apporte des bribes de musique.

Je fais signe aux amis, aux clients, aux voisins... Il n'y a pratiquement personne que je ne connaisse par son prénom. De temps en temps, j'entraperçois le père Tim dans son habit noir de prêtre, mais il est submergé par une marée de sympathisantes, toutes la larme à l'œil.

Main Street étant fermée à la circulation, les gens déambulent le long du pâté de maisons et demi qui compose le « centre-ville », s'arrêtant pour goûter un cookie au stand des jeannettes, un muffin à celui de l'Association des parents d'élèves. Astiqué par mes soins hier, le Joe's Diner brille de tous ses chromes. Octavio, Georgie et moi avons accroché des banderoles sous le regard critique de Judy qui, la cigarette au bec, nous indiquait son approbation par un clignement d'yeux. Je ressens un frisson de fierté à la vue de mon restaurant, bien qu'il soit fermé pour la journée.

— Ouille ! fait Will en tendant le bras en arrière pour desserrer le poing creusé de fossettes de sa fille. Lâche-moi les cheveux, ma puce !

Il ajuste le porte-bébé sur ses épaules, tandis que la petite chipie s'amuse à lui donner des coups de genou dans la colonne vertébrale.

— Tu veux que je te la prenne, Will ? Tu ne vas pas tirer les cheveux de tatie Maggie, hein, ma chérie ?

Mon beau-frère me considère avec gratitude.

— Vraiment, tu es sûre ?

— Mais oui ! Je vais la prendre, comme ça, pendant ce temps, Christy et toi pourrez aller faire un tour en amoureux...

— Merci, répond ma sœur en défaisant les sangles du harnais. Tu es un amour, Maggie !

Elle soutient le porte-bébé et Violet le temps que Will dégage ses bras, puis elle me l'attache sur le dos.

— Atta, fait alors ma nièce. Atta boui !

J'exulte.

— Vous avez entendu ? Elle vient de dire « tante Maggie » ! Quel honneur !

Violet saisit une poignée de mes cheveux et tire dessus avec vigueur pour me le confirmer.

Will et Christy se mettent à rire.

— On se retrouve dans une heure ? me propose mon beau-frère. On t'offre le déjeuner à la caserne.

— Génial !

Avec Violet sur mon dos, je me sens moins ostensiblement célibataire. Nous flânons un peu partout, toutes les deux, nous arrêtant pour admirer l'exposition de créations artistiques réalisées par les élèves du CP, et je m'arme de courage en prévision de l'inévitable bilan qui fait partie intégrante du week-end.

— Salut, Maggie !

Et c'est parti ! Il s'agit d'une ancienne camarade de lycée, Carleigh Carleton. Si je me souviens bien, elle a fait ses études supérieures dans le Vermont. Elle aussi craquait pour Skip.

— Salut, Carleigh !

— Oh ! Tu as eu un enfant ? s'écrie-t-elle d'une voix stridente.

Les yeux lui sortent de la tête. Elle n'a jamais été très jolie, cette fille.

— Non, non, c'est ma nièce, Violet.

— Ah, bien sûr ! La fille de Christy. Oui, c'est plus logique !

Son sourire est empreint de suffisance et de condescendance.

— J'en ai moi-même trois. Tu travailles toujours au *diner* de ton grand-père ?

Traduction : « Tu es toujours embourbée dans le même boulot depuis le lycée, depuis que Skip t'a plaquée ? Tu n'es toujours pas mariée, Maggie ? Tu ne connais donc pas les statistiques concernant les femmes de plus de trente ans ? »

— C'est ça. Et toi, Carleigh ?

Je fais mine d'écouter le compte rendu de sa vie mirifique qui, dans la réalité, n'est sans doute pas aussi mirifique qu'elle le prétend. Mais c'est à ça que sert le week-end de la Bénédiction : à faire semblant. Laissant Carleigh qui, comme je le note avec une profonde satisfaction, a pris sept ou huit kilos depuis l'année dernière, je déambule parmi les tentes d'artisanat plantées sur la pelouse municipale.

Il y a là d'autres spécimens de Carleigh, pour la plupart des femmes qui opinent du bonnet avec compassion lorsque je leur confirme qu'effectivement je travaille toujours au *diner*. « Pauvre Maggie, semblent-elles dire, j'ai peut-être épousé un ivrogne qui me battait, j'ai peut-être été contrainte de réclamer au juge une interdiction d'approcher à son encontre, je me suis peut-être retrouvée divorcée à vingt-trois ans, mais moi, au moins, j'ai été mariée ! »

Je refuse de me sentir inférieure à elles.

*Qu'elles aillent se faire voir !*

Je suis très heureuse comme ça. J'occupe une place incontournable dans ma petite ville. Violet me donne des coups de genou dans le dos. Je poursuis mon chemin dans une espèce de brouillard, saluant distraitement des gens de la main…

Soudain, un nom familier me tire brutalement de mon hébétude.

— Et ce sale type de Malone refuse de reconnaître que c'est lui le père, chuchote de manière parfaitement audible l'odieuse Mme Plutarski à l'une de ses copines croulantes et ridées, Mme Lennon.

— Et pourquoi ça ? l'interroge Mme Lennon.

— Parce qu'il ne veut pas s'encombrer d'une pension alimentaire, pardi ! affirme Mme Plutarski, comme si elle détenait des renseignements sur ce sujet. Ma foi, cette femme-là l'a bien cherché, si vous voulez mon avis. Depuis le temps qu'elle...

Je m'interpose sans ménagement entre les deux commères, tel un remorqueur entre deux bateaux-citernes.

— Excusez-moi, mesdames, mais... de quoi parlez-vous, au juste ?

— Tiens, Maggie ! Comment allez-vous, ma chère ? me demande Mme Lennon d'un ton affable.

Mme P. affiche sa mine acide habituelle. Sans hésiter, je mets les pieds dans le plat.

— De pension alimentaire ? De reconnaissance en paternité ? Tss, tss, tss... madame Plutarski. Le père Tim sait-il que vous cancanez comme ça dans son dos ?

Je croise les bras, ma minute de vertueuse indignation quelque peu gâchée par le fait que Violet me tire les cheveux de toutes ses forces.

— Il s'agit d'une discussion privée, Maggie, rétorque froidement Mme Plutarski. Et personnellement j'estime que vous devriez davantage vous préoccuper de ce que les gens disent sur *vous* au lieu d'interrompre les conversations des autres. Tout le monde sait que vous vous imaginiez que le père Tim allait quitter les ordres pour vous !

Elle me sourit d'un air narquois et reporte son attention sur Mme Lennon.

C'est la goutte qui fait déborder le vase. J'explose :

— Vous savez quoi, Edith ? Vous êtes une sale mouche du coche, indiscrète et cancanière, et vous aurez beau lécher les bottes de tous les curés qui passent, ça n'y changera rien ! Madame Lennon, je vous souhaite de passer un excellent week-end.

Savourant les glapissements de rage de Mme P., je m'éloigne, puis je demande à Violet :

— Alors, j'ai été comment ?

Pas de réponse. Je jette un coup d'œil par-dessus mon épaule : elle s'est endormie. Son petit minois angélique apaise la colère qui bouillonne en moi, mais mon cœur continue de cogner à tout rompre et mes joues sont en flammes.

Pauvre Malone... Il n'a rien à se reprocher, et pourtant la ville s'acharne sur lui sans répit. Toute la journée me parviennent des bribes de conversations accablantes : Chantal et Malone sont un sujet brûlant.

Pendant la compétition de relevage de casiers, alors que tout le monde s'est rassemblé sur le quai pour voir quel bateau va être le plus rapide, Christy et moi rejoignons le groupe des pompiers, histoire d'encourager Jonah et papa.

— Pourquoi vous croyez que Malone est pas venu ? fait Fred Tendrey à haute voix en s'appuyant contre un poteau. L'a honte de se montrer, je parie !

Je n'y tiens plus.

— Et de quoi devrait-il avoir honte, Fred ? Malone n'a rien fait de mal. Ce n'est pas lui qui louche dans le décolleté des femmes. Peut-être ne tient-il pas à ce que sa fille entende un ramassis d'imbéciles déblatérer sur lui. Tu y as pensé à ça ?

Mais mes protestations tombent dans l'oreille d'un sourd. Il est vrai que, depuis le début des festivités, le bateau de Malone brille par son absence. A moins qu'il ne vienne jamais à la Bénédiction. J'avoue n'y avoir pas prêté attention les autres années.

Leslie MacGuire et sa voisine s'achètent des bols de cotriade. J'entends Leslie lui murmurer :

— La Maggie, elle veut pas qu'il soit impliqué dans cette histoire. Tu sais ce qu'on raconte à propos de la première femme à Malone ? Comment qu'elle serait partie en pleine nuit ?

— Ah, oui... c'est vrai, chuchote sa voisine.

Je serre les dents, mais ne dis rien. C'est inutile. Mais, à 16 heures, je n'y tiens plus.

— Je m'en vais, les amis, dis-je à ma sœur et mon beau-frère. J'ai mal au crâne.

Christy incline légèrement la tête sur le côté.

— Tu es sûre que ça va ?

— Oui, oui... Un peu de fatigue, c'est tout.

Bien que j'aie une place pour la soirée spaghettis à laquelle va assister toute ma famille, y compris ma mère, je m'éloigne du centre-ville. Gravissant la colline qui mène à mon appartement, je jette un regard en arrière en direction du port. Les homardiers ont fini la compétition ; ils dansent sur leur mouillage telles des mouettes joyeuses, propres et fraîchement repeints en prévision de la nouvelle saison. La *Double Menace* étincelle. C'est l'un des bateaux les plus neufs et il se remarque d'autant plus que la *Vilaine Anne* n'est pas là. Mon cœur se serre douloureusement tandis que j'imagine Malone naviguant en mer avec sa fille. Dans quelques semaines, il sera interdit de remonter les casiers passé 16 heures, mais pour le moment il n'enfreint aucun règlement — à condition qu'il travaille aujourd'hui, bien sûr. Mais, à première vue, on ne dirait pas qu'il lui arrive très souvent de manquer une occasion de travailler.

A l'exception du jour où il m'a emmenée à Linden Harbor.

Je descends ma rue d'un pas pesant, épiant par la fenêtre Mme Kandinsky, qui s'est endormie dans son fauteuil. Un coup d'œil à l'intérieur me rassure : sa poitrine s'élève et s'abaisse au rythme de sa respiration. Ayant constaté qu'elle n'était pas morte, je monte, l'esprit tranquille, retrouver mon appartement plongé dans le noir.

Le lendemain matin, je suis accueillie chez mes parents par l'odeur du café et du bacon en train de frire. Chaque année, nous organisons entre nous un petit déjeuner spécial avant la Bénédiction de la Flotte à proprement parler.

Ensuite, nous nous rendrons à l'église, puisque c'est la dernière messe que célèbre le père Tim à Gideon's Cove. Jonah, affalé dans un coin de la cuisine, pâle et tremblant, serre timidement une tasse de café entre ses mains. Je me penche pour claquer un baiser bruyant sur sa joue et lui ébouriffer les cheveux.

— Mon petit frère aurait-il une petite gueule de bois ?

Il pousse un gémissement et se tourne vers le mur.

— Bonjour, maman.

— Oh ! Maggie, tu comptes rester dans cette tenue ?

Je baisse les yeux sur mes vêtements. Pantalon taupe, sweater rouge, chaussures assorties aux deux pieds. Je hausse un sourcil à l'adresse de ma mère, qui pose sa spatule sur le plan de travail.

— Ce que je voulais dire, ma chérie, c'est : pourquoi ne portes-tu pas une jupe de temps en temps ? Tu as des jambes magnifiques.

— Bien, maman ! C'est mieux. Beaucoup mieux !

— Il n'y a rien de magnifique chez Maggie, grommelle Jonah depuis son coin, à l'évidence pas suffisamment malade pour résister à l'envie de m'embêter. C'est Christy la plus jolie des deux.

Je lui donne une tape sur la tête, savourant son bref cri de douleur, et me sers une tasse de café.

— Je ne peux pas mettre de jupe aujourd'hui, maman, dis-je en l'embrassant, ravie de la voir de retour au domicile familial. Je sors en mer avec Jonah pour la Bénédiction.

— Pas si tu continues de brailler comme ça, marmonne mon frère.

Je trouve drôlement agréable d'être sur l'eau pour la Bénédiction de la Flotte. Gideon's Cove ressemble à une carte postale avec son rivage rocheux, ses pins élancés, ses maisons qui parsèment les collines, le clocher de St. Mary, le bois gris du ponton... L'année dernière, la famille au grand complet est montée à bord de la *Double Menace* ; cette année, à cause de Violet, Will et Christy ont préféré rester sur le plancher des vaches où nos parents leur tiendront compagnie.

Le visage de ma sœur émerge de la véranda de derrière.

— Coucou !

Elle aussi a choisi de mettre un pantalon taupe et un haut rouge, mais sa tenue, manifestement plus coûteuse, est faite de tissus de meilleure qualité. De toute façon, d'une manière générale, Christy a davantage d'allure que moi. Elle transporte à l'intérieur de la maison le siège-auto de Violet, un sac à langer plus gros que ma valise et un transat vibrant. Will la suit de près, chargé d'un autre sac et d'un tout petit harnais à suspendre dans l'encadrement d'une porte et qui permet au bébé de se balancer au bout d'un élastique.

Je demande :

— Où est papa ?

— Dans son abri anti-aérien, répond mon frère. Tu pourrais arrêter de crier, s'il te plaît ?

Je lance gaiement :

— Papa ! Nous sommes tous là !

Jonah se met à geindre doucement.

— Bien fait pour toi ! déclare ma sœur. Des Jell-O shots ! Pour l'amour du ciel, Joe ! On était chez Dewey, hier soir. On a tout vu, tu sais !

Jonah se dresse de son siège tel un spectre.

— C'est moi qui ai dit que t'étais la plus jolie des deux ? Ben, j'ai changé d'avis. Vous êtes toutes les deux des sorcières !

Un quart d'heure plus tard, nous sommes tous installés à la table de la salle à manger, nous faisant passer des assiettes de pancakes, d'œufs brouillés, de scones aux cranberries — ma contribution personnelle — et de bacon. Jonah a le teint moins verdâtre après avoir avalé quelques comprimés d'aspirine, même s'il ne peut réprimer un frisson en voyant les œufs passer devant lui. Je laisse tomber une grosse cuillerée d'œufs brouillés dans son assiette, savourant le blêmissement qui s'ensuit.

— Alors, commence Christy à l'adresse de nos parents, du ton que Jonah et moi avons surnommé « son ton d'assistante sociale », comment ça se passe depuis que vous vivez… séparément ?

Elle a pris soin de formuler sa question avec affabilité.

— Pas mal, répond papa. Délicieux ces scones, Maggie. On peut dire que tu t'y entends en pâtisserie, ma puce !

Christy ferme brièvement les yeux.

— Super. Et… vous avez décidé quelque chose pour la suite ?

— Un scone, chérie ? lui propose Will.

— Non. Merci. Maman ? Tu as quelque chose à nous dire ?

Ma mère prend une profonde inspiration.

— Eh bien, votre père et moi, nous avons discuté, bien sûr…

Elle regarde papa, à l'autre bout de la table. Lui regarde par la fenêtre, apparemment fasciné par la volée d'oiseaux de printemps qui profite de ses productions manuelles.

— Mitch ? Tu veux dire aux enfants ce que nous envisageons de faire ?

Papa revient brusquement sur terre.

— Ah ! Euh, oui… certainement, certainement. Bon. Eh bien, nous… nous sommes… nous n'allons pas divorcer. Pour le moment…

Le visage de Christy s'illumine. Je prends un autre morceau de bacon et me tourne vers ma mère.

— Mais…

— C'est la vérité, Maggie. Néanmoins, je compte rester à Bar Harbor. Du moins dans un futur proche.

Elle me regarde pour que je lui communique un peu d'assurance. Je lui souris, mais elle se rembrunit.

— Je suis désolée, ma chérie, dit maman à Christy

pour tenter de la consoler. Je sais que ce n'est pas ce que tu souhaitais entendre, mais…

— Non, non, non ! C'est parfait. Tout va bien…

Mais ses yeux débordent de larmes.

— Excusez-moi…

Elle se met à pleurer pour de bon ; Will lui passe un bras autour du cou, attirant son visage contre son épaule.

— Ce qui compte, c'est ce que tu souhaites, toi, maman, ajoute-t-elle en sanglotant. Et toi aussi, papa.

Jonah m'adresse un sourire classique de petit frère — comprenez : narquois — et, brusquement, nous nous mettons tous les deux à rire.

— Pauvre petite Christy, issue d'un foyer tristement désuni, ironise Jonah à mi-voix.

Christy est elle aussi gagnée par notre hilarité.

— La ferme, Jonah ! réplique-t-elle en lui lançant sa serviette roulée en boule. Je n'y peux rien si j'aime notre famille. Contrairement à toi, espèce de troglodyte contre nature !

Nous nous rendons ensuite en troupe à Gideon's Cove — Jonah et moi dans son pick-up, nos parents avec Will, Christy et la petite dans le break Volvo.

Nous pénétrons dans l'église où l'odeur des cierges se mêle aux relents de spaghettis… Vu que le père Tim ne reviendra pas à St. Mary après cet ultime service, l'endroit est bourré à craquer, comme pour la messe de minuit. La chorale au grand complet — soit dix personnes — se tient en haut, sous les combles, tandis que M. Gordon assène des accords sur une espèce de vieil orgue asthmatique tout tarabiscoté. Aujourd'hui, la famille Beaumont occupe un banc tout entier. Nous lançons des bonjours à voix basse, saluons nos voisins et nos amis de la main, et allons nous asseoir sur les bancs en noyer à l'assise particulièrement inconfortable, prêts à offrir nos souffrances au Seigneur.

Les enfants de chœur s'avancent dans l'allée, la mine appliquée, propres et bien coiffés ; ils ressemblent à des anges malgré les Keds montantes qui dépassent de leurs aubes. Tanner Stevenson brandit le crucifix, et Kendra Tan balance l'encensoir d'un mouvement prudent. Le père Tim s'avance en dernier, resplendissant en or et violet, beau comme une star de cinéma. Il entonne le chant d'entrée avec l'assistance, mais son regard croise le mien, et il m'adresse un petit sourire qui perdure jusqu'à « Levez bien haut la Croix ».

Pour la première fois depuis très longtemps, je comprends pourquoi les gens viennent à l'église. Pas parce qu'ils sont forcés d'y être auprès de leurs parents, pas parce que le curé est trop mignon. J'écoute les paroles sans remarquer l'accent irlandais de celui qui les prononce. Pour la première fois de ma vie d'adulte, j'imagine qu'il puisse y avoir quelque chose pour moi, ici. *Pardon d'avoir brillé par mon absence,* dis-je mentalement à Dieu. *Et pardon d'avoir désiré un de Vos p'tits gars.* Je m'imagine L'entendre me répondre : « Y a pas de mal ! » Et c'est nettement plus réconfortant que : « Ça te vaudra une année en enfer, jeune fille ! »

Au moment du geste de paix, le père Tim s'avance à pas lents dans l'allée, adressant un mot aimable à chacun, une bénédiction aux petits enfants.

Arrivé à hauteur du clan Beaumont, il se penche pour me donner une chaste étreinte.

— On dirait que j'ai enfin réussi à vous faire venir à l'église, Maggie.

Je suis touchée de voir des larmes briller dans ses yeux.

— Juste quand je m'en vais, mais il n'empêche : vous êtes venue.

Je murmure :

— Vous allez nous manquer, mon père.


Une heure plus tard, Jonah et moi sommes à bord de la *Double Menace.* Un vent vif nous ébouriffe les cheveux.

En mon honneur, Jonah a installé une chaise en plastique sur le pont où je bois une tasse de café à petites gorgées, tandis qu'il est à la barre.

— Et papa, il se débrouille bien ?

— Pas mal. En tout cas, ça lui plaît. Il adore traîner sur le quai avec les gars. C'est mieux que de construire des abris à oiseaux, j'imagine.

— Je trouve sympa que tu l'aies pris à bord.

Jonah semble plus âgé à la barre. C'est un aspect de sa personnalité que je n'ai pas souvent l'occasion de voir. Je le trouve viril, maître de la situation... et beau.

Il hausse le ton pour se faire entendre par-dessus le moteur Diesel.

— Qu'est-ce qui te fait sourire comme ça ?

— Rien ! Je me disais simplement que tu étais mignon, Lapinou, je lui réponds, employant le surnom dont Christy et moi l'avons malencontreusement affublé à sa naissance.

— C'est bien vrai, ça !

Il fait signe de la main à Sam O'Neil, qui précède la *Double Menace* dans la procession de bateaux.

— Hé, Jonah ! T'as pas pu trouver une aut' fille que ta frangine ? hurle Sam.

— Au moins ma sœur est jolie, elle !

Mais il affiche un sourire forcé qui disparaît dès que Sam détourne la tête.

Les bateaux s'espacent un peu, tandis que nous mettons le cap vers Douglas Point. Le mémorial se voit de très loin, sa beauté austère se détachant sur l'arrière-plan de pins et de rochers. Au sein de notre flottille, l'humeur devient sombre ; plus personne ne lâche de grosses plaisanteries. Jonah s'incline respectueusement lorsque nous dépassons la stèle. Quand il relève la tête, ses yeux sont humides.

— Jonah ? Ça va, mon petit bonhomme ?

— Très bien, fait-il en s'essuyant les yeux du revers de la manche.

Il redresse un peu le cap, puis me lance un regard de chien battu.

— En fait, pas vraiment, Mags...

— Qu'est-ce qui se passe ? Je te trouve bien morose, ces temps-ci.

Son visage se crispe, puis il lâche :

— Je suis amoureux de Chantal, mais elle ne veut pas entendre parler de moi.

Les yeux me sortent de la tête.

— Tu es quoi ?

— Oui, je sais, je sais... Elle est enceinte d'un type et... et...

Il lui faut une minute avant que les mots sortent de sa bouche.

— Mais c'est que je me disais... J'ai toujours eu un faible pour elle, Maggie. Et maintenant je crois que je suis carrément amoureux.

*Oh ! non...*

— Jonah, dis-je prudemment, tu n'as pas couché avec elle, n'est-ce pas ?

Il déglutit, fixe le pont du bateau, puis hoche la tête.

— Je sais que tu lui as demandé de ne pas s'approcher de moi, Mags. Mais ça n'est arrivé qu'une fois ! Et après elle a refusé de me rappeler. Je voulais commencer à la fréquenter, que ça devienne plus qu'une aventure d'un soir, tu vois ? Mais ça ne l'intéresse pas.

— Tu te paies ma tête, c'est forcé..., dis-je entre mes dents.

Pas étonnant que Chantal ne m'ait rien dit ! Malgré toutes mes menaces, elle n'a pas hésité à braver l'interdit ! Avec mon frère ! Mon *petit* frère ! A qui j'ai donné le biberon !

Le vent fait voler mes cheveux autour de mon visage et sculpte des crêtes blanches sur l'eau. Nous sommes assez près du quai pour que je puisse apercevoir tous les gens qui s'y sont rassemblés, pour que je puisse saisir quelques bruits, le murmure diffus des conversations.

Voilà l'estrade... Il y a là notre père, avec son allure d'ours. Le père Tim, toujours vêtu de sa soutane de cérémonie, asperge les bateaux d'eau bénite et fait le signe de la croix. Debout à côté de lui, le révérend Hollis, pasteur de l'Eglise congrégationnelle, effectue, lui, le rituel protestant correspondant à ce genre de cérémonie.

Je pousse un gros soupir, me lève de mon siège en plastique, rejoins mon frère à la barre et entreprends de lui frictionner le dos.

Il laisse échapper un petit sanglot.

— Ecoute... Est-ce que tu as demandé à Chantal si tu étais le père de son enfant ?

— Bien sûr que oui ! Evidemment que je le lui ai demandé ! répond-il en s'essuyant les yeux sur sa manche. Elle m'a répondu que non. Qu'elle en était sûre.

— Et moi, je pense qu'elle te raconte des salades.

Jonah redresse brusquement la tête.

— Hein ? Pourquoi ? Tu sais quelque chose ?

— Non. Elle m'a dit que le père n'était pas quelqu'un de Gideon's Cove, mais... eh bien, il se peut qu'elle veuille simplement te protéger.

— Mais pourquoi ? Pourquoi ferait-elle ça ? Est-ce qu'elle...

— Parce que tu as vingt-six ans. Et qu'elle en a trente-neuf... Mais elle m'a confié certaines choses qui...

Je n'achève pas ma phrase.

— C'est toi le père, Jonah, j'en mettrais ma main à couper. Et, à mon avis, tu devrais lui reposer la question.

Brusquement, le visage de mon frère s'illumine de joie.

— Bon sang, Maggot ! Oh ! Sainte merde !

Il se claque les mains sur la tête.

— Sainte merde ! Mags, prends les commandes, tu veux bien ?

Il me pousse contre la barre et court vers la poupe.

— Jonah ! Joe ! Tu sais bien que je suis nulle sur un bateau...

— Chantal ! Chantal ! hurle alors mon frère, les mains en porte-voix.

Devant nous, Sam tourne brusquement la tête.

Je crie :

— Jonah ! Le bateau ! Je ne sais pas ce que je dois faire ! Je vais emboutir Sam !

— Chantal ! crie de nouveau Jonah d'une voix qui commence à se briser.

Sur le quai, des têtes commencent à se tourner vers nous.

— Chantal !

Vue d'ici, nous ne pouvons pas la manquer ; sa chevelure rousse se voit autant que la lumière d'un phare.

M'efforçant de comprendre quelle manette peut ralentir la course du bateau, je préviens mon frère :

— Jonah, ce n'est pas le moment...

Il m'ignore et continue de hurler :

— L'enfant est de moi, pas vrai ?

— Bonté divine, Jonah ! Maman va te tuer !

Sur le quai, des gens nous montrent maintenant du doigt en se parlant, puis se font taire mutuellement.

— Je t'aime, Chantal ! braille encore mon imbécile de frère.

Nous sommes à environ trente mètres du quai, à présent, assez près pour que tout le monde entende clairement ce qu'il dit. La foule se tourne alors vers Chantal, qui reste pétrifiée comme un élan pris dans les phares d'un pick-up.

— Chantal ? Le bébé est de moi, n'est-ce pas ? Je t'aime, Chantal, je t'aime et je veux t'épouser !

— Mais tais-toi, Jonah ! crie-t-elle à son tour.

Que ne donnerais-je pas pour voir la tête que fait ma mère à cet instant ! C'est plus fort que moi, je me mets à rire. C'est alors que j'entends un « plouf ! » Mon frère vient de sauter par-dessus bord ! Il nage vers le quai. Ça m'étonnerait que l'eau soit à plus de neuf degrés...

— Jonah, espèce de couillon ! hurle Sam.

Je crie :

— Sam, je crois que je vais t'emboutir !
— Vire vers la mer, idiote !
— O.K., O.K., c'est bon ! Pas la peine d'être grossier !

J'obéis, orientant la barre à l'est. La *Double Menace* s'éloigne doucement du cortège. Je décide de couper le moteur et de rester sur place, gentiment ballottée par les vagues. Je ne vois aucune autre solution plus sûre. En outre, maintenant, je peux profiter du spectacle...

La Bénédiction a été momentanément interrompue, le temps que Jonah, excellent nageur depuis toujours, progresse vers sa dulcinée. Il atteint le quai, et quelqu'un — Rolly me semble-t-il — le hisse hors de l'eau. Je ne peux pas entendre mon frère, mais je le vois très clairement. Il se fraie un passage dans la foule jusqu'à Chantal, tout ruisselant d'eau, et plaide sa cause avec de grands gestes. Chantal secoue la tête, puis porte une main à sa bouche. Jonah la prend dans ses bras et l'embrasse sous les yeux de mes parents, pétrifiés d'horreur, et malgré toutes mes réserves concernant Chantal je m'aperçois que mes yeux sont un peu humides.

Billy Bottoms s'écarte alors du défilé d'embarcations, accoste la *Double Menace* et saute à bord avec l'agilité d'un chamois. Son fils, Billy le Jeune, me fait signe depuis la barre de leur bateau.

— Ben, ma poulette, me lance Billy. On dirait ben que ton frangin va devenir papa !

— On dirait, oui, dis-je, abandonnant volontiers les commandes à quelqu'un qui ne va pas nous envoyer par le fond.

La Bénédiction reprend, bien qu'elle ait été complètement éclipsée par les déclarations de Jonah, et Billy nous fait longer le quai où le père Tim et le révérend Hollis nous bénissent chacun consciencieusement.

— Tu veux bien me déposer ici, Billy ?
— Pas de problème, ma belle !

Il approche le bateau du quai, et d'un saut je quitte son bord. Christy m'attend.

— Sainte… mère… de… Dieu ! s'exclame-t-elle.

— On peut le dire.

— Tu étais au courant ?

— Non ! Il y a encore cinq minutes, j'ignorais tout. Où sont-ils ?

Christy me conduit en haut de la rampe et me fait traverser la foule. Mon frère, une couverture drapée autour de ses épaules, est en train de boire une tasse de café, agrippé à la main de Chantal.

— Salut, frérot.

— Salut, sœurette.

— Chantal ! Ne t'avais-je pas dit que mon frère était tabou ?

— Je te demande pardon, Maggie…, répond-elle d'un air piteux, baissant les yeux au sol. Mais le mal est fait…

— C'est donc bien le sien ?

— Oui…

Elle semble nerveuse, mais sa main est glissée dans celle de mon frère.

Je prends une longue inspiration, puis une autre, je m'empare de la tasse de mon frère et je bois une longue gorgée.

— Eh bien ! On dirait que je vais de nouveau être tata !

Au diable tout le reste ! Je serre Chantal dans mes bras de toutes mes forces, parce que… que puis-je faire d'autre ?

Je lui chuchote quand même à l'oreille :

— Si tu lui brises le cœur, je te tue.

— Pigé. Oh ! Maggie, pardonne-moi, je t'en prie, murmure-t-elle en retour. Mais il est tellement…

— Epargne-moi les détails, tu veux ? C'est mon petit frère, je te rappelle.

— Elle refuse de se marier avec moi, Maggie ! Il faut que tu la persuades, O.K. ?

Je lui donne une petite tape sur la tête.

— Pourquoi ferais-je quoi que ce soit pour toi, crétin ? Tu m'as bien laissée en plan, tout à l'heure, sur le bateau !

— De quoi tu te plains ? Tu es arrivée à bon port, finalement…

Il sourit, et ses yeux s'emplissent de larmes.

— Merci, Maggie. Merci d'avoir tout compris.

— De rien, gros bêta !

Je le serre dans mes bras, lui aussi. Après tout, ce n'est quand même pas la fin du monde !

Puis, prenant conscience que presque tout Gideon's Cove fait cercle autour de nous, mes cordes vocales entrent en action comme elles savent hélas si bien le faire.

— Eh bien, j'espère que vous êtes tous fiers de vous ! Depuis des semaines, vous dites du mal de Malone, vous colportez des rumeurs, vous sectionnez ses filières, tout ça parce que vous n'avez rien de mieux à faire que cancaner ! Vous devriez avoir honte ! Le seul tort de Malone a été de se taire, et je ne peux pas en dire autant de tous les gens qui sont ici. Je me compte d'ailleurs dans le nombre !

— Bah, c'était logique comme supposition, lâche Stuart. Et puis Malone a jamais dit qu'il était pas le père !

— Malone n'aurait pas dû avoir à nier quoi que ce soit ! dis-je avec virulence. En plus, il ne couchait même pas avec Chantal. C'est avec moi qu'il couchait !

*Oups !*

Un murmure spéculatif s'élève alors de la foule rassemblée sur le quai. Ma mère fronce les sourcils, mon père blêmit, Christy fait la grimace, et Jonah se met à rire.

# 33

Nous devenons l'attraction principale de la journée.
*Ah, ces Beaumont, ils sont vraiment impayables* !
Jonah rayonne de fierté. Le voile de tristesse qui planait au-dessus de Chantal depuis quelques semaines s'est envolé. Elle a l'air heureuse. J'ignore si elle va rester avec mon frère, mais hé ! tout est possible.
Ma mère et moi sommes installées à une table de pique-nique.
— Tu vas de nouveau être grand-mère, maman !
Elle se donne une claque sur le bras ; les mouches noires se rappellent à notre bon souvenir.
— Oui, soupire-t-elle. N'est-ce pas merveilleux ?
— Tu es contrariée ? Je sais que Jonah a toujours été ton préféré…
— Maggie, ne dis pas de bêtises, enfin ! Une mère n'a pas d'enfant préféré. Un jour, tu t'en rendras compte toi-même.
Elle me tapote l'avant-bras.
— Je ne suis pas contrariée, non. Après tout, Jonah fait ce qu'il veut, c'est sa vie. J'espère simplement que les choses tourneront bien pour lui, mais… ce n'est pas vraiment mon problème…
— Non, sans doute…
— J'ai atteint un stade de ma vie, Maggie, où j'ai enfin pris conscience que mes enfants vont agir à leur guise,

quelle que soit mon opinion. Mon rôle est terminé. Vous n'avez pas besoin de m'avoir dans les jambes, n'est-ce pas ?

— Ma foi, non, maman. Pas dans les jambes. Mais il n'empêche que nous voulons que tu sois partie prenante de notre existence.

Elle sourit, puis regarde sa montre.

— Il faut que je parte, maintenant. J'ai une longue route à faire.

Elle m'embrasse et je me lève pour la serrer dans mes bras.

— On se voit la semaine prochaine, d'accord, Maggie ?

Nous avons décidé de déjeuner ensemble deux fois par mois, rien que nous deux.

— Et comment ! J'ai hâte d'y être, maman.

— Moi aussi. Et puis peut-être pourras-tu faire quelque chose pour tes racines quand tu viendras…

Etrangement rassurée de constater par le biais de cette dernière attaque que ma mère n'a pas changé de caractère, je lui fais au revoir de la main, tandis qu'elle se dirige vers sa voiture.

Le week-end de la Bénédiction s'achève. Les familles regagnent les unes après les autres leurs véhicules. On replie les tables, on éteint les barbecues. Noah Grimley commence à démonter l'estrade. Un des enfants d'Octavio passe devant moi en courant, lâchant un « Salut ! » au passage, avant d'aller papillonner plus loin, aussi vif qu'un colibri.

— Je suis venu vous dire au revoir, Maggie.

— Mon père…

Une boule se forme dans ma gorge.

— Je m'en vais demain à la première heure.

— Ah, bien… Avez-vous déjà un remplaçant ?

— Le père Daniels va faire la transition jusqu'à ce que l'évêque nomme un nouveau curé.

— Je vois…

Le père Daniels, aujourd'hui à la retraite, est le prêtre qui a présidé à notre première communion à Christy et à moi.

— Prenez bien soin de vous, Maggie, me dit-il en souriant, bien que ses yeux brillent d'émotion contenue. Et si jamais vous aviez besoin de quoi que ce soit... d'ordre spirituel, s'entend...

Je me mets à rire et lui tapote affectueusement l'épaule.

— Au revoir, mon père. Vous aussi, prenez soin de vous.

Une fois le père Tim parti, les festivités terminées et toutes les installations rangées, je vais au Joe's me faire une tasse de café. Assise dans le box d'angle, je regarde la rue silencieuse.

Voilà... L'ère du père Tim s'est achevée, dans ma ville et dans mon existence ; une nouvelle phase attend de commencer. Et soudain, je suis prise de l'envie impérieuse de voir Malone. Avant d'avoir pu réfléchir, je suis en chemin, je cours pratiquement vers le quai. On est à marée basse et la passerelle qui mène au bassin est très inclinée, mais les dieux du homard m'ont entendue car la *Vilaine Anne* n'est pas sortie en mer ; elle est amarrée juste devant moi, pas à son poste de mouillage, mais juste au bout du quai, comme si le destin voulait que je voie Malone. Comme si c'était écrit...

Mes pieds résonnent sur les planches érodées par les intempéries.

— Malone ?

Son bateau est amarré au quai par la poupe, et la proue est assez éloignée de moi. Une tête émerge de la timonerie. Ce n'est pas lui.

— Bonjour !

C'est son nouveau barreur. Sa fille.

On peut difficilement louper leur ressemblance : même pommettes saillantes, mêmes yeux bleus frangés d'épais cils noirs, même silhouette élancée. Elle est belle. Une très belle jeune fille. Quel âge Malone m'a-t-il dit qu'elle avait, déjà ? Dix-sept ans ?

Quelle que soit la force qui m'a propulsée jusqu'ici, elle me fait tout à coup cruellement défaut. Malone le Solitaire n'est plus solitaire. Peut-être même ne l'a-t-il jamais été... Après tout, il a été marié, il a un enfant, cette ravissante créature qui passe l'été avec lui. Il a déjà une petite famille. Il n'a pas besoin de moi en prime.

La belle jeune fille contourne gracieusement les cordages enroulés jonchant le pont.

— Je m'appelle Emory.

Elle porte un débardeur et un short en jean coupé pourtant, à la voir, on croirait qu'elle sort d'une séance de photos. Elle doit tourner la tête de tous les pêcheurs de homards...

— Hum... bonjour. Oui... Euh, moi, c'est Maggie...
— Vous cherchez mon père ? me demande-t-elle aimablement.

Je ne réponds pas.

*Qu'est-ce que tu fais ici, Maggie ? Si Malone avait voulu te voir, il a eu des semaines pour venir te trouver.*

Emory hausse les sourcils.

— Vous vouliez voir Malone ? répète-t-elle, et je me sens encore plus stupide.

— Hum, oui. En fait, ce n'est pas très... important. Je... je repasserai.

— Malone ! crie-t-elle. T'as de la visite !

Malone émerge alors de la zone de stockage située à la proue, s'essuyant les mains sur un torchon maculé de graisse.

— A vos ordres, capitaine ! fait-il avec un grand sourire.

Il lui gifle la cuisse d'un coup de torchon en passant devant elle, ce qui la fait s'écarter en gloussant.

Mon Dieu, il a l'air tellement *heureux*. Le Malone à la mine renfrognée a tout ce qu'il lui faut pour son bonheur, et ce n'est pas moi. Je songe un instant à sauter à l'eau pour fuir cette situation embarrassante. Après tout, ça a marché pour Jonah.

Malone m'aperçoit, et son sourire retombe aussitôt.

— Maggie...

J'inspire à fond et relâche ma respiration.

— Salut...

Il saute de la poupe sur le quai et pose les mains sur ses hanches. Sa fille a beau contempler la scène, je ne puis m'empêcher d'avoir conscience de l'effet qu'il a sur moi. Je me sens oppressée ; mes yeux sont brûlants.

— Tu connais Emory ? me demande-t-il.
— Oui. Oui. Elle est... elle est... belle.

Le visage de Malone s'adoucit d'un sourire, et il lance un coup d'œil par-dessus son épaule en direction de l'objet de notre conversation.

— C'est bien vrai, acquiesce-t-il. Et à part ça ? Quoi de neuf ?
— Oh... c'est... eh bien...

Tous les projets que j'avais en tête se sont évaporés. Pour cacher que mes mains tremblent, je les enfonce dans mes poches.

— Hum, eh bien, devine ? Figure-toi que Jonah... Jonah, tu sais, mon frère ? Eh bien, c'est lui le père de l'enfant qu'attend Chantal. Et il vient à peine de le comprendre. Et puis maintenant ils sont ensemble, je suppose. Enfin, plus ou moins... Tout ça pour dire que personne ne pense plus qu'il s'agit de ton enfant.

Sa lèvre inférieure est si pleine, si sensuelle, au milieu de sa barbe noire de trois jours... Ses yeux s'abaissent quelques secondes tandis qu'il fixe le quai.

— Tu le savais, n'est-ce pas ? Pour Jonah ?
— Oui.
— Tu aurais pu me le dire...

Ma voix est douce et tremblotante.

Il soupire.

— Chantal ne voulait pas. Moi, j'étais d'avis que tu devais le savoir, mais... c'était pas à moi de te le dire.

Il fronce les sourcils et tourne la tête vers son bateau. Il s'apprête à parler, puis se ravise.

Je cède à mon envie pressante de m'enfuir.

— Bon, écoute, Malone, il faut que je file maintenant. Mais tu sais, ça m'a fait très plaisir de te revoir et tout ça, quoi. Passez une bonne soirée, tous les deux.

Je salue de la main Emory, aussi gracieuse qu'un cygne bien qu'elle soit en train de remplir un sac d'appâts.

— Au revoir, Maggie. Ravie de vous avoir rencontrée !

Elle me rend mon sourire, très gentiment, et des larmes brûlantes me montent aux yeux.

Tournant les talons, je fais quelques pas sur le quai, puis je stoppe net. Après tout, si je suis venue ici, c'est pour une bonne raison.

Je fais volte-face.

— Ecoute, Malone. Hum, je voulais simplement que tu saches que... Ecoute... C'est moi qui, sans faire exprès, ai répandu cette rumeur à propos de Chantal et toi. J'en suis profondément désolée et je te demande pardon de ne pas t'avoir laissé le bénéfice du doute. Tu méritais mieux que ça.

Je me force à ne pas détourner les yeux. Malone me considère sans sourire, l'air pas tout à fait renfrogné mais pas très content non plus. Dieu sait ce qu'il doit penser...

Je poursuis, d'une voix mal assurée :

— J'ai aussi beaucoup réfléchi à ce que tu m'as dit. A propos du père Tim et de moi, de toi et de moi, du fait que je tuais le temps avec toi...

Ça y est, je recommence à babiller !

— Enfin, bref...

Je prends une profonde inspiration.

— Je n'ai jamais eu l'intention de te faire te sentir... inférieur à qui que ce soit. Pour ma part, je pense que tu es... comment dire, euh... pas inférieur du tout. A personne.

Je déglutis.

— Plutôt supérieur, en fait.

S'il pouvait m'encourager par une parole maintenant, quelle qu'elle soit... S'il me souriait, s'il faisait un pas vers moi, s'il disait *quelque chose*. Mais non, il se contente de me regarder fixement. Puis il m'adresse enfin un bref hochement de tête.

— Merci, Maggie.

Et c'est tout. J'attends encore une seconde, puis j'opine du chef et, péniblement consciente de chacun de mes mouvements, je remonte sur le quai.

Malone ne fait rien pour me retenir. Il ne me pardonne toujours pas et me laisse partir.

La voix d'Emory s'élève dans mon dos.

— C'est quoi, cette histoire ?

Bien que le grondement sourd de la voix de Malone me parvienne, je n'arrive pas à saisir ses paroles. Je remonte la passerelle en courant. Je ne veux pas qu'ils sachent que je pleure.

Les jours qui suivent, je me sens un peu vide. Après tout, j'ai perdu quatre personnes qui peuplaient mon quotidien : le père Tim, ma mère, Colonel et Malone. Tous représentaient un grand pan de ma vie, même si ça n'a été que passager. Il est clair que ma mère appartient à une autre catégorie et, bien que nos relations soient entrées dans une phase plus positive, ça me fait tout drôle de la savoir partie.

*Merci pour tout, mon Dieu*, pensé-je, morose, tout en faisant le ménage chez Mme K. *Je suis heureuse de ne pas avoir de cancer, de ne pas être amputée d'un membre, de ne pas être aveugle. Je ne suis pas orpheline, j'ai des amis, la santé, une maison, toutes ces conneries, quoi...* Aussitôt, je me sermonne et m'excuse d'avoir appelé ces trésors des conneries... mais Dieu sait ce que je veux dire.

Je ne suis pas franchement ce qu'on pourrait appeler une fille auréolée d'un voile de mystère...

J'éteins l'aspirateur et me tourne vers Mme K.

— Je pense que je vais m'inscrire à un cours de cuisine.

— Mais ma chère petite, vous êtes *déjà* un remarquable cordon-bleu ! se récrie-t-elle bien haut en frappant sa canne sur le sol pour marquer ses propos.

— C'est gentil de me dire ça, madame K. Mais je pourrais étoffer un peu mes connaissances, vous voyez ? Apprendre de nouvelles sauces, de nouvelles techniques, des trucs de ce genre. Je m'efforce d'égayer un peu la carte du Joe's.

On propose une master class à Machias : deux ateliers hebdomadaires pendant douze semaines. En réalité, je m'y suis déjà inscrite.

« Cuisine française & Zeste de fantaisie. »

Ma foi, l'intitulé a l'air amusant.

— Enfin, tant que vous ne touchez pas à la recette de votre cake au *citron*... On ne *plaisante* pas avec la perfection, Maggie !

Qui sait, peut-être qu'à ce cours je rencontrerai de nouvelles têtes ? Ce serait sympa de trouver quelqu'un d'autre avec qui sympathiser. Je commence à prendre conscience que sortir de temps en temps de Gideon's Cove ne peut m'être que bénéfique. Chantal et moi sommes encore un peu intimidées l'une par l'autre, mais notre amitié survivra au fait qu'elle a couché avec Jonah. Après tout, c'est peut-être mon petit frère, mais c'est aussi un adulte. Du moins en théorie.

Dans le courant de la semaine, je reçois un coup de téléphone de Christy.

— Ecoute, je sais que la dernière fois s'est soldée par un désastre, commence-t-elle — ce qui d'emblée ne m'incite pas à me réjouir de ce qui va suivre —, mais Will connaît un type très sympa, un visiteur médical qui est passé la semaine dernière à son cabinet. Nous autorises-tu à lui donner ton numéro ?

Je soupire. Je suis vautrée en travers de mon lit, un oreiller serré contre mon flanc, constatant une fois de plus que ça ne remplace pas Colonel. Décidément, il me faut prendre un autre chien !

— Non, je ne crois pas, Christy. J'ai besoin de faire une petite pause. Mais quand je me sentirai de nouveau prête à faire des rencontres, je te le ferai savoir, d'accord ?

— C'est Malone ?

Je lui ai parlé de ma visite sur le quai.

— Oh ! Christy... Il a fallu qu'il soit trop tard pour que je me rende compte de l'importance qu'il avait pour moi ! C'est stupide, hein ? Quelle idiote je suis !

— Tu n'es pas idiote, Maggie ! C'était une expérience positive dans le sens où tu as appris quelque chose. Vois-le plutôt dans ce sens-là.

— Exactement ! dis-je avec un faux air bravache. Et toi, comment te sens-tu ?

Ma sœur se lance alors dans le compte rendu exhaustif de son état de fatigue et de ses vomissements, puis me décrit la toute nouvelle incisive de Violet avec un luxe de détails passionnants. Je souris.

— Mais vous sortez quand même, ce soir ? C'est mon jour de baby-sitting, je te rappelle.

— Seulement si tu es d'accord.

— Mais bien évidemment !

# 34

Dimanche... Je me surprends à revenir à St. Mary. Will, Christy et Violet sont assis dans l'espace enfants, vu que Violet, qui a découvert l'écho impressionnant qui règne dans l'église, prend un immense plaisir à nous percer les tympans durant la messe. Le père Daniels officie derrière l'autel, sa silhouette rondouillarde tenant à peine dans la soutane qui, il y a quelques jours encore, virevoltait gracieusement autour du père Tim. Aucun risque que je m'entiche du père Daniels dont la ressemblance avec Jabba le Hutt a été maintes fois soulignée !

Je laisse mon esprit vagabonder, et un sentiment de douce paix m'envahit. Les vitraux, les flammes vacillantes des cierges, les bancs durs comme la pierre et les prie-Dieu abîmés me sont chers et familiers. Le père Tim n'a été ici qu'un intérimaire, mais cette église, elle, m'appartient. Du moins pourrait-elle m'appartenir si j'y venais de temps à autre.

Je me mets à prier tandis que le père Daniels présente l'hostie bien haut : *Mon Dieu, veillez sur ma famille. Et sur Octavio et toute sa bande, sur Georgie, Judy, Chantal et tous les autres. Et merci pour tout.* Cette fois-ci, je suis sincère.

Mme Plutarski me lance un regard meurtrier après l'envoi, mais je m'en fiche. Je souris à mes voisins et attends que Will et Christy arrivent à s'extraire de l'espace enfants.

— Belle messe, n'est-ce pas ? dis-je.

— Ah oui ? demande ma sœur. Je n'ai pas pu en saisir un seul mot. Les jumeaux Robinson n'ont pas cessé de brailler.

Nous sortons, et je stoppe net : Ruth Donahue s'écrase alors contre moi.

Je marmonne :

— Pardon.

Appuyé contre le dossier d'un banc, Malone fixe la porte. Il attend. Il m'attend, *moi*, on dirait.

— Oooh…, mais c'est Malone, murmure Christy. Que fait-il ici ? Bonjour, Malone !

— Bonjour, Christy.

Il porte son regard sur moi.

— Maggie…

L'adrénaline me picote les jointures, me provoquant des chatouilles presque douloureuses dans les doigts.

— Salut, Malone, dis-je d'une voix suraiguë.

Il tient ses mains de façon étrange devant son manteau, comme s'il protégeait quelque chose, et les pattes-d'oie autour de ses yeux se plissent tandis que je m'approche de lui. L'espoir me serre soudain le cœur. Il a l'air heureux — pour Malone, s'entend. Heureux de me voir.

C'est alors qu'Emory se matérialise à côté de lui.

— Je meurs de faim ! déclare-t-elle avec cette tranquille assurance que possèdent les jolies filles. Malone, on peut aller prendre un petit déj' ? Il y a un *diner* tout mignon au bout de la rue.

Son regard se pose sur moi.

— Oh ! Salut ! Maggie, c'est bien ça ?

Elle glisse son bras sous celui de son père.

— C'est bien ça, oui. Bonjour.

Je sens la rougeur se propager sur ma nuque ; je me fais l'effet d'être une intruse entre eux deux.

— Alors, papa ? Qu'est-ce que tu en dis ? On va le prendre ce petit déj' ?

— Bien sûr, Emory. Donne-moi une petite minute, d'accord ?

Un silence embarrassant retombe sur notre petit groupe. Mon cœur bat à tout rompre. Un corbeau lance son appel depuis un arbre tout proche. Will se racle la gorge.

— Bon, eh bien, Maggie, à tout à l'heure ! dit-il en entraînant ma sœur à sa suite.

— C'est ça ! me lance Christy joyeusement. A tout à l'heure !

Une lueur de joie danse au fond de ses yeux.

Malone adresse à sa fille un regard appuyé.

— Em, va donc voir ailleurs si j'y suis pendant cinq minutes, d'accord ?

— Pas de souci, Malone ! répond-elle en grimpant les marches de St. Mary au petit trot.

Nous la suivons des yeux puis, comme il ne reste plus personne d'autre à regarder, nous nous tournons l'un face à l'autre. Visiblement, nous ne savons quoi nous dire, lui et moi.

Puis Malone plonge une main à l'intérieur de son manteau, l'autre semblant soutenir son estomac, et en sort un tout petit chiot.

— Pour toi, dit-il en me tendant la chaude petite boule de poils. C'est une femelle.

La petite chienne dort, pelotonnée contre ma poitrine. Un pelage d'or pâle, des oreilles soyeuses, une truffe noire. Je sens sa petite colonne vertébrale sous son poil… De toute évidence, elle a besoin d'un bon repas.

Les yeux embués d'émotion, je murmure :

— Oh ! Malone…

— Dix mois. Moitié labrador beige. Elle a reçu ses premiers vaccins.

— Elle est magnifique ! N'est-ce pas que tu es magnifique, mon bébé ? Oh ! Merci, Malone !

Je caresse la minuscule tête de mon chiot et adresse un sourire mouillé à Malone, qui ne me le rend pas. Au contraire, il me fusille pratiquement du regard. Mon sourire s'évanouit…

— C'est Matthew, marmonne-t-il.

Je cligne les yeux, perplexe.

— Je croyais que tu m'avais dit que c'était une femelle ?

Déconcertée par son absence de réponse, je lâche :

— Tu veux que je l'appelle Matthew ?

Il détourne le regard.

— Non, Maggie. Matthew, c'est mon nom à moi.

La petite chienne gigote entre mes mains et pousse un gémissement, un tout petit son très comique. Elle se réveille suffisamment pour me mordiller le pouce de ses dents pointues comme des aiguilles, mais c'est à peine si je m'en rends compte.

— C'était aussi le prénom de mon père, poursuit Malone, le regard toujours perdu au bout de la rue. Quand j'étais gosse, ma mère m'appelait Petit Malone, et puis les années passant elle a laissé tomber « Petit ». Comme mon père nous tabassait, je n'ai jamais eu envie de porter son prénom, c'est pour ça que je me contente de me faire appeler Malone tout court.

C'est le plus long discours qu'il m'ait jamais tenu jusqu'ici. Le plus long qu'il ait jamais prononcé, peut-être.

J'articule un « Oh… », stupéfait.

— Maggie…, dit-il en s'avançant.

Il prend une profonde inspiration.

— Moi aussi, j'ai bien réfléchi à ce que tu m'as dit, à propos de moi et de la façon dont je tiens les autres à distance. Mon problème de communication. Enfin, tout ça, quoi.

Il lève les yeux au ciel, soupire.

— Je ne suis pas vraiment ce genre d'homme, Maggie.

Mes épaules s'affaissent légèrement.

— Ma foi, j'imagine que tout le monde ne peut pas…

— Mais je veux bien essayer.

J'en reste sans voix.

— On dirait bien que j'ai un faible pour toi, conclut-il à voix basse, croisant mon regard avec difficulté.

Subitement, mes yeux sont pleins de larmes.

— Eh bien, c'est super, Malone, parce que moi aussi j'ai un faible pour toi, je le sais maintenant.

Les rides qui sillonnent son visage s'adoucissent en un sourire.

— Alors pourquoi tu pleures ?

— Oh ! Mais ce sont de bonnes larmes ! Des larmes de joie, des larmes d'émotion... Tu sais bien... Le genre de larmes qu'on verse quand les choses prennent un tour merveilleux, alors qu'on ne s'attend pas à ce que...

Dieu merci, Malone interrompt ma phrase par un baiser, là, en plein sur le parvis de l'église, au beau milieu de Main Street, au vu et au su de tout le monde, un baiser si ardent, si brutal que je manque presque en lâcher le chiot.

— Bon, est-ce que ça veut dire que vous êtes prêts à y aller, maintenant ? Parce que, moi, je suis au bord de l'inanition !

Depuis l'entrée de St. Mary, Emory nous sourit.

— Oui, bien sûr, on y va ! lui lance Malone.

Il passe son bras autour de mes épaules.

— Il paraît que le Joe's Diner sert les meilleurs petits déjeuners de tout le comté de Washington.

— Tu as tout à fait raison.

Mes mots me semblent terriblement banals, mais le bonheur déferle en moi en immenses ondes de chaleur.

Je renchéris :

— Et leurs desserts sont également délicieux.

— Ah, tant mieux, parce que je te signale que tu me dois toujours une part de tarte...

Il me sourit, et mon cœur se dilate de bonheur. Nous nous mettons en route tous les trois — tous les quatre, en comptant mon tout nouveau chiot — et, arrivés au bout de la rue, nous poussons enfin la porte du Joe's Diner.

## Remerciements

Terence Keenan, mon bel et courageux époux, est un homme patient, tolérant, drôle... oh, et puis zut ! Il est merveilleux, un point c'est tout. Flannery et Declan Keenan sont les deux personnes que j'aime le plus au monde, et je me réjouis chaque jour d'être leur maman.

Merci à ma mère, à mon frère, à mes intelligentes et talentueuses sœurs, à mes adorables grands-parents qui me laissaient toujours prendre deux desserts, ainsi qu'au reste de ma tentaculaire et turbulente famille. Sur un plan professionnel, merci au meilleur agent du monde, Maria Carvainis, pour sa sagesse et sa bienveillance envers son enfant du milieu.

Merci à Abby Zidle pour son excellente contribution et à Tracy Farrell et Keyren Gerlach pour avoir mis la dernière touche à ce livre. Merci également à Cris Jaw, à Virginia MacDonald et à Gigi Lau pour leurs fantastiques couvertures.

Comme toujours, j'adresse toute ma gratitude à l'auteur Rose Morris, ma grande amie de l'Etat du Pin, dont la contribution améliore grandement mes écrits. Brad et Mary Wilkinson m'ont transmis l'amour du Maine en m'emmenant pendant deux étés à Eggemoggin Reach ; je leur suis à jamais reconnaissante de m'avoir laissée partager leur toit et leurs enfants sur cette si belle côte rocheuse. J'avais sept ans quand mon papa chéri m'a emmenée à Ogunquit ; là, il a convaincu un pêcheur de homards de nous prendre à son bord pour aller relever ses casiers. Le bateau s'appelait la *Vilaine Anne*.

## CHEZ MOSAÏC POCHE
*Par ordre alphabétique d'auteur*

| | |
|---|---|
| DIANE CHAMBERLAIN | *Une vie plus belle* |
| | *Des mensonges nécessaires* |
| SYLVIA DAY | *Afterburn/Aftershock* |
| MEG DONOHUE | *La fille qui cherchait son chien (et trouva l'amour)* |
| JAMES GRIPPANDO | *Les profondeurs* |
| ADENA HALPERN | *Les dix plus beaux jours de ma vie* |
| KRISTAN HIGGINS | *L'Amour et tout ce qui va avec* |
| | *Tout sauf le grand Amour* |
| | *Trop beau pour être vrai* |
| | *Amis et RIEN de plus* |
| | *L'homme idéal… ou presque* |
| ELAINE HUSSEY | *La petite fille de la rue Maple* |
| LISA JACKSON | *Ce que cachent les murs* |
| | *Le couvent des ombres* |
| | *Passé à vif* |
| | *De glace et de ténèbres* |
| | *Linceuls de glace* |
| | *Le secret de Church Island* |
| | *L'hiver assassin* |
| MARY KUBICA | *Une fille parfaite* |
| ANNE O'BRIEN | *Le lys et le léopard* |
| CHRISSIE MANBY | *Une semaine légèrement agitée* |
| TIFFANY REISZ | *Sans limites* |
| | *Sans remords* |

…/…

# CHEZ MOSAÏC POCHE

*Par ordre alphabétique d'auteur*

EMILIE RICHARDS
*Le bleu de l'été*
*Le parfum du thé glacé*

NORA ROBERTS
*Par une nuit d'hiver*
*La saga des O'Hurley*
*La fierté des O'Hurley*
*Rêve d'hiver*
*Des souvenirs oubliés*
*La force d'un regard*
*L'été des amants*

ROSEMARY ROGERS
*Un palais sous la neige*
*L'intrigante*
*Une passion russe*
*La belle du Mississippi*
*Retour dans le Mississippi*

KAREN ROSE
*Le silence de la peur*
*Elles étaient jeunes et belles*
*Les roses écarlates*
*Dors bien cette nuit*
*Le lys rouge*
*La proie du silence*

DANIEL SILVA
*L'affaire Caravaggio*

KARIN SLAUGHTER
*Mort aveugle*
*Au fil du rasoir*

*La plupart de ces titres sont disponibles en numérique.*

Composé et édité par HARLEQUIN

Achevé d'imprimer en mai 2016

Barcelone

Dépôt légal : juin 2016

Pour l'éditeur, le principe est d'utiliser des papiers composés de fibres naturelles, renouvelables, recyclables, et fabriquées à partir de bois issus de forêts gérées selon un système d'aménagement durable. En outre, l'éditeur attend de ses fournisseurs de papier qu'ils s'inscrivent dans une démarche de certification environnementale reconnue.

*Imprimé en Espagne*